宋代詩話論詩研究

崔成宗 著

臺灣學生書局印行

序

　　曩於清晝堂中，摳衣侍座，恭聆鄭師[因百]說詩論道，清言亹
亹，不覺忘食忘憂。鄭師嘗論及沈尹默、郭紹虞評論詩話之詩。沈
尹默之詩云：「流傳詩話總須刪。」郭紹虞之詩則云：「『流傳詩
話總須刪』，此語不公論定難。我自酸鹹殊俗好，效顰妄欲踵遺
山。」❶沈、郭二氏於前賢詩話所持之見解迥異，遂滋筆者之疑惑
與好奇，亟思博涉趙宋以來之詩話，以探其奧窔。

　　然而歷代詩話卷帙浩繁，據宋隆發〈中國歷代詩話總目彙編〉
所纂輯之「詩話叢編」與「歷代詩話」二類詩話，合計其數，凡六
百三十九部。苟欲一一精研，洵非易事。因思北宋歐陽脩以「詩
話」命篇，撰《六一詩話》，迄乎有宋末葉，三百餘年間（宋太祖
建隆元年、960 年－帝昺祥興二年、1279 年），群賢相繼，紛紛編撰詩
話。其詩話或論詩而及事；或論詩而及辭；或論詩而及於書法、繪

---

❶　崔成宗：〈鄭師因百詩詞專題研究講記〉，臺北：臺灣學生書局，《書目季
　　刊》26 卷 2 期，頁 45。沈尹默詩題為〈題日本兒島星江翁支那文學概論〉，
　　見郭紹虞：《宋詩話考》（北京：中華書局，1985 年 4 月版）頁 3。

畫；或以「詩話」名其書，而兼論駢文、詩餘❷；或雜記聞見，未必有關詩學，包羅宏富，燦然可觀。❸若能發一宏願，以研治宋代詩話為基石，漸次擴充，進窺歷代詩話之堂奧，則於詩學、文論，必將獲嶄新之解會，豈不懿歟！

世之彙聚趙宋詩話群編而事研究者，或考鏡諸家詩話之版本、源流，而論述其內容與價值，如陳幼睿《宋詩話敘錄》、郭紹虞《宋詩話考》，即其類也。或研討宋代詩話之論詩法，分門別類，索隱探微，而為系統之論述，如郭玉雯《宋代詩話的詩法研究》，即其類也。或旁蒐廣羅中、韓、日三國詩話，尋源探委，稽考李唐、趙宋詩話影響於高麗、東瀛之詩話與詩學者，如韓人趙鍾業《唐宋詩話對韓日影響比較研究》，即其類也。凡此著作，於兩宋

---

❷　郭紹虞《宋詩話考》頁 84：「此書（楊萬里《誠齋詩話》）雖以詩話名，但其中多論文之語，且涉及四六，此例在宋人詩話中亦間有之，要之，以此書為尤甚。」又魏慶之《詩人玉屑》卷 20，立「詩餘」一目，收錄評詞之文獻。此外，《詩話總龜》、《苕溪漁隱叢話》、《侯鯖詩話》、《深雪偶談》等詩話，皆錄有論詞之文字。葛立方《韻語陽秋》則有論及書畫樂舞之作。

❸　宋釋惠洪《冷齋夜話》（臺北：弘道文化事業公司，民國 60 年 3 月版）卷 10 云：「王荊公居鍾山時，與金華俞秀老過故人家飲，飲罷，步至水亭，顧水際沙間，有餖器數件，皆黃白物。意吏卒竊之，故使人問司之者，乃小兒適聚於此，食棗栗，食盡棄之而去。文公謂秀老曰：『士欲任大事，閱富貴，如群兒作息乃可耳。』」胡仔《苕溪漁隱叢話前集》（臺北：臺灣商務印書館景印文淵閣四庫全書，集部第 419 冊，民國 75 年 3 月版）卷 11，頁 7：「東坡云：『僕嘗問荔枝何所似，或曰：「荔枝似龍眼。」坐客皆笑其陋，荔枝實無所似也。僕云：「荔枝似江瑤柱。」應者皆憮然，僕亦不辨。昨日見畢仲游，僕問杜甫似何人，仲游言似司馬遷。僕喜而不答，蓋與囊言會。』」宋代詩話雜記他事，若此類者，蓋不可一二數。

詩話詩學，皆汲古功深，各具卓識。

　　至於概論詩話、或論述詩話發展史之著作，如張葆全撰《詩話和詞話》，劉德重、張寅彭撰《詩話概說》，蔡鎮楚撰《中國詩話史》等，皆各闢章節，撮述詩話之發展概況、論詩特色，及其價值，而時有得間之言、中肯之論。❹

　　若夫就宋代某一詩話，提出問題，撰文研討，或締構理論體系，勒成專門著作，亦頗有可觀者。然其所措意，則僅及於歐陽脩之《六一詩話》❺、吳可之《藏海詩話》❻、張戒之《歲寒堂詩話》❼、陳巖肖之《庚溪詩話》❽、葛立方之《韻語陽秋》❾、嚴

---

❹ 如劉德重、張寅彭《詩話概說》（北京：中華書局，1990年8月版）頁30，論及宋人范溫《潛溪詩眼》之特色，云：「《潛溪詩眼》有一個十分顯著的特點，就是善於比較研究，此法也得之於黃庭堅……這種比較讀詩的方法，有助於提高藝術鑑賞力和判斷力，不失為一種可取的方法……，郭紹虞《宋詩話考》指出，范溫論詩，『每兩相對照，以顯優劣，此義雖本於山谷，然能言之透徹如此，則固是別具一隻眼目者，此則詩眼之另一義，而為范氏所獨擅者。』」劉、張二氏此說，洵屬得間之言。

❺ 如林綠〈歐陽脩六一詩話與宋詩〉，《中華日報》，民國64年4月2—6日。張雙英〈試論聯句批評與六一詩話的關係〉，《中外文學》第11卷，9期。

❻ 如龔顯宗〈吳可藏海詩話讀後〉，《青年戰士報》，民國62年9月22日。

❼ 如張健〈歲寒堂詩話述評〉，《人生》，27卷，2期。龔顯宗〈歲寒堂詩話析述〉，見《歷朝詩話析探》（高雄：復文出版社，民國79年7月版）。

❽ 如吳繼文〈宋陳巖肖庚溪詩話卷下武陵桃源段辨〉，《東吳中文系刊》第2期。

❾ 如孫秀玲《葛立方韻語陽秋詩論研究》（臺北：東吳大學中國文學研究所碩士論文，民國79年6月）。

羽之《滄浪詩話》❿、楊萬里之《誠齋詩話》⓫、姜夔之《白石道
人詩說》⓬、趙與虤之《娛書堂詩話》⓭等詩話。若持較郭紹虞
《宋詩話考》一書所開列「今尚流傳之詩話」四十有二部，與夫
「後人纂輯之詩話」四十有六部，應非多數。故知宋代詩話未經探
研、而具學術之價值、存待解之課題者，蓋亦夥矣。

　　仰前修之述作，丕基已樹；期後學之踵武，殷望實懷。言念及
此，爰另闢道塗，別構系統，而以詩之題材、內涵為經，以詩之創
作、評鑑為緯，裒錄宋代詩話之相關文獻，釐為「論詩之抒情」、
「論詩之寫景」、「論詩之詠物」、「論詩之詠史」、「論詩之敘
事」、「論詩之說理」等六類，依其所呈現之課題，鉤稽杷疏，以
構成系統之理論，庶幾於宋代詩話群編之版本、源流、詩法，與夫

---

❿　　如張健《滄浪詩話研究》（臺北：國立臺灣大學中國文學研究所論文，民國
　　54 年 6 月）。黃先生景進《嚴羽及其詩論研究》（臺北：文史哲出版社，民
　　國 75 年 2 月版）。杜師松柏〈由禪學闡論嚴滄浪之詩學〉，《文學論集》，
　　民國 67 年 7 月。張健〈滄浪詩話的主要理論及其淵源〉，《大陸雜誌》第
　　32 卷，9－10 期。鄧仕樑〈滄浪詩話試論〉，《崇基學報》第 10 卷，1－2
　　期。周維介〈嚴羽詩論淺析〉，《中國語文學報》，民國 61 年 3 月。荒井健
　　〈滄浪詩話與潛溪詩眼〉，臺北：《書和人》第 295 期。王師夢鷗〈嚴羽以
　　禪喻詩試解〉，臺北：《中華文化復興月刊》第 14 卷，8 期。

⓫　　如張健〈誠齋詩話與南宋文壇佚事〉，《暢流》第 54 卷，11 期。張健〈楊
　　萬里的文學理論研究〉，《文學批評論集》（臺北：臺灣學生書局，民國 74
　　年 10 月版）。陳義成《楊萬里研究》（臺北：中國文化大學中國文學研究所
　　博士論文，民國 71 年 12 月）。

⓬　　如張月雲《姜白石的詩與詩論》（臺北：國立臺灣大學中國文學研究所碩士
　　論文，民國 67 年 6 月）。曹健民〈讀白石道人詩說有感〉，《江西文獻》第
　　10 期。

⓭　　如昌先生彼得〈娛書堂詩話〉，《國立中央圖書館刊》第 1 卷，第 2 期。

影響於韓、日諸邦詩話等研究之外,得以別開生面,而另有創穫。

　　世之博考宋人著作,以溯「情景交融」之權輿者,或以為「情景交融」之術語蓋成立於南宋中葉。然而遍觀趙宋詩話,於「境與意會」、「意與境會」、「景與意會」、「情景兼融」、「景無情不生,情無景不發」諸說,皆有所闡論;獨於「情景交融」一詞,未之或見也。爰撮述「境與意會」等諸說於本書之〈結論〉,或可參稽。

　　蓋嘗思之,宋代詩話群編既屬古典詩學之寶藏,其於「敘事詩」固當有所論述。然而通讀其書,除魏泰《臨漢隱居詩話》某些版本獨持「敘事詩」一詞,以論白居易詩❶之外,其餘詩話,並未見「敘事詩」一名。雖然,其於「詩之敘事」,則頗有論述之者,爰裒眾說,間附己意,而加以析述。

　　有宋詩話之未經校注者,所在多有。其說詩也,復往往拈出為評,或略其詩題,或不注出處,無首無尾,不易詮解。筆者之撰此書也,輒依詩話之端緒,查考別集、總集,核校異文,辨別真偽,然後細翫詩作,以期與詩話所論,相互印證。自知井蛙、夏蟲,難語海、冰;而朝斯夕斯,亦不無所見。師友知音,幸匡其弗逮焉。

　　拙編已成,知詩話之不可刪除;疑惑少袪,悟詩學之亟須弘

---

❶　魏泰《臨漢隱居詩話》(臺北:藝文印書館《歷代詩話》,民國 63 年 4 月版)頁 8:「白居易亦善作長韻敘事詩,但格制不高,局於淺切。」弘道文化事業公司版《詩話叢刊》所收《臨漢隱居詩話》,此則文字與藝文印書館版悉同。然而臺灣商務印書館景印文淵閣《四庫全書》,集部第 417 冊,所收《臨漢隱居詩話》頁 9,「長韻敘事詩」作「長韻敘事」,並無「敘事詩」一詞。

揚。世風日降，海水群飛。匡世淑群，其猶詩學是賴歟。

福山崔成宗

序於臺北縣宗雅樓

中華民國八十三年六月

宋代詩話論詩研究

目　次

第一章　緒　論

第一節　詩話之名義

　　詩話之本原，初非一端。自其靈活之體製言之，則啟迪於魏晉之筆記小說；自其「論詩而及辭」之特質言之，則可溯源於《尚書》、《左傳》、《論語》、《孟子》、《詩品》等闡論詩歌之言辭；自其「論詩而及事」之特質言之，又可溯源於孟棨、羅隱、處常子、聶奉先等「本事詩」之著作。詩話之作，即由此諸端因素交相影響而形成。❶

　　「詩話」一詞，或謂趙宋以前即已有之，非始於歐陽脩之《六一詩話》也。蔡鎮楚以為較早之民間說唱文學《大唐三藏取經詩話》，即以「詩話」名其書。❷王國維跋此書云：「其稱『詩

---

❶　參考劉德重、張寅彭《詩話概說》第 1 章，第 3 節〈詩話的淵源〉；蔡鎮楚
　　《中國詩話史》第 1 章，第 2 節〈詩話淵源〉。

❷　蔡鎮楚《中國詩話史》（長沙：湖南文藝出版社，1988 年 5 月版）頁 14：
　　「據史載，『詩話』這一名稱在宋代以前就早已產生，並盛行於民間了。於
　　今所見者有《大唐三藏取經詩話》上中下三卷……雖然並不就是宋人所謂
　　『詩話』，但前此『詩話』之名，則僅見於此。」案：郭箴一《中國小說

話』，非唐宋士大夫所謂『詩話』，以其中有詩有話，故得此名。其有詞者，則謂之『詞話』。」其書首尾與詩相為終始，而以詩詞點綴其間，詞多俚俗。❸故民間說唱文學用「詩話」一詞，與評論詩歌而及乎事、及乎辭之詩話，其內涵實不相同。

首先以「詩話」一詞名其評詩論詩、記載詩歌掌故之著作者，當推北宋歐陽脩之《六一詩話》。此書卷首云：「居士退居汝陰，而以資閑談也。」❹故知此書乃歐陽脩於宋神宗熙寧四年（1071年）退居汝陰以後所編撰者。論詩衡文之詩話，其名稱實肇端於此；而詩話之體製，亦濫觴於此。❺

歷代論詩話之義者眾矣，莫不各陳所見，足資參考。擇其要者，述之於後：

1. 詩話者，辨句法，備古今，紀盛德，錄異事，正訛誤也。若含譏諷，著過惡，訐紕繆，皆所不取。（宋人許顗說）❻
2. 夫詩何為者也？宣鬱達情，擷菁登碩者也。夫話何為者

史》頁 151 以為《大唐三藏取經詩話》乃宋代小說。魯迅《中國小說史略》頁 124 謂：「此書或為元人撰。」其持論與蔡鎮楚「宋代以前」之說相異。

❸ 轉引自蔡鎮楚《中國詩話史》頁 14。

❹ 歐陽脩《六一詩話》（臺北：藝文印書館《歷代詩話》，民國 63 年 4 月版）頁 1。

❺ 參考郭紹虞《照隅室雜著》（上海：上海古籍出版社，1986 年 9 月版）頁 231，〈詩話叢話·六〉。

❻ 許顗《彥周詩話》（臺北：藝文印書館《歷代詩話》，民國 63 年 4 月版）頁 1。

也？摘英指類，標理斥迷者也。（明人張嘉秀說）❼

3. 詩話即稗官野史之類。（明人李易說）❽

4. 詩話者，記本事，寓評品，賞名篇，標雋句。耆宿說法，時度金針；名流排調，亦微善謔。或有參考故實，辨正謬誤。皆攻詩者所不廢也。（清人龍廷英說）❾

5. 詩話者，以局外身作局內說者也，故其立論平而取義精。（清人吳琇說）❿

6. 詩話，是中國古代一種獨特的論詩體裁……有狹義與廣義之分。狹義的詩話，按其內容來說，是詩歌之「話」，就是關於詩歌的故事；按其體裁而言，就是關於詩歌的隨筆，以歐陽脩的《六一詩話》為首創，以資閒談為創作旨歸。廣義的詩話，乃是一種詩歌評論樣式，凡屬評論詩人、詩歌、詩派，以及記述詩人議論，品評詩人的著作，皆可名之曰詩話。（今人蔡鎮楚說）⓫

7. 詩話是一種漫話詩壇軼事，品評詩人詩作，談論詩歌作法，探討詩歌源流的著作。（今人張葆全說）⓬

---

❼　張嘉秀〈詩話總龜序〉，見阮閱《詩話總龜》（臺北：臺灣商務印書館景印文淵閣《四庫全書》，集部第 417 冊，民國 75 年 3 月版）卷首。

❽　李易〈詩話總龜原序〉，見阮閱《詩話總龜》卷首。

❾　龍廷英〈全宋詩話序〉，轉引自劉德重、張寅彭《詩話概說》頁 3。

❿　吳琇〈龍性堂詩話序〉，見郭紹虞《清詩話續編》（臺北：木鐸出版社，民國 72 年 12 月）頁 931。

⓫　同注❷，頁 5。

⓬　張葆全《詩話和詞話》（臺北：萬卷樓圖書公司，民國 80 年 2 月版）頁 1。

觀此七說，可知詩話之作，每以錄異事，資閑談，辨句法，備古今，紀盛德，正訛誤，摘英指纇，標理斥迷為其主要內容。其論詩文也，則力求立論平而取義精，庶臻「耆宿說法，金針示人」之境。至於「名人排調，滑稽善謔」，足以為談笑之口實者，亦往往見之於詩話焉。章學誠《文史通義・詩話》以為詩話有「論詩及事」與「論詩及辭」二例，郭紹虞甚為服膺，謂章學誠「說得最好」。郭氏於《宋詩話輯佚・序》云：

> 詩話之體原同隨筆一樣，論事則泛述聞見，論辭則雜舉雋語，不過沒有說部之荒誕，與筆記之冗雜而已。所以僅僅論詩及辭者，詩格詩法之屬是也；僅僅論詩及事者，詩序本事詩之屬是也。詩話中間，則論詩可以及辭，也可以及事。而且更可以辭中及事，事中及辭。這是宋人詩話與唐人論詩之著之分別。因此，宋人詩話又往往走上考據或注釋一條路。❸

郭氏實踵武章學誠之說而有所闡發。夫詩話之「論詩及辭者，詩格詩法之屬」，為「廣義之詩話」；夫詩話之「論詩及事者，詩序本事詩之屬」，為「狹義之詩話」。至於「辭中及事」、「事中及辭」者，皆由此廣、狹二義之詩話推衍而出。郭氏〈詩話叢話〉一文，亦嘗申論斯旨：

---

❸　見郭紹虞《宋詩話輯佚・序》（北京：中華書局，1980年9月版）頁2。

> 詩話有廣、狹二義，亦均不出事、辭二端……就廣義言
> 之……凡涉論詩，即是詩話之體。大底自《六一詩話》以
> 後，一般為詩話者，多偏重於論事，高者成為史部之傳記，
> 下者流為子部之說家。……就狹義言之，詩話似乎只重在論
> 事方面。⓮

苟持此義，以較前述詩話七說，則許顗之「辯句法」，張嘉秀之「摘英指纇，標理斥迷」，龍廷英之「寓評品，賞名篇，標雋句，耆宿說法，時度金針」，吳琇之「立論平，取義精」，張葆全之「品評詩人詩作，談論詩歌作法，探討詩歌源流」，蔡鎮楚之「評論詩人、詩歌、詩派，記述詩人議論、行事」等，皆屬廣義詩話之內容。若夫許顗所謂「備古今，紀盛德，錄異事」，李易所謂「稗官野史之類」，張葆全所謂「漫話詩壇軼事」，蔡鎮楚所謂「關於詩歌之故事」，皆屬狹義詩歌之內容也。

　　至於劉德重、張寅彭《詩話概說》以「談理論」、「寓品評」、「述體變」、「講法式」、「作考辨」五者，繫諸詩話之論詩及辭者；復以「記述詩歌之本事、詩人之軼事、攸關詩歌之資料與見聞」三事，繫諸詩話之論詩及事者⓯，綱舉目張，條分縷析，亦足以彰詩話之義，辨詩話之類也。

⓮　同注❺，頁 226。
⓯　同注❶，頁 4。

第二節　宋詩話之價值

宋代詩話除論詩、評詩，衣被後世，影響深遠之外，猶具「考辨詩作之異文」、「保存失傳之文獻」、「覘知一時之風會」、「探討書畫之理論」等價值。茲各臚數例，庶幾見微知著焉。

一、考辨詩作之異文

曾季貍《艇齋詩話》云：「韓退之詩：『梢梢新月偃。』俗本作『稍稍』，荊公改作『梢梢』。蓋令狐澄本最善，荊公用此改定。『梢梢』者，細也，見《方言》。白樂天詩亦用『梢梢』筍成竹。」❶⑥案：「梢梢新月偃」本韓愈〈南溪始泛三首其一〉：

> 榜舟南山下，上上不得返。幽事隨去多，孰能量近遠。陰沉過連樹，藏昂抵橫坂。石矗肆磨礪，波惡厭牽挽。或倚偏岸漁，竟就平洲飯。點點暮雨飄，梢梢新月偃。餘年懍無幾，休日愴已晚。自是病使然，非由取高蹇。❶⑦

「梢梢新月偃」句，錢仲聯謂唐本、山谷本、謝本皆作「梢梢」，且援《廣雅》：「區區、梢梢，小也。」❶⑧考諸較早之版本，酙繹

---

❶⑥　宋曾季貍《艇齋詩話》（臺北：藝文印書館《續歷代詩話》，民國63年4月版）頁24。

❶⑦　見錢仲聯《韓昌黎詩繫年集釋》（臺北：學海出版社，民國74年1月版）頁1278。

❶⑧　同注❶⑦，頁1279。

詩篇之旨趣，暮雨迷濛，新月光微，曾季貍從王安石之改定，作「梢梢」者，應屬定論。此宋代詩話論及詩作異文之例一也。

　　張某《漢皋詩話》載：「『掖垣竹埤梧十尋，洞門對霤常陰陰。』『霤』字從別本。《文選》云：『二（當作「玉」）堂對霤。』此春深詩也，而諸本作『雪』，誤矣。」⑲案：「掖垣」一聯，本杜甫〈題省中壁〉詩：

> 掖垣竹埤梧十尋，洞門對霤常陰陰。落花遊絲白日靜，鳴鳩乳燕青春深。腐儒衰晚謬通籍，退食遲迴違寸心。袞職曾無一字補，許身愧比雙南金。⑳

仇兆鰲注引杜定功之說，以為「霤」或作「雪」，是傳寫之誤。蓋此詩「落花遊絲白日靜，鳴鳩乳燕青春深」是春景，不宜有雪。此說甚辯。然《漢皋詩話》早已言之。此宋代詩話論及詩作異文之例二也。

　　宋代詩話探討詩作異文者，所在多有。如曾季貍之《艇齋詩話》，凡十一則。又如張某之《漢皋詩話》，郭紹虞《宋詩話輯佚》凡輯得十五則，其論杜詩異文者，即有十則之多。其餘詩話載錄詩作異文之資料亦非罕見，其於詩作之校勘，甚具價值。黃永武嘗言：「這類詩歌本身或詩歌外緣的材料，只要與詩歌作者的年代

---

⑲　張某《漢皋詩話》（北京：中華書局《宋詩話輯佚》頁 335－336，1985 年 5 月版）第 3 則。

⑳　見仇兆鰲《杜甫詳注》（臺北：里仁書局，民國 69 年 7 月版）頁 441。

接近，其中所引的詩，便有校勘的價值。」❷亦道出詩話「考辨詩作之異文」之價值，可與上述二例相印證。

二、保存失傳之文獻

世之論輯佚學者，或謂肇始於王應麟《鄭氏周易》、《鄭氏尚書注》、《三家詩考》。❷或謂肇始於李善注《文選‧舞鶴賦》、馬總《意林》鈔輯《相鶴經》。❷李善（？－689）於唐高宗顯慶三年（658）呈〈上文選注表〉於朝廷，馬總（？－？）於唐憲宗元和年間由虔州刺史遷安南都護。然則盛唐、中唐，已有子書之輯佚矣。王應麟（1223－1296）則於南宋中葉，從事經籍之輯佚。至於詩集之輯佚，則數數見之於宋代詩話，且其輯佚之年代，有早於王應麟者。請陳數例，以資隅反。

胡仔《苕溪漁隱叢話後集》引《夷白堂小集》云：「錢起考功詩，世所藏本皆不同。宋次道舊有五卷，王仲至續為八卷，號為最完。然如『牛羊山上小，煙火隔雲深』；『鳥道掛疏雨，人家殘夕陽。』；『窮通戀明主，耕桑亦近郊』；『長樂鐘聲花外盡，龍池柳色雨中深』。此等句皆當時傳為警覺，而八卷無之，知其所遺多

矣。」❷胡仔（1082－1138）所引《夷白堂小集》作者不詳，然胡仔既錄其作，則此書作者或與胡仔同時，或早於胡仔，其輯錄錢起遺佚詩篇，或應於北宋末至南宋初年。此宋人從事輯佚早於王應麟者一也。

周紫芝《竹坡詩話》云：「杜牧之嘗為宣城幕，遊涇溪水西寺，留二小詩，其一云：『李白題詩水西寺，古木回嵒樓閣風。半醉半醒遊三日，紅白花開山雨中。』此詩今載集中。其一云：『三日去還住，一生焉再遊。含情碧溪水，重上粲公樓。』此詩今榜壁間，而集中不載，乃知前人好句零落多矣。」❷案：周紫芝（？－？）生卒年不詳，然為宋高宗紹興十二年（1142）進士。則其留意於杜牧題水西寺壁之詩，而有裨於輯佚者，應是南宋初期之事。此宋人從事輯佚早於王應麟者二也。

劉克莊《後村詩話》云：「前輩稱王君玉詩刻琢深淳，且舉『蠶寒冰繭瘦，蜂老露房敧』；『魚寒不食清池釣，露靜頻驚小閣棋』二聯……而詩話所稱二聯乃不在集中。君玉，晏元獻客也，嘗與楊大年、歐公唱和。」❷劉克莊（1187－1269）生年早於王應麟三十六年，撰述詩話，收錄王君玉詩集未收詩聯。此宋人從事輯佚早於王應麟者三也。

---

❷　見胡仔《苕溪漁隱叢話後集》（臺北：臺灣商務印書館景印文淵閣《四庫全書》，集部第 419 冊，民國 75 年 3 月版）卷 17。

❷　周紫芝《竹坡詩話》（臺北：藝文印書館《歷代詩話》，民國 63 年 4 月版）頁 17。

❷　劉克莊《後村詩話》（臺北：臺灣商務印書館景印文淵閣《四庫全書》，集部第 420 冊，民國 75 年 3 月版）卷 3，頁 8。

上述三例皆可說明「詩話有保存詩人作品，而不使其亡佚」之價值。後世之輯校錢起、杜牧、王君玉之詩集者，即可取資於此類詩話，而補其未備也。再者，世之撰輯佚學史者，追溯輯佚之權輿，於李善、馬總、王應麟之外，宋代詩話之相關文獻，或亦足以供其采擷也。

宋代詩話固具輯存佚詩之價值矣，若夫輯存佚書之價值，亦不容忽視。試以阮閱《詩話總龜》為例，以說明之。《詩話總龜·跋》云：「《詩話總龜》首卷四十八，後卷五十，實鈔錄未傳之書。」❷❼紀昀等《四庫全書總目》云：「其書（《詩話總龜》）前集分四十五門，所采書凡一百種；後集分六十門，所采書亦一百種。掇拾舊文，多資考證。」❷❽其「所采書」如《有唐佳話》（見卷 1，頁 3）、《盧懷抒情》（見卷 1，頁 13）、《洛陽詩話》（見卷 15，頁 9）、《百斛明珠》（見卷 20，頁 9）……等典籍，其原書或已不存於天壤間。然而吾人得以知其書名，窺其內容者，莫不乞靈於阮閱《詩話總龜》此一總集式之詩話。其餘詩話，如胡仔之《苕溪漁隱叢話》、何汶之《竹莊詩話》、蔡正孫之《詩林廣記》，亦具相類之價值。如《苕溪漁隱叢話》載：

> 苕溪漁隱曰：「余之先君靖康間嘗為臺端，臺中子瞻詩案具
> 在。因錄得其本，與近時所刊行《烏臺詩話》為尤詳。今節

---

❷❼　阮閱《詩話總龜後集》（臺北：臺灣商務印書館景印文淵閣《四庫全書》，集部第 417 冊，民國 75 年 3 月版）書尾。

❷❽　紀昀《四庫全書總目》（臺北：藝文印書館，民國 63 年 10 月版）卷 195，頁 17。

入《叢話》，以備觀覽。」㉙

則是蘇軾烏臺詩案之第一手資料，亦賴詩話之迻錄，而得以保存矣。由此可知宋代詩話保存佚詩佚書之價值矣。

三、覘知一時之風會

《四庫全書總目》謂趙與虤《娛書堂詩話》「其所論大底以神韻脫灑為宗，其引楊萬里〈千巖齋稿序〉及姜堯章〈白石詩稿自序〉，頗以江西宗派為未善，其宗旨可知。殆當宋、元之交，詩派將變之時，學者方厭棄黃、陳餘唾，而欲矯以清新，故其議論如此。雖為未必盡合詩家正諦，而一時風會升降之故，要即可於此覘知。」㉚則是詩話之所記可覘知詩歌一時風會升降之故也。吳子良《荊溪林下偶談》亦有相類之說：「〈大序〉云：『亡國之音哀以思。』推之論魏、晉以降以文名者，其聲清以浮，其節數以急，其辭淫以哀，其志弛以肆。近世詩人爭效唐律，就其工者論之，即退之所謂魏、晉以降者也。而況其不能工者乎。」㉛案：吳子良生於宋寧宗慶元三年（1197），宋理宗寶慶二年（1226）進士。其所謂「近世詩人爭效唐律」者，蓋指南宋末葉之詩壇風會也。又陸游《老學庵詩話》載：「紹興初，程氏之學始盛，言者排之，至譏其幅巾大袖。胡康侯力辨其不然曰：『伊川衣冠，未嘗與人異也。』

㉙　同注㉔，《前集》卷42，頁7。

㉚　同注㉘，卷195，頁44。

㉛　吳子良《荊溪林下偶談》（臺北：臺灣商務印書館景印文淵閣《四庫全書》，集部第420冊，民國75年3月版）卷3，頁11。

然張文潛元祐初〈贈趙景平主簿〉詩曰：『明道新墳草已春，遺風
猶得見門人。定知魯國衣冠異，盡載林宗折角巾。』則是自元祐
初，為程學者，幅巾已與人異矣。衣冠近古，正儒者事。譏者固
非，辨者亦未然也。」❸幅巾者，古代男子以全幅細絹裹頭之頭巾
也。吾人觀此詩話，可以想見自北宋哲宗元祐（1086－1094）以還，
程頤弟子門人之衣冠形貌，及其學風矣。

　　宋代詩話尚有記錄當時之社會情況者，如劉克莊《後村詩話》
云：「徐夤先輩詩……五言云：『歲計懸僧債。』以此知閩人苦
貧，貸僧而取其息，自唐末已然矣。但近歲取諸僧者愈甚，十剎九
廢，有歲收數千百斛，盡入豪右，而寺無片瓦者。則前世之所未有
也。」❸世之治唐、宋經濟史與佛教史者，於「閩人苦貧……十剎
九廢」云云，蓋亦知所取資矣。

四、探討書畫之理論

　　宋代詩話論詩之餘，時或評書論畫，而有得間之言，治書畫之
學者，若能由此取資，必深蒙啟迪焉。若葛立方《韻語陽秋》、胡
仔《苕溪漁隱叢話》等，皆嘗措意於此，請徵二例，以見一斑。葛
立方《韻語陽秋》云：

　　　張長史以醉故草書入神，老杜所謂「楊公拂篋笥，舒卷忘寢

---

❸　　陸游《老學庵詩話》（臺北：弘道文化事業公司《詩話叢編》，民國 60 年 3
　　月版），頁 731－732。
❸　　同注❸，卷 3，頁 7。

食。念昔揮毫端，不獨觀酒德」是也。許道寧以醉故畫入
神，山谷所謂「往逢醉許在長安，蠻溪大硯摩松煙。醉拈枯
筆墨淋浪，勢若山崩不停手」是也。大底書畫貴胸中無滯，
小有所拘，則所謂神氣者逝矣。鍾、王、顧、陸，不假之酒
而能神者，上機之士也。如張、許輩，非酒安能神哉！㉞

上述葛立方詩話旨在闡發「書畫貴胸中無滯」此一書畫創作之道。
一則以唐之書家張旭飲酣作字為例，一則以宋初畫家許道寧飲酣作
畫為例，說明欲臻書畫入神之境，酒酣之餘，胸中無所拘滯，乃得
酣暢淋漓之作。此其一也。至於，鍾繇、王羲之、顧愷之、陸探
微，無須飲酣，已臻書畫入神之境，又有愈於張、許者在。此四君
也，或為書聖，或屬畫聖，所謂「上機之士」也。然則書畫創作，
其機其神，固未必乞靈於青州從事、杜康美酒也。此其二也。書畫
創作之道，與詩相通，「上機」者，當可與蘇軾所倡之「奇趣」、
惠洪之弟超然所倡之「天趣」相闡發。㉟此其三也。張長史之掌故
甚多，且膾炙人口。顧許道寧之事跡，則屬「歷史上淡淡的影
子」，未必人皆知之。稽諸《宣和畫譜》，則有如下之記載：「許
道寧，長安人。善畫山林泉石，甚工。初市藥都門，時時戲拈筆，
而作寒林平遠之圖，以聚觀者。方時聲譽已著，而筆法蓋得於李
成。晚遂脫去舊學，行筆簡易，風度益著。而張士遜一見，賞詠久

㉞　葛立方《韻語陽秋》（臺北：藝文印書館，民國 63 年 4 月版）卷 14，頁 4—
　　5。

㉟　「奇趣」、「天趣」之說，請參閱本書第七章，第二節，第三目〈有奇趣之
　　詩〉、第四目〈得天趣之詩〉。

之，因贈以歌，其略云：『李成謝世范寬死，唯有長安許道寧。』時以為榮。今御府所藏一百三十有八。」❸葛立方之詩話記載，於《宣和畫譜》所述許道寧事跡之外，復提供「許道寧以醉故畫入神，山谷所謂『往逢醉許在長安，蠻溪大硯摩松煙。醉拈枯筆墨淋浪，勢若山崩不停手』」等材料，甚有裨於畫史、畫論之研究。此其四也。

又如胡仔《苕溪漁隱叢話》引錄《東觀餘論》論杜衍草書之言曰：

> 《東觀餘論》云：高適年五十，始為詩❸，而與李杜抗行。正獻公暮年乃學草書，筆勢翩翩，遂逼魏晉，孰謂秉燭不迨晝游哉？苕溪漁隱曰：正獻有〈和孫珪祕丞說草書〉云：「老來楷法不如初，試向閒齋習草書。落筆何曾見飛動，雕章早已過吹噓。伯英比聖功難到，懷素稱狂力有餘。若謂伊余堪繼踵，只應緣木可求魚。」黃魯直、蔡寬夫皆言正獻草書之工，第今無蓄之者，恨不一見之。❸

杜衍，字世昌，宋山陰人。大中祥符初擢進士甲科。仁宗慶曆三年（1043 年）拜樞密使，與富弼、韓琦、范仲淹共事，振修綱紀。後

---

❸ 《宣和畫譜》（臺北：臺灣商務印書館《人人文庫》特 132 號，民國 71 年 12 月版，頁 294）卷 11。

❸ 當作「高適年五十始折節為詩」，蓋謂其詩臻老成之境，並非五十歲以前從不作詩也。

❸ 同注❷，卷 21，頁 3。

以太子少師致仕。仁宗嘉祐二年（1057 年）卒，謚正獻。胡仔針對
《東觀餘論》所述杜衍暮年學草書，「筆勢翩翩，遂逼魏晉」之評
論，證以「黃魯直、蔡寬夫皆言正獻草書之工」，以推崇杜衍草書
之造詣。此其一也。胡仔另錄杜衍〈和孫珪祕丞說草書〉詩，自謙
草書無飛動之勢，他人之讚譽，乃過度吹噓爾。並以難企張芝（伯
英）、懷素草書之神妙自歉。謙光照人，足為世範。鑽研書畫者，
實應奉為圭臬。此其二也。

　　宋代詩話論詩及事，論詩及辭之餘，猶復論詩及於書法，論詩
及於繪畫，蓋詩、書、畫之精神、理論，其可相通之處，實所在多
有。嘗鼎一臠，足知其味。此亦宋代詩話之重要價值也。

五、結　語

　　章學誠《文史通義・詩話》之論詩話也，嘗云：「唐人詩話，
初本論詩。自孟棨《本事詩》出，乃使人知國史敘詩之義。而好事
者踵而廣之，則詩話而通於史部之傳記矣。間或詮釋名物❸，則詩

---

❸　宋代詩話詮釋名物之材料，為數甚多，臚陳二例，藉供隅反。一、釋「丙
　　穴」，趙令時《侯鯖詩話》（臺北：弘道文化事業公司《詩話叢刊》）云：
　　「宋子京博學作詩云：『可但魚知丙，非徒字識丁。』……丙者，左太沖
　　〈蜀都賦〉云：『嘉魚出於丙穴。』注：『丙穴在漢中沔陽縣北，有魚穴二
　　所，常以三月取之。丙，地名也。或云：魚以丙日出穴。』故陳藏器云：
　　『嘉魚乳穴中，小魚能久食，力強於乳。丙者，向陽穴，多生魚，魚復何能
　　擇丙日出入耶？』酈善長云：『穴口向丙……』老杜詩云：『魚知丙穴由來
　　美。』」二、釋「不借」，洪芻《洪駒父詩話》（北京：中華書局，郭紹虞
　　《宋詩話輯佚》，1987 年 5 月版）第 15 則：「荊公詩：『窗明雨不借。』
　　按：史游〈急就章〉云：『裳韋不借為牧人。』顏師古注云：『不借，小屨

話而通於經部之小學矣。或泛述聞見，則詩話而通於子部之雜家矣。雖書旨不一其端，而大略不出論辭、論事，推作者之志，期於詩教有益而已矣。」⓴鋪衍章學誠論詩話之旨，亦可曰：就詩話「考辨詩作之異文」之價值言之，則宋代詩話通於校勘之學矣；就詩話「保存失傳之文獻」之價值言之，則宋代詩話通於輯佚之學矣。要之，詩話之價值，除詩論詩評之外，猶兼具史部之傳記、經部之小學、子部之雜家、子部之書畫、考文籍之校勘、考典籍之輯佚諸學之價值。若夫「有益詩教」、「有裨詩學」，則尤為宋代詩話之重要價值，而為本書後此各章所再三措意者也。

也，以麻為之，其賤易得，人人各自有，不須假借，因而為言。』又出揚雄《方言》，亦曰：『麻屨謂之不借。』惟崔豹《古今注》云：『不借，草屨也。』」類此辨明詩中名物之論述，幾乎更僕難數，故章學誠謂詩話「通於經部之小學」。

⓴ 章學誠《文史通義·詩話》（臺北：華世出版社，1994 年 3 月版）頁 559。

第二章　論詩之抒情

第一節　詩本情性

　　宋代詩話說詩而及於情性者，或曰：「詩者，人之情性也。」或曰：「詩本性情。」或曰：「吟詠情性。」論述之語，雖不一致，而其「詩本情性」之旨，則初無異趨也。夫「詩者，人之情性也」一說，蓋出自黃庭堅〈書王知載朐山雜詠後〉一文，而為阮閱《詩話總龜》、黃徹《䂬溪詩話》、胡仔《苕溪漁隱叢話》、魏慶之《詩人玉屑》、王直方《王直方詩話》、舊題張鎡所撰《詩學規範》等詩話所引用。上述詩話之編著者，莫非學問淹該、識力精湛者，其選錄黃庭堅之說，載之篇卷，不約而同者，洵非偶然。❶黃

---

❶　案：黃徹《䂬溪詩話》（臺北：藝文印書館《續歷代詩話》，民國63年4月版）卷10，頁1，微引黃庭堅「詩者，人之『性情』也……怒鄰罵坐之所為也」數句，而有不同解會，自鑄新論：「余謂怒鄰罵坐，固非詩之本旨。若〈小弁〉親親，未嘗無怨；〈何人斯〉『取彼譖人，投畀豺虎』，未嘗不憤。謂不可諫諍，則又甚矣。箴規刺誨，何為而作？古者帝王尚許百工各執藝事以諫，詩獨不得與工技等哉？……忠臣義士，欲正君定國，惟恐所陳不激切，豈盡優柔婉晦乎！」

庭堅之言曰：

> 詩者，人之情性也。非強諫爭於廷，怨忿詬於道，怒鄰罵坐
> 之為也。其人忠信篤敬，抱道而居，與時乖逢，遇物悲喜，
> 同床而不察，並世而不同，情之所不能堪，因發於呻吟調笑
> 之聲，胸次釋然，而聞者亦有所勸勉。比律呂而可歌，列干
> 羽而可舞，是詩之美也。❷

夫「忠信篤敬」者，君子之懿德。懷德而抱道，亦猶孟子所倡之
「盡心」、「知性」，〈中庸〉所論之「率性」、「修道」。夫人
「與時乖、逢」，遇物而感，而其喜怒哀樂等情由是發焉。及其情
多而難勝也，於是形諸吟詠，吟詠之不足，遂不覺手舞而足蹈。至
於吟誦其詩者，從容饜飫，反復翫味，乃興起好善惡惡之心，而知
所勸勉、知所興起。黃庭堅自作者之創作與讀者之接受等面向，析
論「詩之美」，可謂精闢之論。張戒嘗云：「子美詩，讀之使人凜
然興起，肅然生敬。」❸即其義也。

　　本諸性情而發為詩歌，其效深遠，有如此者。誠以詩人流連萬
象之際，沉吟視聽之區，發乎情性，止乎禮義，而深得情性之正者
也。此宋代詩話所載「詩者，人之情性」之論也。

　　若夫「情性」一詞，亦有作「性情」者。方嶽《深雪偶談》

---

❷　黃庭堅《豫章黃先生文集》（臺北：臺灣商務印書館《四部叢刊正編》第 49
　　冊，民國 68 年 10 月版）卷 26，頁 12－13。
❸　張戒《歲寒堂詩話》（臺北：臺灣商務印書館景印文淵閣《四庫全書》集部
　　第 418 冊，民國 75 年 3 月版）卷上，頁 24。

云：

> 詩無不本於性情。自詩之體隨代變更，由是性情或隱或見，
> 若存若亡。深者過之，淺者不及也。昔坡公云：「蘇、李之
> 天成，曹、劉之自得，陶、謝之超然，固已至矣。」……如
> 天成，如自得，如超然，則夫詩之間奧處❹……雖然，漢、
> 魏、晉曷嘗舍去性情，別出意見，而習為高遠之言哉？當其
> 代殊體變，性與情之隱見、存亡、深淺，雖其一時之名能詩
> 者，亦不能自必其所至之然也。唐風既昌，一聯一句，滿聽
> 清圓，流液雋永，首肯變踔，性情信在是矣。然詞藻勝則糟
> 粕，律度嚴則拘窘，能不脂韋於二蔽之間，而脫穎奇焉，則
> 天成、自得、超然，何得無之？至於作止雍容，聲容惋穆，
> 視溫柔敦厚之教，庶幾無論漢、魏，顧晉以後諸人，自靖節
> 翁之外，似未諭也。❺

方嶽一則曰：「詩無不本於性情」，再則曰：「由是性情或隱或
見，若存若亡」，三則曰：「漢、魏、晉曷嘗舍去性情」，四則
曰：「性情信在是矣」，皆用「性情」一詞。且析性、情為二，
曰：「性與情之隱見、存亡、深淺」云云。由此可知「性情」、

---

❹　案：「間奧處」三字，《叢書集成初編》（上海：商務印書館，民國 25 年
　　12 月版）第 397 冊所收方嶽《深雪偶談》付之闕如，今據《說郛》本《深雪
　　偶談》校補。

❺　方嶽《深雪偶談》（上海：商務印書館《叢書集成初編》第 397 冊）頁 6－
　　7。

「情性」，所指涉之內涵，初無二致。方嶽《深雪偶談》傳於世者，僅收錄詩話十六則，此處所錄者，為其自得之論。❻約而言之，其緒有三：「性情」蓋「性」與「情」之合稱，此其一也。作詩若本於深摯之性情，則蘇、李之天成，曹、劉之自得，陶、謝之超然等境界，庶幾可臻，此其二也。詩人苟薰潤於溫柔敦厚之詩教❼，涵養其純然至善之性情，則晬面盎背，雍容愊穆，得其性情之正，足與陶淵明之詩境相頡頏矣，此其三也。

至若「吟詠情性」之論，則見諸姜夔《白石道人詩說》。其言曰：

> 吟詠情性，如印印泥；止乎禮義，貴涵養也。❽

細繹姜白石之言，其旨有二：一曰吟詠情性，如印印泥。一曰吟詠情性，止乎禮義，而貴涵養。前者蓋謂屬辭賦詩，一本真誠之性情，爰生至情至性之作，此「詩之性情貴真」之義，請於本章第二節論之。後者則揭櫫「吟詠情性，宜得其正」之義，請於本章第三節論之。

---

❻　郭紹虞《宋詩話考》（北京：中話書局，1979 年 8 月版）頁 126，微引方嶽「詩無不本於性情……遣者不及也」云云，謂：「則其所自得者可知矣。」

❼　《禮記・經解》（臺北：藝文印書館《十三經注疏》，民國 70 年 1 月版）卷 50，頁 1：「孔子曰：『入其國，其教可知也。其為人也，溫柔敦厚，詩教也。』」

❽　姜夔《白石道人詩說》（臺北：藝文印書館《歷代詩話》，民國 63 年 4 月版）頁 3。

　　要之，綜合前引黃庭堅、姜夔、方嶽之說，可知「詩本情性」，蓋涵二義：若本乎深摯真誠之情性以為詩，庶幾得臻詩之佳善之境，是謂「得情性之真」，此其一也。情性必須涵養，篇詠乃中禮義，而溫柔敦厚之詩教得以昭宣，作者、讀者之襟期從而恢廓，是謂「得情性之正」，此其二也。

第二節　賦詩得情性之真

　　宋代詩話說詩之際，措意乎「情性之真」者，其議論誠有可觀，請以姜夔之言發端。本章第一節所援姜夔「吟詠情性，如印印泥」一說，蓋謂屬辭賦詩之際，一本真性真情，必成工妙感人之作。作者之情與詩中之情，適相一致，銖兩悉稱，是謂賦詩得情性之真。❾此義於宋代詩話，殆非罕觀。

　　《古今詩話》載：

> 歐公云：「詩源乎心，貧富愁樂，皆係其情。江南李氏〈宮
> 中〉詩曰：『簾日已高三丈透，金爐次第添香獸，紅錦地衣

---

❾　案：姜夔此則詩話全文云：「意出於格，先得格也。格出於意，先得意也。吟詠情性，如印印泥；止乎禮義，貴涵養也。」見《白石道人詩說》頁 3。張健〈南宋的文學批評〉一文為之詮說：「意出於格，是先決定形式再部署內容；格出於意，是先有了內涵再經營形式。但最可貴的是如印印泥（此語出自《文心雕龍·物色》，汪藻曾引用於前，又見於《白石詩集·自序二》，即渾然天成，不可分割之意），恰到好處。」見張健《中國文學批評論集》（臺北：天華出版事業股份有限公司，民國 68 年 6 月版）。其說與筆者異趣。

隨步皺。　佳人舞點金釵溜，酒惡時拈花蕊嗅，別殿微聞簫
鼓奏。』與夫『時挑野菜和根煮，亂斫生柴帶葉燒』異
矣。」❿

歐陽脩「詩源乎心」云云，蓋謂詩歌乃詩人心情、心境、情性之映
現。詩人或貧而樂道，或窮而牢愁，或富而豪縱，或貴而閑適，方
其搦翰屬辭，形諸篇詠，莫非真情流露，猶如印之印泥。歐公所陳
二例，足以徵其「源心係情」之詩論。李煜〈浣溪沙〉「簾日已高
三丈透」一闋，雖其體製隸乎詩餘，然廣義言之，亦屬詩歌。此辭
以細膩之筆觸，寫宮中之生活，未著喜樂七情等字眼，惟敘添香、
觀舞、饜酒、賞花諸事，而富貴之氣象、燕居之閑情，即如實呈
顯，略無矯飾。詩源心而係情，蓋謂此也。

　　若夫「時挑野菜和根煮」一聯，煮菜而弗棄其根，燃柴則帶葉
而燒，寒儉窮蹙之情，自可知矣。歐公論詩，洵屬中肯。此宋詩話
之論「屬辭賦詩，當本真情」者一也。

　　范晞文《對床夜語》云：

　　　　蔡琰雖失身，然詞甚古。如「不謂殘身兮卻得旋歸，撫抱胡

---

❿　《古今詩話》第 41 則。見郭紹虞《宋詩話輯佚》頁 111。案：此則詩話亦載
　　阮閱《詩話總龜》（景印文淵閣《四庫全書》集部第 417 冊）卷 5，頁 10；
　　魏慶之《詩人玉屑》（景印文淵閣《四庫全書》集部第 420 冊）卷 10，頁
　　18。其發端，《詩話總龜》、《詩人玉屑》並作「詩原乎心者也，富貴愁
　　怨，見乎所處。」文字與郭紹虞所輯《古今詩話》異。雖然，其標舉「詩原
　　乎心，表現真情」之旨，則相一致。

兒兮泣下沾衣，漢使迎我兮四牡騑騑。胡兒號兮誰得知❶，
與我生死兮逢此時，愁為子兮日無光輝。焉得羽翼兮汝將
歸，一步一遠兮足難移，魂消影絕兮恩愛遺。」此將歸別子
也。時身歷其苦，詞宣乎心，怨而愁，哀而思，千載如新。
使經聖筆，亦必不忍刪之也。劉商雖極力擬之，終不似，蓋
不當擬也。❷

范晞文「身歷其苦，詞宣乎心，怨而愁，哀而思，千載如新」云
云，其旨趣可與歐陽脩「源心係情」之詩論相詮。誠以真情深摯，
雖經孔聖《春秋》之筆，當亦不忍刪削之。惟其情性真摯，故劉商
〈胡笳十八拍〉❸雖極力摹擬蔡文姬之作，而終不免東施笑顰之
譏。蓋人間之至情至性，原不當擬，亦無法擬也。范晞文之論，亦
可謂具眼矣。

　　雖然，范晞文以〈胡笳十八拍〉之第十有三拍為「詞宣乎心」
之例證，則或未之深考。何則？蓋世所傳蔡文姬〈胡笳十八拍〉，
依逯欽立之考證，原屬後人偽託之作。❹偽託之作，而得「怨怒哀

---

❶　《對床夜語》所錄蔡琰「胡兒號兮誰得知」句，逯欽立輯校《先秦漢魏晉南
　　北朝詩》（臺北：木鐸出版社，民國 72 年 9 月版）頁 203，據《詩紀》〈胡
　　笳十八拍〉作「號失聲兮誰得知」。
❷　范晞文《對床夜語》（臺北：藝文印書館《續歷代詩話》，民國 63 年 4 月
　　版）卷 1，頁 2。
❸　劉商〈胡笳十八拍〉見《全唐詩》（臺北：宏業書局，民國 71 年 9 月版）頁
　　3450－3453。
❹　逯欽立輯校《先秦漢魏晉南北朝詩》，頁 201，詳列五事，以證〈胡笳十八
　　拍〉「無論曲辭，均是後人假託」。其持論可稽逯氏原書。

思,千載如新」之評,則此偽託者亂真奪真之技巧,亦難能矣。而范晞文茲論,終不免白璧之微瑕也。此宋詩話之論「屬辭賦詩,當本真情」者二也。

范晞文《對床夜語》復云:

> (杜甫)〈自京赴奉先〉有云:「入門聞號咷,幼子飢已卒。吾寧捨一哀,里巷猶嗚咽。所愧為人父,無食政❶天折。豈知秋未登,貧窶❶有倉卒。」舐犢之悲,流出胸臆。故〈彭衙行〉云:「眾雛爛熳睡,喚起霑盤飧。」〈赴王十五會〉云:「病身虛俊味,何幸飫兒童。」❶

范晞文所論杜詩「入門聞號咷」至「貧瘷有倉卒」八句,蓋節錄〈自京赴奉先詠懷五百字〉一詩,敘寫杜甫於唐玄宗天寶十四載(756)冬月,長途跋涉,備極艱辛,終抵奉先,返家之後,見家人困窮之景況。時「未滿週歲之幼子已餓死」。❶此八句敘父子之情,「極其悲慘」。❶此悲愴慘怛之情,皆自胸臆流出,故真摯感人。

〈彭衙行〉敘寫杜甫於天寶十五載(756)避賊時,自白水往鄜

---

❶　案:「政」,當作「致」。見仇兆鰲《杜詩詳注》(臺北:里仁書局,民國69年7月版)頁272。

❶　案:「窶」,當作「瘷」。見仇兆鰲《杜詩詳注》頁272。

❶　同注❶,卷3,頁2。

❶　見《杜甫年譜》(臺北:學海出版社,民國67年9月版)頁35。

❶　同注❶,頁277。

州，攜妻孥留宿同家窪故人孫宰家之事。❷〈王十五前閣會〉一詩，敘王十五致札設宴相邀之事。❹觀此二詩，「眾雛爛熳睡，喚起霑盤飱」，敘寫喪亂流離之際、奔波疲困之餘，幸獲故人孫宰之接待，爰喚醒子女，飽餐饗飱之情。筆墨樸實，而其關愛子女之真情胥呈。「病身虛俊味，何幸飫兒童」二句，趙彥材以為「以病不能食，虛其雋美之味，則持之以歸，燕及兒輩也。俊，當作『雋』。」❷對庶饌而念子女，為人父而止於慈，亦真情流露之作也。❷此宋詩話之論「屬辭賦詩，當本真情」者三也。

阮閱《詩話總龜後集》載漢高祖唱〈大風歌〉一事云：

> 漢高祖置酒沛宮，酒酣擊筑，自歌曰：「大風起兮雲飛揚，威加海內兮歸故鄉，安得猛士兮守四方。」時帝有天下已十二年，當思者艾賢德，與共維持。獨專意猛士，何哉？豈馬上三尺，嫚罵未易遽革邪？治道終以霸雜，蓋有由然。其前

---

❷　同注❶，頁 46。

❹　同注❶，頁 1601。

❷　見《九家集杜詩》（臺北：成文出版社《杜詩引得》，民國 55 年版）頁 447。

❷　杜甫篤於倫理，性情深摯，其詩作於君臣、父子、夫婦、昆弟、朋友之情，蓋數數及之。其慈愛子女之真情，形諸篇詠者，范晞文所陳三例之外，亦所在多有。如〈憶幼子〉云：「驥子春猶隔，鶯歌暖正繁。別離驚節換，聰慧與誰論。澗水空山道，柴門老樹春。憶渠只愁睡，炙背俯晴軒。」（仇兆鰲《杜詩詳注》頁 323）〈遣興〉云：「驥子好男兒，前年學語時。問知人客姓，誦得老夫詩。世亂憐渠小，家貧仰母慈。」（仇兆鰲《杜詩詳注》頁 326）〈北征〉云：「生還對童稚，似欲忘飢渴。問事競挽鬚，誰能即嗔喝。翻思在賊愁，甘受雜亂聒。」（仇兆鰲《杜詩詳注》頁 395）

年下詔曰：「賢士大夫，吾能尊顯之。」是年下詔曰：「與
天下之賢豪士大夫同安緝之。」余謂播告之辭乃秉筆代言，
非若耳熱之歌乃中心所欲也。❷

夫中心所欲，形諸詠歌，非由矯揉，不假雕飾，是之謂真。「古人
為詩皆發於情之不能自已，故情真語摯，不求工而自工。」❷漢高
祖之〈大風歌〉，朱晦庵許其「壯麗而奇偉」❷；葛立方贊其「志
氣慷慨，規模宏遠，凜凜乎已有四百年基業之氣」。❷漢高祖豁達
大度，具英豪氣，「其氣象足以蓋世，其光彩足以照人」，「所過
者化，無不披靡」❷，其霸氣豪情，悉寓諸〈大風歌〉。千載之下
讀之，猶令人奮然興起，而思有所作為。何則？以其得情性之真
也，故足以感人。此宋詩話之論「屬辭賦詩，當本真情」者四也。

第三節　賦詩得情性之正

本章第一節嘗援引《白石道人詩說》「吟詠情性……止乎禮
義，貴涵養也」，且以「吟詠、涵養情性，宜得其正（合於禮義）」

---

❷　阮閱《詩話總龜後集》（臺北：臺灣商務印書館景印文淵閣《四庫全書》，
　　集部第 417 冊）卷 15，頁 5。

❷　鄔啟祚《耕耘別墅詩話》，轉引自《歷代詩話詞話選》（武漢：武漢大學出
　　版社，1984 年版）頁 203。

❷　魏慶之《詩人玉屑・晦庵論大風歌》（景印《四庫全書》集部第 420 冊）卷
　　13，頁 2。

❷　葛立方《韻語陽秋》（景印《四庫全書》集部第 418 冊）卷 19，頁 14。

❷　牟宗三《歷史哲學》（臺北：臺灣學生書局，民國 71 年 2 月版）頁 158。

詮之。此宋代詩話論及「賦詩得情性之正」者一也。魏慶之《詩人玉屑》收錄謝顯道之言曰：「詩之為言，率皆樂而不淫，憂而不困，怨而不怒，哀而不愁。」❷此宋代詩話論及「賦詩得情性之正」者二也。《蔡寬夫詩話》曰：「觀其（陶潛）〈貧士〉、〈責子〉，與其他所作，當憂則憂，遇喜則喜，忽然憂樂兩忘，則隨所遇而皆適，未嘗有擇於其間。所謂超世遺物者，要當如是而後可也。」❸此宋代詩話論及「賦詩得情性之正」者三也。凡此三義，皆可自「詩以道情性之正」❸一語紬繹而得之。式稽群編，用申其義。

一、吟詠情性，止乎禮義，貴涵養也

張戒、范晞文嘗臚陳詩例，申論「（作詩）發乎情（吟詠情性），止乎禮義」之旨，云：

楊太真事，唐人吟詠至多，然類皆無禮。太真配至尊，可以兒女語黷之耶？惟杜子美則不然，〈哀江頭〉云：「昭陽殿裡第一人，同輦隨君侍君側。」不待云：「嬌侍夜」、「醉和春」，而太真之專寵可知。不待云：「玉容」、「梨花」，而太真之絕色可想也。至於言一時行樂事，不斥言太

---

❷　同注❷，卷6，頁2。
❸　見何汶《竹莊詩話》（景印《四庫全書》集部第 420 冊）卷 4，頁 21，引《蔡寬夫詩話》。
❸　朱熹《朱文公全集・建寧府建縣學藏書記》（臺北：臺灣商務印書館《四部叢刊正編》第 53 冊，民國 68 年 11 月版）卷 78，頁 17。

真，而但言「輦前才人」，此意尤不可及。如云：「翻身向
天仰射雲，一笑正墜雙飛翼。」（案：此詩刊本「向天」或作
「向空」，「一笑」或作「一箭」。）不待云：「緩歌慢舞凝絲
竹，盡日君王看不足」，而一時行樂可喜事，筆端畫出，宛
在目前。「江水江花豈終極。」（案：此詩刊本「江水」或作
「江草」）不待云：「比翼鳥」、「連理枝」、「此恨綿綿
無盡期」，而無窮之恨，黍離麥秀之悲，寄於言外。題云：
「哀江頭」，乃子美在賊中時，潛行曲江，覩江水江花，哀
思而作。其詞婉而雅，其意微而有禮，真可謂得《詩》人之
旨者。〈長恨歌〉在樂天詩中為最下，〈連昌宮詞〉在元微
之詩中乃最得意者，二詩工拙雖殊，皆不若子美詩微而婉
也。元、白數十百言，竭力摹寫，不若子美一句。人才高下
乃如此。（張戒《歲寒堂詩話》）**㉜**

《詩》人形容新臺之事，不過曰：「新臺有泚，河水瀰瀰。
燕婉之求，籧篨不鮮。」形容公子頑之事，不過曰：「牆有
茨，不可掃也。中冓之言，不可道也。所可道也，言之醜
也。」如是而已。李商隱詠真妃事，則曰：「平明每幸長生
殿，不從金輿惟壽王。」彰君之惡也。聖人答陳司敗知禮之
聞，恐不爾也。又：「未免被他褒女笑，只教天子暫蒙
塵。」又：「君王若道能傾國，玉輦何由過馬嵬。」又：
「如何四紀為天子，不及盧家有莫愁。」皆有「重色輕天下

之心」。大抵商隱之詩類此。如〈東阿王〉云：「君王不得為天子，半為當年賦洛神。」〈曼倩詞〉❸云：「如何漢殿穿針夜，又向窗中覷阿環。」至有「趙后樓中赤鳳來」之句。「發乎情，止乎禮義」之意安在？（范晞文《對床夜語》）❸

　　細翫上述二則詩話，其端緒凡三，請試論之。《詩經·邶風·新臺》一詩凡三章，章四句。范晞文所錄「新臺有泚」等四句，其首章也。此詩蓋春秋時，衛人諷其君宣公淫穢而作。《左傳》宣公十六年記其事云：「衛宣公烝於夷姜，生伋子……為之娶於齊而美，公取之，生壽及朔。」❸《毛詩·序》云：「〈新臺〉，刺衛宣公也。納伋之妻，作新臺於河上而要之。國人惡之，而作是詩也。」孔穎達疏：「此詩，伋妻蓋自齊始來，未至於衛，而（宣）公聞其美，恐不從己，故使人於河上為新臺，待其至於河，而因臺所以要之耳。」❸此詩「為《詩經》中有上乘技巧的諷刺詩。對宣公不加責罵，從新娘心理出發，描寫英俊新郎忽然變成癩蝦蟆（蟾蜍）。癩蝦蟆形容宣公，印象新鮮而生動……確實是三百篇中的好

---

❸　「詞」，當作「辭」。見劉學鍇、余恕誠《李商隱詩歌集解》（北京：中華書局，1992 年 5 月版）頁 1701。

❸　同注❷，卷 3，頁 5。

❸　見孔穎達《春秋左傳正義》（臺北：藝文印書館《十三經注疏》第 6 冊，民國 78 年 1 月版）卷 7，頁 22。

❸　見孔穎達《毛詩正義》（臺北：藝文印書館《十三經注疏》第 2 冊）卷 2 之 3，頁 14。

詩，建立了民間文學諷刺詩的完美風格，冷言冷語，輕描淡寫，卻表現得活龍活現」。❸此詩作者不直斥衛宣公，而託之譬喻，深得婉曲諷諫之旨，而見溫柔敦厚之情焉。此范晞文假〈新臺〉詩例以明「賦詩發乎情，止乎禮義」者也。此其一。

《詩經·鄘風·牆有茨》一詩凡三章，章六句。范晞文所錄「牆有茨」等六句，屬此詩首章。此詩蓋春秋時，衛人刺其上之作。❸崔述謂此詩「立言之妙……初不明刺其惡，而但云：『言之醜』，不言之刺甚於言矣。」❸夫刺之而不假言辭，蓋存含蓄忠厚之意焉。此范晞文假〈牆有茨〉詩例以明「賦詩發乎情，止乎禮義」者也。此其二。

若夫〈哀江頭〉一詩，則杜甫於唐肅宗至德二載（757 年）陷於賊手，潛行曲江之所作也。痛恨天寶末年致亂之由，委曲諷諭，用意深細❹，錄其全篇，以為論述之資：

少陵野老吞聲哭，春日潛行曲江曲。江頭宮殿鎖千門，細柳

---

❸ 糜文開、裴普賢《詩經欣賞與研究》（臺北：三民書局，民國 80 年 2 月版）頁 212。

❸ 糜文開、裴普賢《詩經欣賞與研究》頁 231 云：「《毛（詩）·序》因〈新臺〉係刺宣姜初失身於（衛）宣公，而以〈牆有茨〉刺宣姜再失身於公子頑。其實〈牆有茨〉所刺，不必實指某事。蓋衛宮淫亂，三世不安。」吳宏一以為〈牆有茨〉一詩蓋「衛人刺其上也」。其持論見所著《白話詩經》（臺北：聯經出版事業公司，民國 82 年 5 月版）頁 293－294。

❸ 崔述《讀風偶識》（臺北：學海出版社，民國 68 年 3 月版）頁 29。

❹ 范輦雲《歲寒堂讀杜》（臺北：臺灣大通書局《杜詩叢刊》第 4 輯，民國 63 年 10 月版）卷 3，頁 9。

新蒲為誰綠。憶昔霓旌下南苑，苑中萬物生顏色。昭陽殿裡
第一人，同輦隨君侍君側。輦前才人帶弓箭，白馬嚼齧黃金
勒。翻身向天仰射雲，一笑正墜雙飛翼。明眸皓齒今何在，
血污遊魂歸不得。清渭東流劍閣深，去住彼此無消息。人生
有情淚沾臆，江草江花豈終極。黃昏胡騎塵滿城，欲往城南
望城北。**④**

此詩之作也，半含半露，若悲若諷，用筆淺深，極為合宜。**⑫**至其
詞不迫切，而意則獨至，「直得風人之旨」。**⑬**而說者謂「翻身向
天仰射雲，一笑正墜雙飛翼」二句，「似謠似讖」**⑭**，「已帶出祿
山稱叛，馬嵬賜死，明皇與貴妃不能終為比翼意」。**⑮**由此可知張
戒「其詞婉而雅，其意微而有禮，真可得詩人之旨者」，與夫「微
而婉」云云，洵屬得間之言。而杜甫〈哀江頭〉可謂「發乎情，止
乎禮義」之作也。

　　張戒、范晞文另陳歌詠唐玄宗、楊玉環而未合禮義之作，以申
其詩論，則白居易〈長恨歌〉，元稹〈連昌宮詞〉，李商隱〈馬嵬
二首〉、〈華清宮〉（華清恩幸古無倫）、〈驪山有感〉等詩屬之。
范晞文意猶未足，再臚三例，以為論評之資，則李商隱〈東阿
王〉、〈曼倩辭〉、〈可歎〉三詩是也。粵稽群編，用審其論。

---

④　仇兆鰲《杜詩詳注》頁 329－331。

⑫　同注**④**，頁 332，黃生語。

⑬　單復《讀杜詩愚得》（《杜詩叢刊》第 2 輯）卷 3。

⑭　劉濬《杜詩集評》（《杜詩叢刊》第 4 輯）卷 5，頁 18，引吳氏語。

⑮　盧元昌《杜詩闡》（《杜詩叢刊》第 3 輯）卷 5，頁 2。

自來評論〈長恨歌〉者，大抵可區為四類：或謂此詩「無禮之甚」（《歲寒堂詩話》）❻，「失臣下事君之禮」（《臨漢隱居詩話》）❼，「冶蕩纖弱」（《養一齋詩話》）❽，「為千古惡詩之祖」（《定盦先生年譜外紀》）❾，此其類一也。或謂此詩「旨寄諷刺」（《唐詩別裁集》）❺⓿，「為君諱惡」（《唐詩解》）❺❶，「蓋得孔子答陳司敗

---

❻ 張戒《歲寒堂詩話》卷上，頁 13：「（〈長恨歌〉）敘楊妃進見專寵行樂事，皆穢褻之語。首云：『漢皇重色思傾國，御宇多年求不得。』後云：『漁陽鼙鼓動地來，驚破霓裳羽衣曲』此下云云，殆可掩耳也。」

❼ 魏泰《臨漢隱居詩話》（臺北：藝文印書館《歷代詩話》，民國 63 年 4 月版）頁 2：「唐人詠馬嵬之事者多矣。世所稱者，劉禹錫『官軍誅佞倖，天子捨妖姬。群吏伏門屏，貴人牽帝衣。低回轉美目，風日為無輝。』白居易曰：『六軍不發無奈何，宛轉蛾眉馬前死。』此乃歌詠祿山能使官軍皆叛，逼迫明皇，明皇不得已而誅楊妃也。噫！豈特不曉文章體裁？而造語蠢拙，抑已失臣下事君之禮矣。」

❽ 潘德輿《養一齋詩話》（臺北：木鐸出版社《清詩話續編》，頁 2013）：「夫以〈長恨歌〉之冶蕩纖弱，祗合與歌伎讀者，而（翁方綱）目為豪傑，自流濫於此，遂可以人之復古為多事耶？」

❾ 張祖廉《定盦先生年譜外紀》（娟鏡樓叢刻本）卷上云：「先生（龔自珍）謂〈長恨歌〉『回頭一笑百媚生』乃形容勾闌妓女之詞，豈貴妃風度耶？白居易直千古惡詩之祖。」轉引自《白居易詩評述彙編》（臺北：文馨出版社，民國 65 年 4 月版。此書一名《白居易研究》）頁 361。

❺⓿ 沈德潛《唐詩別裁集》（臺北：廣文書局，民國 59 年 1 月版）卷 8，頁 5：「此（〈長恨歌〉）譏明皇之迷於色而不悟也。以女寵幾於喪國，應知從前之謬戾矣。」清高宗《唐宋詩醇》（臺北：臺灣中華書局，民國 60 年 1 月版）卷 22，頁 8：「居易詩（〈長恨歌〉）詞特妙，情文相生，沉鬱頓挫，哀艷之中，具有諷刺。」

❺❶ 唐汝詢《唐詩解》（明萬曆乙卯刻本）云：「（〈長恨歌〉）……曰：『養在深閨人不識。』為君諱也。」（轉引自《白居易詩評述彙編》頁 236。）

遺意」（《學齋佔畢》）❺❷（案：「孔子答陳司敗遺意」，謂「為國君諱」也。
魯昭公取於吳，為同姓，當稱吳姬，而昭公名之吳孟子。依周代之禮，同姓不
婚。魯、吳同屬姬姓，是魯昭公不知禮也。《論語·述而》載：陳司敗，即陳國
之司寇，問孔子：「昭公知禮乎？」孔子曰：「知禮。」孔子蓋為昭公諱也，諱
國之惡，禮也。）❺❸，此其類二也。或謂此詩「文章婉妙」（《載酒園
詩話》、《歸田詩話》）❺❹，「鋪寫詳密，為古今長歌第一」（《四友齋
叢說》）❺❺，此其類三也。或以為此詩「雖從一完整機構之小說，
即〈長恨歌〉及傳中，分出別行……其本身無真正收結，無作詩緣
起，實不能脫離（〈長恨傳〉之）傳文而獨立也」，「故必須合併讀
之、賞之、評之」（《元白詩箋證稿》）❺❻，此其類四也。其餘論評或
筆者未嘗經眼，或各與此四類之某一類近似，限於篇幅，不遑枚

---

❺❷　史繩祖《學齋佔畢》壹云：「唐明皇納壽王妃楊氏，本陷新臺之惡，而白樂
　　天所賦〈長恨歌〉，則深沒壽邸一段，蓋得孔子答陳司敗遺意矣。春秋為尊
　　者諱，此歌深得之。」轉引自陳寅恪《元白詩箋證稿》（臺北：世界書局，
　　民國 64 年 3 月版），頁 13。

❺❸　說見《論語注疏》（臺北：藝文印書館《十三經注疏》第 8 冊），卷 7，頁
　　10，邢昺疏。

❺❹　賀裳《載酒園詩話·又編》（臺北：木鐸出版社《清詩話續編》頁 360）：
　　「〈長恨歌〉婉麗。」瞿佑《歸田詩話》（臺北：藝文印書館《續歷代詩
　　話》）卷上，頁 6：「樂天〈長恨歌〉凡一百二十句，讀者不厭其長……文
　　章妙也。」

❺❺　何良俊《四友齋叢說》卷 25：「白太傅〈長恨歌〉、〈琵琶行〉，元相〈連
　　昌宮詞〉，皆是直陳時事，而鋪寫詳密，宛如畫出，使今世人讀之，猶可想
　　見當時之事，余以為當為古今長歌第一。」（轉引自《白居易詩評述彙編》
　　頁 204。）

❺❻　陳寅恪《元白詩箋證稿》，頁 11、頁 44。

舉。

　　前述諸家評論，其謂〈長恨歌〉「失臣下事君之禮」者，魏泰
《臨漢隱居詩話》也；其謂〈長恨歌〉「無禮之甚」者，張戒《歲
寒堂詩話》也。此二者皆屬宋代詩話之詩論。同持「止乎禮義」、
「得情性之正」、「溫柔敦厚」之義說詩，合於儒家詩教宗旨，本
無可厚非，尤無須斥責。而汪立名乃駁之：

> 此論為推尊少陵則可，若以此貶樂天則不可。論詩須相題，
> 〈長恨歌〉本與陳鴻、王質夫話楊妃始終而作，猶慮詩有未
> 詳，陳鴻又作〈長恨歌傳〉。所謂不特感其事，亦欲懲尤
> 物，窒亂階，垂於將來也，自與（杜甫）〈北征〉詩不同。
> 若諱馬嵬事實，則「長恨」二字便無著落矣。讀書全不理會
> 作詩本末，而執片詞肆議古人，已屬太過。至謂「歌詠祿山
> 能使官軍」云云，則尤近乎鍛鍊矣。宋人多文字吹求之禍，
> 皆醸於此等議論。若唐人作詩本無所謂忌諱，忠厚之風，自
> 可慕也。然陳〈傳〉中敘貴妃進於壽邸，而白詩諱之，但
> 云：「楊家有女初長成，養在深閨人未識。天生麗質難自
> 棄，一朝選在君王側。」安得謂樂天不知文章大體耶？❺⑦

而朱金城復變本加厲，謂：「汪氏之說誠是，然猶未能擺脫所謂

---

❺⑦　汪立名編《白香山長慶集》（臺北：世界書局《白香山詩集》，民國 68 年 6
　　月版）卷 12，頁 120。

『溫柔敦厚』之旨。」且曰：「其（魏泰）議論極迂腐。」❸夫汪氏之說，猶存忠厚；朱氏之議，或可再三斟酌。苟以溫柔敦厚為迂腐，則「不迂腐」者當為何物耶？夫玄宗妾納太真，致召新臺之譏，其穢褻亂倫，亦已甚矣，故不應曲意回護。口誅而筆伐之，不亦宜乎。且夫形諸詩歌，則當恪尊溫柔敦厚、委婉含蓄之詩教。其或不然，則何貴乎詩耶？昔陳孔璋之痛罵曹操也，本無假於歌詩❸；駱臨海之怒斥武曌也，則乞靈乎檄文。❸並名傳史冊，罕聞失禮之譏。劉彥和云：「詩者，持也，持人情性。三百之蔽，義歸無邪。持之為訓，有符焉爾。」❸黃山谷云：「詩者，人之情性也。非強諫爭於廷，怨忿詬於道，怒鄰罵坐之為也。」❸張戒「微婉」、「有禮」，范晞文「止乎禮義」之詩論，固不容以迂腐目之。

　　復觀元稹〈連昌宮詞〉，彌信張戒、范晞文之說。〈連昌宮詞〉云：

---

❸　朱金城《白居易集箋校》（上海：上海古籍出版社，1988 年 12 月版）頁662。

❸　陳琳〈為袁紹檄豫州〉，《文選》李善注引《魏志》：「琳避難冀州，袁本初使典文章，作此檄以告劉備，言曹公失德，不堪依附，宜歸本初也。後紹敗，琳歸曹公，曹公曰：『卿昔為本初移書，但可罪狀孤而已，惡惡止其身，何乃上及父祖邪？』琳謝罪曰：『矢在弦上，不可不發。』曹公愛其才而不責之。」見蕭統《文選》（臺北：正中書局，民國 60 年 10 月版）卷44，頁3。

❸　駱賓王〈代李敬業傳檄天下文〉，見陳熙晉《駱臨海集箋注》（臺北：華正書局，民國 63 年 10 月版）頁 329－338。

❸　范文瀾《文心雕龍註・明詩》（臺北：明倫出版社，民國 60 年 10 月版）頁65。

❸　同注❷。

連昌宮中滿宮竹，歲久無人森似束。又有牆頭千葉桃，風動
落花紅蔌蔌。宮邊老翁為余泣，小年進食曾因入。上皇正在
望仙樓，太真同憑闌干立。樓上樓前盡珠翠，炫轉熒煌照天
地。歸來如夢復如癡，何暇備言宮裡事。初過寒食一百六，
店舍無煙宮樹綠。夜半月高弦索鳴，賀老琵琶定場屋。力士
傳呼覓念奴，念奴潛伴諸郎宿。須臾覓得又連催，特敕街中
許燃燭。春嬌滿眼睡紅綃，掠削雲鬟旋裝束。飛上九天歌一
聲，二十五郎吹管逐。逡巡大編梁州徹，色色龜茲轟錄續。
李謩擫笛傍宮牆，偷得新翻數般曲。平明大駕發行宮，萬人
歌舞塗路中。百官隊仗避岐薛，楊氏諸姨車鬥風。明年十月
東都破，御路猶存祿山過。驅令供頓不敢藏，萬姓無聲淚潛
墮。兩京定後六七年，卻尋家舍行宮前。莊園燒盡有枯井，
行宮門閉樹宛然。爾後相傳六皇帝，不到離宮門久閉。往來
年少說長安，玄武樓成花蕚廢。去年敕使因跡竹，偶值門開
暫相逐。荊榛櫛比塞池塘，狐兔驕癡緣樹木。舞榭欹傾基尚
在，文窗窈窕紗猶綠。塵埋粉壁舊花鈿，烏啄風箏碎珠玉。
上皇偏愛臨砌花，依然御榻臨街斜。蛇出燕巢盤鬥栱，菌生
香案正當衙。寢殿相連端正樓，太真梳洗樓上頭。晨光未出
簾影黑，至今反掛珊瑚鉤。指似傍人因慟哭，卻出宮門淚相
續。自從此後還閉門，夜夜狐狸上門屋。我聞此語心骨悲，
太平誰致亂者誰。翁言野父何分別，耳聞眼見為君說。姚崇
宋璟作相公，勸諫上皇言語切。燮理陰陽禾黍豐，調和中外
無兵戎。長官清平太守好，揀選皆言由相公。開元之末姚宋
死，朝廷漸漸由妃子。祿山宮裡養作兒，虢國門前鬧如市。

弄權宰相不記名，依稀憶得楊與李。廟謨顛倒四海搖，五十
年來作瘡痏。今皇神聖丞相明，詔書纔下吳蜀平。官軍又取
淮西賊，此賊亦除天下寧。年年耕種宮前道，今年不遣子孫
耕。老翁此意深望幸，努力廟謀休用兵。**❻❸**

元稹此詩除第九聯「力士傳呼覓念奴，念奴潛伴諸郎宿」頗遭施補
華之非議，以為宮闈醜事，播之詩歌，可謂小人無忌憚**❻❹**之外，論
者往往稱許其「得風人之旨」**❻❺**，「含有諷諭」。**❻❻**《毛詩・序》
云：「上以風化下，下以風刺上，主文而譎諫，言之者無罪，聞之
者足以戒，故曰風。」毛亨傳：「譎諫，詠歌依違，不直諫。」**❻❼**
《禮記・經解》云：「孔子曰：『入其國，其教可知也。其為人
也，溫柔敦厚，詩教也。』」孔穎達疏：「溫，謂顏色溫潤；柔，
謂情性和柔。詩依違諷諫，不指切事情。故云：『溫柔敦厚，是詩
教也。』」**❻❽**要之，「溫柔敦厚」、「依違諷諫」，即「風（詩）

---

❻❸　《全唐詩》（臺北：宏業書局，民國 71 年 9 月版）頁 4612－4613。

❻❹　見施補華《峴傭說詩》（臺北：藝文印書館《清詩話》，民國 66 年 5 月版）
頁 12。

❻❺　洪邁《容齋詩話》（臺北：廣文書局，民國 60 年 9 月版）卷 4，頁 11：
「〈連昌（宮）詞〉有監戒規諷之意。」頁 12：「（〈連昌宮詞〉）殊得風
人之旨。」

❻❻　賀裳《載酒園詩話・又編》（臺北：木鐸出版社《清詩話續編》頁 360）：
「顧前人諸選，惟收元作〈連昌宮詞〉者，以其含有諷諭耳。」

❻❼　同注**❸❻**，卷 1 之 1，頁 11。

❻❽　孔穎達《禮記正義》（臺北，藝文印書館《十三經注疏》第 5 冊）卷 50，頁
1－2。

人之旨」也。筆者嘗反復雒誦元微之〈連昌宮詞〉，乃知洪邁「得
風人之旨」之評，侔揣或少溢量。若懸「詞婉意微」之衡準以較論
之，則〈連昌宮詞〉較之杜少陵之〈哀江頭〉，猶有一間之隔。張
戒以為〈連昌宮詞〉不若〈哀江頭〉之「微而婉」，洵屬卓識。

　　茲復援錄李商隱之詩篇，用詮范晞文之詩論：

> 冀馬燕犀動地來，自埋紅粉自成灰。君王若道能傾國，玉輦
> 何由過馬嵬。（〈馬嵬二首其一〉）**69**

> 海外徒聞更九州，他生未卜此生休。空聞虎旅傳宵柝，無復
> 雞人報曉籌。此日六軍同駐馬，當時七夕笑牽牛。如何四紀
> 為天子，不及盧家有莫愁。（〈馬嵬二首其二〉）**70**

> 華清恩幸古無倫，猶恐蛾眉不勝人。未免被他褒女笑，只教
> 天子暫蒙塵。（〈華清宮〉）**71**

> 驪岫飛泉泛暖香，九龍呵護玉蓮房。平明每幸長生殿，不從
> 金輿惟壽王。（〈驪山有感〉）**72**

69　劉學鍇、余恕誠《李商隱詩歌集解》（北京：中華書局，1992 年 5 月版）頁
　　307。

70　同注**69**。

71　同注**69**，頁 1505。

72　同注**69**，頁 1510。

十八年來墮世間，瑤池歸夢碧桃間。如何漢殿穿針夜，又向
窗中覷阿環。（〈曼倩辭〉）❼❸

國事分明屬灌均，西陵魂斷夜來人。君王不得為天子，半為
當時賦洛神。（〈東阿王〉）❼❹

幸會東城宴未回，年華憂共水相催。梁家宅裡秦宮入，趙后
樓中赤鳳來。冰簟且眠金鏤枕，瓊筵不醉玉交杯。宓妃愁坐
芝田館，用盡陳王八斗才。（〈可歎〉）❼❺

　　一、先論〈馬嵬二首〉。歷來治義山詩者，多評〈馬嵬二首〉
失體統，涉輕薄。屈復以為「冀馬燕犀動地來」一首，「與『未免
被他褒女笑』一樣口吻，詩法所忌，義山多有之，是以來浮薄之誚
也」。❼❻而「如何四紀為天子，不及盧家有莫愁」二句，尤成眾矢
之的。「失體」❼❼、「輕薄」❼❽、「壞心術」❼❾之誚，良非罕見。

---

❼❸　同注❻❾，頁 1701。

❼❹　同注❻❾，頁 1824。

❼❺　同注❻❾，頁 1737。

❼❻　屈復《玉谿生詩意》（正大印書館）。

❼❼　沈厚塽《李義山詩輯評》，轉引自劉學鍇、余恕誠《李商隱詩歌集解》頁
　　　311。

❼❽　屈復《玉谿生詩意》：「（〈馬嵬二首次章〉）七、八輕薄甚，前人論之極
　　　詳。」馮浩《玉谿生詩詳註》（臺北：華正書局，民國 66 年 8 月版）卷 3，
　　　頁 23，引毛西河曰：「（〈馬嵬二首次章〉）結太輕薄。」

實則范晞文已於南宋之際發其端緒矣。雖然，持回護義山之論者，亦不乏其人。或謂：「『如何』二字中有無限含蓄」[80]；或謂「海外徒聞更九州」一詩之結句「人多識其淺近輕薄，不知卻極沉痛。唐人習氣，不嫌纖豔也」[81]；或以為「如何四紀為天子，不及盧家有莫愁」二句，「借莫愁以寄慨，倍覺沉痛，不嫌擬其非倫也」。[82]黃季剛尤譽其「諷意至深，用筆至細」，且隱然以知言自評。[83]今世之學者，如方瑜，由愛情著眼，以為〈馬嵬〉七律「立意新穎，典麗高華……是義山詠史的成功之作」；復由政治著眼，謂〈馬嵬〉七絕既論且斷，內涵豐富。[84]劉學鍇、余恕誠則措意於此二詩之用語：「『徒聞』、『未卜』、『空聞』、『無復』、『此日』、『當時』、『如何』、『不及』等語，皆寓辛辣冷雋之嘲諷。『沉痛』之評，近乎臆測。『輕薄』之譏，如易為褒辭，則尚稱切當。」[85]綜觀上述，其貶抑之辭，固無論矣。其褒讚此二詩者，縱使多方索求，亦難以證成義山〈馬嵬二首〉深中「發乎情，

---

[79] 施補華《峴傭說詩》頁 2：「譏刺語須含蓄……義山『如何四紀為天子，不及盧家有莫愁』尤為輕薄壞心術。」

[80] 趙臣瑗語。見劉學鍇、余恕誠《李商隱詩歌集解》頁 312。

[81] 馮浩《玉谿生詩詳註》卷 3，頁 23。

[82] 張爾田《李義山詩辨正》（臺北：臺灣中華書局《玉谿生年譜會箋》頁 345，民國 68 年 5 月版）。

[83] 黃季剛評「如何四紀為天子，不及盧家有莫愁」云：「諷意至深，用筆至細。胡仔以為淺近，紀昀以為多病痛，豈知言者乎？」轉引自劉學鍇、余恕誠《李商隱詩歌集解》頁 315。

[84] 方瑜〈李商隱的詠史詩〉見《李商隱詩研究論文集》（臺北：天工書局，民國 73 年 9 月版）頁 434－435。

[85] 同注[79]，頁 315。

止乎禮義」之詩教；矧此二詩皆寓辛辣冷雋之嘲諷耶！嘲諷辛辣，而欲其當乎禮義，蓋亦難矣。故知范晞文懸「發乎情，止乎禮義」之衡準以論義山詩，洵非迂闊之論。

　　二、其次論〈華清宮〉詩。除朱鶴齡謂此詩三、四句「深著色荒戒，意最警策」❽；張爾田謂其「意雖深刻，語則樸實」❼之外；歷來評此詩者，或謂其用事失體❽，或謂其詩語刻薄尖酸。❾即今世之學者張師夢機雖謂「此詩末二句用意看似刻薄，而實係反說，垂戒甚深」❿，亦難以遽指〈華清宮〉詩合於「發乎情，止乎禮義」之衡準，范晞文之論，洵屬中肯。

　　三、再論〈驪山有感〉詩。此詩亦屬諷刺唐玄宗、楊玉環之作。論此詩者，率以「太露」⓫，「刺得嚴冷」⓬，「少含蓄，乖

---

❽　朱鶴齡箋注《李義山詩集》（臺北：臺灣學生書局，民國 62 年 10 月版）卷上，頁 8。

❼　同注❽，頁 274。

❽　胡仔《苕溪漁隱叢話後集》（臺北：臺灣商務印書館景印《四庫全書》，集部第 419 冊）卷 14，頁 7：「〈華清宮〉詩，用事失體，在當時非所宜言也。」

❾　關於李商隱〈華清宮〉詩之評論，屈復曰：「輕薄甚，玉谿往往有之。」馮浩曰：「詩語殊尖薄……大傷名教。」紀昀曰：「刻薄尖酸，全無詩品。」劉學錯、余恕誠曰：「此詩語雖尖刻，識見則未高。」同注❻❾，頁 1507－1508。

❿　張師夢機〈義山七絕的用意、抒情與詠史〉，見《李商隱詩研究論文集》頁653。

⓫　何焯《義門讀書記》評〈驪山有感〉云：「末句太露。」同注❻❾，頁 1512。

⓬　姚培謙《李義山詩集箋注》（中文出版社）。

風雅」❾❸為評,程夢星謂此詩「詞極綺麗,而持義卻極正大」❾❹,張師夢機謂:「〈驪山〉詩『不從金輿惟壽王』……能活繪出壽王鬱悶的心情。同時,在詩人嘲憐的語氣之外,深刻諷刺玄宗奢逸、貪色的主意也被暗示出來。」❾❺李義山另有〈龍池〉詩,亦詠唐玄宗、楊玉環事,其辭曰:

> 龍池賜酒敞雲屏,羯鼓聲高眾樂停。夜半讌歸宮漏永,薛王沉醉壽王醒。❾❻

唐玄宗為諸王時,其宅邸在隆慶坊。宅有井,井溢成池,數有雲龍之祥,玄宗以為瑞應。其後引龍首堰之水注於池中,池面益廣,是為龍池。玄宗開元二年(714),以宅為宮,是為興慶宮。玄宗初寵楊皇后,後寵武惠妃。其後楊皇后、武惠妃相繼去世,玄宗環顧左右,無可其意者,乃鬱鬱寡歡。因令高力士訪得其子壽王李瑁之妃楊氏,貌美,先令楊氏出家為女冠,號太真,然後納入後宮,冊封為貴妃。❾❼此詩末句「薛王沉醉壽王醒」經由對比映襯,引發讀者對「壽王何以獨醒」之翫味,而深刻嚴冷之諷諭,從而昭然揭示。

---

❾❸　紀昀《玉谿生詩說》云:「既少含蓄,亦乖風雅,如此詩不作何妨!所宜懸之戒律者,此也。」同注❻❾,頁 1513。

❾❹　程夢星《李義山詩集箋注》(臺北:廣文書局)。

❾❺　同注❾❶,頁 645。

❾❻　同注❻❾,頁 1514。

❾❼　參考陳致平《中華通史》(臺北:黎明文化事業公司,民國 63 年 4 月版)第 4 冊,頁 189。

劉學鍇、余恕誠謂此詩「揭露大膽，諷刺冷峻，而表現手法則委婉含蓄，藏鋒不露。既不落論宗，亦避免展覽穢惡。末句醉醒對照，不特言外有事，亦言外寫情。」❾❽於此詩吞多吐少、含蓄蘊藉之寫作特色和盤托出矣。楊萬里嘗以本詩為例，持較《詩經》、《春秋》紀事，而妙相闡發。其說見諸《誠齋詩話》：

> 太史公曰：「國風好色而不淫，小雅怨誹而不亂。」《左氏傳》曰：「春秋之稱，微而顯，忠（志）而晦，婉而成章，盡而不汙。」❾❾此《詩》與《春秋》紀事之妙也。……近世陳克〈詠李伯時畫寧王進史圖〉云：「汙簡❿❿不知天上事，至尊新納壽王妃。」是得為微、為晦、為婉、為不汙穢乎？惟李義山云：「侍宴歸來❿❶宮漏永，薛王沉醉壽王醒。」可

---

❾❽　同注❻❾，頁 1517。

❾❾　此蓋楊萬里節錄杜預〈春秋經傳集解序〉之文字。原文為：「故發傳之體有三，而為例之情有五。一曰微而顯：文見於此，而起例在彼。……二曰志而晦：約言示制，推以知例。……三曰婉而成章：曲從義訓，以示大順。……四曰盡而不汙：直書其事，具文見義。……五曰懲惡而勸善：求名而亡，欲蓋而章。」見孔穎達《春秋左傳正義》（臺北：藝文印書館《十三經注疏》第 6 冊）卷 1，頁 16－17。然則《誠齋詩話》「忠而晦」當作「志而晦」。

❿❿　案：「汙簡」，當作「汙簡」。藝文印書館《續歷代詩話》所收錄之《誠齋詩話》頁 3，作「汙簡」。然據弘道文化事業公司《詩話叢刊》頁 1332 所收錄之《誠齋詩話》，作「汙簡」；王昌會《詩話類編》（臺北：廣文書局，民國 62 年 9 月版）卷 22，頁 33，引此詩，亦作「汙簡」。

❿❶　案：「侍宴歸來」，當作「夜半宴歸」。見馮浩《玉谿生詩及箋注》（臺北：里仁書局，民國 70 年 8 月版）頁 598。

　　謂微婉顯晦，盡而不汙矣。⓰

楊萬里以為李商隱〈龍池〉詩「侍宴歸來宮漏永，薛王沉醉壽王
醒」二句與杜預所揭之《春秋》五例之前四例「微而顯，志而晦，
婉而成章，盡而不汙」之得紀事之妙者相侔，可謂推許備至。筆者
案：杜預以「曲也」注「盡而不汙」之「汙」，孔穎達疏亦曰：
「謂直言其事，盡其事實，無所汙曲。」⓲楊萬里此處以「汙穢」
詮「盡而不汙」之「汙」字，與杜預、孔穎達之詮釋異趣。是以若
持李商隱「侍宴歸來宮漏永，薛王沉醉壽王醒」二句以與其〈驪山
有感〉詩三、四句「平明每幸長生殿，不從金輿惟壽王」相較，則
前者之「夜半讌歸，壽王獨醒」當視後者之「惟有壽王，不從金
輿」為含蓄蘊藉，不露圭角。楊萬里評義山「侍宴歸來宮漏永」二
句「微婉顯晦，盡而不汙」，不可謂非中肯也。故知詩中嘲諷之
語，若流於嚴冷尖刻，則無論其為慨歎深摯，為持義正大，其去
「發乎情，止乎禮義」也，猶不免有一間之隔。唐玄宗新臺之穢，
固應貶斥。為臣子者，欲昭炯戒，杜亂源，則撰為文章，直陳諫言
可也。若以詩篇致諷，則「止乎禮義」「含蓄不露」之旨，誠宜再
三措意。善乎！田錫之言曰：「抒深情於諷刺莫若詩。」⓳詩寓諷

⓰　楊萬里《誠齋詩話》（臺北：藝文印書館《續歷代詩話》，民國 63 年 4 月
　　版）頁 3。
⓲　見孔穎達《春秋左傳正義》（臺北：藝文印書館《十三經注疏》第 6 冊，卷
　　1，頁 17。
⓳　田錫《咸平集·進文集表》（臺北：臺灣商務印書館文淵閣《四庫全書》，
　　集部第 24 冊）卷 23，頁 3。

刺，而潤之以深摯之情，其「不止乎禮義」者，蓋亦尟矣。細繹范晞文評論李商隱詠唐玄宗、楊玉環諸詩，蓋謂其皆寓「譏刺明皇有重色輕天下」之旨，且諷刺太露，頗違溫柔敦厚之精神，是以不可與《詩經・邶風・新臺》、《詩經・鄘風・牆有茨》二詩同年而語，並世而論。可謂手持玉尺，衡評精當矣。

　　四、續觀〈曼倩辭〉、〈東阿王〉、〈可歎〉諸詩。范晞文懸「發乎情，止乎禮義」之繩墨，質諸此三詩，未免持論過苛，難以服人。原夫〈曼倩辭〉之旨趣，蓋李商隱抒寫其偶然遭逢昔時相戀、暌隔多時之女冠，而舊情復生，衷懷悵然之事。❿〈東阿王〉詩則藉曹子建之才高八斗而坎坷仕途寄慨，暗寓「陳思之受讒於灌均，猶己之被譏於時流；陳思之不能為嗣，或由於〈洛神〉一賦，猶己之不得服官，或根於〈無題〉諸詩」❿之旨。至若〈可歎〉一詩，乃敘述性質迥異之男女私情，兩相映襯，庶申「無情而苟合者，遂願甚易；有真情者，反而分隔相思」❿之慨。然則范晞文但拈此諸詩之一、二句（〈東阿王〉之「君王不得為天子，半為當時賦洛神」；〈曼倩辭〉之「如何漢殿穿針夜，又向窗中覷阿環」；〈可歎〉之「趙后樓中赤鳳來」等詩句），未之深考，遽爾論斷，非惟大疵美篇，坐貽斷章取義之憾；且可藉斑窺豹，略知宋代詩話論文評詩或有未臻嚴謹者也。

　　筆者既徵引《歲寒堂詩話》、《對床夜語》之內容，論述「吟

---

❿　同注❻，頁 1703，劉學鍇、余恕誠並謂：「陳怡嫄謂此詩（〈曼倩辭〉）記載義山『對玉陽靈都觀某女冠一見傾心的情事』。」

❿　程夢星《李義山詩集箋注》（臺北：廣文書局）。

❿　同注❻，頁 1740－1741。

詠情性，止乎禮義」之旨矣，茲復援引宋人詩話，試論「吟詠情性，貴涵養也」之義。姜白石云：「思有窒礙，涵養未至也，當益以學。」又云：「吟詠情性，如印印泥；止乎禮義，貴涵養也。」⑩然則詩思之順暢、情性之中節，胥恃夫涵養。而涵養之充盈，則須為學以濟之。涵養詩思，固吟詠情性之功夫，然而此非本章主旨，姑存而不論。若夫吟詠情性，中節合禮，貴乎涵養之義，求諸宋代詩話，亦可概見。周密《弁陽詩話》云：

> 半山云：「退之善為銘，如王適、張徹尤奇。」余亦謂：「〈董府君〉及〈貞曜〉二銘尤妙。」〈董〉云：「物以久弊，或以輮毀。孜致要歸，孰有彼此。由我者吾，不我者天。斯而以然，其誰使然？」〈貞曜〉云：「於戲貞曜，維出不訾，維持不猗，維卒不施，以昌於詩。」坡翁嘗舉此問王定國曰：「當昌其身耶？昌其詩也？」王來詩不契所問。乃作詩答之曰：「昌身如飽腹，飽盡還復饑。昌詩如膏面，為人作容姿。不如昌其氣，鬱鬱老不衰。雖云老不衰，劫壞安所之。不如昌其志，志一氣自隨。養之塞天地，孟軻不吾欺。」⑩

周密持「尤妙」一語以美韓退之〈貞曜先生（孟郊）墓誌銘〉之銘

---

⑩　姜夔《白石道人詩說》（臺北：藝文印書館《歷代詩話》）頁 3。

⑩　周密《弁陽詩話》（臺北：弘道文化事業公司《詩話叢刊》頁 1379－1380，民國 60 年 3 月版）。

文，復引錄蘇軾〈韓退之孟郊墓銘云以昌其詩舉此問王定國當昌其身耶抑昌其詩也來詩下語未契作此答之〉詩首六韻以殿該則詩話，以為收束，而不復贊一辭。味周密之意，蓋有取於韓愈之稱孟郊「中立不倚」、「用昌其詩」之義❿；且深黶蘇軾「昌詩不如昌氣，昌氣不如昌詩」之論也。然則集義配道，以志帥氣，善養至大至剛之正氣，庶幾為吟詠情性之涵養之所本。作詩而善養正氣，自能止乎禮義而得情性之正矣。北宋陳襄尤宏宣此論，足相發明：

> 詩之言志也，持也。志之所之，言以持之。詩者，君子之所以持其志也。善作詩者，以先務求其志，持其志以養其氣，志至焉，氣次焉，氣、志俱至焉，而後五性誠固而不反，外物至無所動於其心。雖時有感觸，憂悲愉懌，舞蹈詠歎之來，必處乎五者之間，無所不得正，夫然後可以求為詩也。⓫

陳襄，字述古，福州侯官人，宋仁宗慶曆二年（1042 年）進士，宋神宗時任侍御史知雜事，神宗顧之甚厚。嘗薦司馬光、韓維、呂公著、蘇頌、范純仁、蘇軾、鄭俠等三十三人。嘗知杭州，歷官至樞

---

❿　馬其昶《韓昌黎文集校註》（臺北：河洛圖書出版社，民國 64 年 3 月版）卷 6，頁 258：「東野以貧出仕，而中立不倚，卒至於無所施為，止用昌其詩，銘意如是而矣。」

⓫　陳襄《古靈集・同年會讌詩序》（臺北：臺灣商務印書館《四庫全書珍本》3 集）卷 18。

密直學士。學者稱古靈先生。⑫蘇軾「昌詩不如昌氣，昌氣不如昌志」之論與陳襄之說若合符節，或者蘇軾於杭州任通判時，嘗獲陳襄之牖迪歟！魏慶之《詩人玉屑・趙章泉謂規模既大波瀾自闊》載曾幾、趙蕃論賦詩養氣之效云：

> 贛川曾文清公〈題吳郡所刊東萊呂居仁公詩後語〉云：「詩卷熟讀，治擇工夫已勝，而波瀾尚未闊。欲波瀾之闊，須令規模宏放，以涵養吾氣而後可。規模既大，波瀾自闊，少加治擇，功已倍於古矣。」蕃嘗苦人來問詩，答之費辭。一日閱東萊詩，以此語為四十字，異日有來問者，當謄以示之云：「若欲波瀾闊，規模須放弘。端由吾氣養，匪自歷階升。勿漫工夫覓，況於治擇能。斯言誰語汝，呂昔告於曾。」⑬

要而言之，詩人苟能持其志以養其氣，則其感物抒情，搦筆騁辭，莫非中乎禮義，而得情性之正。而其詩之規模與波瀾，亦自有宏放壯闊之氣象。此涵養益學可為吟詠情性之資之義一也。若夫博讀群書，研精經史，則為涵養益學可為吟詠情性之資之另一義，而數數見之於宋人之詩話者。請述其二三於後：

---

⑫　參見脫脫等編《宋史》（臺北：鼎文書局，民國 80 年 2 月版）卷 321，頁 10419－10421。

⑬　魏慶之《詩人玉屑》（臺北：臺灣商務印書館景印文淵閣《四庫全書》，集部第 420 冊）卷 1，頁 8。

夫詩有別材，非關書也；詩有別趣，非關理也。然非多讀書，多窮理，則不能極其至。所謂不涉理路，不落言詮者，上也。詩者，吟詠情性也。（《滄浪詩話》）⓮

苕溪漁隱曰：「學者欲博讀異書。」（《詩話總龜後集》）⓯

蕭千嚴德藻云：「詩不讀書不可為，然以書為詩，不可也。」老杜云：「讀書破萬卷，下筆如有神。」讀書而至破萬卷，則抑揚上下，何施不可？非謂以萬卷之書為詩也。（《對床夜語》）⓰

僧祖可俗蘇氏，伯固之子，養直之弟也，作詩多佳句……然讀書不多，故變態少。觀其體格，亦不過煙雲草樹、山川鷗鳥而已。（《詩話總龜後集》）⓱

魯直與方蒙書：「頃洪甥送令嗣二詩，風致灑落，才思高秀，展讀賞愛，恨未識面也。然近世少年多不肯治經術，及精讀史，乃縱以助詩，故致遠則泥。想達源自能追琢之，必

⓮　嚴羽《滄浪詩話》（臺北：藝文印書館《歷代詩話》）頁3。
⓯　阮閱《詩話總龜後集》（臺北：臺灣商務印書館景印文淵閣《四庫全書》，集部第417冊）卷8，頁7。
⓰　范晞文《對床夜語》（臺北：藝文印書館《續歷代詩話》）卷2，頁1。
⓱　同注⓯，卷12，頁7－8，引《丹陽集》。

皆離此諸病。」（《後山詩話》）⑱

樂城遺言：「讀書百遍，經義自見。」東坡〈送安惇〉詩云：「故書不厭百回讀，熟讀深思子自知。」《荀子》：「誦數以貫之，思索以通之。」朱子曰：「誦數，即今人讀書遍數也。古人讀書，精勤如此。」又云：「看書如服藥，藥多力自行。」（《蘇詩紀事》）⑲

夫淹貫經史，博讀異書，窮研其理，而臻圓照之象⑳，此亦涵養益學，以資吟詠之道也。如或不然，則同一作者也，其詩之情態風格，或將千篇一律，而尟變化，如《詩話總龜後集》所謂「觀其體格，亦不過煙雲草樹、山川鷗鳥而已」，則其規模、波瀾，自難闊大，尚何致遠之可期哉？若欲論益學之功，則精研經史子集，雒誦百回千遍，「積學以儲寶，酌理以富才，研閱以窮照」㉑，以豐其支援意識㉒，復益之以「思索以通之」，洵為要訣。《管子·內

---

⑱　陳師道《後山詩話》（臺北：藝文印書館《歷代詩話》）頁 12。

⑲　南州外史輯《蘇詩紀事》（臺北：弘道文化事業公司《詩話叢刊》）卷下，頁 1162。

⑳　劉勰《文心雕龍·知音》：「圓照之象，務先博觀。」

㉑　劉勰《文心雕龍·神思》之語。

㉒　林毓生《思想與人物·中國人文的重建》（臺北：聯經出版社，民國 72 年 8 月版）頁 38：「用伯蘭霓的術語來說，影響一個人研究與創造的最重要因素，是他的不能說明的、從他的文化與教育背景中經由潛移默化而得的『支援意識』（subsidiary awareness）。因為這種『支援意識』是隱涵的，無法加以明確描述的。」

業》云：「思之思之，又重思之。思之而不通，鬼神將通之。非鬼神之力也，精氣之極也。」⑫其論神思之理，蓋亦精妙矣，其亦可與宋代詩話論涵養益學可為吟詠情性之資之義相詮相彰矣。

二、詩之情意貴溫厚寬和

　　魏慶之《詩人玉屑·晦庵論讀詩看詩之法》引朱熹之言云：「（因論詩曰：）古人情意溫厚寬和，道得言語自恁地好。」⑫晦庵此論，固因《詩經》三百篇而發，然而移以論古近體詩之情意，當亦無所窒柄。《詩人玉屑·古詩之意》復載謝顯道之言，足與晦庵之說相發明，其言曰：

> 詩之為言，率皆樂而不淫，憂而不困，怨而不怒，哀而不愁。如〈綠衣〉，傷己之詩也，其言不過曰：「我思古人，俾無訧兮。」〈擊鼓〉，怨上之詩也，其言不過曰：「土國城漕，我獨南行。」至軍旅數起，大夫久役，止曰：「自詒伊阻。」行役無期度，思其危難以風焉，不過曰：「苟無飢渴」而已。至於言天下之事，美盛德之形容，固不言而可知。其與憂愁思慮之作，孰能優游不迫也？孔子所以有取

⑫　尹知章注、戴望校正《管子·內業》（臺北：世界書局《諸子集成》第 5 冊，民國 63 年 7 月版）頁 271。
⑫　魏慶之《詩人玉屑》（臺北：臺灣商務印書館《人人文庫》特 216 號）卷 13，頁 218。案：文淵閣本《詩人玉屑》卷 13 未收此則文字。

　　焉。㊸

式析謝顯道所陳諸例，以證其論。《毛詩・序》以為《詩經・邶風・綠衣》之主旨，乃「衛莊姜傷己也。妾上僭，夫人失位，而作是詩也」。㊹夫莊姜失寵而作詩，無怨尤之辭，惟曰：余思式法古之君子，以禮自持，庶其言行，無忒無慝。此「怨而不怒」之情也。此其例一也。

　　《毛詩・序》以為《詩經・邶風・擊鼓》之主旨，乃「怨州吁也。衛州吁用兵暴亂，使公孫文仲將而平陳與宋。國人怨其勇而無禮也」。㊺此詩作者「土國城漕，我獨南行」二句，蓋謂：均屬服繇役也，他人則留於國內，而己獨南行遠征。怨嗟之意，見於言外。此亦「怨而不怒」之情也。此其例二也。

　　「自詒伊阻」，乃《詩經・邶風・雄雉》首章第四句，其全章為：「雄雉于飛，泄泄其羽。我之懷矣，自詒伊阻。」㊻朱熹《詩集傳》釋之曰：「婦人以其君子從役于外，故言雄雉之飛，舒緩自得如此，而我之所思者，乃從役于外，而自阻隔也。」㊼糜文開、裴普賢以為由「自詒伊阻」一句，可知「當初婦人鼓勵其夫外出尋求功名。而今日之空閨獨守，寂寞憂思，都是自惹的，言下無限悔

㊸　同注⑬，卷 6，頁 2。
㊹　孔穎達《毛詩正義》（臺北：藝文印書館《十三經注疏》第 2 冊）卷 2 之 1，頁 8。
㊺　同注㊹，卷 2 之 1，頁 17－18。
㊻　同注㊹，卷 2 之 2，頁 4。
㊼　朱熹《詩集傳》（臺北：世界書局，民國 69 年 5 月版）卷 2，頁 14。

恨」。⑬茲復錄出《詩經・邶風・雄雉》二至四章，用觀其溫厚寬
和之情：

> 雄雉于飛，下上其音。展矣君子，實勞我心。（二章）瞻彼
> 日月，悠悠我思。道之云遠，何云能來？（三章）百爾君
> 子，不知德行。不忮不求，何用不臧？（四章）⑬

明人朱善之言曰：「〈雄雉〉四章，前三章皆所謂發乎情，後一章
乃所謂止乎禮義。蓋閨門之內，以愛為主，則雖思之之切，是亦情
之正也。惟其思之也切，故其憂之也深。惟其憂之也深，故其勉之
也至。」⑬此詩作者或女主人將空閨寂寞之緣由歸咎於己，而於良
人、於他人，皆無所怨尤，可謂「憂而不困」者也。此其例三也。
　　「苟無飢渴」，乃《詩經・王風・君子于役》次章末句。此詩
凡二章，章各八句。其次章云：

> 君子于役，不日不月。曷其有佸？雞棲于桀。日之夕矣，牛
> 羊下括。君子于役，苟無飢渴。⑬

《毛詩・序》謂此詩主旨為：「刺平王也。君子行役無期度，大夫

⑬　同注㊲，頁157。
⑬　同注⑫。
⑬　同注⑬，轉引朱善之言。
⑬　同注⑫，卷4之1，頁7。

思其危難以諷焉。」⓭謝顯道即依《毛詩·序》解此詩，且援以證其「詩之為言率皆……憂而不困，怨而不怒」之論。⓭此其例四也。

謝顯道所陳四例，除「苟無飢渴」一例或猶有商榷之餘地（說詳注⓭）之外，皆足徵其「詩之為言率皆……憂而不困，怨而不怒」之論。至於「詩之為言，樂而不淫，哀而不愁」等旨趣，則謝氏未之或論也。雖然，謝氏之所持論，原可與朱熹「古人情意溫厚寬和，道得言語自恁地好」之旨相闡發，而持以論古、近體詩中之情意也。

姜夔撰《白石道人詩說》，雖曰：「《詩說》之作，非為能詩者作也，為不能詩者作。」⓭顧其詩作琢句精工⓭，造語奇特⓭，音律秀美，情思深摯；而其詩論亦多精闢之見。其論詩歌之情感曰：

⓭　同注⓭，頁 6－7。

⓭　案：三家詩，及宋以後說詩者，往往以「室家相思之情」詮《詩經·王風·君子于役》。方玉潤《詩經原始》云：「詩到真極，羌無故實，亦自可傳。使三百詩人，篇篇皆懷諷刺，則忠厚之旨何在？於陶情淑性之意又何存？此詩言情寫景，可謂真實樸至。宣聖雖欲刪之，亦有所不忍也。又況夫婦遠離，懷思不已。用情而得其正，即詩之所以為教。」若此說成立，則謝顯道以《詩經·王風·君子于役》證其「詩之為言率皆……憂而不困，怨而不怒」之論，或猶有斟酌之餘地。

⓭　姜夔《白石道人詩說》（臺北：藝文文印書館《歷代詩話》）頁 5。

⓭　羅大經《鶴林玉露》（臺北：臺灣開明書店，民國 57 年 11 月版）：「姜堯章學詩於蕭千巖，琢句精工。」

⓭　瞿佑《歸田詩話》（臺北：藝文印書館《續歷代詩話》）卷中，頁 6：「姜堯章詩云：『小山不能雲，大山半為天。』造語奇特。」

喜詞銳，怒詞戾，哀詞傷，樂詞荒，愛詞結，惡詞絕，欲詞屑。樂而不淫，哀而不傷，其惟〈關雎〉乎。⓭⓮

夫詩人秉筆摛辭，發而為詩，苟溺於喜怒七情，不能發而中節，則其詩中之情意，難免有燥銳、忿戾、傷慟、荒淫、固結、決絕、繁屑之象。若欲避茲七象，以趨和厚之境，自當深體〈關雎〉之情而則效之。孔子曰：「〈關雎〉樂而不淫，哀而不傷。」⓮⓪《毛詩‧序》承孔子之說，以為《詩經‧周南‧關雎》之主旨為「樂得淑女，以配君子。愛在進賢，不淫其色。哀窈窕，思賢才，而無傷善之心焉。」⓮⓵蓋以「樂得淑女」等四句釋「樂而不淫」，以「哀窈窕」等三句釋「哀而不傷」也。故知「樂而不淫」者，樂於訪得窈窕淑女，以為君子之佳耦，而其所愛者，乃此淑女之才德；至於美豔之色，則非所求也。「哀而不傷」者，歎此窈窕淑女之難得，以示其衷懷惟是思德慕賢之情，並無淫蕩偏邪之念，亦無傷善損德之心也。善乎糜文開、裴普賢之詮《詩經‧周南‧關雎》之義也，其言曰：

> 男女之愛的情感，最為強烈，喜怒哀樂愛惡欲，難免過分，
> 必須節之以禮儀，濟之以理性，情感才不致流於泛濫的境

⓭⓮　同注⓭⓰，頁2。

⓮⓪　邢昺《論語疏》（臺北：藝文印書館《十三經注疏》第8冊）卷3，頁11。

⓮⓵　孔穎達《毛詩正義》（臺北：藝文印書館《十三經注疏》第2冊）卷1之1，頁18。

地，而能養成中庸的德性，保持生活的正常。所以劉安給
《詩經》的簡評是：「國風好色而不淫，小雅怨誹而不
亂。」孔子的指示更簡單，只「思無邪」三字，而特地專給
〈關雎〉一篇下評語說：「〈關雎〉樂而不淫，哀而不
傷。」所以表現中庸德性的〈關雎〉，可以代表〈國風〉，
甚至代表整部《詩經》。以上所說，也就是「詩人溫柔敦厚
之旨」。⑭

男女之情發而為詩，誠能樂而不淫，哀而不傷，溫厚、寬和、理
性、中庸，則其七情，感物而動，形諸篇詠，自罕銳、戾、傷、荒
之失，而呈溫厚中庸之氣象矣。

筆者嘗讀葉夢得《石林詩話》、何汶《竹莊詩話》、劉克莊
《後村詩話》諸書，摘錄數則詩話，蓋皆懸溫厚寬和之旨以評詩
者。茲依所論詩作之時代，述之於後：

〈莫相疑行〉：「男兒生無所成頭皓白，牙齒欲落真可惜。
憶昨獻賦蓬萊宮，自怪一日聲輝赫。集賢學士如堵墻，觀我
落筆中書堂。當時文彩動人主，此日飢寒趨路傍。晚將末契
託年少，當面輸心背面笑。寄謝悠悠世上兒，不爭好惡莫相
疑。」他人于「當面輸心背面笑」之下文，必有餘怨。公

<hr>

⑭　同注⑰，頁8。

（杜甫）卒章優游閒暇，了無忿憶。（《後村詩話》）⓭

韓愈〈八月十五夜贈張功曹〉：「纖雲四卷天無河，清風吹空月舒波。沙平水息聲影絕，一杯相屬君當歌。君歌聲酸辭且苦，不能聽終淚如雨。洞庭連天九疑高，蛟龍出沒猩鼯號。十生九死到官所，幽居默默如藏逃。下床畏蛇食畏藥，海氣濕蟄熏腥臊。昨者州前搥大鼓，嗣皇繼聖登夔皋。赦書一日行萬里，罪從大辟皆除死。遷者追回流者還，滌瑕蕩垢清朝班。州家申名使家抑，坎軻祇得移荊蠻。判司卑官不堪說，未免箠楚塵埃間。同時流輩多上道，天路幽險難追攀。君歌且休聽我歌：我今與君豈殊科，一年明月今宵多。人生由命非由他，有酒不飲奈明何。」集注云：「公與張署以貞元二十一年二月赦自南方，俱徙掾江陵。至是俟命於郴，而作是詩，怨而不亂，有〈小雅〉之風。」（《竹莊詩話》）⓮

明允詩不多見，然精深有味，語不徒發，正類其文。如讀《易》詩云：「誰為善相應嫌瘦，後有知音可廢彈。」婉而不迫，哀而不傷，所作自不必多也。（《石林詩話》）⓯

⓭　劉克莊《後村詩話》（臺北：臺灣商務印書館景印文淵閣《四庫全書》，集部第 420 冊）卷 10。

⓮　何汶《竹莊詩話》卷 7，頁 16。同注 143。

⓯　葉夢得《石林詩話》（臺北：臺灣商務印書館景印文淵閣《四庫全書》，集部第 417 冊）頁 36。

唐代宗永泰元年（765），杜甫年五十四。是年正月，杜甫以「白頭趨幕，不免為同列少年所侮」⓮，且故人嚴武「相待獨優，未免見忌」⓯，遂辭嚴武幕府職，歸成都草堂。自問無心與物爭競，因賦〈莫相疑行〉、〈赤霄行〉等詩以明志。〈莫相疑行〉首六句，杜甫追憶天寶十載（751），獻三大禮賦，玄宗奇之，命待詔集賢院之得意往事。七、八句，以昔日之烜赫對襯今日之潦倒。「晚將末契託年少」二句，慨歎俗子之無情。末二句「寄謝悠悠世上兒，不爭好惡莫相疑」，謂不與嚴武幕府中同僚少年爭鬥好惡，分辨高低也。黃徹謂其「擺脫世網」，「兩忘而化其道」⓰；劉克莊謂其「優游閒暇，了無忿懥」。證以杜甫〈江亭〉詩之「水流心不競，雲在意俱遲」⓱；〈縛雞行〉詩之「雞蟲得失無了時，注目寒江倚山閣」⓲等句意，黃徹、劉克莊之評，可謂知言矣。本文前引謝顯道論詩之語「詩之為言……憂而不困，怨而不怒。」觀夫杜甫〈莫相疑行〉末二句「寄謝悠悠世上兒，不爭好惡莫相疑」，既含「優游閒暇，了無忿懥」之情，當亦鄰於「憂而不困，怨而不怒」與夫朱熹所謂「溫厚寬和」之境矣。

何汶《竹莊詩話》徵引《集注》之評語，謂韓愈〈八月十五夜贈張功曹〉詩「怨而不亂，有〈小雅〉之風」。據錢仲聯《韓昌黎

⓮　仇兆鰲《杜詩詳注》（臺北：里仁書局）頁 1214，引黃生語。

⓯　見《杜甫年譜》（臺北：學海出版社，民國 67 年 9 月版）頁 88。

⓰　黃徹《䂬溪詩話》（臺北：藝文印書館《續歷代詩話》）卷 5，頁 3。

⓱　同注⓮，頁 800。

⓲　同注⓮，頁 1566。

詩繫年集釋 · 前言》，與該書卷三注釋❺，可知此一評語乃宋魏懷
忠注韓愈之詩集，所引樊汝霖之辭。唐德宗貞元十九年（803）十二
月，韓愈時任監察御史，以「夏逢亢旱，秋又早霜，田種所收，十
不存一」❺，奏請停徵京兆府稅錢及田租。遂遭幸臣所譖，貶為連
州陽山令，其寮寀張署亦貶為臨武令。貞元二十一年（805 年）正月
丙申（二十六日），順宗即位。二月甲子（二十四日），大赦天下。夏
秋之際，韓愈因赦而離陽山，至郴州刺史李康伯處，以待新命。八
月庚子（四日），順宗禪位，下詔改元，大赦。乙巳（九日），憲宗
即位。十四日，韓愈、張署並獲赦書於郴州，移官江陵。韓愈任法
曹參軍，張署任功曹參軍。失望怨傷之餘，遂於十五日作此詩。❺
此詩用意在起、結處❺，自第七句「洞庭連天九疑高」起，至第廿
四句「天路幽險難追攀」止，則為張署之歌詞，而「以正意、苦
語、重語作賓」❺，假張署之脣吻，歷敘遷謫移官之苦，與夫貶沮
泝臻之慨。蓋他人之謫官者，皆得憑此大赦，復列鵷班；惟韓、張
二公因「使家」（湖南觀察使楊憑）❺之刻意阻撓，僅量移江陵，猶

---

❺　見錢仲聯《韓昌黎詩繫年集釋》（臺北：學海出版社，民國 74 年 1 月版）卷
　　3，頁 257。

❺　馬其昶《韓昌黎文集校注》（臺北：河洛圖書出版社《韓昌黎集》，民國 64
　　年 3 月版）頁 338，〈御史臺上論天旱人飢狀〉。

❺　參考羅聯添《韓愈研究》（臺北：臺灣學生書局，民國 71 年 11 月版）頁 64
　　－68。

❺　同注❺，頁 263 引查慎行語。

❺　同注❺，頁 263 引方東樹語。

❺　同注❺，頁 261，〈八月十五夜贈張功曹〉詩，注 16，補釋：「楊憑為柳宗
　　元妻父，自必仰承任，文一檔意旨，公與署之被抑，宜也。」

任卑官。是以此詩五、六句有「君歌聲酸辭且苦，不能聽終淚如雨」之辭也。詩之末三句「一年明月今宵多，人生由命非由他，有酒不飲奈明何」乃韓愈所歌，其立意與張署殊科：人生之菀枯、宦海之沉浮，皆可歸諸命運，無須愁腸滿腹，酸苦盈腔。今宵蟾月輝清，為一年之最，胡不忘懷得失，舉樽相屬，共賞良辰美景，同曠其襟抱耶！韓愈處困厄而不悲，遭沮抑而弗尤，頗契司馬遷「〈小雅〉怨誹而不亂」之旨❺，故樊汝霖以「怨而不亂，有〈小雅〉之風」評之。

葉夢得《石林詩話》謂蘇洵讀《易》詩「誰為善相應嫌瘦，後有知音可廢彈」二句「婉而不迫，哀而不傷」。案：蘇洵此詩題為〈送蜀僧去塵〉，全篇如後：

> 十年讀易費膏火，盡日吟詩愁肺肝。不解丹青追世好，欲將芹芷薦君盤。誰為善相應嫌瘦，後有知音可廢彈。拄杖掛經須倍道，故山春蕨已闌干。❺

蘇洵此詩首聯自道其讀《易》學詩之黽勉勤劬。第三句以不隨當時僧人結交文士，求贈詩書畫作之流俗之意，推許去塵；第四句藉芹芷之獻喻己以誠摯之心相待去塵。頸聯謂：孰為精擅相術者耶？若得此善相者貌君之相，則君之體貌得無略顯清瘦乎！且夫音實難知，知實難逢，今者君將歸返故鄉矣，而余猶客居異地。一旦闊

---

❺　司馬遷《史記・屈原賈生列傳》（臺北，藝文印書館）卷84，頁2。
❺　《全宋詩》（北京：北京大學出版社，1992年8月）頁4369。

別，遂罕知音，縱有高山流水之樂，余亦將暫時廢彈，而俟諸異日矣。結聯催促去塵倍道兼程，西邁巴蜀，蓋故鄉之山菜春蕨已乘陽春節候，蔚生山野矣。蘇洵蓋勸其方外知己及時返鄉，庶幾無負春景也。此詩五、六句，哀去塵之憔悴，而發誰為善相之問；歎知音以契闊，而興暫可廢彈之嗟。用意含蓄曲折，造境清雋高遠，誠可謂婉而不迫，哀而不傷者也。葉夢得之評，洵屬中肯。

　　宋人趙湘之論詩也，曰：「詩者，文之精氣，古聖人持之攝天下邪心，非細故也……然則用是為冷風，以除天下煩鬱之毒，功德不息，故其名遠而且大也。近代為詩者眾，其為章句之君子或鮮矣。或問：『何為君子耶？』曰：『溫而正，峭而容，淡而味，貞而潤，美而不淫，刺而不怒，非君子乎！……。』太原王公文，固天與之精氣，又能詩也。造意發辭，夐在象外，戛擊金石，飄雜天籟，閟邃淳渾，幽與玄會。其為美也，無驕媚之志以形於內；其為刺也，無狠戾之氣以奮於外。所謂婉而成章者，豈惟《春秋》用之，蓋王公之詩亦然。」❺宋人詩話論詩所持「憂而不困」、「怨而不怒」、「哀而不愁」、「怨而不亂」、「哀而不傷」、「優游無懍」、「婉而不迫」等義，蓋皆與趙湘「溫而正，峭而容，淡而味，貞而潤，美而不淫，刺而不怒」；以及「無驕媚之志」、「無狠戾之氣」、「《春秋》婉而成章」之旨趣相通。謝榛嘗徵引《文式》之言曰：「詞溫而正謂之德。」❻夫賦詩抒情，正而有德，是

---

❺　趙湘〈王象支使甬上詩集序〉。見《全宋文》第 4 冊（成都：巴蜀書社，1989 年 6 月版）頁 746－747。

❻　謝榛《四溟詩話》（臺北：藝文印書館《續歷代詩話》）卷 1，頁 11。

謂「情意溫厚寬和」，洵足以攝天下之邪心，蠲煩鬱之毒情矣。

三、以道化情，憂樂兩忘

「憂樂兩忘」之說，見於《蔡寬夫詩話》。胡仔《苕溪漁隱叢話前集》卷十九引《蔡寬夫詩話》論陶淵明、柳宗元、白居易之詩云：

> 子厚之貶，其憂悲憔悴之歎發於詩者，特為酸楚。閔己傷志，固君子所不免，然亦何至於是？卒以憤死，未為達理也。樂天既退閒，放浪物外，若真能脫屣軒冕者。然榮辱得失之際，銖銖較量，而自矜其達。每詩未嘗不著此意，是豈真能忘之者哉？亦力勝之耳。惟淵明則不然。觀其〈貧士〉、〈責子〉，與其他所作，當憂則憂，遇喜則喜，忽然憂樂兩忘，則隨所遇而皆適，未嘗有擇於其間。所謂超世遺物者，要當如是而後可也。觀三人之詩，以意逆志，人豈難見？以是論賢不肖之實，亦何可欺乎。⑯

胡仔復於《苕溪漁隱叢話前集》卷三錄陶潛〈擬挽歌辭三首之一〉⑯，持較秦觀〈自作挽辭〉，且曰：

---

⑯ 　胡仔《苕溪紅隱叢話前集》（臺北：臺灣商務印書館景印文淵閣《四庫全書》，集部第 419 冊）卷 19，頁 3—4。案：此則詩話復載錄於阮閱《詩話總龜後集》卷 21，何汶《竹莊詩話》4 卷，魏慶之《詩人玉屑》卷 12。

⑯ 　陶潛此詩題目一作〈挽歌詩三首〉。王叔岷《陶淵明詩箋證稿》（臺北：藝文印書館，民國 64 年 1 月版）頁 496 云：「《陶集》註：『諸本作「擬挽歌

淵明自作挽辭，秦太虛亦效之。余謂淵明之辭了達，太虛之
辭哀怨。……東坡謂太虛情鍾世味，意戀生理，一經遷謫，
不能自釋，遂挾忿而作此辭，豈真若是乎！⑯

由此二則詩話可知蔡寬夫、胡仔之意，蓋謂陶潛〈貧士〉、〈責
子〉、〈挽歌詩三首〉，與其他所作，並臻「當憂則憂，遇喜則
喜，忽然憂樂兩忘，則隨所遇而適」、「超世遺物」之境。所以然
者，蓋陶潛「了達於理」也。

　　苟能了達於理，則詩中之情庶幾真淳高遠，而臻絕對之境界。
詩人搦管摛辭，吟詠情性，誠能以理節情，以理御情，以理滋潤詩
情，以理轉化提升其情，則其詩中之情，必淳必粹。而此以理化情
之活動，復可藉田錫、邵雍、許顗之詩論詮釋之：

　　稟於天而工拙者，性也；感於物而馳騖者，情也。研〈繫
　　辭〉之大旨，極〈中庸〉之微言，道者，任運用而自然者
　　也。若使援毫之際，屬思之時，以情合於性，以性合於道，
　　如天地生於道也，萬物生於天地也。隨其運用而得性，任其
　　方圓而寓理，亦猶微風動水，了無定文；太虛浮雲，莫有常

辭」，《文選》作「挽歌詩」，無「擬」字。』，今從之。李公煥引趙泉山
曰：『「嚴霜九月中，送我出遠郊」，與〈自祭文〉「律中無射」之月相
符，知挽歌乃將逝之夕作。是以梁昭明采此辭入選，止題曰：「陶淵明挽
歌」，而編次本集者不悟，乃題曰：「擬挽歌辭」。』」

⑯　同注⑯，《苕溪漁隱叢話後集》，卷3，頁6—7。

態。則文章之有聲氣也，不亦宜哉。（田錫語）**⑯**

懷其時則謂之志，感其物則謂之情，發其志則謂之言，揚其
情則謂之聲，言成章則謂之詩，聲成文則謂之音。然後聞其
詩，聽其音，則人之志情可知之矣。且情有七，其要在二，
二謂身也，時也。謂身，則一身之休感也；謂時，則一時之
否泰也。一身之休感，則不過貧富貴賤而已；一時之否泰，
則在夫興廢治亂者焉……所作不限聲律，不沿愛惡，不主固
必，不希名譽，如鑑之應形，如鐘之應聲。其或經道之餘，
因閑觀時，因靜照物，因時起志，因物寓言，因志發詠，因
言成詩，因詠成聲，因聲成音。是故哀而未嘗傷，樂而未嘗
淫，雖曰吟詠情性，曾何累於性情哉？（邵雍語）**⑯**

鮑明遠〈松柏篇〉，悲哀曲折，其末不以道自釋，僕竊恨
之。（許顗語）**⑯**

田錫（940－1003），宋太宗太平興國三年（978）進士。歷官諫議大
夫、史館修撰。田錫「研〈繫辭〉之大旨，極〈中庸〉之微言……

---

⑯ 田錫《咸平集·貽宋小著書》（臺北：臺灣商務印書館景印文淵閣《四庫全
書》，集部第43冊）卷2，頁10－11。

⑯ 邵雍《伊川擊壤集·自序》（臺北：臺灣商務印書館《四部叢刊正編》，民
國68年11月版）卷首。

⑯ 許顗《許彥周詩話》（藝文印書館《歷代詩話》）頁8。

以情合於性，以性合於道，如天地生於道也，萬物生於天地也。隨其運用而得性，任其方圓而寓理」云云，拈出〈繫辭〉之大旨，與〈中庸〉之微言以論情性，陳義甚精。夫〈繫辭〉之大旨，可以孔穎達之言闡之：「（〈繫辭〉）上篇明无，故曰：『易有太極。』太極即无也。又云：『聖人以此洗心，退藏於密。』是其无也。下篇明幾，從无入有，故云：『知幾其神乎。』」⓰此〈繫辭〉之大旨也。其與情性有關者，則〈繫辭上〉所謂「樂天知命，故不憂；安土敦乎仁，故能愛」⓱者是也。至於〈中庸〉之微言，而關乎情性者，則「至誠盡性」；「喜怒哀樂發而中節」；「寬裕溫柔」；「君子素其位而行」；「正己而不求於人，則無怨」；「君子居易以俟命」，其庶幾近之。明乎此，則田錫之論與邵雍「所作……如鑑之應形，如鐘之應聲」，「經道之餘，因閑觀時，因靜照物，因時起志，因物寓言，因志發詠，因言成詩，因詠成聲，因聲成音」之論，皆謂了達道理，然後賦詩，則其情性，必合於道；而其詠歌，自無溺情、累情之虞，而得情性之正也。許彥周「以道自釋」之旨，胡元任「憂樂兩忘」之境，皆可以此義詮之。茲復摘錄鮑明遠、陶靖節、柳子厚、秦少游之詩以申論之。

鮑明遠〈松柏篇〉為五言古詩，詩前有序云：「余患腳上氣四十餘日。知舊先借《傅玄集》，以余病劇，遂見還。開奏，適見樂府詩〈龜鶴篇〉。於危病中見長逝詞，惻然酸懷抱。如此重病，彌

⓰　孔穎達《周義正義》（臺北：藝文印書館《十三經注疏》第 1 冊）卷 7，頁 1。
⓱　同注⓰，頁 10。

時不差，呼吸乏喘，舉目悲矣。火藥間闕而擬之。」其詩曰：

> 松柏受命獨，歷代長不衰。人生浮且脆，欨若晨風悲。東海
> 迸逝川，西山導落輝。南郊悅籍短，萬里收永歸。諒無疇昔
> 時，百病起盡期。志士惜牛刀，忍勉自療治。傾家行藥事，
> 顛沛去迎醫。徒備火石苦，奄至不得辭。龜齡安可獲，岱宗
> 限已迫。睿聖不得留，為善何所益。捨此赤縣居，就彼黃壚
> 宅。永離九原親，長與三辰隔。屬纊生望盡，闔棺世業埋。
> 事痛存人心，恨結亡者懷。祖葬既云及，壙墜亦已開。室族
> 內外哭，親疏同共哀。外姻遠近至，名列通夜臺。扶輿出殯
> 宮，低回戀庭室。天地有盡期，我去無還日。居者今已盡，
> 人事從此畢。火歇煙既沒，形銷聲亦滅。鬼神來依我，生人
> 永辭訣。大暮杳悠悠，長夜無時節。鬱湮重冥下，煩冤難具
> 說。安寢委沉寞，戀戀念平生。事業有餘結，刊述未及成。
> 資儲無擔石，兒女皆孩嬰。一朝放捨去，萬恨纏我情。追憶
> 世上事，束教以自拘。明發靡怡念，夕歸多憂虞。撤閒晨逡
> 流，輟宴式酒濡。知今瞑目苦，恨失爾時娛。遙遙遠民居，
> 獨埋深壤中。墓前人跡滅，冢上草日豐。空床響鳴蜩，高松
> 結悲風。長寐無覺期，誰知逝者窮。生存處交廣，連榻舒華
> 茵。已沒一何苦，楛哉不容身。昔日平居時，晨夕對六親。
> 今日掩奈何，一見無諧因。禮席有降殺，三齡速過隙。几筵
> 就收撤，室宇改疇昔。行女遊歸途，仕子復王役。家室本平
> 常，獨有亡者劇。時祀望歸來，四節靜塋丘。孝子撫墳號，
> 父子知來不。欲還心依戀，欲見絕無由。煩冤荒隴側，肝心

　　盡崩抽。⓱

鮑照此詩首慨人壽短暫浮脆，不及松柏貞剛。次言人之罹疾延醫，
而藥石罔效。繼則歔欷慨歎：「睿聖不得留，為善何所益。」復陳
泉下之人「大暮杳悠悠，長夜無時節」之悲哀；而眷戀於生時之事
業未竟，著述未成，兒女稚弱，報憾靡窮。歸餘於終，則以「時祀
望歸來，四節靜壟丘。孝子撫墳號，父子知來不。欲還心依戀，欲
見絕無由。煩冤荒隴側，肝心盡崩抽」收束全篇。雖陳胤倩稱此詩
「淋漓盡情，句亦蒼古」⓲，而悲愴之情盈篇，惜命之思溢楮，乖
仲尼「知生」之道⓳，違莊周「達生」之理⓴，宜其舉目而悲，惻
然酸懷者矣。觀此詩之末二句「煩冤荒隴側，肝心盡崩抽」，殊非
了達生死之辭，惻怛已甚，洵非得情性之正者。且夫彭祖固長生
矣，而其年壽止八百歲；至於聖凡眾生，壽亦百齡，老病而死，原
屬自然。若能「以道自釋」，則其敘「時祀」也，當著「事死若
生」㉓、「盡哀而止」㉔之義，烏得以「肝崩心抽，煩冤號填」終

⓱　逯欽立輯校《先秦漢魏晉南北朝詩》（臺北：木鐸出版社）頁 1264－1265。
⓲　錢振倫《鮑參軍集註》（臺北：木鐸出版社，民國 71 年 2 月版）頁 184，
　　〈集說〉所徵引。
⓳　同注⓴，卷 11 頁 4，〈先進〉：「子曰：『……未知生，焉知死。』」
⓴　《莊子》有〈達生〉篇。王夫之《莊子解》（臺北：里仁書局，民國 72 年 1
　　月版）頁 154：「此篇（〈達生〉）……『能移以相天』，則庶乎合幽明於
　　一理，通生死於一貫，而所謂道者，果生之情、命之理，不可失而勿守。」
㉓　孔穎達《禮記正義·祭義》（臺北：藝文印書館《十三經注疏》第 5 冊）卷
　　47，頁 4。

其篇哉？許彥周以鮑明遠〈松柏篇〉「其末不以道自釋」，而深致憾恨，蓋以明遠之情過度溺乎傷痛，遂致乖禮違道也歟。故知詩中惻怛傷悲之情，固當「以道化之」。推之喜、怒、哀、樂諸情，亦當化之以道也。此觸類引申之論，苟質諸許彥周，當亦得其頷首也。

其次論柳子厚之詩。柳子厚永州、柳州之詩，為數甚夥。蔡寬夫謂柳子厚遭貶謫後，「憂悲憔悴之歎發於詩者，特為酸楚」，「未為達理」。此猶大率言之，未臚具體詩作，以明其論也。宋人詩話如郭紹虞《宋詩話輯佚》所輯《王直方詩話》第一○五則，以及阮閱《詩話總龜前集》卷八、《詩話總龜後集》卷二十一、胡仔《苕溪漁隱叢話前集》卷十九、魏慶之《詩人玉屑》卷十五、何汶《竹莊詩話》卷八、蔡正孫《詩林廣記》卷五，皆載錄蘇子瞻評柳子厚〈南磵中題〉詩之辭。❻其較為周詳者，且錄柳子厚〈南磵中題〉詩全篇，以與蘇子瞻之評語相對照。足見此詩此評，廣受宋代詩話之編、撰者所矚目。茲述其原委，庶幾於《蔡寬夫詩話》有所裨補也。柳子厚〈南磵中題〉詩云：

> 秋氣集南磵，獨遊亭午時。回風一蕭瑟，林影久參差。始至若有得，稍深遂忘疲。羈禽響幽谷，寒藻舞淪漪。去國魂已

---

❹ 同注❸，卷56，頁15，〈問喪〉：「其反哭也……求而無所得之也，入門而弗見也，上堂又弗見也，入室又弗見也，亡矣，喪矣，不可復見已矣。故哭泣辟踊，盡哀而止矣。」

❺ 見蘇軾《東坡題跋》（臺北：廣文書局，民國80年7月版）卷2，頁29。

游，懷人淚空垂。孤生易為感，失路少所宜。索寞竟何事，
徘徊祇自知。誰為後來者，當與此心期。⑯

此詩係唐憲宗元和七年（812）秋月，柳宗元遊永州南郊石磵所作。
首八句寫其遊賞南磵之節序、時間、所見景物、所聞聲響，與夫流
連光景，「有得」、「忘疲」之悅樂。顧其七、八句「羈禽」、
「寒藻」，隱然自喻。己之謫官羈縶，寧非似此幽谷中之羈禽，雖
嚶鳴求友，而終罕知音耶！寧非似此清漣中之寒藻，徒然隨波漂
舞，而竟何所底乎！此二句融情於景，自寫孤懷，「憂中有樂，樂
中有憂」⑰，「清勁紆餘」⑱，含蓄不露，可謂得情性之正者也。
雖然，此詩後八句，則牢愁無限，憂思太深。觀其魂魄遊蕩，清淚
闌干，孤生失路，索寞徘徊，於左遷八載之餘，翫賞佳景之際，猶
多憔悴愴恨之感，甚者且謂：後復有左降而來遊此南磵者，亦將深
知余此刻之愁懷。此誠不能「以道化情」者也。曾國藩〈聖哲畫像
記〉云：「柳宗元……傷悼不遇，怨誹形於簡策，其於聖賢自得之

---

⑯　《全唐詩》（臺北：宏業書局，民國 71 年 9 月版）頁 3542。案：「南磵」
之「磵」，《詩話總龜後集》卷二十一、胡仔《苕溪漁隱叢話前集》卷十
九、魏慶之《詩人玉屑》卷十五、何汶《竹莊詩話》卷八，錄此詩，皆作
「澗」。

⑰　阮閱《詩話總龜後集》卷二十一，頁 12－13：「東坡云：『〈南澗中詩〉：
「秋氣集南澗……當與此心期。」柳儀曹詩，憂中有樂，樂中有憂，蓋絕妙
古今矣。』」

⑱　同注⑯，卷 2，頁 29，〈書柳子厚南澗詩〉：「柳子厚南遷後詩，清勁紆
餘，大率類此。」

樂，稍違異矣。」⑰蘇子瞻尤陳中肯之評：

> 東坡云：「〈南澗中詩〉：『秋氣集南澗……當與此心
> 期。』柳儀曹詩，憂中有樂，樂中有憂，蓋絕妙古今矣。然
> 老杜云：『王侯與螻蟻，同盡隨丘墟。』儀曹何憂之深
> 也。⑱

夫置身於奇山異水，原可濯磨氛垢，忘懷得失，昇華其情性，超越
相對之憂樂，而臻至樂無憂之境。當此際也，形軀生死，猶不足以
縈懷；矧乎仕宦之浮沉，人事之否泰歟！柳宗元固嘗有此境界也。
其〈始得西山宴遊記〉云：「心凝形釋，與萬化冥合。」⑱即此至
樂無憂之境界也。〈南磵中題〉一詩之作也，較之〈始得西山宴遊
記〉，尚遲三載，而其孤獨索寞之感，乃爾盈楮溢墨。此杜甫「王
侯與螻蟻，同盡隨丘墟」⑱之所以了達於理，而其高邁之情，為柳
宗元之所不及也。王嗣奭曰：

> 「王侯與螻蟻，同盡隨丘墟」，不過襲莊、列語……東坡以
> 此……許公（杜甫）得道，此窺公（杜甫）之淺者。余讀公
> （杜甫）詩，見道語未易屈指，而公亦不自知也……（杜甫）

---

⑰ 曾國藩《曾文正公文集》（臺北：世界書局，民國 41 年 7 月版）頁 124。

⑱ 同注⑰。

⑱ 柳宗元《柳河東集》（臺北：河洛圖書出版社，民國 63 年 12 月版）頁
471。

⑱ 仇兆鰲《杜詩詳注》（臺北：里仁書局）頁 949，〈謁文公上方〉。

平生飢餓、窮愁，無所不有，天若有意煅煉之，而動心忍性，天機自露，如鐵以百煉成鋼，所存者鐵之筋也，千古不磨矣。〈西銘〉云：「富貴福澤以厚生。」生無不死；「貧賤憂戚以玉成。」成者不壞。君子不以此易彼也。[183]

王嗣奭「成者不壞」之旨，可以為「賦詩得情性之正」再添深刻之詮釋也。詩人苟能由動心忍性進而存心養性，則以人事天[184]，天機自然呈露，彼區區之飢餓、窮愁，當亦不能陷溺其情，而影響其志。至於搦筆屬辭，吟詠情性，寧有弗得其正者哉！若持此義以衡柳宗元〈南磵中題〉一詩，則知其抒寫愁懷，憂之太深，洵非得情性之正者也。施補華謂：「柳子厚憂怨有得〈騷〉旨，而不甚似陶公，蓋怡曠氣少。」[185]其言誠是也。

　　至於柳宗元自永州召還，旋復遠守柳州之後，其詩尤不免含褊忮酸楚之情者。黃徹《碧溪詩話》、周紫芝《竹坡詩話》皆嘗論之：

　　　　柳遷南荒有云：「愁向公庭問重譯，欲投章甫作文身。」太白云：「我似鷦鴒鳥，南遷懶北飛。」皆褊忮躁辭，非畎畝

---

[183] 同注[182]，頁 952。

[184] 趙岐、孫奭《孟子注疏》（臺北：藝文印書館《十三經注疏》第 8 冊）卷 13 上，頁 2：「存其心，養其性，所以事天也。」

[185] 施補華《峴傭說詩》（臺北：藝文印書館《清詩話》民國 66 年 5 月版）頁 7。

惓惓之義。（《碧溪詩話》）**⑱⑥**

柳子厚〈與浩初上人看山〉詩云：「海畔尖山似劍鋩，秋來處處割愁腸。若為化得身千億，散上山頭望故鄉。」議者謂子厚南遷不得謂無罪，蓋未死身已在刀山矣。（《竹坡詩話》）**⑱⑦**

「愁向公庭問重譯，欲投章甫作文身」二句，為柳宗元〈柳州峒氓〉七律之結聯，此詩全篇為：「郡城南下接通津，異服殊音不可親。青箬裹鹽歸峒客，綠荷包飯趁虛人。鵝毛禦臘縫山罽，雞骨占年拜水神。愁向公庭問重譯，欲投章甫作文身。」此詩首聯述柳州之南，峒氓之服飾、語言，皆異乎中原，實難與相親近。頷、頸二聯，鋪寫其民情風俗，迥異北方。結聯謂：觀茲情景，不禁愁懷滿腹，直欲對州中司重譯之吏，問學峒族之語言；繼自今，換卻漢族之衣冠章甫，斷髮文身，長居瘴雨蠻煙之鄉，而為化外之民矣。此詩結聯，素位而行之思偏少，怡曠寬和之懷罕具，黃徹「褊忮躁辭」之評，當非嚴苛。若夫周紫芝引申柳宗元〈與浩初上人看山〉詩意，而有「未死身已在刀山」之論，雖明人瞿佑，稱其語太過，然亦謂此詩「造作險譎，讀之令人慘然不樂。未若李文饒云：『獨上高樓望帝京，鳥飛猶是半年程。碧山似欲留人住，百匝千遭繞郡城。』雖怨而不迫，且有戀闕之意。」李德裕，字文饒。曾任翰林

---

⑱⑥　黃徹《碧溪詩話》（臺北：藝文印書館《續歷代詩話》）卷3，頁1。

⑱⑦　周紫芝《竹坡詩話》（臺北：藝文印書館《歷代詩話》）頁29。

學士。唐武宗時，召為門下侍郎，同中書門下平章事，拜太尉，封
衛國公。當國凡六年。唐宣宗即位，貶為荊南節度使，又貶崖州司
戶參軍而卒。「獨上高樓望帝京」一詩，題為〈登崖州城作〉。❽
李德裕遠貶崖州，其窮蹙困厄，當甚於柳宗元之貶柳州。而李德裕
之詩不過云：「碧山似欲留人住，百匝千遭繞郡城。」以擬人手
法，寫崖州之群山，乃爾多情，與柳宗元之「海畔尖山似劍鋩」相
較，一「戀闕」、一「褊躁」，實異其趣也。夫賦詩抒情，而令讀
者興「慘然不樂」之思，則其情必憂悲酸楚，而不能化之以道也。
劉克莊謂：「子厚永、柳以後詩，高者逼陶（潛）、阮（籍），然身
老遷謫，中含悽愴。如〈哭凌司馬〉云：『恬死百憂盡，苟生萬慮
滋。』乃犯孔北海臨終之作，不詳甚矣。坡公云：『平生萬事足，
所欠惟一死。』惜不令子厚見之。」❽案：孔融〈臨終詩〉云：
「生存多所慮，長寢萬事畢。」❾柳宗元「恬死百憂盡，苟生萬慮
滋」語意逼似孔融，是以劉克莊有「（相）犯」之說也。

　　請賡論秦觀效陶潛之自作挽辭。蘇軾以為「一經遷謫」、「挾
忿而作」，胡仔亦云：「太虛之辭哀怨。」式觀其辭，以驗其情。

　　　　嬰釁徙窮荒，茹哀與世辭。官來錄我橐，吏來驗我屍。藤束
　　　　木皮棺，槁葬路傍陂。家鄉在萬里，妻子天一涯。孤魂不敢
　　　　歸，惴惴猶在茲。昔忝柱下史，通籍黃金閨。奇禍一朝作，

---

❽　見《全唐詩》（臺北：宏業書局）頁 5387、5397。

❽　劉克莊《後村詩話》（臺北：臺灣商務印書館景印文淵閣《四庫全書》，集
　　部第 420 冊）卷 4，頁 8。

❾　逯欽立《先秦漢魏晉南北朝詩》（臺北：木鐸出版社）頁 197。

飄零至於斯。弱孤未堪事,返骨定何時。脩途繚山海,豈免從闍維。荼毒復荼毒,彼蒼那得知。歲晚瘴江急,鳥獸鳴聲悲。空濛寒雨零,慘澹陰風吹。殯宮生蒼蘚,紙錢挂空枝。無人設薄奠,誰與飯黃緇。亦無挽歌者,空有挽歌詞。㉑

據《宋史・文苑傳》載:秦觀於宋哲宗紹聖(1094－1098 年)初年坐黨籍,通判杭州。御史劉拯論其增損《實錄》,貶監處州酒稅。使者望風承旨,伺候過失,而無所得。乃以謁告寫佛書為罪,削秩,徙郴州。旋編管橫州,又徙雷州。宋徽宗立,放還。至藤州,出遊華光亭,為客道夢中長短句,索水欲飲,水至,笑視之而卒。先是,秦觀自作挽詞,其語哀甚,讀者傷之。㉒蘇軾〈書秦少游挽詞後〉云:

庚辰歲(宋哲宗元符三年,1100 年)六月二十五日,予與少游相別於海康(屬雷州),意色自若,與平日不少異。但自作挽詞一篇,人或怪之。予以謂少游齊死生,了物我,戲出此語,無足怪者。已而北歸,至藤州,以八月十二日卒於光化亭上。㉓

綜上所述,可知秦觀自作挽詞之背景、時間,及其始末。細味秦少

㉑　《全宋詩》(北京:北京大學出版社,1995 年 3 月版)第 18 冊,頁 12125。
㉒　脫脫等《宋史》(臺北:鼎文書局,民國年月版)卷 444,頁 13113。
㉓　蘇軾《東坡題跋》卷 3,頁 39。案:《宋史》謂秦觀卒於「華光亭」。「華光亭」當依《東坡題跋》作「光化亭」。

游自挽之詩，其抒泉下之哀愁，狀死後之蒼涼，持較鮑照〈松柏篇〉，或有不及。然其遠謫遐荒，即已不勝其哀，而有辭世之念，此其哀怨者一也。化孤魂而不敢歸鄉，捐館舍猶惴惴其慄，其氣衰苶，其辭過悲，此其哀怨者二也。從闍維以返骨，歎荼毒之洊至，死生之命、存亡之理，俱不了達，此其哀怨者三也。總茲哀怨，以衡秦少游自挽詞之情，其未嘗「以道化情」，「兩忘憂樂」，亦已明矣。蘇軾〈書秦少游挽詞後〉「齊死生，了物我，戲出此語，無足怪者」云云，並非愜當之說。而胡仔《苕溪漁隱叢話後集》卷三云：「東坡謂太虛鍾情世味，意戀生理，一經遷謫，不能自釋，遂挾忿而作此辭」，方屬近理之論。或者蘇軾於秦觀殂逝之後，哀定思哀，遂一改其說辭耶。

　　以上所論鮑明遠、柳子厚、秦少游詩例，皆其賦詩未能以道化情，未得情性之正者。以下復依《蔡寬夫詩話》，摘錄陶淵明〈擬挽歌詩〉、〈詠貧士〉、〈責子〉諸作，以見其兩忘憂樂、超世遺物之至情。

　　　　有生必有死，早終非命促。昨暮同為人，今旦在鬼錄。魂氣散何之，枯形寄空木。嬌兒索父啼，良友撫我哭。得失不復知，是非安能覺。千秋萬歲後，誰知榮與辱。但恨在世時，飲酒不得足。（〈擬挽歌詩三首之一〉）⓲

⓲　王叔岷《陶淵明詩箋證稿》（臺北：藝文印書館，民國 64 年 1 月版）頁 496－499。

萬族各有託，孤雲獨無依。曖曖虛中滅，何時見餘暉。朝霞
開宿霧，眾鳥相與飛。遲遲出林翮，未夕復來歸。量力守故
轍，豈不寒與飢。知音苟不存，已矣何所悲。（〈詠貧士七首
之一〉）**⑲**

白髮被兩鬢，肌膚不復實。雖有五男兒，總不好紙筆。阿舒
已二八，懶惰故無匹。阿宣行志學，而不愛文術。雍端年十
三，不識六與七。通子垂九齡，但覓梨與栗。天運苟如此，
且盡杯中物。（〈責子〉）**⑲**

陶淵明〈擬挽歌詩三首〉皆「達乎生死之言也」**⑲**，既已了達生
死，復何哀之有哉？茲徵萄潛之言，以明斯旨。〈擬挽歌詩三首之
一〉發端云：「有生必有死，早終非命促。」此鄰於道家齊等彭
祖、殤子之旨也。然則何哀之有？此其一也。〈擬挽歌詩三首之
一〉九至十二句「得失不復知，是非安能覺。千秋萬歲後，誰知榮
與辱」，蓋謂一時之得失、是非，相對之菀枯、榮辱，並皆度越
之，然則何哀之有？此其二也。〈擬挽歌詩三首之三〉末二句云：
「死去何所道，託體同山阿。」既託其形軀，復歸大化，無須多
慮**⑲**，然則何哀之有？此其三也。陶淵明〈雜詩十二首之四〉云：

---

⑲ 　同注**⑭**，頁 435－438。

⑲ 　同注**⑭**，頁 362－364。

⑲ 　同注**⑭**，頁 504。

⑲ 　同注**⑭**，頁 90－91，〈形影神三首并序·神釋〉：「縱浪大化中，不喜亦不
　　懼。應盡便須盡，無復獨多慮。」

「百年歸丘壟，用此空名道？」⑲其通達至理，正與「死去何所道，託體同山阿」二句相同，然則何哀之有？此其四也。歷來評注陶潛此詩者，或曰：「辭情俱達。」⑳或曰：「說得自自在在，不落哀境，是達死生語，如此方合自挽歌。」㉑或曰：「靖節於屬纊時，猶能作此達語，非生平有定力定識，烏能得此？」㉒或曰：「死生之變亦大矣，而先生從容閒暇如此，平生所養，從可知矣。」㉓或（方宗誠）曰：「《易》曰：『原始反終，故知死生之說。』㉔陶公曰：『有生必有死，早終非命促』；『死去何足道，託體同山阿』……陶公真有道之士哉。」㉕皆屬知言之評。其中尤以方宗誠援引《周易・繫辭上》「原始反終」二句論陶潛此詩，與田錫〈貽宋小著書〉「援毫屬思之時，精研〈繫辭〉大旨」相合，益可徵陶潛〈擬挽歌詩三首〉允為「以情合於性，以性合於道」，得情性之正之作也。若持陶潛此詩以較秦觀之擬作，彌覺秦觀之不善學陶也。蓋嘗試論之，陶潛〈詠貧士七首〉詩中之情，當屬幽居靡悶，超越窮通之情懷。觀其首章末二句「知音苟不存，已矣何所

---

⑲　同注⑲，頁 413。

⑳　祁寬語。轉引自溫汝能纂集《陶淵明詩文彙評》（臺北：臺灣中華書局，民國 63 年 7 月版）頁 311。

㉑　佚名批注《選詩補註》卷 5，同注⑳，頁 312。

㉒　同注⑳，頁 312。

㉓　見鍾秀編《陶靖節紀事詩品・灑落》卷 1，同注⑳，頁 313。

㉔　孔穎達《周易正義・繫辭上》（臺北：藝文印書館《十三經注疏》第 1 冊）卷 7，頁 9。

㉕　見方宗誠《陶詩真詮》，同注⑳，頁 313－314。

悲」，分明「極為沉痛」**㊏**，亦「深於悲」。**㊐**然而陶潛雖陷飢寒之困境，傷知音之罕逢，而能無懼飢寒，不憂非道，轉化悲痛，量力守拙，秉聖學以自勉，懷古賢以自寬，遂臻「當憂則憂，當喜則喜」，甚至憂喜兩忘，超世遺物之境界。卓爾陶公，「貞志不休，安道苦節」，「真得聖賢居易俟命、存順沒寧」之義。**㊑**蕭統嘗云：「觀淵明之文者，馳競之情遣，鄙吝之意袪。貪夫可以廉，懦夫可以立。豈止仁義可蹈，抑乃爵祿可辭。」**㊒**良有以也。

復觀陶潛〈責子〉詩。黃庭堅〈書陶淵明責子詩後〉云：「觀淵明之詩，想見其人豈弟慈祥，戲謔可觀也。俗人便謂淵明諸子皆不肖，而淵明愁歎見於詩，可謂癡人前不得說夢也。」**㊓**試翫陶淵明〈責子〉詩，「白髮被兩鬢，肌膚不復實」，以老邁之象，自我調侃。「雖有五男兒，總不好紙筆」，以五子平庸，抒其感慨。吐屬亦莊亦諧，透顯滑稽之風。「阿舒已二八」至「但覓梨與栗」八句，具體繪出其五子無論年長年幼，各有癡傻荒嬉之態，〈大學〉云：「人莫知其子之惡。」淵明則歷數其子之憨傻，以為戲謔。然後結之以「天運苟如此，且進杯中物」，全無怨天尤人之辭，具屬明達合理之思。黃庭堅「豈弟慈祥」、「戲謔可觀」之評，可謂陶淵明之知音。張廷玉謂：「山谷此言，得乎情性之正。淵明襟懷曠

㊏ 同注**㉚**，頁 438。

㊐ 吳崧《論陶》語，同注**㊚**，頁 268。

㊑ 見祁嘉穗《東山草堂陶詩箋》卷 4，同注**㊚**，頁 272－273。

㊒ 蕭統《梁昭明集》（臺北：文津出版社《漢魏六朝百三名家集》，民國 68 年 8 月版）頁 10，〈陶靖節集序〉。

㊓ 黃庭堅《山谷題跋》（臺北：廣文書局，民國 60 年 12 月版）卷 2，頁 1。

達，高出塵埃之表。大抵諸郎皆中人之資，期望甚切，稍不滿意，遂作貶詞耳。況雍、端年甫十三，通子方九齡，過庭之訓尚淺，未可遽以不肖目之也。」⑪張廷玉就期望深而責之切，與雍、端、通子年方幼稚，未可遽視為不肖兩層，詮釋此詩，亦屬通情達理之論。夫淵明之諸子，「固能服勞家事，特學業未可知爾」。⑫然而陶公天性之愛甚篤，望子之情甚真，其懷親、愛君、教子、篤友之意，懇懇懃懃，藹然可想。⑬此陶淵明「豈弟慈祥」之情可觀者也。至於末二句，優游任運，曠達任真，與其〈命子〉詩之末二句「爾之不才，亦已焉哉」情懷蓋亦相類。《莊子·人間世》云：「知其不可奈何，而安之若命，德之至也。」⑭陶公詩情，蓋臻斯境矣。此陶淵明「曠達任運」之情可觀者也。

　　細讀蔡寬夫、胡仔所論陶、鮑、柳、秦眾作，剖其詩情，相與衡較，可知賦詩抒情，而臻「憂樂兩忘，以道化情」之境界者，陶淵明之外，或罕其人焉。

---

⑪　見張廷玉《證懷園語》卷 4，同注⑳，頁 214。
⑫　見葉寘《愛日齋叢鈔》卷 3，同注⑳，頁 211。
⑬　參考張自烈輯《箋註陶淵明集》卷 3，同注⑳，頁 212。
⑭　郭慶藩《莊子集釋》（臺北：河洛圖書出版社，民國 63 年 3 月版）頁 155。

第三章　論詩之寫景

　　寫景詩者，以詩歌之體裁摹繪自然界之水光山色、天容時態，與夫人工所營造妝點之佳景勝境，及一切人文景觀者也。宋代詩話論寫景詩之門類凡三，曰「寫景中的」，曰「狀難寫之景，如在目前；含不盡之意，見於言外」，曰「寫景物不傳之妙而凌轢造物」。此外，范晞文探討詩中「情」、「景」之關係，復有「情景兼融」、「景無情不發，情無景不生」諸論。❶要之，其所論寫景之「景」，率不逾越上述「自然界之水光山色、天容時態」，「人工之佳景勝境」，「人文景觀」等藩籬。茲依宋代詩話群編所揭諸義，分別論述之。

第一節　寫景中的

　　薛田〈東觀集序〉云：「鉅鹿魏野，字仲先……自少及長，善於詩筆，每敘事感發，見景立言，非拘方體圓，動能破的。故人之美惡、物之形態、時之興替、事之正變，遇事激發，則可千里之外

---

❶　范晞文「情景兼融」說，與「情景交融」之義殊科，請參閱本書第八章〈結論〉。

而應之。」❷薛田稱美魏野之詩，凡寫人、物、時、事，「見景立言」，動能「破的」，故千里之外，聞而應之。則「破的」之功，可謂宏遠。釋文瑩《玉壺清話》，評魏野之詩，則有「中的易曉」之說：「魏野……其詩固無飄逸俊邁之氣，但平樸而常不事虛語爾。如〈贈寇萊公〉云：『有官居鼎鼐，無地起樓臺。』及〈謝寇萊公見訪〉云：『驚回一覺遊仙夢，村巷傳呼宰相來。』中的易曉。」❸魏野「有官居鼎鼐」二句，精確敘寫寇準當時之身分、處境。❹「驚回一覺遊仙夢」一聯，則記事愜當之作也。張戒《歲寒堂詩話》云：「『蕭蕭馬鳴，悠悠旆旌。』以蕭蕭、悠悠字，而出師整暇之情狀，宛在目前。此語非惟創始之為難，乃中的之為工也。荊軻云：『風蕭蕭兮易水寒，壯士一去兮不復還。』自常人觀之，語既不多，又無新巧。然而此二語遂能寫出天地愁慘之狀，極壯士赴死如歸之情。此亦所謂中的也。」❺「蕭蕭馬鳴，悠悠旆旌」出自《詩經・小雅・車攻》第七章，敘寫周宣王獵罷歸來，其

---

❷　見魏野《東觀集》（臺北：臺灣商務印書館景印文淵閣《四庫全書》，集部第 26 冊，民國 75 年 3 月版）卷首。

❸　釋文瑩《玉壺詩話》（長沙：商務印書館《叢書集成初編》第 396 冊，民國 28 年 12 月版）頁 9－10。

❹　周春《遼詩話》（臺北：藝文印書館《清詩話》，民國 66 年 5 月版）頁 15：「宋陝州魏處士野〈贈寇萊公〉詩云：『有官居鼎鼐，無地起樓臺。』傳播途中。章聖朝，使者至，問那箇是『無地起樓臺』相公？時寇居散地，因即召還。」

❺　張戒《歲寒堂詩話》（臺北：藝文印書館《續歷代詩話》，民國 63 年 4 月版）卷上，頁 3。

部伍猶能肅靜整飭，雄壯威武，景象歷歷，如在目前。❻呂本中《紫微詩話》云：「外弟趙才仲少時詩『夕陽綠澗明』等句，精確❼可喜。」❽「精確」，是指寫景精確。綜合上述薛田、釋文瑩、張戒、呂本中所論，可知「破的」、「中的」，其義相同，皆謂詩之語言平易朴實，不求新巧，摹寫景物，宛在目前，而復愜當精確者也。張健謂：「『破的』即是『中的』……『破的』就是貼切、精確地表現詩情詩意……張戒以為『中的』、『宛在目前』，似異實同。」❾其說甚是。宋代詩話群編凡云「眼前景物悉如詩中之語」❿、「得山水狀貌」⓫、「說得景物出」⓬、「能狀某地景

---

❻　參考糜文開、裴普賢《詩經欣賞與研究》（臺北：三民書局，民國 80 年 8 月版）頁 851。

❼　張健《文學批評論集‧張戒詩論研究》（臺北：臺灣學生書局，民國 74 年 10 月版）云：「李沂《秋星閣詩話》所謂『古人之詩，思理精妙，法則嚴密……』，『精妙』、『嚴密』合而為一詞，即是『精確』。專講『確』字的批評家極不多覯，有之，則首推清人施補華：『寫景須曲肖此景，「渡頭餘落日，墟里上孤煙」，確是晚村光景。「兩ület山木合，終日子規啼」，確是窮邊光景。「山光悅鳥性，潭影空人心」，確是古寺光景。「野徑雲俱黑，江船火獨明」，確是暮江光景。可以類推』（《峴傭說詩》頁 2）平實地說，『詞意精確』也就是『中的』的基本功夫，有待觀察力與靈視力（vision）的充分發揮及密切配合。」

❽　呂本中《紫微詩話》（臺北：藝文印書館《歷代詩話》，民國 63 年 4 月版）頁 2。

❾　同注❼，頁 25─26。

❿　胡仔《苕溪漁隱叢話前集》（臺北：臺灣商務印書館景印文淵閣《四庫全書》，集部第 419 冊，民國 75 年 3 月版）卷 24，頁 5 云：「羊士諤〈尋山家詩〉云：『主人聞語未開門，繞籬野菜飛黃蝶。』余嘗居村落間，食飽楮筇縱步，款鄰家之扉，小立待之，眼前景物悉如詩中之語，然後知其工切也。」

物」**⑬**、「善狀某地之景」**⑭**、「寫盡某地之景」**⑮**、「畫出某地之景」**⑯**，皆寫景中的之謂也。

　　阮閱《詩話總龜》嘗引錄《遯齋閒覽》**⑰**較論詩之寫景曰：

　　　　唐人題西山寺云：「幾夜礙新月，半江無夕陽。」或謂冠絕古今，以其盡得西山之景趣也。金山寺題者甚多，而絕少佳

---

⑪　尤袤《全唐詩話》（臺北：藝文印書館《歷代詩話》，民國 63 年 4 月版）卷2，頁 3：「高仲武云：『（章）八元⋯⋯「雪晴山脊見，沙淺浪痕交」，得山水狀貌也。』」

⑫　曾季貍《艇齋詩話》（臺北：藝文印書館《續歷代詩話》，民國 63 年 4 月版）頁 9：「東湖（徐俯）論詩說中的。」同書頁 4 云：「東湖〈宮亭湖〉詩極佳，嘗自誦與予言：『沙岸委它白，雲林迤邐青。千山擁廬阜，百水會宮亭』，說得景物出。身在宮亭徑行，方見其工。」由此可知「寫景中的」即「說得景物出」也。

⑬　陳巖肖《庚溪詩話》（臺北：藝文印書館《續歷代詩話》，民國 63 年 4 月版）卷下，頁 9：「蔡天啟詩⋯⋯人謂能狀桐廬郡景物。」

⑭　趙與虤《娛書堂詩話》（臺北：臺灣商務印書館景印文淵閣《四庫全書》，集部第 420 冊，民國 75 年 3 月版）頁 25：「徐文淵⋯⋯翁靈舒⋯⋯二詩可謂善狀高安之景。」

⑮　同注**⑬**，卷下，頁 10：「『地勢如披掌⋯⋯』此劉燾無言詩，此詩寫盡斗野之景物也。」

⑯　張戒《歲寒堂詩話》（臺北：藝文印書館《續歷代詩話》，民國 63 年 4 月版）卷下，頁 3：「（杜甫）〈秦州雜詩〉⋯⋯畫出邊塞風景也。」

⑰　《遯齋閒覽》一書，作者不詳。昌彼得、王德毅、程元敏、侯德俊編《宋人別名字號封謚索引》（臺北：鼎文書局《宋人傳記資料索引》，民國年月版）頁，謂宋人號「遯齋」者凡二，曰：吉州劉大有（1111－1171）；曰：臨江郭應詳（宋孝宗淳熙八年，1181 年進士）。此二人之著作皆無《遯齋閒覽》一書。

句，唯「寺影中流見，鐘聲兩岸聞」，又「天多剩得月，地少不生塵」，最為人傳誦，要亦未為至工。若用於落星寺，有何不可乎？熙寧中，介甫有句云：「天末海門橫北固，煙中沙岸似西興」，尤為中的。⓲

關於唐人題西山寺「幾夜礙新月，半江無夕陽」詩句，其作者或謂乃某僧人，一說為陳文亮，一說為陳希夷。其說見郭紹虞《宋詩話輯佚》所輯《古今詩話》第四四一則云：「案：《總龜》前十六引《雅言雜載》稱：『洪州西山與滕王閣相對，過客多留詩。有僧覽之，告郡守曰：「詩無佳者，何不去之？」守愕然曰：「能作佳句乎？」因為詩曰：「洪州太白方，積翠倚穹蒼。幾夜礙新月，半江無夕陽。」』注云：『此陳文亮詩……或謂陳希夷作。』考此事亦見《中山詩話》，《古今詩話》所據當亦《中山詩話》也。」⓳

　　右所錄《遯齋閒覽》之論，其旨凡四。第一、寫景而盡得景趣之詩，足冠古今寫景之作也。第二、張祜〈金山寺〉詩之頸聯（「寺影中流見，鐘聲兩岸聞」），與孫魴〈金山寺〉詩之頷聯（「天多剩得月，地少不生塵」），雖膾炙人口，然尚非寫景中的之作。第三、王安石〈次韻平甫金山會宿寄親友〉詩之首聯（「天末海門橫北固，煙中沙岸似西興」），則寫景而得景物之韻趣，尤屬中的之作。第四、

⓲　見阮閱《詩話總龜》（臺北：臺灣商務印書館景印文淵閣《四庫全書》，集部第 417 冊，民國 75 年 3 月版）卷 48，頁 13。案：《遯齋閒覽》此則詩話，胡仔《苕溪漁隱叢話前集》卷 34、魏慶之《詩人玉屑》卷 17、蔡正孫《詩林廣記後集》並皆引錄，幾為宋人論詩常譚。

⓳　郭紹虞《宋詩話輯佚》（北京：中華書局，1980 年 9 月版），頁 288。

寫景詩而「尤為中的」，則此詩必能摹寫景物，盡得其狀貌韻趣，
且具「移不動」❷之特質，使人讀之而有「所寫山水景物如在目
前」之感，庶幾有契於詩之寫景必「盡得景趣」之圭臬。茲陳張
祐、孫魴、王安石之詩於後，以與《遯齋閒覽》之論相證。

　　一宿金山頂，微茫水國分。僧歸夜船月，龍出曉堂雲。樹影
　　中流見，鐘聲兩岸聞。因悲在朝市，終日醉醺醺。（張祐
　　〈金山寺〉）❷

---

❷　張師夢機《讀杜新箋──律髓批杜詮評》（臺北：漢光文化事業公司，民國
　　76 年 3 月版）頁 14，論杜甫〈登岳陽樓〉詩云：「杜詩所以能雄視千古，除
　　了上述造景雄渾，氣壓百代外，還具有『移不動』的特色……以最大的力量
　　把握本題，配合超妙的聯想，點出周遭環境，讓人吟詠以後，確知是洞庭
　　湖，不能隨意移用他處。」同書頁 43，論杜甫〈登兗州城樓〉詩復云：
　　「《詩法入門》並且十分強調，凡登臨之作，寫景的一聯，除了須要落想高
　　妙之外，還應具有『移不動』的特色。而這首詩的領聯，就能緊扣本題，藉
　　著浮雲與平野，串聯出周遭環境，令人吟詠以後，確知是登兗州城樓所見，
　　不能隨意移用他處。」張師此論，洵足與《遯齋閒覽》「若用於落星寺，有
　　何不可乎」云云相闡發。
❷　錄自蔡正孫《詩林廣記》（臺北：臺灣商務印書館景印文淵閣《四庫全
　　書》，集部第 421 冊，民國 75 年 3 月版）卷 9，頁 18。宏業書局民國 71 年
　　9 月版《全唐詩》頁 5818，錄此詩，題作〈題潤州金山寺〉。「金山頂」，
　　作「金山寺」；「微茫水國分」句，作「超然離世群」；「樹影」，作「樹
　　色」；「因悲」，作「翻思」。案：施蟄存《唐詩百話》（上海：上海古籍
　　出版社，1987 年 9 月版）頁 543－544，謂張祐〈題潤州金山寺詩〉「第二句
　　有兩種文本，。《文苑英華》、《三體唐詩》、《瀛奎律髓》、《唐詩品
　　彙》均作『微茫水國分』，似乎宋人所見多如此。但現在新印出的蜀刻大字

山載江心寺，魚龍是四鄰。天多剩得月，地少不生塵。過櫓
妨僧定，驚濤滅佛身。誰言張處士，詩後更無人。（孫魴
〈金山寺〉）㉒

天末海門橫北固，煙中沙岸似西興。已無船舫猶聞笛，遠有
樓臺祇見燈。山月入松金破碎，江風吹水雪崩騰。飄然欲作
乘桴計，一到扶桑恨未能。（王安石〈次韻平甫金山會宿寄親
友〉）㉓

張祜〈金山寺〉詩，頷、頸二聯，並列寫景，承上而不啟下㉔，致
孤其結聯。且其結句造語庸俗，幾墮張打油之詩格㉕，洵非寫景詩
之佳構。《唐詩紀事》、《全唐詩話》並稱：「潤州金山寺⋯⋯山

本，也是南宋初的傳本，獨作『超然離世群』，也不似後人所改。從詩意看
來，『一宿金山寺』以後，應該是感到自己『超然離世群』了。這一句與尾
聯上句『翻思在朝市』相呼應。如果用『微茫水國分』，那就接不上第一句
了。」其言甚辨，或可參稽。

㉒ 錄自蔡正孫《詩林廣記》卷 9，頁 18。宏業書局版《全唐詩》頁 845，此詩
題作〈題金山寺〉。「山載江心寺」句，作「萬古波心寺」；「魚龍是四
鄰」句，作「金山名目新」；「過櫓」，作「過擄」；「詩後」，作「題
後」。阮閱《詩話總龜》（文淵閣《四庫全書》本）卷 35，頁 5，載孫魴
〈題金山寺〉詩，「地少」，作「土少」；「妨僧定」，作「妨僧艇」；
「驚濤」，作「歸濤」；「詩後」，作「題後」。

㉓ 李壁《王荊公詩箋注》（臺北：鼎文書局，民國 68 年 9 月版）卷 34，頁 5。

㉔ 見施蟄存《唐詩百話》頁 544。

㉕ 同注㉔。施蟄存云：「有人贊賞其頷聯，有人贊賞其頸聯，但對結句，幾乎
一致認為已墮入張打油詩格了。」

居大江中，迥然孤秀，詩意難盡。」❷⑥張祐「寺影中流見」二句，
惟形山、寺之高迥，而山之「孤秀」，則未摹狀，自非「盡得景
趣」之作。矧此二句，亦不符「移不動」、「寫景中的」之準繩
乎！

　　孫魴〈金山寺〉詩之頷聯「天多剩得月，地少不生塵」，蓋謂
立身金山頂，則天宇遼夐，悉在眼中；皎月清輝，儘可翫挹，而山
之高迥，從可知矣。山巔名剎，佔地雖寡，然幽深闃寂，不染塵
垢，而寺之孤秀，從可知矣。持較張祐「樹影中流見，鐘聲兩岸
聞」一聯，當勝一籌。雖然，「若用於落星寺，有何不可乎」？不
合「寫景中的」之繩準，斯其憾也。若夫「過櫓妨僧定，驚濤濺佛
身」，低小山寺，見嗤苕溪❷⑦，沾沾矜衒，蓋亦乏識。宜乎其友沈
彬以「田舍翁」戲之也。❷⑧

---

❷⑥　見計有功《唐詩紀事》（臺北：臺灣商務印書館景印文淵閣《四庫全書》，
　　　集部第 418 冊，民國 75 年 3 月版）卷 71，頁 12；舊題尤袤編《全唐詩話》
　　　（臺北：藝文文印書館《續歷代詩話》，民國 63 年 4 月版）卷 6，頁 5。

❷⑦　胡仔《苕溪漁隱叢話前集》（臺北：臺灣商務印書館景印文淵閣《四庫全
　　　書》，集部第 419 冊，民國 75 年 3 月版）卷 18，頁 7：「《南唐書》云：
　　　『金山寺號為勝景，先張祐（案：當作「祜」）吟詩有「僧歸夜船月，龍出
　　　晚堂雲」之句，自後詩人閣筆。孫魴復云：「山載江心寺……詩後更無
　　　人」，時號絕唱。』苕溪漁隱曰：『魴詩……有疵病，如「驚濤濺佛身」之
　　　句，則金山寺何其低而小哉？「誰言張處士，詩後更無人？」仍自矜衒如
　　　此，尤可嗤也。』」

❷⑧　阮閱《詩話總龜》（臺北：臺灣商務印書館景印文淵閣《四庫全書》，集部
　　　第 417 冊，民國 75 年 3 月版）卷 35，頁 5，引《江南野錄》：「孫魴、沈
　　　彬、李建勳好為詩，時魴有〈夜坐〉詩，為眾所稱。建勳因匿於齋中，待彬
　　　至，乃問彬云：『魴之詩何如？』彬曰：『田舍翁火爐頭之語，何足道

　　至於唐人題西山寺「幾夜礙新月，半江無夕陽」，亦惟寫洪州
西山寺於黃昏、月夕之際，日月之光為山寺蔽虧之景，以形其地勢
之巍峨聳拔。顧於「移不動」之特色、「寫景中的」之繩準，則闕
然未契。誠以「若用於潤州金山寺，有何不可乎」？故知《遯齋閒
覽》所陳「或人」「盡得西山景趣」之譽，洵非允當。

　　綜上所述，可知唐代某人、張祜、孫魴題詠山寺等三聯，雖數
蒙褒美❷，亦難稱「寫景中的」。「寫景中的」之作，其王安石
「天末海門橫北固，煙中沙岸似西興」歟！北固山位於江蘇丹徒縣
北，山斗入江，而與金、焦二山鼎峙，形勢險要。王安石此聯，將
北固山雄偉之氣、險要之勢，與夫類乎西興（浙江蕭山縣）景象之遠
方沙岸、蒼蒼茫茫之暮靄，悉攝豪端，筆致自然而愜當。《遯齋閒
覽》「尤為中的」之評，良非虛語。

　　要而言之，「寫景中的」，涵義凡二：曰「寫景精確，不可移
易」；曰「寫景而盡得景趣」。宋代詩話持此二義以論詩之寫景
者，蓋非罕見。請援其說，一論述之。

也？』魴聞而出，誚彬曰：『何誹謗之甚而比田舍翁，無乃過乎？』彬曰：
『子〈夜坐〉句「劃多灰漸冷，坐久席成痕」，此非田舍翁爐上作而何？』
閬坐大笑。乃題金山寺云：『萬古波心寺……題後更無人』，莫不服其雅
馴。」

❷　葛立方《韻語陽秋》（臺北：臺灣商務印書館景印文淵閣《四庫全書》，集
　　部第 418 冊，民國 75 年 3 月版）卷 4，頁 5：「張祜喜遊山而多苦吟，凡歷
　　僧寺，往往題詠，如……〈題金山寺〉云：『僧歸夜船月……鐘聲兩岸
　　聞』……如杭之靈隱、天竺，蘇之靈嵒、楞伽，常之惠山、善權，潤之甘
　　露、招隱，皆有佳作……信知僧房佛寺賴其詩以標榜者多矣。」

老杜〈劍閣〉詩云：「惟天有設險，劍門天下壯。連山抱西南，石角皆北向。」宋子京知成都，過之，誦此詩，謂人曰：「此四句蓋劍閣實錄也。」（朱弁《風月堂詩話》）**30**

東坡云：「老杜自秦州越成都，所歷輒作一詩，數千里山川，在人目中。古今詩人殆無可擬者。獨唐明皇遣吳道子畫蜀道山川，歸對大同殿。索其畫，無有，曰：『在臣腹中。』請疋素寫之，半日而畢。明皇後幸蜀，皆默識其處。惟此可比耳。」（朱弁《風月堂詩話》）**31**

蔡天啟肇……嘗守睦州……有詩曰：「疊嶂巧分丁字水，臘梅遲見二年花。」人謂能狀桐廬郡景物也。（陳巖肖《庚溪詩話》）**32**

徐文淵〈送趙天樂赴高安幕〉詩云：「溪來城下綠，山到市邊平。」翁靈舒〈送高安張錄事〉詩云：「山上仙蹤丹鼎在，郭邊溪色市橋分。」二詩可謂善狀高安之景。漫錄之。

30 朱弁《風月堂詩話》（臺北：臺灣商務印書館景印文淵閣《四庫全書》，集部第 419 冊，民國 75 年 3 月版）卷上，頁 10。

31 同注**30**。

32 陳巖肖《庚溪詩話》（臺北：藝文印書館《續歷代詩話》，民國 63 年 4 月版）卷下，頁 9。

（趙與虤《娛書堂詩話》）**❸❸**

昔年過邵伯埭，登斗野亭，見梁間題曰：「地勢如披掌，天
形似覆盤。三星羅戶牖，北斗掛闌干。晚色芙蕖靜，秋香桂
子寒。更無山礙眼，剩覺水雲寬。」此劉熹無言詩，此詩寫
盡斗野之景物也。（陳巖肖《庚溪詩話》）**❸❹**

〈望嶽〉云：「南嶽配朱鳥，禮秩自百王。欱吸領地靈，頒
洞半炎方。邦家用祀典，在德非馨香。巡守何寂寥，有虞今
則亡。祝融五峰尊，峰峰次低昂。紫蓋獨不朝，爭長嶪相
望。恭聞魏夫人，群仙夾翱翔。」望嶽之作多矣。余行役過
焉，款靈霄，坐悅亭，宿勝業寺累日。嶽令與山中人謂余為
向道者。將以昧爽登絕頂，夕忽大雪，余猶攀緣而上，望上
封咫尺，雪泥沒膝，不可行。然耳目之覩，記公詩，真此圖
經也。（劉克莊《後村詩話》）**❸❺**

（杜甫）秦州五言二十首，內云：「州圖領同谷，驛道出流

---

❸❸　趙與虤《娛書堂詩話》（臺北：臺灣商務印書館景印文淵閣《四庫全書》，
集部第 420 冊，民國 75 年 3 月版）頁 25。

❸❹　同注**❸❷**，卷下，頁 10。案：何汶《竹莊詩話》臺北：臺灣商務印書館景印文
淵閣《四庫全書》，集部第 420 冊，民國 75 年 3 月版）卷 18，頁 12－13，
亦載劉熹此詩，首句「披掌」，作「扙掌」；第六句「桂子寒」；作「穉稑
寒」。

❸❺　劉克莊《後村詩話》（臺北：臺灣商務印書館景印文淵閣《四庫全書》，集
部第 420 冊，民國 75 年 3 月版）卷 10，頁 7。

沙。降虜兼千帳，居人有萬家。馬驕珠汗落，胡舞白題
斜。」……又云：「鼓角緣邊郡，川原欲夜時……萬方聲一
概，吾道竟何之。」又云：「傳道東柯谷，深藏數十家。瘦
地翻宜粟，陽坡可種瓜。」又詩云：「萬古仇池穴，潛通小
有天……何時一茅屋，送老白雲邊。」……若此二十篇，山
川城郭之異，土地風氣所宜，開卷一覽，盡在是矣。網山
〈送蘄帥〉云「杜陵詩卷是（是，當作『作』）圖經。」豈不
信然？（劉克莊《後村詩話》）❸❻

〈秦州雜詩〉……第十八首：「寒雲多斷續，邊日少光
輝。」此兩句畫出邊塞風景也。「山雪河冰野蕭索，青是烽
煙白人骨。」亦同。（張戒《歲寒堂詩話》）❸❼

夫寫景之作，而以「實錄」名之，以其能秉精細之筆，摹狀眼前之
景，而得體物密附之妙，實屬寫景精確，不可移易者也。若杜子美
之〈劍閣〉詩，蔡天啟之「疊嶂」句，徐文淵、翁靈舒之善狀高安
之景，劉焘之寫盡斗野景物，凡此諸作，皆可以宋祁之所謂「實

---

❸❻ 同注❸❺，卷 10，頁 11。所引〈網山送蘄帥〉詩，見林亦之（號網山先生）
《網山集》（臺北：臺灣商務印書館景印文淵閣《四庫全書》，集部第 88
冊，民國 75 年 3 月版）卷 1，頁 21，〈奉寄雲安安撫寶文少卿林黃中栗〉
詩：「泥封款款下青冥，卻許麾幢換使軺。夔子城頭開幕府，杜陵詩卷作圖
經。十年去國未還國，萬里長亭更短亭。可信明時好人物，亂猿啼處是州
廳。」

❸❼ 張戒《歲寒堂詩話》（臺北：藝文印書館《續歷代詩話》，民國 63 年 4 月
版）卷下，頁 3。

錄」稱之。若擬諸丹青，則吳道子之寫生，遍繪蜀道山川，數千里之河聲嶽色，皆在人耳目中，即玄宗之心眼，亦勘驗而無誤者，則尤臻寫景精確，不可移易之境。《西清詩話》曰：「丹青吟詠，妙處相資，昔人謂『詩中有畫，畫中有詩』者，蓋畫手能狀，而詩人能言之。」❸若老杜自秦州至成都所作詩，吳道子所繪蜀道山川，當亦有「可得相資之妙者」。易言之，可名為「實錄」之寫景詩，當「直書目前所見，平易委曲，得人心所同然」❸；復當為「形似之語，如鏡取形，燈取影」❹；「必實錄是事（景），決不可易。故老杜所題詩，往往親到其處，益知其工……文章固多端，然警策處往往在此」。❹總之，必寫景精確，不可移易，乃切乎「鏡取形，燈取影」之喻；必躬歷其境，以證杜詩，乃益知其寫景精確之功，與夫實錄山水之真矣。

　　且夫「寫景中的」，猶有一義可以衍論，即寫景之作而具圖經之觀。夫圖經者，乃陳述某地「數千百載之廢興」、「千數百里之

---

❸　轉引自胡仔《苕溪漁隱叢話前集》卷30，頁6。

❸　同注❸，卷23，頁3，引范溫《潛溪詩眼》語。

❹　同注❸，卷8，頁14，引范溫《潛溪詩眼》：「古人形似之語，如鏡取形，燈取影也。故老杜所題詩，往往親到其處，益知其工。」

❹　李頎《古今詩話》（北京：中華書局《宋詩話輯佚》，1987年5月版）第364則云：「范元實云：『形似之語，蓋若《詩》之賦，「蕭蕭馬鳴，悠悠旆旌」（《詩經·小雅·車攻》）也。激昂之語，蓋若《詩》之興，「周餘黎民，靡有孑遺」（《詩經·大雅·雲漢》）是也。古人形似之語，必實錄是事，決不可易。故老杜所題詩，往往親到其處，益知其工。文章固多端，然警策處往往此兩體爾。』」同屬范溫之語，而所微略異，其義旨則一也。

風土」、「四境之形勝」、使之「燦然如指諸掌」❷之作。試觀朱長文《吳郡圖經續記》❸所立門類，則凡封域、城邑、戶口、坊市、物產、風俗、門名、學校、州宅、南園、倉務、亭館、海道、牧守、人物、橋梁、祠廟、宮觀、寺院、山水、往跡、園第、家墓、碑碣……等，皆圖經所載錄之內容。然則圖經之作，若有摹狀景觀之文字，必具「狀甲方之景，絕不可移於乙地」之特質。劉克莊、林亦之稱美杜甫寫景諸作有類圖經，意在斯乎！意在斯乎！

復稽杜甫〈望嶽〉之作，其詩凡三，曰：「岱宗夫如何」一首，詠泰山也；曰：「西嶽崚嶒竦處尊」一首，詠華山也；曰：「南嶽配朱鳥」一首，詠衡山也。劉克莊所評「真此圖經」一詩，「當是（杜甫）大曆四年（769）春晚自潭之衡州（詠衡山）之作」❹，此詩凡十四韻。劉克莊《後村詩話》所引錄者，為此詩前十八句。其於祀嶽之典禮、衡山之神話，亦頗備載。「祝融五峰尊」至「爭長鸑相望」等四句，摹寫衡山七十二峰中尤為竦桀特立之五峰（除紫蓋峰峰勢東旋之外，其餘芙蓉、石廩、天柱等峰，皆朝宗祝融）之形勢，可謂精確不移。劉克莊躬歷其境，仰矚俯映，耳目所覿，適與杜甫〈望嶽〉詩相契，爰發「真此圖經」之讚歎。胡仔評羊士諤〈尋山家〉詩云：「眼前景物悉如詩中之語，然後知其工切

---

❷　見林虙〈吳郡圖經續記後序〉，錄自朱長文《吳郡圖經續記》（臺北：臺灣商務印書館景印文淵閣《四庫全書》，史部，民國75年3月版）卷下。

❸　紀昀等《四庫全書總目·史部·地理類·吳郡圖經記·提要》（臺北：藝文印書館，民國63年4月版）卷68，頁15：「州郡志書，五代以前無聞。北宋以來，未有古於《長安志》及是記（《吳郡圖經記》）者矣。」

❹　說見仇兆鰲《杜詩詳注》（臺北：里仁書局，民國69年7月版）頁1983。

也。」❹若迻此言以詮劉克莊之觀覽衡山，印證杜詩，當無鑿枘。
而「眼前景物悉如詩中之語」，即「寫景中的」之義也。

請繼後村（劉克莊）之踵，列述秦州諸詩，以驗「真此圖經」
之論：

> 州圖領同谷，驛道出流沙。降虜兼千帳，居人有萬家。馬驕
> 珠汗落，胡舞白題斜。年少臨洮子，西來亦自誇。（〈秦州
> 雜詩二十首其三〉）

> 鼓角緣邊郡，川原欲夜時。秋聽殷地發，風散入雲悲。抱葉
> 寒蟬靜，歸山獨鳥遲。萬方聲一概，吾道竟何之。（〈秦州
> 雜詩二十首其四〉）

> 莽莽萬重山，孤城石谷間。無風雲出塞，不夜月臨
> 關。……。（〈秦州雜詩二十首其七〉）

> 今日明人眼，臨池好驛亭。叢篁低地碧，高柳半天
> 青。……。（〈秦州雜詩二十首其九〉）

> 雲氣接崑崙，涔涔塞雨繁。羌童看渭水，使客向河源。煙火

---

❹　同注❸，卷 24，頁 5：「苕溪漁隱曰：『羊士諤〈尋山家〉詩云「主人聞語
未開門，繞籬野菜飛黃蝶。」余嘗居村落間，食飽楷筇散步，款鄰家之扉，
小立待之，眼前景物悉如詩中之語，然後知其工切也。』」

軍中幕，牛羊嶺上村。所居秋草靜，正閉小蓬門。（〈秦州雜詩二十首其十〉）

蕭蕭古塞冷，漠漠秋雲低。黃鵠翅垂雨，蒼鷹飢啄泥。……。（〈秦州雜詩二十首其十一〉）

山頭南郭寺，水號北流泉。老樹空庭得，清渠一邑傳。秋花危石底，晚景臥鐘邊。……。（〈秦州雜詩二十首其十二〉）

傳道東柯谷，深藏數十家。對門藤蓋瓦，映竹水穿沙。瘦地翻宜粟，陽坡可種瓜。……。（〈秦州雜詩二十首其十三〉）

東柯好崖谷，不與眾峰群。落日邀雙鳥，晴天卷片雲。……。（〈秦州雜詩二十首其十六〉）

邊秋陰易夕，不復辨晨光。簷雨亂淋幔，山雲低度牆。鸛鶴窺淺井，蚯蚓上深堂。車馬何蕭索，門前百草長。（〈秦州雜詩二十首其十七〉）

地僻秋將盡，山高客未歸。塞雲多斷續，邊日少光輝。……。（〈秦州雜詩二十首其十八〉）**46**

---

46 同注**44**，頁 572－588。

杜甫〈秦州雜詩〉第二首寫秦州夷漢雜處，新附之虜，人口多於原住漢人，觀彼胡馬騰驤灑汗之姿、胡人偏首起舞之態，確屬秦州特有之景觀。其第四首詠邊郡之鼓角。於時正屬秋天薄暮之際，鼓角之聲入耳，聞之猶覺淒慄，地多邊警，從可知矣。而「抱葉寒蟬靜，歸山獨鳥遲」二句，寫欲夜悲涼之景，形容入微。❹其第七首前四句，敘寫秦州「襟帶隴蜀，高山萬重」❹，孤城僻處其間，「無風而雲自行，未夜而月已照」。❹塞上陰雲慘淡，月色淒冷，幽寂之景，悉呈楮墨。其第九首「叢篁低地碧，高柳半天青」二句，描寫秦州驛亭明媚之景，吳見思釋此聯曰：「篁而叢，故著地碧；柳而高，故半天青。」❺盧元昌則云：「柳竹蕭疏，高低作勢。」❺杜甫此聯實能將驛亭幽勝之景歷歷繪出。其第十首詠秦州之雨景。頸聯「煙火軍中幕，牛羊嶺上村」，陳述雨中之所見：「煙火熹微，識是軍中之幕；牛羊散亂，知為嶺上之村」❺，可謂實錄邊地雨景，迷濛如畫。其第十一首，承前一首續寫雨景。「黃鵠翅垂雨，蒼鷹飢啄泥」一聯，以清亮之色彩、寫實之筆致，點染

---

❹　范肇雲《歲寒堂讀杜》（臺北：臺灣大通書局《杜詩叢刊》，民國 63 年 10月版）卷 5，頁 12：「二句（「抱葉寒蟬靜，歸山獨鳥遲」）是欲夜時景，形容悲涼入微。」

❹　盧元昌注《杜詩闡》（臺北：臺灣大通書局《杜詩叢刊》，民國 63 年 10 月版）卷 8，頁 1。

❹　吳見思《杜詩論文》（臺北：臺灣大通書局《杜詩叢刊》，民國 63 年 10 月版）卷 9，頁 12。

❺　同注❹，卷 12，頁 10。

❺　同注❹。

❺　同注❹。

古塞秋雨清冷之景，十分傳神。黃鵠垂濕翅而不能奮飛，蒼鷹啄沙泥而一飽無由，寫景之際，復寓乎傷慨困躓之情焉。其第十二首雖屬「因南郭寺秋花晚景而歎身之將老」之作❸，然其「老樹空庭得，清渠一邑傳。秋花危石底，晚景臥鐘邊」四句，寫出俯仰其間所見遠近大小之景，而古寺山水，髣髴矗立眼前。其第十三首雖是未至東柯谷而先述所聞之作❺，然其「對門藤蓋瓦，映竹水穿沙」二句，與第十六首「落日邀雙鳥，晴天卷片雲」一聯，寫山水之幽勝，境類桃源；繪藤蔓與水竹，神似東柯。至於其第十七、十八首，「簷雨亂淋幔，山雲低度牆。鸕鷀窺淺井，蚯蚓上深堂。」「塞雲多斷續，邊日少光輝。」又巧運精細之目光，曲攝僻地之景致矣。故知劉克莊「若此（〈秦州雜詩〉）二十篇，山川城郭之異，土地風氣所宜，開卷一覽，盡在是矣」云云；林亦之「杜陵詩卷作圖經」之美稱，與夫張戒「畫出邊塞風景」之論，洵屬的當之評。劉克莊復云：

> （杜甫）十二月一日雲安縣云：「一聲何處送書雁，百丈誰家上瀨船。」又云：「負鹽出井此溪女，打鼓發船何郡郎。」此二聯縣圖也。❺

---

❸　津阪孝編《杜詩詳解》（臺北：臺灣大通書局《杜詩叢刊》，民國 63 年 10 月版）卷 5，頁 25。

❺　同注❹，頁 583〈秦州雜詩其十三〉注引趙汸語：「（本詩）起用『傳道』二字，則此下景物，皆是未至谷中，而先述所聞。」

❺　同注❸，卷 10，頁 14。

劉克莊所陳二例，分見杜甫〈十二月一日三首〉之第一首：「今朝臘月春意動，雲安縣前江可憐。一聲何處送書雁，百丈誰家上瀨船。未將梅蕊驚愁眼，要取椒花媚遠天。明光起草人所羨，肺病幾時朝日邊。」與第二首：「寒輕市上山煙碧，日滿樓前江霧黃。負鹽出井此溪女，打鼓發船何郡郎。新亭舉目風景切，茂陵著書消渴長。春花不愁不爛漫，楚客惟聽棹相將。」❺❻依黃鶴之注，此二詩當是唐代宗永泰元年（765 年）冬，杜甫作於雲安。前一首詩，三、四句寫雲安縣前之景物，尤以牽挽百丈，引舟溯江，實為雲安獨特之景觀。後一首詩之頷聯，寫雲安獨特之風俗——民家多有鹽井，而「以女當戶，皆販鹽自給」。❺❼而「峽中多曲，江有峭石，兩舟相觸，急不及避，故發船多打鼓。聽前船鼓聲既遠，後船方發，恐相值觸損也」。❺❽然則「百丈誰家上瀨船」，「負鹽出井此溪女，打鼓發船何郡郎」，只合狀景雲安，不容移寫別地。劉克莊「縣圖」之評，與其「圖經」之論，足相表裡，實屬愜當也。

　　曾季貍《艇齋詩話》云：「東湖（徐俯）論作詩，喜對景能賦。必有是景，然後有是句。若無是景而作，即謂之脫空詩，不足貴也。」❺❾黃庭堅云：「詩句不鑿空強作，對景而生便自佳。」❻⓪曾季貍復云：「老杜寫物之工，皆出於目見。如：『花妥鶯捎蝶，

---

❺❻　同注❹❹，頁 1243－1244。

❺❼　同注❹❹，頁 1245。

❺❽　同注❹❹，頁 1245。

❺❾　曾季貍《艇齋詩話》（臺北：藝文印書館《續歷代詩話》，民國 63 年 4 月版）頁 2。

❻⓪　轉引自張戒《歲寒堂詩話》卷下，頁 2。

溪喧獺趁魚。芹泥隨燕觜,花粉上蜂鬚。』『仰蜂黏落絮,行蟻上
枯梨。』『柱穿蜂溜蜜,棧缺燕添巢。』『風輕粉蝶喜,花暖蜜蜂
喧。』非目見安能造此等語?」❻細翫曾季貍、黃庭堅、徐俯之
旨,概謂「必先對景,然後賦詩;必躬見景,然後造語」也。詩之
寫景,苟欲中的,其必遵此道乎!夫然,故說得景物出;夫然,故
所作足與實景兩相印證,以驗其工切。《艇齋詩話》、《呂氏童蒙
訓》嘗言:

> 東湖〈宮亭湖〉詩極佳,嘗自誦與予言:「沙岸委它白,雲
> 林迤邐青。千山擁廬阜,百水會宮亭。」說得景物出。身在
> 宮亭經行,方見其工。予謂此詩全似老杜。(曾季貍《艇齋詩
> 話》)❻

> 《呂氏童蒙訓》云:「山谷嘗謂諸洪言:『佳詩不必多,如
> 三百篇足矣。某平生詩甚多,意欲止留三百篇,餘者不能認
> 得。』諸洪皆以為然。徐師川獨笑曰:『詩豈論多少?只要
> 道盡眼前景致耳。』山谷回顧曰:『某所說,止謂洪氏作詩
> 太多,不能精致耳。』」(胡仔《苕溪漁隱叢話前集》)❻

徐俯,字師川,號東湖,洪州分寧人,黃庭堅其舅也。七歲能詩,

---

❻　同注❺,頁 6。
❻　同注❺,頁 4。
❻　同注❸,卷 49,頁 9。

黃庭堅頗器之。宋高宗紹興二年（1132 年），賜進士出身。著有
《東湖集》。徐俯能搦「精致」之詩筆，「道盡眼前之景致」。曾
季貍「身在宮亭經行」，躬歷其境，「方見其（徐俯〈宮亭湖〉詩）
工」，此所謂「工」者，乃寫景精確，「中的」之為工也。而杜少
陵詩之寫景，固已典型居前，文成法立矣，前述〈秦州雜詩〉，即
可為證。至於徐俯與其舅黃庭堅論詩，亦持「只要道盡眼前景致
耳」之說，合此二則詩話觀之，益可知徐俯論詩之寫景，適與其寫
景之作相契矣。賡繹相類之說，以為闡論之資：

> 「兩邊山木合，終日子規啼。」此老杜〈雲安縣〉詩也。非
> 親到其處，不知此詩之工。（蘇軾《東坡詩話》）❻❹

> 作詩之妙，實與景遇，則語意自別。古人模寫之真，往往後
> 人耳目所未歷，故未知其妙耳。甲寅秋，與黃晉卿夜宿杭佑
> 聖觀房，牆外有古柏一株，月光臨樹，玲瓏晃耀。晉卿曰：
> 「此可賦詩。」後閱默成潘公集，有一詩云：「圓月隔高
> 樹，舉問何以名。鏡懸寶絲網，燈晃雲母屏。」〈序〉稱：
> 「因見月未出木表，光景清異，與諸弟約賦，夜夢人告以何
> 不用下二句。」乃知此夕發興，與潘公不殊。又壬戌四月，
> 予過京口，遇謝君植，同登北固，臨視大江，風起浪湧，往
> 來帆千百，若凝立不動者，因憶古人「千帆來去風，帆遠卻

---

❻❹　蘇軾《東坡詩話·書子美雲安詩》（臺北：弘道文化事業有限公司《詩話叢
　　刊》，民國 60 年 3 月版）。

如聞」之句，誠佳語也。此類甚多，姑記二條與朋友所共知者。（吳師道《吳禮部詩話》）**❻❺**

東坡謂杜少陵「兩邊山木合，終日子規啼」兩句「非親到其處，不知此詩之工」者，以其摹寫雲安景物之真也。吳師道以為作詩必實與景會，乃得臻於真、妙之境，並陳二例，以明讀詩者必躬歷實境，方可悟其摹寫景物之真。凡此皆足以與徐俯「必有是景，然後有是句」；曾季貍「寫物之工，皆出目見」之論相闡發。陸游嘗評張文昌詩云：

> 張文昌〈成都曲〉云：「錦江近西煙水綠，新雨山頭荔枝熟。萬里橋邊多酒家，遊人愛向誰家宿。」此未嘗至成都者也，成都無山，亦無荔枝。蘇黃門詩云：「蜀中荔枝出嘉州，其餘及眉半有不。」蓋眉之彭山縣，已無荔枝矣，況成都乎！**❻❻**

夫山與荔枝，成都罕見，而張文昌振振其詞，寫入詩篇，此即徐俯所謂之「脫空詩」也，洵不足貴尚，亦不足以言「寫景中的」之義。黃季剛云：「所貴憑其精密之心，以寫當前之境。閱者於字句悠然心領，若深入其境焉，如此則藻不圖抒，而景以文顯矣。不則

---

❻❺ 吳師道《吳禮部詩話》（臺北：藝文印書館《續歷代詩話》，民國63年4月版）頁7。

❻❻ 陸游《老學庵詩話》（臺北：弘道文化事業有限公司《詩話叢刊》，民國60年3月版）頁708。

狀甲方之景，可移乙地；摹春日之色，或似秋容。勦襲雷同，徒增厭苦。雖爛若褥繡，亦何用哉？」❻❼夫詩之寫景也，苟能「憑其精密之心，以寫當前之境」，則所寫之詩景，必逼真乎實境，「狀甲方之景，不可移狀乙地」，而與寫景「移不動」之義相合。是以詩人命篇摛辭之際，無論摹寫水光山色，天容時態，或人文景觀，務遵「中的」、「不移」之論，庶幾收精確逼真之效焉。

第二節　狀難寫之景如在目前，
含不盡之意見於言外

　　宋代詩話言及「狀難寫之景如在目前，含不盡之意見於言外」之詩論者，除歐陽脩《六一詩話》引述梅聖俞之論，倡之於前之外；其後諸家詩話，或援據此論，以論詩作；或參稽眾說，以申其義；或一本其旨，稍易其辭，而為詩論。此類詩話，蓋非罕觀，列述於後，觀其要義焉。

　　　　聖俞常語余曰：「詩家雖率意而造語亦難。若意新語工，得
　　　前人所未道者，斯為善也。必能狀難寫之景如在目前，含不
　　　盡之意見於言外，然後為至矣。賈島云：『竹籠拾山果，瓦
　　　缾擔石泉。』姚合云：『馬隨山鹿放，雞逐野禽棲。』等是
　　　山邑荒僻，官況蕭條，不如『縣古槐根出，官清馬骨高』為
　　　工也。」余曰：「語之工者固如是。『狀難寫之景，含不盡

---

❻❼　黃侃《文心雕龍札記》（臺北：文史哲出版社，民國62年6月版）頁215。

之意』，何詩為然？」聖俞曰：「作者得於心，覽者會以
意，殆難指陳以言也。雖然，亦可略道其髣髴。若嚴維『柳
塘春水漫，花塢夕陽遲』，則天容時態，融和駘蕩，豈不如
在目前乎？又若溫庭筠『雞聲茅店月，人跡板橋霜』；賈島
『怪禽啼曠野，落日恐行人』，則道路辛苦，羈愁旅思，豈
不見於言外乎？」**❻❽**

右所錄梅聖俞論寫景詩之言，其旨約有二端：一、寫景造語，宜意
新語工，道前人之所未道，是為「寫景之善」者；二、狀難寫之景
如在目前，含不盡之意見於言外，是為「寫景之至」者。以言其詩
例，則「縣古槐根出」二句，「寫景之善」者也；嚴維「柳塘春水
漫」、溫庭筠「雞聲茅店月」、賈島「怪禽啼曠野」等三聯，「寫
景之至」者也。

「竹籠拾山果，瓦缾擔石泉」一聯，蓋賈島〈題皇甫荀藍田
廳〉詩之頷聯。**❻❾**此詩寫皇甫荀遠離故鄉，仕宦於藍田山城，荒僻
寂寥之景況，摹寫甚工。雖然，此二句若不與其前、後詩聯合而觀
之，則移以狀隱居山林之幽趣，不亦宜乎？又安知其為摹寫官況蕭

---

❻❽ 歐陽脩《六一詩話》（臺北：臺灣商務印書館景印文淵閣《四庫全書》，集
部第 417 冊，民國 75 年 3 月版）頁 6。案：阮閱《詩話總龜》（臺北：臺灣
商務印書館景印文淵閣《四庫全書》，集部第 417 冊，民國 75 年 3 月版）卷
6，頁 8，亦收錄此則詩話。

❻❾ 《全唐詩》（臺北：宏業書局，民國 71 年 9 月版）頁 6631，賈島〈題皇甫
荀藍田廳〉：「任官徑一年，縣與玉峰連。竹籠拾山果，瓦缾擔石泉。客歸
秋雨後，印鎖暮鐘前。久別丹陽浦，時時夢釣船。」

條之作哉？

　　至於「馬隨山鹿放，雞逐野禽棲」二句，若不與前、後詩句合而觀之，則移以狀野牧悠閑之景，不亦宜乎？又安知其為摹寫官況蕭條之作哉？

　　然而李唐「縣古槐根出，官清馬骨高」二句則不然。夫衙前之槐根，浮露地表，而置縣之年代悠遠，從可知矣。署中之瘦馬，嶙峋其骨，而邑宰冰玉之懷，亦可知矣。此聯摹狀「山邑荒僻，官況蕭條」之景況，可謂精確。雖未循誦全篇，亦難滋生誤解。梅堯臣假「比較評鑑法」❼❶衡較賈島、姚合，與夫唐人之寫景詩聯，以明其「寫景之善」──意新語工，得前人所未道──之論，可謂確當。

　　雖然，以梅聖俞之心眼觀之，寫景詩之勝境，蓋猶有愈於此者，即「狀難寫之景如在目前，含不盡之意見於言外」之作屬之。式析嚴維、溫庭筠、賈島之詩聯，以徵梅聖俞之詩論。「柳塘春水漫，花塢夕陽遲」為嚴維〈酬劉員外見寄〉詩❼❶之頸聯。此聯寫睦

---

❼❶　崔成宗〈比較評鑑法舉隅──以宋人論寫景詩為例〉（臺北：東吳大學中國文學研究所《東吳中文研究集刊·創刊號》，民國83年5月版）云：「比較評鑑法者，就不同詩文之立意、主題、情思、意趣、用典、屬對、比興、寄託、筆力、風格、韻趣、氣象……，或不同作者之性情、襟懷、德義，廣辨異同，深探精微，以判其工拙、優劣、高下、雅俗之詩文研究法也。」

❼❶　嚴維〈酬劉員外見寄〉詩：「蘇耽佐郡時，近出白雲司。藥補清羸疾，窗吟絕妙詞。柳塘春水漫，花塢夕陽遲。欲識懷君意，明朝訪楫師。」舊題尤袤編《全唐詩話》卷3云：「（嚴）維，字正文，越州人，與劉長卿善。長卿〈對酒寄維〉云：『陋巷喜陽和，衰顏對酒歌。懶從華髮亂，閒住白雲多。郡簡容垂釣，家貧學弄梭。門前七里瀨，早晚子陵過。』維答云：『蘇耽佐

州之春景，翠柳裊娜，輕拂塘面，花塢之中，紅紫紛披，而斜陽髣
髴迷此芳景，不忍驟然西下。此天容春景，溶漾於六合之中、柳塘
之內，頗有「斜陽冉冉春無極」之景趣。觀其鉤勒柳塘、春水、花
塢、夕陽等具體物象而組合之，適能創構一「天容時態，融和駘
蕩」之情境，此即「『象外之象，景外之景』，它既是『作者得於
心』的產物，又……是要『覽者會以意』，充分發揮讀者的想像力
方可體會到」。❼❷惟其有「作者得於心」，故能「狀難寫之景」；
惟其恃「覽者會以意」，故能「含不盡之意」。具此特色，是以梅
聖俞以為當屬「寫景之至」者。

「雞聲茅店月，人跡板橋霜。」為溫庭筠〈商山早行〉詩❼❸之

郡時……明朝訪楫師。」（時劉長卿任睦州司馬）則詩所謂『劉員外』即劉
長卿也。蘇耽原為漢文帝時桂陽人，其後羽化登仙。劉長卿時任睦州司馬，
為郡守佐史。嚴維此詩蓋藉蘇耽以頌美劉長卿。許文雨《唐詩集解》（臺
北：正中書局，民國 43 年 9 月版）中冊，頁 107，評嚴維此詩：『首頌長卿
治郡清簡，服藥吟詩，天養甚厚。』」案：施蟄存評嚴維〈酬劉員外見寄〉
詩：「從整體看來，並不好。頷聯與頸聯沒有關係。頷聯又沒有承上的作
用，頸聯沒有啟下的作用……這首詩好像是硬拼湊起來的四聯八句。」又
云：「『柳塘』一聯在全詩中都沒有必要的聯繫，既不承上，又不啟下，儘
管這十個字寫景極妙，但對於全詩卻不起什麼作用。嚴維另外有一聯詩云：
『柳塘薰晝日，花水溢春渠。』（〈酬王侍御西陵渡見寄〉）完全同一意
境，更可知是先有成句，而後湊足全詩。」說見所著《唐詩百話》（上海：
上海古籍出版社，1988 年 4 月版）頁 472－475。亦可備一說。
❼❷ 張少康《古典文藝美學論稿》（臺北：淑馨出版社，民國 78 年 11 月版）頁
27。
❼❸ 溫庭筠〈商山早行〉：「晨起動征鐸，客行悲故鄉。雞聲茅店月，人跡板橋
霜。槲葉落山路，枳花明驛牆。因思杜陵夢，鳧雁滿回塘。」許文雨《唐詩
集解》下冊，頁 193，評此詩云：「此書秋晨客行奔波之感也。言征人晨起

頷聯。此聯敘寫旅人投宿驛所，聞雞鳴而動身，戴曉月而行邁。板橋秋霜，已印其足跡。惟鋪陳雞聲、茅店、月、人跡、板橋、霜等意象，不著一形容詞、一動詞，而旅人晨起趲路，行色匆匆之心情，從可知矣。王國瓔謂此六種景物「都以其最原始、最純粹的形態出現……詩人已完全融於物象中」，從而使讀者「直接去體會這些物象所呈現的氣氛，並直接去參與渾然忘我的美感經驗」。❼然則以言其創作也，溫庭筠並列六種意象，合為兩句十字，以少總多，使旅人之情貌和盤托出。以言其鑑賞也，讀者閱此二句，竟能「參與渾然忘我的美感經驗」，而感知其物我交融之境界。洵可謂「寫景之至」者也。

　　至於「怪禽啼曠野，落日恐行人」二句，則賈島〈暮過山村〉詩❼之三、四句也。蓋謂夕春將下，旅人猶未逢逆旅，獨行曠野之中，惟聞怪禽號啼，不覺衷懷惴慄。而行路之艱苦、陰鬱之情懷，即可知矣。

　　自梅聖俞揭櫫「狀難寫之景如在目前，含不盡之意見於言外」之寫景詩論以還，宋人如司馬光、張耒、葛立方、張戒、吳子良等即援之以論詩，張戒且持劉勰「隱」、「秀」之旨以為詮說，踵事

踐霜，趕赴行程，槲葉滿山，枳花照驛，秋景殊為清寂。回首長安，小人盈朝，大可感憤矣。」

❼　王國瓔《中國山水詩研究》（臺北：聯經出版事業公司，民國 75 年 10 月版）頁 437。

❼　賈島〈暮過山村〉詩：「數里聞寒水，山家少四鄰。怪禽啼曠野，落日恐行人。初月未中夕，邊峰不過秦。蕭條桑柘外，煙火漸相親。」許文雨《唐詩集解》下冊，頁 43，評此詩云：「此蓋留秦中，過山村暮望而作。言寒水曲遶山村，日落禽啼，行人增恐。所幸邊峰不到，桑柘浮煙，漸感相親耳。」

增華，蔚成巨觀。請徵彼詩話，一論述之。葛立方《韻語陽秋》嘗拈梅聖俞之詩聯，印證梅聖俞之詩論。其辭云：

> 梅聖俞云：「作詩須狀難寫之景於目前，含不盡之意於言外。」真名言也。觀其〈送蘇祠部通判於洪州〉詩云：「沙鳥看來沒，雲山愛後移」；〈送張子野赴鄭州〉云：「秋雨生陂水，高風落廟梧」之類，狀難寫之景也。〈送馬殿丞赴密州〉：「危帆淮上去，古木海邊秋」；〈和陳祕校〉云：「江水幾經歲，鑑中無壯顏」之類，含不盡之意也。❼❻

梅聖俞〈讀邵不疑學士詩卷杜挺之忽來因示之且伏高致輒書一時之語以奉呈〉詩云：「作詩無古今，惟造平淡難。」❼❼若葛立方所陳梅詩四聯，皆屬平淡素樸之作，而此「平淡素樸」之風，往往「意在言外，耐人尋繹，如吃橄欖，從苦澀之中，咀嚼出不盡的甘腴之味……洗盡脂粉鉛華，給人以『老樹著花』的美感。」❼❽詩之寫

---

❼❻ 葛立方《韻語陽秋》（臺北：臺灣商務印書館景印文淵閣《四庫全書》，集部第 418 冊，民國 75 年 3 月版）卷 1，頁 4。案：郭紹虞《宋詩話輯佚》頁 623 所輯張鎡《詩學規範》第 40 則〈梅聖俞論詩〉，其內容與葛立方《韻語陽秋》此則詩話大致相同。張鎡（1153－？）年代稍晚於葛立方（宋高宗紹興八年，1138 進士），故知此則詩話蓋葛立方創始，而張鎡引述之者。

❼❼ 梅堯臣《宛陵集》（臺北：臺灣商務印書館景印文淵閣《四庫全書》，集部第 38 冊，民國 75 年 3 月版）卷 46，頁 9。

❼❽ 郭紹虞《中國歷代文論選》（臺北：木鐸出版社，民國 69 年 3 月版）中冊，頁 15。

景，苟欲臻此「狀難寫之景於目前，含不盡之意於言外」、平淡素樸、而耐人翫繹之境，其惟率由「聖俞覃思精微，以深遠閑淡為意」❼之典範歟！夫拈出某詩之一聯，以為評論詩作之資，步趨前人，雖少新意。然而以某一詩人之詩論與其詩作相覈較，則「明暗交參」❽，頗具新思。雖然，葛立方先陳二例，以明「狀難寫之景於目前」之義；復拈二聯，以明「含不盡之意於言外」之旨，其摹擬梅聖俞詩論之跡，亦已明矣。

　　司馬光、張耒、吳子良，則另闢康衢，續有發展。假梅堯臣之詩論，評司馬池之詩篇。司馬光《溫公續詩話》云：

　　　　先公監安豐酒稅，赴官，嘗有〈行色〉詩云：「冷於陂水淡於秋，遠陌初窮見渡頭。猶賴丹青無處畫，畫成應遣一生愁。」豈非狀難寫之景也？❽

張耒〈記行色詩〉一文云：「『冷於陂水淡於秋，遠陌初窮到渡

❼　歐陽脩《六一詩話》（臺北：藝文印書館《歷代詩話》，民國 63 年 4 月版）頁 6。

❽　說見杜師松柏《禪學與唐宋詩學》（臺北：黎明文化事業股份有限公司，民國 67 年 12 月版）頁 451：「根據詩學所得之理論等，以批評詩，論斷詩人，乃以『暗』喻『明』，詩學復指導後之詩人，指導後之詩作，故詩學與詩作，亦係明暗交參。」

❽　司馬光《溫公續詩話》（臺北：藝文印書館《歷代詩話》，民國 63 年 4 月版）頁 4。

頭。賴是丹青不能畫❷，畫成應遣一生愁。」右〈行色〉詩，故待
制司馬公所作也。公諱池，以某年中，嘗監安豐酒稅，實作此詩，
距今若干年，其孫宏知縣事，刻此詩於石，屬予記之。惟公以文學
風節為時名臣，是生丞相溫公……蓋嘗評古今詩句，著詩話一卷，
亦載此詩。以其甚工，不敢以父子之嫌廢也。梅聖俞以詩名一時，
嘗言：『詩之工者，寫難狀之景，如在目前；含不盡之意，見於言
外。』此詩有焉。」❸司馬溫公僅以「狀難寫之景」五字評其父
〈行色〉詩，且以反詰問句出之。而張耒評〈行色〉詩，則曰：
「甚工」，且全引梅堯臣「狀難寫之景，如在目前；含不盡之意，
見於言外」等十八字為評，其稱許此詩，亦云至矣。或者司馬光於
〈行色〉一詩，雖「不敢以父子之嫌廢也」，然猶謙謹其評讚歟。
此固與其恭謹謙厚之質性相合也。吳子良撰《吳氏詩話》，謂「前
輩」稱美〈行色〉詩，且云：「此詩惟第一句最有味。范文正公
〈野色〉詩：『非煙亦非霧，霙霙映樓臺。白馬忽點破，夕陽還照
開。肯隨芳草歇，疑逐遠帆來。誰會山公意，登高醉始回。』第二
聯亦豈下於池詩乎？此梅聖俞所謂『狀難寫之景，如在目前』
也。」❹則復懸梅堯臣之寫景詩論為衡準，乞靈於比較評鑑法，以

---

❷ 「賴是丹青不能畫」，《溫公續詩話》作「猶賴丹青無處畫」。案：司馬光
　為司馬池之子，所記當可微信。

❸ 張耒《柯山集》（臺北：臺灣商務印書館景印文淵閣《四庫全書》，集部第
　54 冊，民國 75 年 3 月版）卷 45，頁 9。

❹ 吳子良《吳氏詩話》（長沙：商務印書館《叢書集成初編》第 397 冊，民國
　26 年 12 月版）卷上，頁 5。案：《全宋詩》（北京：北京大學出版社，1991
　年 8 月版）卷 166，頁 1883，所錄范仲淹此詩，次句作「冪冪映樓臺」；第
　三句「白馬」，作「白鳥」。此詩文字或當依《全宋詩》。

論司馬池、范仲淹之寫景詩也。

余嘗踵武前修之詩話，試為續貂之議論：〈行色〉首句如南宗水墨，唯點染寥寥數筆，而陂水之冰寒，秋氣之蕭森，幾寓目前，砭人肌骨。此「狀難寫之景，如在目前」也。雖然，盈天地之間，尤有冷淡於是者，則行子於客途中寥寂淒冷之情懷也。此情懷蓋自遠陌至於渡頭，彌望秋景而觸目生心者。寫旅人冷淡之感受，而其寥寂之情自見。此「含不盡之意，見於言外」也。然則何以知此詩所含「不盡之意」為「客途中寥寂淒冷之情懷」耶？其必曰：蓋自「猶賴丹青無處畫，畫成應遣一生愁」二句推知。若徒賞首句，恐將不知所云。范仲淹〈野色〉頷聯如西洋油畫，設色濃麗，景象鮮明。白鳥乍飛，於此非煙非霧、灰暗幂幂之野色中迅略而過，灰白相襯，而白鳥之「白」，尤覺醒目。於時陰雲驟開，夕陽倏射，透霄而出，沉霾之天色，頓覺絢爛多彩。斯聯摹狀野色之形色神韻，可謂巧言切狀，入木三分，誠能「狀難寫之景，如在目前」者也。然則此聯亦有言外不盡之意歟？其必曰：若自其結聯「誰會山公意，登高醉始回」觀之，則「白鳥忽點破」二句，雖是寫景，然韻趣靈動，耐人尋繹；而范仲淹當時流連光景之愉悅情懷，亦可不言而喻也。然而或唯賞翫此詩頷聯，不顧前後諸聯，亦何由知此不盡之意耶？宋人以比較法評詩，往往但拈一句一聯，而割棄其首尾；或渾稱某人某篇，而遽爾較評。嘗海一勺，寧知其味？窺豹一斑，難觀全貌。坐貽概全以偏之譏，未中比較評鑑之的者，蓋非罕覯。若《吳氏詩話》徵引〈行色〉、〈野色〉二詩，首尾俱全，然後較評者，洵

屬鳳毛，足為宋人以比較法評詩之圭臬。❽梅堯臣論詩之「寫景之
至」者，但拈某詩之某聯以為口實，故嚴維〈酬劉員外〉詩「柳塘
春水漫，花塢夕陽遲」二句，雖能狀難寫之景，然而此詩其餘三
聯，或非工妙之作，施蟄存甚且謂其「先有成句，而後湊足全
詩」❽，此固梅堯晨論詩之微瑕也。若夫司馬光之《溫公續詩
話》、張耒之《柯山集》、吳子良之《吳氏詩話》，所援詩篇，首
尾俱足，然後徵詩論以評詩歌，據詩篇以闡詩論，開詩評之法門，
作聖俞之功臣，洵可謂詩話之佳構也（案：張耒之《柯山集》不屬詩
話）。此宋代詩話援梅堯臣「狀難寫之景，如在目前；含不盡之
意，見於言外」之詩論以論寫景詩者也。

　　張戒《歲寒堂詩話》對梅堯臣之寫景詩論，尤有更詳盡之闡
論：

> 梅聖俞云：「狀難寫之景，如在目前。」元微之云：「道得
> 人心中事。」此固白樂天長處。然情意失於太詳，景物失於
> 太露，遂成淺近，略無餘蘊，此其所短處。❽
>
> 詩者，志之所之也。情動於中，而形於言，豈專意於詠物
> 哉？子建「明月照高樓，流光正徘徊」，本以言婦人清夜獨

---

❽　參考崔成宗〈比較評鑑法舉隅——以宋人寫景詩為例〉（臺北：東吳大學中
　　國文學研究所，《東吳中文研究集刊》創刊號，民國 83 年 5 月版）。
❽　施蟄存《唐詩百話》（上海：上海古籍出版社，民國 77 年 4 月版）頁 475。
❽　張戒《歲寒堂詩話》（臺北：藝文印書館《續歷代詩話》，民國 63 年 4 月
　　版）卷上，頁 6。

居，愁思之切，非以詠月也。而後人詠月之句，雖極其工
巧，終莫能及。淵明「狗吠深巷中，雞鳴桑樹顛」，本以言
郊居閒適之趣，非以詠田園。而後人詠田園之句，雖極其工
巧，終莫能及。故曰：「言之不足，故長言之；長言之不
足，故詠嘆之；詠嘆之不足，故不知手之、舞之、足之、蹈
之。」後人所謂「含不盡之意」者，此也。**❸❸**

〈國風〉、〈離騷〉固不論。自漢、魏以來，詩妙於子建，
成於李、杜，而壞於蘇、黃。余之此論，固未易為俗人言
也。子瞻以議論作詩，魯直又專以補綴奇字，學者未得其所
長，而先得其所短，詩人之意掃地矣。段師教康崑崙琵琶，
且遣不近樂器十餘年，忘其故態。學詩亦然，蘇、黃習氣淨
盡，始可以論唐人詩。唐人聲律習氣淨盡，始可以論六朝
詩。鐫刻之習氣淨盡，始可以論曹、劉、李、杜詩。〈詩
序〉云：「情動於中而形於言，言之不足，故嗟嘆之。」子
建、李、杜，皆情意有餘，洶湧而後發者也。劉勰云：因情
造文，不為文造情。若他人之詩，皆為文造情耳。沈約云：
「相如工為形似之言，二班長於情理之說。」劉勰云：「情
在詞外曰隱，狀溢目前曰秀。」梅聖俞云：「含不盡之意，
見於言外；狀難寫之景，如在目前。」三人之論，其實一

也。⑧⑨

試綜張戒之議論，引而申之，可得三端：

一、摹狀景物，固當宛然在目，然不宜有「太露」之失；含藏
情意，固當有餘不盡，然不宜有「太詳」之病。狀景含情，當力避
淺近，務饒餘蘊，乃有意味，乃臻工妙，否則其格必不高。「餘
蘊」者，郭紹虞云：「是文學上的朦朧妙境，即所謂韻味……白樂
天詩愈求淺顯，愈鮮意趣，愈求詳盡，愈少韻致，即因缺少這一
點，因此，言志既嫌於率直，即詠物也不能為工」。⑨⑩若復以張戒
之辭詮之，則「有餘蘊」即「含蓄」也。張戒曰：

> 世言白少傳詩格卑，雖誠有之，然亦不可不察也……（白）
> 詩專以道得人心中事為工，本不應格卑。但其詞傷於太煩，
> 其意傷於太盡，遂成冗長卑陋爾……若收斂其詞而少加含
> 蓄，其意味豈復可及也？⑨①

郭紹虞固以「韻味」釋「餘蘊」矣，然則「韻味」之義為何？張戒
云：「鏗鏘音節，抑揚態度，溫潤清和，金聲而玉振之，辭不迫
切，而意已獨至……此所謂韻不可及也。……景物雖在目前，而非

---

⑧⑨　同注⑧⑦，卷上，頁 4。
⑨⑩　郭紹虞《中國文學批評史》（臺北：文光出版社，民國 62 年 9 月版）下卷，
　　頁 48。
⑨①　同注⑧⑦，卷上，頁 7。

至閒至靜之中，則不能到，此味不可及也。」❷今人張健嘗申張戒「韻」、「味」之說云：

> 張戒所取於曹植的……在於「詞采華茂」，「體被文質，粲溢古今」，這就是「韻」……味＋詞采＝韻。這是特立獨行的歲寒堂批評家的立場。❸

故知篇詠之有「餘蘊」者，語含蓄而有韻味者也。詩之寫景，若欲臻「狀難寫之景，如在目前；含不盡之意，見於言外」之境，自當出之以華茂之詞采，運示現之修辭，庶幾所作如成文之水、出岫之雲而呈天趣。

　　二、曹子建之「明月照高樓，流光正徘徊」，言婦人清夜獨居，愁思之切。「（其）思深遠而有餘意，言有盡而意無窮，可謂高妙」。❹陶靖節之「狗吠深巷中，雞鳴桑樹顛」，雖直用漢樂府全句，而興象全別❺，抒寫郊居閑適之趣，實饒妙味。

　　張戒標舉曹、陶二公詩例，以明「情動於中，而形於言，且當含不盡之意」之詩論，可謂以梅堯臣之寫景詩論為基礎，而續有闡

---

❷　同注❽，卷上，頁 2－3。

❸　張健《文學批評論集》（臺北：臺灣學生書局，民國 74 年 10 月版）頁 12。

❹　阮閱《詩話總龜後集》（臺北：臺灣商務印書館景印文淵閣《四庫全書》，集部第 417 冊，民國 75 年 3 月版）卷 31，頁 4：「讀〈古詩十九首〉及曹子建詩，如「明月照高樓，流光正徘徊」之類，詩思皆深遠而有餘意，言有盡而意無窮也。學者當以此等詩常自涵養，自然筆高妙。」

❺　吳汝綸評選《古詩鈔》引姚氏語。轉引自《陶淵明詩文彙評》（臺北：臺灣中華書局，民國 63 年 7 月版）頁 53。

發者也。

三、張戒復以劉勰「隱秀」之旨，釋「狀難寫之景，如在目前；含不盡之意，見於言外」義，而謂此二者「其實一也」。張戒此說，雖具創意，然猶待斟酌。誠以「隱秀」之涵義較廣較豐，初非「狀難寫之景，如在目前；含不盡之意，見於言外」足以盡之。黃季剛補撰《文心雕龍・隱秀》云：

> 言含餘意則謂之隱，意資要言則謂之秀……然則隱以複意為工，而纖旨存乎文外；秀以卓絕為巧，而精語峙乎篇中。故曰：「情在辭外曰隱，狀溢目前曰秀。」大則成篇，小則片語，皆可為隱；或狀物色，或附情理，皆可為秀……意有所寄，言所不追，理具文中，神餘象表，則隱生焉。意有所重，明以單辭，超越常音，獨標苕穎，則秀生焉……，且其為秀，亦不限於圖貌山川，摹寫物色。❾❻

然則「情在辭外」、「神餘象表」，皆屬「隱」義；「摹寫物色」、「附情寓理」，皆含「秀」旨。「狀難寫之景，含不盡之意」，特「隱秀」之一義也，詎足與「隱秀」之涵義等量而齊觀哉？周振甫嘗謂「隱」指婉曲之修辭格，「秀」指精警之修辭格。且謂「婉曲之修辭格」，其類有三：「不說本意，而以事物烘托本意」者，一也；「不說本意，而以隱約閃爍之言暗示本意」者，二也。「比喻中之借喻，亦屬婉曲」者，三也。復謂「精警之修辭

---

❾❻　黃侃《文心雕龍札記》（臺北：文史哲出版社，民國 62 年 6 月版）頁 191。

格」，其類有三：「以簡練之辭，陳明暢之理，有若格言」者，一也；「將表面無關之事物，搏成一句」者，二也；「話似反常，而含意警策」者，三也。❾故知「隱秀」之內涵、種類既豐且多，自未易持「其實一也」一語，而欲與「狀難寫之景，如在目前；含不盡之意，見於言外」並日而論也。以上所述，乃宋代詩話參稽眾說，以申梅堯臣「狀難寫之景，如在目前；含不盡之意，見於言外」之義者也。

　　若夫一本其旨，稍異其辭，而為詩論者，求諸宋代詩話，殆亦不可僂指算也，擇述於後，以見梅堯臣寫景詩論衣被後人之深遠。司馬光《溫公續詩話》云：「古人為詩，貴乎意在言外，使人思而

---

❾　周振甫等《文心雕龍注釋》（臺北：里仁書局，民國 73 年 5 月版）頁 747－
　　748。案：同書頁 748－749 復博微名篇，詳闡「秀」義：「……一種是『狀
　　難寫之景，如在目前』，工於描繪情景，寫出一種境界的。《六一詩話》引
　　梅堯臣說：『若嚴維「柳塘春水漫，花塢夕陽遲」，則天容時態，融和駘
　　蕩，豈不如在目前手？』鍾嶸《詩品·序》說：『至乎吟詠性情，亦何貴於
　　用事？「思君如流水」，既是即目；「高臺多悲風」，亦惟所見；「清晨登
　　隴首」，羌無故實；「明月照積雪」，詎出經史？』這裡引的都是描繪情景
　　的秀句。一種是點明詩意的精練句子，唐人絕詩裡往往把它放在結尾。如常
　　建的〈塞下曲〉：『天涯靜處無征戰，兵氣銷為日月光。』杜牧〈山行〉：
　　『停車坐愛楓林晚，霜葉紅於二月花。』這種結尾的秀句，又有和前面指出
　　的精警格相同的。如王之渙〈登鸛鵲樓〉：『欲窮千里目，更上一層樓。』
　　既是秀句，又有含意。李益〈宮怨〉：『似將海水添宮漏，共滴長門一夜
　　長。』把兩兩無關的海水和銅壺滴漏捏合在一起。秀和隱又往往結合著。如
　　李商隱〈登樂遊原〉：『夕陽無限好，只是近黃昏。』祖詠〈望終南殘
　　雪〉：『林表明霽色，城中增暮寒。』都是點明全篇詩意的秀句，又很有含
　　意，耐人尋味。」由此可知，「秀」之涵義，實為豐贍。

得之。」⑱陳巖肖《庚溪詩話》云：「頃在澄江，見外叔祖朱少魏良臣書帙中錄一詩云：『坐見茅齋一葉秋，小山叢桂鳥聲幽。不知疊嶂夜來雨，清曉石楠花亂流。』其下注云：『司馬才叔作。』近聞曾端伯愭所編詩選，乃載於何正平詩中，未知孰是。然能狀霽後景物，語不凡也。」⑲楊萬里《誠齋詩話》云：「詩已盡而味方永，乃善之善者也。」⑳「余（魯言）謂少陵老人……至其深純宏妙，千古不可追跡，則序事穩實，立意渾大，遇物寫難狀之景，抒情出不說之意。」㉑舊題呂本中《童蒙詩訓》云：「東坡云：『意盡而言止者，天下之至文也。』然而言止而意不盡，尤為極至，如《禮記》、《左傳》可見。」㉒上錄五則詩話，或曰：「意在言外」，「詩已盡而味方永」，「抒情出不說之意」，此皆可與梅堯臣「含不盡之意，見於言外」相為發明者；或曰：「能狀景物，詩語不凡」，「遇物寫難狀之景」，則亦梅堯臣「狀難寫之景，如在目前」之旨也。至於《童蒙詩訓》持「言止而意不盡」之說，推而廓之，進論《禮記》、《左傳》之文章，雖逾寫景詩之範疇，然亦

⑱　司馬光《溫公續詩話》（臺北：藝文印書館《歷代詩話》，民國 63 年 4 月版）頁 6。

⑲　陳巖肖《庚溪詩話》（臺北：藝文印書館《續歷代詩話》，民國 63 年 4 月版）卷下，頁 2。

⑳　楊萬里《誠齋詩話》（臺北：藝文印書館《續歷代詩話》，民國 63 年 4 月版）頁 2。

㉑　魏慶之《詩人玉屑》（臺北：臺灣商務印書館景印文淵閣《四庫全書》，集部第 420 冊，民國 75 年 3 月版）卷 14，頁 4。

㉒　舊題呂本中《童蒙詩訓》（北京：中華書局《宋詩話輯佚》，1987 年 5 月版）第 58 則。

可見「含不盡之意，見於言外」之說，厥旨深夐，厥用恢宏矣。茲復列舉「狀景如在目前」、「寫景如畫」之例，以申梅氏之說：

苕溪漁隱曰：「予嘗愛政黃牛山中偈云：『橋上山萬層，橋下水千里。惟有白鷺鷥，見我長來此。』造語平易，不加雕斲，而清勝之景、閒適之意，宛然在吾目中矣。」⑩

《捫蝨新話》：「陶淵明詩：『采菊東籬下，悠然見南山。』采菊之際，無意於山，而景與意會，此淵明得意處也。而老杜亦曰：『夜闌接軟語，落月如金盆。』予愛其意度閑雅，不減淵明，而語句雄健過之。每詠此二詩，便覺當時清景盡在目前，而二公寫之筆端，殆若天成，茲為可貴。」⑩

（黃庭堅）〈雪後黃樓寄負山居士〉：「林廬煙不起，城郭歲將窮。雲日明松雪，溪山進晚風。人行圖畫裡，鳥度醉吟中。不盡山陰興，天留憶戴公。」謝疊山云：「『雲日明松雪，溪山進晚風』二句絕妙。余嘗步山巔水涯，積雪初霽，雲斂日明，遙望松林，徘徊溪橋，踏月而歸，始知此兩句如

---

⑩　胡仔《苕溪漁隱叢話後集》（臺北：臺灣商務印書館景印文淵閣《四庫全書》，集部第419冊，民國75年3月版）卷37，頁9。
⑩　說見蔡夢弼《草堂詩話》（臺北：藝文印書館《續歷代詩話》，民國63年4月版）卷1，頁8。

善畫。作詩之妙至此，神矣。」⑩

夫苕溪漁隱所謂描寫景物，造語平易，而清勝之景、閑適之意，宛
在目中。適與梅堯臣之寫景詩論相合。陳善《捫蝨新話》謂陶淵明
「采菊東籬下，悠然見南山」一聯，與杜子美「夜闌接軟語，落月
如金盆」一聯，皆「景與意會」，然後形諸篇詠。此「景與意
會」，即梅堯臣所云「作者得於心也」；而「每詠此二詩，便覺當
時清景盡在目前，而二公寫之筆端，殆若天成」云云，則梅堯臣所
謂「覽者會以意也」。謝疊山謂黃庭堅「雲日明松雪，溪山進晚
風」二句，絕妙如畫，蓋謂此二句「能狀難寫之景」也。謝疊山復
自述「嘗獨步山巔水涯」，躬歷山水勝境，始知山谷此詩寫景之神
妙。若非此詩善寫景物，如在目前，何以謝疊山有此體會耶？鋪觀
宋代詩話，錄其與梅堯臣「狀難寫之景，如在目前；含不盡之意，
見於言外」相關之論述，綜論於此，庶幾可證梅堯臣論詩之寫景之
精闢焉。

第三節　寫景能傳造化之妙

宋人之論詩也，言及詩之至境，輒曰：「傳造化之妙」，「與
造化爭功」，「詩如化工」，「與造化侔」，「凌轢造物」，「移
奪造化」，「參乎造化」等。類似之辭，散見於有宋之詩話、別

⑩　蔡正孫《詩林廣記後集》（臺北：臺灣商務印書館景印文淵閣《四庫全
書》，集部第 421 冊，民國 75 年 3 月版）卷 6，頁 10。

集，為數甚夥，而其涵義，亦可轉相闡論。茲擇其大端，列述於後，以為管窺之資。

　　《詩眼》云：「子厚〈晨詣超師院讀禪經〉詩……『日出霧露餘，青松如膏沐。』……能傳造化之妙。」（何汶《竹莊詩話》）⑩

　　信矣，文章與造化爭功也。（李之儀《姑溪居士前集》）⑩

　　《漫齋語錄》……又云：「詩涵詠得到，自有得處，如化工生物。」（何汶《竹莊詩話》）⑩

　　陶謝文章造化侔，篇成能使鬼神愁。君看夏木扶疏句，還許詩家更道否？（陸游《劍南詩稿》）⑩

　　舒王與吳彥律云：「含風鴨綠鱗鱗起，映日鵝黃裊裊垂。」

---

⑩　何汶《竹莊詩話》（臺北：臺灣商務印書館景印文淵閣《四庫全書》，集部第 420 冊，民國 75 年 3 月版）卷 8，頁 14。

⑩　李之儀《姑溪居士前集》（臺北：臺灣商務印書館景印文淵閣《四庫全書》，集部第 59 冊，民國 75 年 3 月版）卷 31，〈與友人往還〉。

⑩　同注⑩，卷 1，頁 1。

⑩　陸游《劍南詩稿・讀陶詩》（臺北：河洛圖書出版社，民國 64 年 5 月版）頁1094。

自云：「此幾凌轢造物」。（阮閱《詩話總龜》）⑩

《詩眼》云：「老杜云：『穿花蛺蝶深深見，點水蜻蜓款款飛。』……皆出於風花，然窮盡性理，移奪造化。」（胡仔《苕溪漁隱叢話前集》）⑪

金華宋甡，字茂叔……嘗次陸務觀韻云：「得句直須參造化。」（范成大《石湖詩集》）⑫

工部之詩，真有參造化之妙。（樓鑰《攻媿集》）⑬

觀乎宋人之詩論，可知其或評論他人之詩，或稱詡自家之句，或論詩歌創作之至道，其心中眼中，往往視「功侔造化」、「傳造化之妙」為詩之極則。若自詩人之賦詠以言之，則其摹寫景物，必須依乎「天理」，因其固然，廣攝萬象於毫端，曲呈景物之真情。張文潛、陸務觀、劉平國之論議，足供參稽：

---

⑩ 阮閱《詩話總龜》（臺北：臺灣商務印書館景印文淵閣《四庫全書》，集部第 420 冊，民國 75 年 3 月版）卷 14，頁 6。
⑪ 胡仔《苕溪漁隱叢話前集》（臺北：臺灣商務印書館景印文淵閣《四庫全書》，集部第 420 冊，民國 75 年 3 月版）卷 10，頁 7-8。
⑫ 范成大《石湖詩集·題宋甡西園詩稿》（臺北：臺灣商務印書館景印文淵閣《四庫全書》，集部第 98 冊，民國 75 年 3 月版）卷 6。
⑬ 樓鑰《攻媿集·答杜仲高游書》（臺北：臺灣商務印書館景印文淵閣《四庫全書》，集部第 91-92 冊，民國 75 年 3 月版）卷 66。

少年詞筆動時人，末俗文章久失真。獨愛詩篇超物象，祇應
山水與精神。（張耒《張右史文集》）⓮

世有絕景，然後發馳騁怪偉之辭；士有奇志，然後悟超絕詭
特之觀。昔人文章之妙兮，固與造化者同夫一端。風霆之奔
摰兮，雲薄九關；追寫以筆墨兮，固知其難。（陸游《放翁逸
稿》）⓯

文章所以發天地鬼神之祕，寫風雷電霆、寒暑晦明之變，使
人物蟲魚鳥獸無所遁其情，山川泉石草木不得私其英華偉
麗。（劉宰《漫塘集》）⓰

張耒「獨愛詩篇超物象」二句，蓋謂李賀之詩篇「超乎物象」，而
使山水景物將其「精神」付與詩篇。易言之，天地之大美、萬物之
氣韻，胥由詩人之靈心妙筆，委曲摹寫，形諸文字。若以李賀之言
名之，則「筆補造化天無功」一語，或可盡之。陸游云：「文章之
妙，與造化同。」原夫文章之所以臻於妙境，同於造化者，誠以詩

⓮　張耒《張右史文集·李賀宅》（臺北：臺灣商務印書館景印文淵閣《四庫全
　　書》，集部第 49 冊，民國 75 年 3 月版）卷 26。

⓯　陸游《陸放翁全集·放翁逸稿·虎節門觀雨賦》（臺北：河洛圖書出版社，
　　民國 64 年 5 月版），卷上，頁 2。

⓰　劉宰《漫塘集·書惲敬仲詩卷後》（臺北：臺灣商務印書館景印文淵閣《四
　　庫全書》，集部第 109 冊，民國 75 年 3 月版）卷 24。

人懷英敏之思，蘊卓犖之識（奇志、妙觀逸想）⑪，以與世之奇偉瑰怪非常之觀（絕景），兩相湊泊。於是研彼妙墨，擒厥柔翰，委曲婉轉，以追寫之，庶幾所謂「絕景」之氣韻，如實畢見。故詩之寫景也，苟能「發天地鬼神之祕」，「寫風雷寒暑之變」，「狀蟲魚鳥獸之情」，「呈草木泉石之麗」，斯可謂「功侔造化」，「能傳造化之妙」者也。再者，若欲「筆補造化」，「傳造化之妙」，尤須「筆力有餘」⑱，「筆頭上挽得數萬斤起」⑲，乃克有濟。戴復古〈高九萬見示落星長句賦此答之〉詩云：

> 高夐能詩復能畫，自說此景難形容。且好收拾藏胸中，養成
> 筆力可扛鼎。然後一發妙奪造化工。⑳

筆力足以扛鼎，其下筆也，方能妙奪造化。詩人作詩而與造化相侔，則有「渾涵無跡」，「神妙無方」之象，「千形萬狀，體態不

---

⑪　案：釋惠洪《冷齋夜話》（臺北：弘道文化事業公司《詩話叢刊》，民國 60年 3 月版）卷 4 云：「詩者，妙觀逸想之所寓也，豈可限以繩墨哉？」「妙觀逸想」亦可詮陸游之所謂「奇志」。

⑱　歐陽脩《六一詩話》（臺北：臺灣商務印書館景印文淵閣《四庫全書》，集部第 417 冊，民國 75 年 3 月版）頁 10，評劉筠：「蓋其雄文博學，筆力有餘，故無施而不可。」

⑲　阮閱《詩話總龜》（臺北：臺灣商務印書館景印文淵閣《四庫全書》，集部第 417 冊，民國 75 年 3 月版）卷 9，頁 5：「晁以道言：『近見東坡說：「凡人作文字，須是筆頭上挽得數萬斤起，可以言文字已。」余謂：「歐公豈不云？『興來筆力千鈞重。』」

⑳　戴復古《石屏詩集》（臺北：臺灣商務印書館《四部叢刊廣編》第 39 冊，民國 70 年 2 月版）卷 1。

「一」之觀，稽諸陳模、韓維、俞成，與夫《漫齋語錄》之論，即可思過半矣。

> 杜工部「勳業頻看鏡，行藏獨倚樓」；「深山惟短景，喬木易高風」；「四更山吐月，殘夜水明樓」；「天欲今朝雨，山歸萬古春」。其工處直與造化相等，渾涵而無跡可見。（陳模《懷古錄》）⑫

> 寒燈熠熠宵漏長，顛倒圖史形勞傷。取觀杜詩盡累紙，坐絕神氣來洋洋……讀之（杜詩）踴躍精膽張……元氣渾浩神無方。（韓維《南陽集》）⑫

> 子美之詩如化工，千形萬狀，體態不一。（俞成〈校正草堂箋跋〉）⑫

> 《漫齋語錄》……又云：「詩涵詠得到，自有得處，如化工

---

⑫　見陳模《懷古錄》卷上。轉引自張健編《南宋文學批評資料彙編》（臺北：成文出版社，民國 67 年 12 月版）頁 450。

⑫　韓維《南陽集·讀杜子美詩》（臺北：臺灣商務印書館景印文淵閣《四庫全書》，集部第 40 冊，民國 75 年 3 月版）卷 1，頁 15。

⑫　俞成〈校正草堂箋跋〉，轉引自張健編《南宋文學批評資料彙編》（臺北：成文出版社，民國 67 年 12 月版）頁 369。

生物，千花萬草，不名一物一態。」（何汶《竹莊詩話》）**⑫**

賦詩寫景，而能參造化，侔元氣，如杜工部者，斯臻寫景至極之境矣。

宋代詩話評論寫景詩之能傳造化之妙者，或曰：「能寫其不傳之妙。」或曰：「凌轢造物。」或曰：「移奪造化。」請臚詩話之文字，一論述之。

范溫《潛溪詩眼》云：「子厚〈晨詣超師院讀禪經〉詩……『日出霧露餘，青松如膏沐。』予家舊有大松，偶見露洗而霧披，真如洗沐未乾，染以翠色，然後知此語能傳造化之妙。」**⑬**案：柳宗元〈晨詣超師院讀禪經〉詩云：

> 汲井漱寒齒，清心拂塵服。閒持貝葉書，步出東齋讀。真源了無取，妄跡世所逐。遺言冀可冥，繕性何由熟。道人庭宇靜，苔色連深竹。日出霧露餘，青松如膏沐。澹然離言說，悟悅心自足。**⑭**

---

⑫ 何汶《竹莊詩話》（臺北：臺灣商務印書館景印文淵閣《四庫全書》，集部第 420 冊，民國 75 年 3 月版）卷 1，頁 1 引錄。

⑬ 此則詩話，何汶《竹莊詩話》（臺北：臺灣商務印書館景印文淵閣《四庫全書》，集部第 420 冊，民國 75 年 3 月版）卷 8，頁 14；蔡正孫《詩林廣記》（臺北：臺灣商務印書館景印文淵閣《四庫全書》，集部第 421 冊，民國 75 年 3 月版）卷 5，頁 15，並錄之。

⑭ 柳宗元《柳宗元集》（臺北：漢京文化事業有限公司，民國 71 年 5 月版）頁 1134。

觀夫柳宗元此詩，首四句寫研閱禪經之至誠精潔。「真源了無取」
等四句，抒自家讀經之所悟。末六句筆勢一轉，寫道人庭宇之蒼然
翠色，足供賞翫悟悅，而臻忘言之境。其中「日出霧露餘，青松如
膏沐」兩句，朝陽薄霧，含清潤之氣；晶露翠松，比膏沐之潔。寫
景狀物，韻傳宏妙；歆悟道體，境臻禪定❷，奚止於「能傳造化之
妙」而已！黃庭堅愛賞此詩，書之扇面❸，時時翫繹，良有以也。

此外，何汶《竹莊詩話》嘗徵引《天廚禁臠》之言曰：

> 「若不得流水，還應過別山」者，題野燒也。「嚴霜百草
> 白，深院一株青」，題小松也，前人以為工。是題其意耳，
> 非能狀其體態也。如子美題雨則曰：「紫崖奔處黑，白鳥去
> 邊明。」樂天題琵琶曰：「銀瓶忽破水漿迸，鐵騎突出刀槍
> 鳴。」此皆曲盡萬物之情狀。若音聲不可把玩，如石火電
> 光，而人之才力能攬取之，然此但得其情狀，非能寫真不傳
> 之妙。如山谷題蘆雁圖，則妙絕矣：「惠崇煙雨蘆雁，坐我
> 瀟湘洞庭。欲喚扁舟歸去，傍人謂是丹青。」❹

---

❷ 杜師松柏《禪學與唐宋詩學》（臺北：黎明文化事業公司，民國 67 年 12 月
版）頁 346 云：「『日出霧露餘，青松如膏沐』，乃以喻禪定後之清淨怡悅
之心境，所謂禪經，即《坐禪經》也。若徒以寫景語會意，謂其能傳造化之
妙，則何以見讀禪經之意境乎？」

❸ 見曾季貍《艇齋詩話》（臺北：藝文印書館《續歷代詩話》，民國 63 年 4 月
版）頁 15。

❹ 同注❶，卷 10，頁 19。

《天廚禁臠》假比較評鑑法，衡較「題其意」、「曲盡萬物情狀」、「寫其不傳之妙」三類詩作，而以黃庭堅「惠崇煙雨蘆雁」一詩壓卷。黃庭堅此詩見任淵、史容、史季溫《山谷詩集注》卷七，頁十二，為〈題鄭防畫夾五首〉之第一首，「蘆雁」作「歸雁」，「傍人」作「故人」。黃山谷此詩雖屬題畫之作，然其摹寫景物之神趣，誠有可得而言者。此詩於煙雨中之歸雁並不鉤勒其形，點染其色，巧言切狀，精寫羽翮。惟以「坐我瀟湘洞庭」，「欲喚扁舟歸去」，彷彿形容。而漫天氤氳之雨、一行匀遠之雁，瀟湘水國之無限風情，悉在眼前；畫中景物之生動氣韻，悉呈楮墨。《雪浪齋日記》評謝靈運詩所謂「攬盡山川秀氣」❸者，若移以論此詩，亦頗愜當。《天廚禁臠》所謂「寫其不傳之妙」者，即寫此畫中瀟湘之無限風情與生動氣韻也。雖然，山谷此詩，猶是摹寫畫中之景致，乃《誠齋詩話》所謂「以畫為真」❸，而《西清詩話》所謂「丹青吟詠，妙處相資……蓋畫手能狀，而詩人能言之……且畫工意初未必然，而詩人廣大之」❸者也。若持以論詩之寫景之「功侔造化」，殆猶有一間之隔。「功侔造化」之作，則李太白之〈望廬山瀑布〉詩、范仲淹之〈廬山瀑布〉詩，王安石〈南浦〉詩之三、四句，其庶幾乎。胡仔《苕溪漁隱叢話後集》云：

---

❸　見阮閱《詩話總龜後集》卷9，頁9。

❸　楊萬里《誠齋詩話》（臺北：藝文印書館《續歷代詩話》，民國63年4月版）頁9：「杜〈蜀山水圖〉云：『沱水流中座，岷山赴北堂。白波吹粉壁，青嶂插雕梁。』此以畫為真也。」

❸　蔡絛《西清詩話》語，見胡仔《苕溪漁隱叢話前集》卷30，頁6。

太白〈望廬山瀑布〉絕句云:「日暮香爐生紫煙,遙看瀑布掛長川。飛流直下三千尺,疑是銀河落九天。」東坡美之,有詩云:「帝遣銀河一派垂,古來惟有謫仙詞。」然余謂太白前篇古詩云:「海風吹不斷,江月照還空。」磊落清壯,語簡而意盡,優於絕句多矣。❸

案:「日暮香爐」,瞿蛻園等《李白集校注》作「日照香爐」;「掛長川」,《李白集校注》作「掛前川」。❹蘇軾「帝遣銀河一派垂」詩,題為:〈世傳徐凝瀑布詩云一條界破青山色至為塵陋又偽作樂天詩稱羨此句有賽不得之語樂天雖涉淺易然豈至是哉乃戲作一絕〉,其詩云:「帝遣銀河一派垂,古來惟有謫仙詞。飛流濺沫知多少,不與徐凝洗惡詩。」❺酙東坡之意,蓋以太白〈望廬山瀑布〉詩冠絕古今同類之作歟!試觀「日照香爐生紫煙」兩句,實摹廬山瀑布景象:飛瀑映日,紫虹氤氳,素泉掛峰,遙帶前川。「飛流直下三千尺」二句,則妙騁神思,巧運虛筆:白水千尋,源源無盡,彷彿來自九天,導於霄漢,氣勢渾灝,幾莫之與京。李青蓮此詩,善攝香爐瀑布之形貌,且曲傳其神韻,若謂能傳造化之妙,質諸蘇軾,當無異辭。

茲請復觀范仲淹〈廬山瀑布〉詩:

---

❸　同注❶,卷4,頁3。

❹　見瞿蛻園等《李白集校注》(臺北:里仁書局,民國70年3月版)頁1241。

❺　王文誥《蘇文忠公詩編註集成》(臺北:臺灣學生書局,民國68年8月版)卷23,頁6。

靈源何太高，北斗想可把。凌日五光直，逗雲千仞急。白虹
下澗飲，寒劍倚天立。闊電不得瞬，長雷無敢蟄。萬丈巖崖
圻，一道林巒濕。險逼飛鳥墜，冷束山鬼泣。須當截海去，
獨流不相入。**⑯**

筆者嘗析論此詩云：此詩首二句言瀑水自天，其源不竭。「凌日五
光直」，則飛泉映日，煙光燦燦之景見焉；「逗雲千仞急」，則懸
瀑干雲，急馳千尋之勢呈焉。白虹飲澗，表其靈動之姿；寒劍倚
天，狀其靜勁之態。「闊電」摹飛沫之迅疾，「長雷」寫亂溧之音
聲。形容至此，猶以為未足，復綴之以「崖圻萬丈」、「巒濕一
道」，以攝其全景；「逼飛鳥墜」、「束山鬼泣」，以形其高危寒
冷，而結之以與海相形，以呈其灝瀚。范希文之椽筆，固當與李太
白兩相頡頏，相得相彰矣。**⑰**陳輔之嘗云：「徐凝〈瀑布〉『一條
界破青山色』誠不如范文正『白虹下澗飲，長劍倚天立』。」**⑱**而
未道其所以然。筆者以為徐凝〈瀑布〉特「寫景中的」之作爾，若
乃范仲淹之〈廬山瀑布〉詩，則能傳造化之妙者也。若質諸陳輔
之，或者亦無異辭也歟。

　　賡論王安石之〈南浦〉詩。魏泰《臨漢隱居詩話》、阮閱《詩
話總龜》皆載王安石〈南浦〉詩成，每自吟哦，深許其作，以為

⑯　《全宋詩》（北京：北京大學出版社，1991 年 7 月版）卷 165，頁 1871。

⑰　崔成宗〈比較評鑑法舉隅——以宋人論寫景詩為例〉（臺北：東吳大學中國
　　文學研究所《東吳中文研究集刊》創刊號，民國 83 年 5 月版）。

⑱　《陳輔之詩話》（北京：中華書局，郭紹虞《宋詩話輯佚》頁 293，1980 年
　　9 月版）第 9 則。

「凌轢造物」一事：

> 元豐癸亥（元豐六年，1083）春，余謁王荆公於鍾山，因從容
> 問公：「比作詩否？」公曰：「久不作矣。蓋賦詠之言，亦
> 近口業。然近日復不能忍，亦時有之。」余曰：「近詩自何
> 始？可得聞乎？」公笑而口占一絕云：「南浦東岡二月時，
> 物華撩我有新詩。含風鴨綠粼粼起，弄日鵝黃裊裊垂。」此
> 真佳句也。（魏泰《臨漢隱居詩話》）⓭

> 舒王與吳彥律云：「含風鴨綠粼粼起，弄日鵝黃裊裊垂。」
> 自云：「此幾凌轢春物。」（阮閱《詩話總龜》）⓮

案：宋李壁注王安石〈南浦〉詩，亦云：「公每自哦『鴨綠』、
『鵝黃』之句云：『此幾凌轢春物。』」⓯夫王荆公此詩三、四
句，以鴨頭綠摹春水碧波，以嫩鵝黃狀柳絲金條。柳枝裊裊，映日
輕搖；碧水粼粼，隨風微漾。而天朗氣清、惠風和暢之氣象，鳶飛
戾天、魚躍於淵之生機，胥寓乎其間。若夫此詩之著色鮮麗，對偶
精嚴，「造語用字，間不容髮……意與言會，言隨意遣，渾然天
成，殆不見有遷率排比處……讀之初不覺有對偶……而字字細考

⓭　魏泰《臨漢隱居詩話》（臺北：藝文印書館《續歷代詩話》，民國 63 年 4 月
　　版）頁 9。

⓮　阮閱《詩話總龜》（臺北：臺灣商務印書館景印文淵閣《四庫全書》，集部
　　第 417 冊，民國 75 年 3 月版）卷 14，頁 6。

⓯　李壁《王荆公詩箋注》（臺北：鼎文書局，民國 68 年 9 月版）卷 41，頁 6。

之，若經櫽括權衡者，其用意亦深刻矣」⑭，凡此精嚴細膩之詩
心，尤為詩評家所樂道。茲復論述「凌轢造物」之義。錢鍾書云：

> 凡百道藝之發生，皆天與人之湊合耳……綜而論之，得兩大
> 宗。一則師法造化，以模寫自然為主……二則主潤飾自然，
> 功奪造化……但丁所謂「造化若大象製器，手戰不能如意所
> 出，須人代之斲范。」長吉「筆補造化天無功」一句，可以
> 提要鉤玄。此派論者不特以為藝術中造境之美，非天然境界
> 所及；至謂自然界無現成之美，祇有資料，經藝術陶鎔，方
> 得佳觀。此所以「天無功」而有待於「補」也……順其性而
> 擴充之曰「補」。⑭

夫「凌轢造物」之旨，可與李賀〈高軒過〉詩「筆補造化天無功」
之義相通，二者皆屬「潤飾自然，功奪造化」之類。誠以既「凌
轢」之，乃得「補」之；既「提其神於太虛」矣，乃得觀天地之
美，呈萬物之理，乃得順萬物之性而擴充之。范溫《潛溪詩眼》所
謂「窮盡性理，移奪造化」⑭者，即此義也。若論其質性，則「凌

---

⑭ 葉夢得《石林詩話》（臺北：藝文印書館《續歷代詩話》，民國 63 年 4 月
　　版）卷上，頁 4。

⑭ 錢鍾書《談藝錄》（臺北：藍燈文化事業公司，民國 76 年 11 月版）頁 60—
　　61。

⑭ 見胡仔《苕溪漁隱叢話前集》（臺北：臺灣商務印書館景印文淵閣《四庫全
　　書》，集部第 419 冊，民國 75 年 3 月版）卷 10，頁 8。

轢造物」與「筆補造化」同屬「師心造境，而秩然勿倍於理」❹
者也。宋代詩話言及斯義者，亦不乏其例，擇要錄之，以資探
論：

> 摹寫景象，巧奪天真，探索幽微，妙與神會，謂之物象。
> （魏慶之《詩人玉屑》）❹

> 石曼卿詩……范公有「鑿幽索祕，破堅發奇，高凌虹霓，清
> 出金石」之評。（劉克莊《後村詩話》）❹

> 老杜言春容閒適則有「穿花蛺蝶深深見，點水蜻蜓款款
> 飛」；「落花游絲白日靜，鳴鳩乳燕青春深」。言秋景悲壯
> 則有「藍水遠從千澗落，玉山高並兩峰寒」；「無邊落木蕭
> 蕭下，不盡長江滾滾來」。其富貴之辭則有「香飄合殿春風
> 轉，花覆千官淑景移」；「麒麟不動爐煙轉，孔雀徐開扇影
> 還」。其弔古則有「映階碧草自春色，隔葉黃鸝空好音」；
> 「竹送清溪月，苔移玉座春」。皆出於風花，然窮盡性理，

---

❹　同注❹，頁 61。

❹　魏慶之《詩人玉屑》（臺北：臺灣商務印書館景印文淵閣《四庫全書》，集
　　部第 420 冊，民國 75 年 3 月版）卷 4，頁 12。

❹　劉克莊《後村詩話》（臺北：臺灣商務印書館景印文淵閣《四庫全書》，集
　　部第 420 冊，民國 75 年 3 月版）卷 5，頁 16。

移奪造化。（范溫《潛溪詩眼》）⑭

夫《詩人玉屑》論「物象」所謂「巧奪天真」，亦猶「巧奪造化」
也。《後村詩話》載范公「鑿幽索祕」、「高凌虹霓」云云，適與
本節注⑯所錄劉宰《漫塘集・書惲敬仲詩卷後》所謂「文章……發
天地鬼神之祕，寫風雷電雹、寒暑晦明之變」云云闇合，亦「凌轢
造物」之同義語也。既探索幽微，冥搜萬象矣，則陶冶物情，體會
光景，而能有自得之處。所得者，蓋景物之氣韻與性理也。然後搦
翰摛辭，將此「景物之氣韻與性理」形諸詩篇，即成「傳造化之
妙」之作。徐復觀嘗釋「氣韻生動」云：

> 繪畫必窮盡到對象的氣韻亦即是要窮盡到對象所以存在之理
> 之性……作者與對象，在以神相遇中，而共成一天。這是物
> 我精神同時得到大自由、大解放的境界。⑭

此固論畫之語也，若移以論詩之寫景，則窮盡景物之氣韻，即同時
窮盡景物所以存在之性理，而臻「詩人與景物之神相遇，共成一
天」之境。詩之寫景而臻此境，蓋亦無以復加矣。《雪浪齋日記》
載謝幼槃之詩云：「覓句每從山色外，發機元是鳥聲中。」⑮《詩

---

⑭　范溫《潛溪詩眼》第 16 則。見郭紹虞《宋詩話輯佚》（北京：中華書局，
　　1987 年 5 月版）。
⑭　徐復觀《中國藝術精神》（臺北：臺灣學生書局，民國 63 年 5 月版）頁
　　214。
⑮　同注⑭，卷 53，頁 6。

話總龜後集》錄陳體常之頌云：「山青水綠明玄旨，鶴唳猿啼顯妙機。」❺夫詩人詠歌景物，覓句於山色之外，發機於鳥聲之中。玄妙之旨趣，悟自山水；靈雋之機鋒，發於猿鶴。此皆「寫其不傳之妙」，而「凌轢造物」也。錢賓四嘗謂：「中國詩人於描寫景物之外，實自有一番大本領，而此番本領，實由於極深修養中來。故苟能極深了解中國之文學，同時亦必能體悟到此種極深之修養。故中國文學實同時深具一種極深的教育功能者。」❼寫景而傳造化之妙，其功夫即屬此極深之修養，而其境界，自亦由此修養而臻也。

---

❺　同注❸，卷 46，頁 5。
❼　錢穆《中國文學論叢》（臺北：東大圖書有限公司，民國 72 年 10 月版）頁 44。

第四章　論詩之詠物

　　昔蘇子瞻之論寫物之功也，嘗謂：「詩人有寫物之功。『桑之未落，其葉沃若。』他木殆不可以當此。林逋〈梅花〉詩云：『疏影橫斜水清淺，暗香浮動月黃昏。』決非桃李詩。皮日休〈白蓮〉詩云：『無情有恨何人見，月曉風清欲墜時。』決非紅蓮詩。此乃寫物之功。若石曼卿〈紅梅〉詩云：『認桃無綠葉，辨杏有青枝。』此至陋語，蓋村學究體也。」❶阮閱《詩話總龜》、胡仔《苕溪漁隱叢話前集》、李頎《古今詩話》、張鎡《詩學規範》並錄斯言，而其文字略有出入。觀夫蘇子瞻所陳寫物詩四例，皆詠植物，故知其所謂「寫物」之「物」，蓋指目之所見，或實存於六合之物體，初未包含風景者也。而寫物之義，即詠物之旨也。

　　夫詩人以體物所得，形諸篇詠，或秉精細之筆，逼肖其物，庶幾絲絲入扣，毫芒畢見；或操神妙之翰，陶鈞物象，使所詠之物，神韻悉呈；或遠紹〈風〉、〈騷〉之旨，託物寓義，曲傳比興；或詠物而窮本探妙，曲當其理。凡此四義，皆宋代詩話論述詩之詠物所措意揄揚者。若夫徒徵故實，惟寫色澤，餖湊成篇，生意索然之

---

❶　蘇軾《東坡詩話補遺》（臺北：弘道文化事業有限公司《詩話叢刊》，民國60年3月版，頁1137）。

作，自不足以言「寫物之功」；而石曼卿「認桃」、「辨杏」所謂「村學究」至陋之語，蘇子瞻嘲為「詩老不堪梅格在，強拈綠葉與青枝」❷者，益不可語於「寫物之功」也。

第一節　詠物逼真，揣摩形似

宋代詩話言及詠物詩之創作、評賞者，幾不可僂指算。而論及「詠物逼真」之旨者，則不數數觀焉。或者其不以「詠物逼真」為詠物詩之勝義，遂罕加論議耶？雖然，其於論題畫詩之際，亦頗措意焉：

> 寫生之句，取其形似，故辭多迂弱。趙昌畫黃蜀葵，東坡作詩云：「檀心紫成暈，翠葉森有芒。」揣摩刻骨，造語壯麗，後世莫及。（許顗《許彥周詩話》）❸

請錄蘇軾〈王伯敭所藏趙昌花四種·黃葵〉原作，用徵許顗之說：

> 弱質因夏永，奇姿蘇曉涼。低昂黃金杯，照耀初日光。檀心自成暈，翠葉森有芒。古來寫生人，妙絕誰似昌。晨粧與午

---

❷　黃徹《䂬溪詩話》（臺北：臺灣商務印書館景印文淵閣《四庫全書》，集部第 418 冊，民國 75 年 3 月版），卷 8，頁 7。

❸　許顗《許彥周詩話》（臺北：弘道文化事業有限公司《詩話叢刊》，民國 60 年 3 月版，頁 452）。

醉，真態合陰陽。君看此花枝，中有風露香。❹

此詩第五句「檀心自成暈」，《許彥周詩話》作「檀心紫成暈」。
王文誥嘗下案語云：「『檀』字已為設色。『檀心自成暈』，其紫
字色澤已到，妙在藏去『紫』字，而以五字出之也。若將「紫」字
填實，則上之『檀心』，下之『成暈』，作意俱無，即為初學詩者
重疊板實之夯句矣。」此「紫」當作「自」者一也。王氏復云：
「且下句加意矜刻，上句亦有意以『自』字矜刻出之，其對『森』
字，在輕重 毫釐間，若用『紫』字，即與『森』字輕重不倫
矣。」❺此「紫」當作「自」者二也。此蓋持「理校法」校勘蘇詩
之範例也。

　蘇軾此詩，原屬題畫之作，題畫之作可與詩之詠物相提並論
耶？曰：可也。以此題畫之作，但就畫中之物加以摹寫，「而有體
物狀物之詞，且寄作者性情」❻，亦可與於詩之詠物之列也。細翫
蘇軾此詩，鉤勒名花，「低昂」寫其高下綻放之姿態，「黃金」摹
其熠耀輝映之色澤，而「杯」則寫象其萼瓣環合之形狀。「檀心自
成暈」二句，於葉心片片紫檀之色先事點染，復曲陳翠葉建挺修銳
之形貌。《許彥周詩話》美其「揣摩刻骨，造語壯麗」，「刻骨」
者，深切也，可謂毫黍無差，名實相符。而「晨粧與午醉，真態合

---

❹　　王文誥《蘇文忠公詩編註集成》（臺北：臺灣學生書局，民國 68 年 8 月版）
　　　卷 25，頁 9－10。

❺　　同注❹。

❻　　盧志先《唐詠物詩研究》（臺北：東吳大學中國文學研究所碩士論文，民國
　　　75 年 4 月版）頁 21。

陰陽」二句，狀葵花「晨開午斂」之質性亦頗適切。至於黃葵之「真態」「奇姿」、風露之香，蓋亦東坡性情之反映歟！《詩眼》評杜甫〈櫻桃〉詩云：「此如禪家，信手拈來，頭頭是道者，直書目前所見，平易委曲，得人心所同然」❼，東坡〈葵花〉詩有焉，蓋亦臻此「直書目前所見，平易委曲，得人心所同然」之境也。許奉恩《文品》論「細密」云：「良工縫裳，不安簡陋。翦裁完美，熨貼精透。滴滴歸源，絲絲入扣。數罟網魚，寸鱗不漏。」❽若移此論文之語，以評蘇軾此詩詠物之精細逼真，實屬允當。

夫詩人賦詩詠物，首重工切。必能細觀物態，深體物情，復於寫物之際，熨貼精透，絲絲入扣，庶幾如劉勰〈物色〉所云「巧言切狀，如印之印泥」，「曲寫毫芥」，「瞻言而見貌」❾，斯可謂「詠物逼真，揣摩形似」者也。

第二節　詠物而呈神韻

詩人詠物，揣摩形似，固具精細之功矣，然而若似標本，或類圖片，恐非詠物之當行，詩家之本色。苟於寫物之際，曲盡其物之情狀姿態，巧呈其物之精神韻趣，甚者且能遺其貌而得其神，乃可

---

❼　胡仔《苕溪漁隱叢話前集》（臺北：臺灣商務印書館景印文淵閣《四庫全書》，集部第419冊，民國75年3月版），卷23，頁3引錄。

❽　郭紹虞編《詩品集解·續詩品註》（臺北：河洛圖書出版社，民國63年9月版）頁123。

❾　范文瀾《文心雕龍註·物色》（臺北：明倫出版社，民國60年10月版）頁694。

以言詠物之功。方嶽《深雪偶談》云：「林廬暇日，花蝶怡情，宜有見於篇章者。往往精睨，始能逼真。而閒澹之氣，易至偏失。要在不相謀而兩得也。」❿蓋體察物象，必須精睨，然後得之靈府，形於筆墨，乃能逼真。而其閒澹之氣、自然之韻，復見於楮毫。逼真與氣韻兼備，此蓋「不相謀而兩得」之義也。方嶽復評林逋〈蝶〉詩，以為「精緻不減唐人，而閒澹有之」。⓫請徵林逋之作，以明方嶽之說：

> 細眉雙聳敵秋毫，冉冉芳園日幾遭。清宿露花應自得，暖爭風絮欲相高。情人歿久魂猶在，傲吏齊來夢亦勞。閑捲遺編苦堪恨，不并香草入〈離騷〉。⓬

林逋此詩，首句以蛾眉之宛曲、秋毫之細柔鉤繪蝴蝶特徵。著一「聳」字，而栩栩如生之態悉呈。次句狀蝴蝶之翔舞，冉冉翩翩，悠然自得。頷聯以露花之清宿、風絮之爭高為比。頸聯頌蝶之精魂不減，情感真摯，境臻南華，人、物齊泯。至於結聯，復以蝴蝶未蒙屈正則之青眼，不曾寫入〈離騷〉，而與沅芷澧蘭並象君子為憾。此詩針對蝴蝶多方設想，寫形傳神，而蝴蝶之形貌神韻，畢見毫端。夫形貌易摹，而神韻難寫，林逋茲篇，精緻與閒澹並呈，可謂詠物之善呈神韻者矣。

---

❿　方嶽《深雪偶談》（上海：商務印書館《叢書集成初編》第 397 冊，民國 25 年 12 月版）頁 6。

⓫　同注❿。

⓬　《全宋詩》（北京：北京大學出版社，1991 年 7 月版）頁 1220。

　　復徵惠洪之論，藉申方嶽之說：

　　　世徒知文與可掃墨竹，不知其高才兼諸家之妙，詩尤精絕。
　　　戲作〈鷺鷥〉六言曰：「頸細銀鉤淺曲，腳高綠玉深翹。岸
　　　上水禽無數，有誰似汝風標。」（惠洪《冷齋夜話》）❸

文與可〈鷺鷥〉一詩，首聯點染水禽之特徵，精寫鷺鷥之體貌。
「銀鉤淺曲」狀其細頸微彎，猶係靜態之鉤勒；「綠玉深翹」摹其
修足稍舉，則屬動態之摹寫。益之以「岸上水禽無數」，用形鷺鷥
風標，而其神韻如在目前矣。蓋有畫家攝取物象之慧眼，復具詩人
驅遣文字之功力，方克曲寫物之情態，巧呈物之韻趣。惠洪「精
絕」之評，意在斯乎！意在斯乎！
　　非惟詠歌蝴蝶、鷺鷥之詩作，當攝物象而呈神韻；即摹寫花
木，亦當宛轉形容，曲盡神態。司馬光《續詩話》云：

　　　林逋處士，錢塘人，家於西湖之上，有詩名。人稱其〈梅
　　　花〉詩云：「疏影橫斜水清淺，暗香浮動月黃昏。」曲盡梅
　　　之體態。❹

「疏影橫斜水清淺，暗香浮動月黃昏」一聯原為林逋〈山園小梅二

---

❸　轉引自阮閱《詩話總龜》（臺北：臺灣商務印書館景印文淵閣《四庫全
　　書》，集部第 417 冊，民國 75 年 3 月版），卷 11，頁 11。
❹　司馬光《續詩話》（臺北：臺灣商務印書館景印文淵閣《四庫全書》，集部
　　第 417 冊，民國 75 年 3 月版），頁 3。

首之一〉之頷聯。茲錄其全篇於後：

> 眾芳搖落獨暄妍，占盡風情向小園。疏影橫斜水清淺，暗香
> 浮動月黃昏。霜禽欲下先偷眼，粉蝶如知合斷魂。幸有微吟
> 可相狎，不須檀板共金尊。**⑮**

林逋此詩，寫梅不用一「梅」字，而妙寫其影，巧傳其香。月色朦
朧昏黃，惟覺幽幽梅香，飄浮空際；園水瑩澈清澄，惟見參差柯
影，輕漾池面。纔點染數筆，而園梅馨逸之品格、雋爽之風神已和
盤托出。阮閱《詩話總龜》嘗錄田承君之言曰：

> 王居卿在揚州，同孫巨源、蘇子瞻適相會。居卿置酒曰：
> 「『疏影橫斜水清淺，暗香浮動月黃昏』，此林和靖〈梅
> 花〉詩，然而為詠杏與桃、李皆可。」東坡曰：「可則可，
> 但恐杏、李花不敢承當。」一座大笑。**⑯**

東坡之言，雖措辭婉轉，而其議論，實為中肯。故知「疏影」、
「暗香」一聯，只可傳寫梅之神韻，外此群花，自難「承當」也。
方回《瀛奎律髓》復踵其事而增華：

> 彼杏、桃、李者，影能疏乎？香能暗乎？繁穠之花又與月黃

---

⑮　同注**⑫**，頁 1218。
⑯　同注**⑬**，卷 9，頁 18。

昏、水清淺有何交涉？且「橫斜」、「浮動」四字，牢不可移。**⑰**

方回之說，更進一層，細析「疏影」、「暗香」之意象與措詞，以詮東坡「但恐杏、李花不敢承當」之論。而林逋「疏影」、「暗香」一聯詠梅之精確不移，從可知矣。若復參以司馬光「曲盡體態」之評、黃徹「卓絕不可及」之論，則「疏影」、「暗香」二句尤屬能傳梅之神、呈梅之韻者也。

茲請復論王韶之〈老松〉詩。《復齋漫錄》所載王韶〈老松〉詩，而見賞於王安石者，亦詠物而呈神韻之作。其言曰：

> 《復齋慢錄》云：「王公韶少日讀書於盧山東林裕老庵，庵前有老松，因賦詩云：『綠皮皴剝玉嶙峋，高腳分明似古人。解與乾坤生氣概，幾因風雨長精神。裝添景物年年換，擺掉窮愁日日新。惟有碧霄雲裡月，共君孤影最相親。』王荊公為憲江東，過而見之，大加稱賞，遂為知己。」**⑱**

上述王韶〈老松〉詩，並《復齋慢錄》所載，亦見於何汶《竹莊詩話》卷十七，兩書核校，異文凡四：首句「皴剝」，《竹莊詩話》作「皴剝」；次句「高腳」，《竹莊詩話》作「高節」；第四句

---

⑰ 方回《瀛奎律髓》（臺北：新文豐出版公司《叢書集成續編》第 114 冊，民國 78 年 6 月版）卷 20，頁 12。

⑱ 同注**⑦**，《苕溪漁隱叢話後集》卷 36，頁 6。

「幾因」，《竹莊詩話》作「幾回」；第六句「擺捭」，《竹莊詩話》作「擺押」。❶細翫〈老松〉詩意，《竹莊詩話》所錄之文字，當較可據。

　　觀夫王韶之詠老松也，首聯摹狀其風姿，而比德於翠玉，嶙峋其風節。頷聯頌其功參天地，氣凌風雨。頸聯寄寓百尺竿頭，日新又新之旨。結聯復以碧空皎月為襯，藉形老松孤高清越之德。全詩不離詠物，然亦不徒詠物，既摹狀老松之形體，復傳寫老松之神韻，而作者卓犖不群之襟抱、光風霽月之胸懷亦隱然寓焉。《復齋慢錄》惟云：「王荊公……大加稱賞」，而未道其詳。筆者以為王荊公所稱賞於〈老松〉詩者，豈非以其立意新警而高遠，且能曲呈老松之神韻耶！

　　惠洪《冷齋夜話》嘗云：「衡州花光仁老以墨寫梅花，魯直嘆曰：『如嫩寒春曉行孤山籬落間，但欠香耳。』」❷觀紙上之墨梅，而覺置身西湖孤山梅花叢中，苟其神韻不呈，何以致之哉！夫詩理通於畫理，詠蝴蝶，則閒澹之氣寓焉；摹鷺鷥，則情態韻趣呈焉。至若寫梅狀松，尤貴傳其精神與氣概。茲理苟明，則於宋人詩話之中，賦詩詠物當呈神韻之旨趣，亦可以知其涯略而思過半矣。

❶　何汶《竹莊詩話》（臺北：臺灣商務印書館景印文淵閣《四庫全書》，集部第 420 冊，民國 75 年 3 月版），卷 17，頁 12。

❷　轉引自阮閱《詩話總龜》卷 21，頁 13。

第三節　詠物而托物寓意

　　胡仔《苕溪漁隱叢話前集》嘗謂：「詩人詠物，形容之妙，近世為最……蘇、黃又有詠花詩，皆托物以寓意，此格尤新奇，前人未之有也。」❷❶胡氏且徵引蘇軾詠酴醾詩、黃庭堅詠水仙詩為例。請徵蘇、黃原作，用闡胡氏之旨。

> 酴醾不爭春，寂寞開最晚。青蛟走玉骨，羽蓋蒙珠繶。不粧艷已絕，無風香自遠。淒涼吳宮闕，紅粉埋故苑。至今微月夜，笙簫來翠巘。餘妍入此花，千載尚清婉。怪君呼不歸，定為花所挽。昨宵雷雨惡，花盡君應返。（蘇軾〈杜沂游武昌以酴醾花菩薩泉見餉二首其一〉詩）❷❷

> 凌波仙子生塵襪，水上輕盈步微月。是誰招此斷腸魂，中作寒花寄愁絕。含香體素欲傾城，山礬是弟梅是兄。坐對真成被花惱，出門一笑大江橫。（黃庭堅〈王充道送水仙花五十枝欣然會心為之作詠〉詩）❷❸

---

❷❶　同注❼，卷 47，頁 12－13。

❷❷　蘇軾〈杜沂游武昌以酴醾花菩薩泉見餉二首其一〉詩，見王文誥《蘇文忠公詩編註集成》（臺北：臺灣學生書局，民國 68 年 8 月版）卷 20，頁 15。

❷❸　黃庭堅〈王充道送水仙花五十枝欣然會心為之作詠〉詩，見任淵、史容、史季溫《山谷詩集注》（臺北：藝文印書館，民國 58 年 10 月版）卷 15，頁 11－12。

九疑山中萼綠華，黃雲承韡到羊家。真詮蟲蝕詩句斷，猶託餘情開此花。（黃庭堅〈效王仲至少監詠姚花用其韻四首之二〉詩）㉔

東坡之詠酴醾也，蓋藉此花以寓君子美人之思。「不粧豔已絕，無風香自遠」二句，稱其風姿品格，俊逸芳馨。「淒涼吳宮闕，紅粉埋故苑。至今微月夜，笙簫來翠巘。餘妍入此花，千載尚清婉」六句，謂此武昌酴醾清婉之格，乃遠紹孫仲謀宮嬙之芳魂而化生。㉕觀其詩之第二首詠菩薩泉云：「寒泉比吉士，清濁在其源。」㉖則東坡之託彼酴醾以寓君子美人之思，豈非甚昭然歟！

山谷〈王充道送水仙花五十枝欣然會心為之作詠〉詩之首四句，誠可謂奇思奇句。「凌波仙子生塵襪，水上輕盈步微月」二句，以洛神宓妃之風姿摹狀水仙；「是誰招此斷腸魂，種作寒花奇愁絕」二句，亦猶東坡詠酴醾詩之「吳宮紅粉，餘妍入花」之旨。益以五、六句「含香體素，弟山礬而兄梅花」之寫狀烘襯，則此水仙，當亦譬諸君子美人也。

若夫〈效王仲至少監詠姚花用其韻四首之二〉詩，其詠歌牡丹花之機杼，亦與蘇子瞻之詠酴醾、黃魯直之詠水仙相類。九疑山中之得道仙女萼綠華，年可二十，顏色絕整。「黃雲承韡到羊家」，以晉穆帝升平三年（359 年）十一月十日，夜降羊權家，黃色之牡丹

㉔　黃庭堅〈效王仲至少監詠姚花用其韻四首之二〉詩，同注㉓，卷 9，頁 9。
㉕　王文誥注：「以武昌有孫權故宮，故特用吳宮嬪嬙之魂為意耳。」同注㉒。
㉖　同注㉒。

承其素轍，相伴而至。「真詮蟲蝕詩句斷」，真理雖無法由詩句表呈，然而「猶託餘情開此花」，其餘情猶得化綻牡丹，開為此花。豈不與前述蘇詩之「餘妍入花，千載清婉」，黃詩之「招斷腸魂，種作寒花」，異曲同工耶！

　　胡仔亦嘗師蘇軾、黃庭堅此種詠花托物寓意之格，以詠黃白菊花：

> 　　余嘗因庭下黃白菊花相間開，遂效此格，作詩詠之曰：「何處金錢與玉錢，化為蝴蝶夜翩翩。青絲網住芳叢上，開作秋花取意妍。」金玉錢事見《杜陽雜編》。唐穆宗時，禁中花開，夜有蛺蝶數萬，飛集花間，官人以羅巾撲之，無有獲者。上令張網空中，得數百，遲明視之，皆庫中金錢也。❷❼

金錢、玉錢，化為蛺蝶，此神仙之事也，而移以形容黃白菊花之綻放，姿淑意妍。蓋此詠歌菊花之機杼，乃受蘇軾、黃庭堅之牖迪。而其托物寓意之用心，亦相類也。

　　上述蘇軾、黃庭堅、胡仔所作詠花諸詩，其托物寓意也，胥乞靈於譬喻修辭中之借喻手法。吳宮之紅粉、凌波之仙子、九疑山中之萼綠華、禁苑中之黃金錢，皆屬「喻依」。至於「喻體」、「喻詞」，則未之見也。此種手法，鄰於「比興」之「比」。魏慶之《詩人玉屑》云：「詩之取況，日月比君后，龍比君位，雨露比德澤，雷霆比刑威，山河比邦國，陰陽比君臣，金玉比忠烈，松竹比

節義，鸞鳳比君子，燕雀比小人。」❷❽魏慶之揭櫫「取況」，以冠此則論述，並隸之於「托物」項下，然則「托物」者，即假物為喻之意也。夫詠物詩之托物寓意也，亦非悉由「借喻」，其「喻體」、「喻依」並見於一篇者，亦非罕覯。茲臚其例，用資蠡測焉。

> 天地產眾材，任材謂之智。棟楠與櫺栿，小大無有棄。方者以矩度，圓者中規制。嗟爾木之癭，何異肉有贅。生成擁腫姿，賦象難取類。鑿括所不施，鉤繩為爾廢。大匠睨而往，惻然乃有意。孰非造化功，而終不朽器。刳剔虛其中，朱漆為之偽。斟漿把酒醴，施用惟其利。犧象非不珍，金罍豈不貴。設之於楹階，十目肯注視。幸因左右容，反見為奇異。人之於才性，夫豈遠於是。性雖有不善，在教之揉勵。才七不可用，由上所措置。飾陋就其長，皆得為良士。執一以廢百，眾功何由備。是惟聖人心，能通天下志。（呂公著〈分題得癭木壺〉詩）❷❾

上所錄呂公著〈分題得癭木壺〉詩，蓋依《全宋詩》、呂祖謙《宋文鑑》之文本。何汶《竹莊詩話》所錄此詩，題為〈癭木壺〉，文字稍有不同。鋪觀此詩，自第七句「嗟爾木之癭」至第廿四句「反

---

❷❽　魏慶之《詩人玉屑》（臺北：臺灣商務印書館景印文淵閣《四庫全書》，集部第 420 冊，民國 75 年 3 月版），卷 9，頁 1。

❷❾　呂公著〈分題得癭木壺〉，同注❶❷，頁 5469。

見為奇異」，謂癭木壺原為臃腫廢棄之木，幸有大匠刳剔，得成奇器。此一部分之在譬喻也，當屬「喻依」。自第廿五句「人之於才性」至篇末「能通天下志」，轉而發揮議論，謂聖人之用人也，才亡（無）不可用，端在知所措置爾。此亦猶大匠之「棟桷與楹杙，小大無有棄」。此一部分之在譬喻也，當屬「喻體」。然則呂公著〈分題得癭木壺〉詩之善用譬喻，以論因才器使之道，從可知矣。

《南窗紀談》謂歐陽脩、呂公著、劉厚甫、王深甫寓居潁州郡下，日以相從講學為事，情好款密。一日，分題賦詩，呂公著得癭木壺，詩成，「歐陽公見之，益加稱賞，以為有宰相器。及還朝，遂薦為諫官。申公（呂公著封申國公）文章世不多見**❸⓿**，惟此詩見傳，蓋由歐陽公數為人道之也」。**❸⓵**歐陽脩之俊賞〈分題得癭木壺〉詩也，贊其作者呂公著有宰相器，且數為延譽，則此詩詠物「托物寓意」之道，亦必深得歐陽脩之嘉美。故知賦詩詠物而能托物寓意之義，洵宋代詩話之所揭櫫者也。

抑有進者，詩人之詠物也，其托物所寓之意，復有怨、憤、昌、快之別。其說見於葛立方之《韻語陽秋》：

> 君子為小人誣讒沮抑，則其詩怨，故寓之於物，以舒其憤。
> 如朱書〈古鏡〉詩所謂「我有古時鏡，初自壞陵得。蛟龍猶泥蟠，魑魅幸月蝕」是也。小人既敗，君子得志之秋，則其詩昌，故寓之於物，以快其志。如劉禹錫〈磨鏡篇〉所謂

---

❸⓿ 案：《全宋詩》頁 5468－5472，收錄呂公著詩十四題、凡十八首。

❸⓵ 同注**❶⓽**，卷 17，頁 14 引錄。

「萍開綠池滿，暈盡金波溢。山神妖氣沮，野魅真形出」是
也。黃子虛作〈佳月篇〉云：「狂雲妒佳月，怒飛千里黑。
佳月了不嗔，曾何污潔白。支頤少待之，寒光靜無跡。燦燦
黃金盤，獨照一天碧。」殆亦二子之意。❸

朱書〈古鏡〉詩所謂「蛟龍泥蟠」、「魑魅蝕月」，皆寓小人誣沮
君子之意，而怨憤之情，見於言外。劉禹錫〈磨鏡篇〉「萍開綠池
滿，暈盡金波溢」二句，狀銅鏡之清光瑩潤，涵攝萬象。君子之光
風霽月，胸羅萬有，寧非與之相類歟！若夫「山神妖氣沮，野魅真
形出」，則小人道消之旨寓焉。復觀黃子虛作〈佳月篇〉，則佳月
以喻君子，狂雲譬諸奸小，「佳月了不嗔，曾何污潔白」二句，言
清者之自清；「燦燦黃金盤，獨照一天碧」一韻，則寓君子得志，
群枉悉錯之意。夫小人道消，群枉悉錯，則其詠物之旨昌，而詠物
之志快矣。

　　此外，托物寓意，尤貴有風厲、規戒之思。宋代詩話，亦往往
三致意焉：

　　　　魏野處士，陝人，字仲先……有〈啄木鳥〉詩云：「千林盡
　　　　如盡，一腹餒何妨！」又〈竹杯珓〉詩云：「吉凶終在我，

---

❸　葛立方《韻語陽秋》（臺北：臺灣商務印書館景印文淵閣《四庫全書》，集
　　部第 418 冊，民國 75 年 3 月版），卷 20，頁 4。

反覆諷勞君。」有《詩》人規戒之風。（司馬光《續詩話》）❸❸

元城劉忠定公詠八月十四夜月云：「萬古照臨終忌滿，一輪
明徹豈須圓。」〈雙柏〉云：「同志不渝均管鮑，清風特立
若夷齊。」〈撲滿子〉云：「多求惟恐心難滿，撲破方知器
易盈。」皆寓風厲，可警學者。（趙與虤《娛書堂詩話》）❸❹

于濆為詩，頗干教化。〈對花〉詩云：「花開蝶滿枝，花謝
蝶還希。惟有舊巢燕，主人貧亦歸。」又有唐備者，與濆同
聲，咸多比諷。有詩曰：「天若無霜雪，青松不如草。地若
無山川，何人重平道。」〈題道旁木〉云：「狂風拔倒樹，
樹倒根已露。上有數枝藤，青青猶未悟。」又曰：「一日天
無風，四溟波盡息。人心風不吹，波浪高百尺。」（《盧懷
抒情》）（阮閱《詩話總龜》）❸❺

東坡言：「南郡王誼伯……謂子美詩……『西川有杜鵑，東
川無杜鵑。涪萬無杜鵑，雲安有杜鵑』，蓋是題下注。斷自
『我昔遊錦城』為首句。誼伯誤矣。且子美詩備諸家體，非
必率合程度侃侃者然也。是篇句處，凡五杜鵑，豈可以文害

---

❸❸ 司馬光《續詩話》（臺北：臺灣商務印書館景印文淵閣《四庫全書》，集部
第 417 冊，民國 75 年 3 月版）頁 4。

❸❹ 趙與虤《娛書堂詩話》（臺北：臺灣商務印書館景印文淵閣《四庫全書》，
集部第 420 冊，民國 75 年 3 月版）頁 22。

❸❺ 同注❶❸，卷 1，頁 12，引《盧懷抒情》。

辭、辭害意邪？原子美之詩，類有所感，托物以發者也，亦六藝之比興、〈離騷〉之法與！按《博物志》：『杜鵑生子，寄之他巢，百鳥為飼之。』……且禽鳥之微，猶知有尊，故子美詩云：『重是古帝魂。』又云：『禮若奉至尊。』子美蓋譏當時之刺史有不禽鳥若也……凡其尊君者，為有也；懷貳者，為無也，不在夫杜鵑真有無。」（胡仔《苕溪漁隱叢話前集》）**㊱**

苕溪漁隱曰：「陳子高九日瑞香盛開，有詩云……此詩亦淺近。子高別有古詩一篇，意含諷刺，語加微婉，得騷人之體格。其詩云：『佳人在空谷，雙星思銀河。契闊不有命，盛時豈蹉跎。娟娟匡廬秀，如此粲者何。香蜜綴紅糝，寶薰罩宮羅。幽窗下團欒，微風自婆娑。寂寥千年初，戢戢蓬艾多。何階託方便，百金聘猗儺。赤欄青薆舫，丁寧護根窠。泥沙亦天幸，扳聯入宣和。誰令蘭蕙徒，憔悴守巖阿。』」（胡仔《苕溪漁隱叢話後集》）**㊲**

司馬光稱魏野之詠啄木鳥、竹杯杓，有《詩》人規戒之風；趙與虤謂劉忠定之詩，旨寓風厲，可警學者。于濆詠花，而干教化；唐備托物，咸多比諷。阮閱《詩話總龜》復編次于濆〈對花〉、唐備〈題道旁木〉等詩，與《盧懷抒情》之評語，隸諸其詩話之「諷諭

㊱　同注**❼**，卷7，頁1－2。
㊲　同注**❼**，卷35，頁17。

門」。詳稽司馬光、趙與虤所臚劉忠定、魏野之詩例，細繹《盧懷抒情》所錄于濆、唐備諸篇，皆屬詠物之作。然則此數編詩話之作者，豈不以詠物詩之托物寓意，當寄風厲、比諷之思，以鍼砭學者，庶幾有裨教化者歟。

至於蘇軾之探原杜甫〈杜鵑〉詩，謂杜甫之托物抒感，率遵六藝、騷經比興之法，觀其持論，特揭「譏諷」之旨；細翫其意，豈不以詠物詩之托物寓意，當寄諷諭之思，以遠紹《詩經》、《楚辭》比興之道歟。若乃陳子高假古詩之體，以詠瑞香；胡元任懸〈離騷〉之格，以衡佳篇。委婉之語當摛，諷刺之意須具。此則茗溪漁隱論詠物詩托物寓意之旨也。

雖然，規戒諷諭，形之篇詠，不宜鄰於訕謗怒張。張天覺《律詩格》辨「諷刺」之義云：「諷刺則不可怒張，怒張則筋骨露矣。」❸黃山谷〈書王知載朐山雜詠後〉云：「詩者，人之情性也。非彊諫爭於庭，怨忿詬於道，怒鄰罵座之為也。其人忠信篤敬，抱道而居，與時乖逢，遇物悲喜，同床而不察，並世而不同，情之所不能堪，因發於呻吟調笑之聲，胸次釋然，而聞者亦有所勸勉，比律呂而可歌，列干羽而可舞，是詩之美也。其發為訕謗侵陵，引頸以承戈，披襟而受矢，以快一朝之忿者，人皆以為詩之禍，是失詩之旨，非詩之過也。」❸張天覺、黃山谷之言，雖非專為詩之詠物而發，然而詩人詠物寓意之際，固當以此言為戒，不可

---

❸ 同注❷，卷9，頁4。

❸ 黃庭堅《豫章黃先生文集》（臺北：臺灣商務印書館《四部叢刊正編》第49冊，民國68年10月版），卷26，頁12－13。

鄰於怒鄰罵座，快一時之忿也。

　　夫蘇軾、黃庭堅、胡仔之賦詩詠物也，輒妙藉芳華，以寓君子之思，且遞創新格，益增詠物詩境。而司馬光、趙與虤、阮閱、胡仔之編撰詩話也，論及詩之詠物，亦特拈規戒、諷諭之旨，著之篇卷，隱然有懸為法式之微意。此亦宋代詩話論及詩之詠物之要義也。

第四節　詠物而窮本探妙，曲當其理

　　夫詩之詠物，猶有「窮本探妙」、「曲當其理」之境。黃徹《䂬溪詩話》嘗論韋應物〈聽嘉陵江水聲寄深上人〉詩、王安石〈吳長文新得顏公壞碑〉詩、蘇軾〈龍尾硯歌〉詩，以為臻於「窮本探妙」之境。《呂氏童蒙訓》亦謂黃庭堅〈和答錢穆父詠猩猩毛筆〉詩「曲當其理」。此皆詩之詠物臻於至極之境者也。請徵其說，以構詩論。

　　　（韋）應物〈聽嘉陵江聲〉云：「水性自云靜，石中本無聲。如何兩相激，雷轉空山驚。」……（王）臨川〈詠魯公壞碑〉云「六書篆籀數變改，遂令後世多失真。誰初妄鑿好與醜，坐令學士勞骸筋。堂堂魯公勇且仁……豈亦以此夸常民。直疑技巧有天德，不必強勉亦通神。」（蘇東）坡〈詠歙硯〉詩云：「與天作石來幾時，與人作硯初不辭。詩成鮑謝石何與，筆落鍾王硯不知。」此皆窮本探妙，超出準繩

外，不特狀寫景物也。❹（黃徹《碧溪詩話》）

　　東坡詩云：「賦詩必此詩，定知非詩人。」此或一道也。魯
　　直作詠物詩，曲當其理。如〈猩猩筆〉詩「平生幾兩屐，身
　　後五車書。」其必此詩哉？（呂本中《呂氏童蒙訓》）❹

所謂「窮本探妙」、「曲當其理」者，蓋謂詩人於所詠之物之質性
與其所含之意義，盡皆闡發，且合於事物存在之理也。茲錄韋應
物、王安石、蘇軾、黃庭堅諸作，藉彰其義。

　　鑿崖泄奔湍，稱古神禹跡。夜喧山門店，獨宿不安席。水性
　　自云靜，石中本無聲。如何兩相激，雷轉空山驚。貽之道門
　　舊，了此物我情。（韋應物〈聽嘉陵江水聲寄深上人〉）❹

　　魯公之書既絕倫，歲久更為時所珍。荒壇壞塚朽崖屋，剝落
　　風雨埋煨塵。斷碑數尺誰所得，點畫入紙完如新。延陵公子
　　好事者，拓取持寄情相親。六書篆籀數變改，訓詁後世多失
　　真。誰初妄鑿妍與醜，坐使學士勞骸筋。堂堂魯公勇且仁，
　　出遇世難親經綸。揮毫卓犖又驚俗，豈亦以此令常民。但疑

---

❹　黃徹《碧溪詩話》（臺北：臺灣商務印書館景印文淵閣《四庫全書》，集部
　　第 418 冊，民國 75 年 3 月版），卷 6，頁 2－3。

❹　同注❼，卷 48，頁 6 引。

❹　韋應物《韋蘇州集》（臺北：臺灣中華書局《四部備要》，民國 67 年 7 月
　　版）卷 2，頁 3。

技巧有天得，不必強勉方通神。詩歌〈甘棠〉美召伯，愛惜蔽芾由思人。時危忠誼常恨少，寶此勿復令埋堙。（王安石〈吳長文新得顏公壞碑〉）❹

黃琮白琥天不惜，顧恐貪夫死懷璧。君看龍尾豈石材，玉德金聲寓於石。與天作石來幾時，與人作硯初不辭。詩成鮑謝石何與，筆落鍾王硯不知。錦茵玉匣俱塵垢，擣練支床亦何有。況嗔蘇子鳳味銘，戲語相嘲作牛後。碧天照水風吹雲，明窗大几清無塵。我生天地一閒物，蘇子亦是支離人。麤言細語都不擇，春蚓秋蛇隨意畫。願從蘇子老東坡，仁者不用生分別。（蘇軾〈龍尾硯歌并引〉）❹

愛酒醉魂在，能言機事疏。平生幾兩屐，身後五車書。物色看王會，勳勞在石渠。拔毛能濟物，端為謝楊朱。（黃庭堅〈和答錢穆父詠猩猩毛筆〉）❹

韋應物〈聽嘉陵江水聲寄深上人〉詩第八句「雷轉空山驚」，

---

❹ 李壁《王荊公詩箋註》（臺北：鼎文書局，民國 68 年 9 月版）卷 13，頁 1—2。

❹ 蘇軾〈龍尾硯歌并引〉：「余舊作〈鳳味石硯銘〉，其略云：『蘇子一見名鳳味，坐令龍尾羞牛後。』已而求硯於歙，歙人云：『子自有鳳味，何以此為？』蓋不能平也。奉議郎方君彥德有龍尾大硯，奇甚，謂余：『若能作詩，少解前語者，當奉餉。』乃作此詩。」同注❷，卷 23，頁 18—19。

❹ 同注❷，卷 3，頁 21—22。

黃徹《碧溪詩話》引作「雷轉空山鳴」。夫「驚」、「鳴」二字，皆屬「庚」韻，然「驚」、「雷」之勢，雄勁相侔。若易「驚」為「鳴」，則其氣餒矣。此詩首四句寫景抒情，初非詠物。然「水性自云靜，石中本無聲。如何兩相激，雷轉空山驚」四句，則緊扣題目之「水」、「石」，而深探其理。夫水、石二物，界屬現象，虛靜之理，因而寓焉。顧其動相，則有時而顯：勢分高下，而水之動相呈焉；急流激石，而石之喧音聞矣。「靜者未見其恆靜，寂者未見其恆寂，而動靜喧寂一如之禪理見矣」。❹❻黃徹「窮本探妙，超出準繩」云云，蓋謂此也。

　　王安石〈吳長文新得顏公壞碑〉詩，首四句「魯公之書既絕倫，歲久更為時所珍。荒壇壞塚朽崖屋，剝落風雨埋煨塵」，但稱顏真卿之書法，輝光日新，不以塵埋，遂減其價。「斷碑數尺誰所得，點畫入紙完如新。延陵公子好事者，拓取持寄情相親」四句，亦惟敘事點題，說明此碑原委。自「六書篆籀數變改」以下十句，始詠「顏公壞碑」。詳味其旨，蓋謂辨書跡之妍蚩，耗精力以臨池，皆非至境，難語天巧。若夫顏公，天資醇懿，既勇且仁。立朝端直，秉節貞剛。堅毅之氣，折而不沮。英烈之風，凜若嚴霜。而其書法卓犖，洵屬藝得自天者也。筆者之恩師　成公楚望嘗云：「文生於情，藝根於品。必有民胞物與之情，而後文非逐末；必有志潔行芳之品，而後藝可通神。屈子〈騷經〉、魯公書法、杜子美

---

❹❻　杜師松柏《禪學與唐宋詩學》（臺北：黎明文化事業公司，民國 67 年 12 月版）頁 341。

歌吟之什、陸敬輿駢儷之辭，並曜寰區，率由茲道。」❹王安石之詠顏真卿碑，而「窮本探妙，超出準繩」者，豈非詠物而寓顏魯公之書藝精神，及其「民胞物與之情」、「志潔行芳之品」耶！

　　若夫蘇軾之〈龍尾硯歌〉，黃徹所稱道之「與天作石來幾時，與人作硯初不辭。詩成鮑謝石何與，筆落鍾王硯不知」四句，確有「窮本探妙」之功。夫龍尾瑩石，產自婺源，其性溫潤，其質堅密。❸「與天作石來幾時」，此與《莊子·天下》「無終始」❹、柳宗元〈始得西山宴遊記〉「莫得其涯」❺之義相通，蓋謂此石壽均天地也。「與人作硯初不辭」，假擬人之修辭，贊靈硯清高之品格。詩成鮑、謝，筆邁鍾、王，腕底有神，域中無對❺，固憑其才學精力，亦資乎龍尾名硯也。「詩成鮑謝石何與」之「何與」，「筆落鍾王硯不知」之「不知」，其臻「為而不恃」、無我忘我之境歟。詠一石硯爾，而能體至道，此則「窮本探妙，超出準繩」者也。歔繹韋應物、王安石、蘇軾之作，足徵黃徹說詩解頤之功；而

---

❹　成師惕軒《楚望樓駢體文內篇·晚悔樓詞序》（臺北：臺灣中華書局，民國62年9月版）頁293。

❸　同注❷，卷23，頁18引查注。

❹　郭慶藩《莊子集釋·天下》（臺北：河洛圖書出版社，民國63年3月版）頁1098。

❺　柳宗元《柳河東集》（臺北：河洛圖書出版社，民國63年12月版）頁471。

❺　「腕底有神，域中無對」二句，乃成師楚望推崇于右任書藝之辭，見《楚望樓駢體文外篇·于右任先生八秩壽序》（臺北：臺灣中華書局，民國62年11月版）頁87。

宋代詩話論詩之詠物之淵旨夐義，從可知矣。

復觀山谷之詩，以申「當理」之義。〈和答錢穆父詠猩猩毛筆〉詩「平生幾兩屐，身後五車書」一聯，蒐討古書，穿穴異聞，連使數事，「乃善能融化斡旋」❺❷，「筆有化工」❺❸，「天趣洋溢」❺❹，「超脫而精切」。❺❺夫「屐」切「猩猩」❺❻，而「書」扣「毛筆」，此其精切著題者。猩猩命雖不永，然捐毛製筆，著述千春，所謂「曲當其理」之論也。此其所以「超脫」者也。雖然，嚴指山谷茲聯之瑕者，亦不乏人。王若虛評之為「俗子謎」❺❼，馮舒

---

❺❷　同注❶❼，卷 27，頁 6。

❺❸　同注❶❼，卷 27，頁 6，紀昀評語。

❺❹　賀裳《載酒園詩話》（臺北：木鐸出版社，郭紹虞編《清詩話續編》頁 432，民國 72 年 12 月版）。

❺❺　王士禎《帶經堂詩話》（臺北：廣文書局，民國 60 年 11 月版）卷 12，頁 16。

❺❻　裴炎〈猩猩銘序〉：「阮汧云：曾使封谿，見邑人云：猩猩在山谷行，常有數百為群。里人以酒并糟，設於路側。又愛著屐，里人織草為屐，更相連結。猩猩見酒及屐，知里人設張，則知張者祖先姓字，呼名罵曰：『奴欲張我，捨爾而去。』復自再三相謂曰：『試共嘗酒。』乃飲其味，遂乎醉，因取屐而著之，乃為人所擒。」轉引自黃寶華《黃庭堅選集》（上海：上海古籍出版社，1991 年 2 月版）頁 195。又，余嘉錫《世說新語箋疏·雅量》（臺北：仁愛書局，民國 73 年 10 月版）頁 357：「阮遙集（孚）好屐……或有詣阮，見自吹火蠟屐，因歎曰：『未知一生當著幾量（量，兩也）屐。』神色閑暢。」山谷「平生幾兩屐」一句，蓋用此二事。

❺❼　王若虛《滹南詩話》（臺北：藝文印書館《續歷代詩話》，民國 63 年 4 月版）卷 3，頁 2。

詆其用事逗漏❺❽，馮班謂其「粘滯割裂，無古人法」❺❾，皆依作詩之道持論，或亦不無道理，而於此詩中之理，則未嘗措意焉。范溫云：「文章論當理不當理耳。苟當於理，則綺麗風花，同入於妙，苟不當理，則一切皆為長語。」❻⓿山谷此詩，將猩猩毛筆對於人類文化之意義與貢獻，委曲陳論，滑稽詼諧，透顯智慧，復翻卻楊朱「拔一毛利天下而不為」之舊案，詩語、詩意、詩理俱新，實屬「當理」之作。俗子謎云乎哉？割裂云乎哉？《呂氏童蒙訓》「曲當其理」之論，可謂以道眼觀詩矣。

宋代詩話載錄「詩之詠物而窮本當理」之論者，猶有數則：

> 杜子美詩……：「荷葉荷花淨如拭。」此有得於佛書以清淨荷花喻人性之意。故……荷之清淨，獨子美識之。（陳知柔《休齋詩話》）❻❶

> 胡擢詩善狀花木鳥獸，飄然有物外意。嘗謂人曰：「吾思苦於三峽聞猿。」吟曰：「甕中每醖逍遙樂，筆下閒偷造化工。」（李頎《古今詩話》）❻❷

---

❺❽　見馮舒、馮班、何焯評《瀛奎律髓》，轉引自《黃庭堅和江西詩派卷》（臺北：九思出版有限公司，民國 68 年 3 月版）頁 431。

❺❾　同注❺❼，頁 432。

❻⓿　范溫《潛溪詩眼》（北京：中華書局，郭紹虞《宋詩話輯佚》頁 326，1987 年 5 月）第 16 則。

❻❶　陳知柔《休齋詩話》，轉引自魏慶之《詩人玉屑》卷 9，頁 6。

❻❷　同注❶❸，卷 13，頁 10，引李頎《古今詩話》。

草木之葉，大者莫大於芭蕉。晁文元〈詠芭蕉〉詩云：「葉外更無葉。」非但善狀芭蕉，而對之曰：「心中別有心。」其體物亦無遺矣。（朱弁《風月堂詩話》）❻❸

陳知柔《休齋詩話》所錄「荷葉荷花淨如拭」詩，原屬杜甫〈渼陂行〉第十四句。「荷花」一作「菱花」，其前後詩句為：「……主人錦帆相為開，舟子喜甚無氛埃。鳧鷖散亂棹謳發，絲管啁啾空翠來。沈竿續縵深莫測，菱葉荷花淨如拭。宛在中流渤澥清，下歸無極終南黑……。」❻❹細繹此八句之意，可知「菱葉荷花淨如拭」實狀渼陂之水面之景，初非以喻清淨之人性也。陳知柔移杜甫寫景詠物之詩語，以申賦詩詠物之義，或難免於牽強傅會之譏，顧其論詩之詠物宜窮本當理之旨，亦甚昭然也。

朱弁《風月堂詩話》所論晁文元〈詠芭蕉〉詩，「葉外更無葉」，已狀蕉葉寬大之特徵矣。至於「心中別有心」，尤能運逼真精細之筆墨，摹蕉葉包卷之生態，而前後兩「心」字，義含雙關，非惟寫物，尤能進而陳理。蓋人心之層層邃密，幽深曲折，思理無窮之義，亦見於言外也。故曰：「其體物亦無遺矣。」此所謂「體物」者，蓋「體察事物所含之理及物外之意」也。

李頎《古今詩話》謂胡擢狀花木鳥獸之詩飄然有「物外意」，若非體物無遺，窮本探妙，曲當花木鳥獸之理，則此「物外意」將

❻❸ 朱弁《風月堂詩話》（臺北：臺灣商務印書館景印文淵閣《四庫全書》，集部第 418 冊，民國 75 年 3 月版）卷上，頁 14。

❻❹ 仇兆鰲《杜詩詳注》（臺北：里仁書局，民國 69 年 7 月版）頁 180。

不知何所指矣。而胡擢之「筆下閒偷造化工」一句，斠其旨趣，一則蘊含「閒中諦觀外物，乃得凌轢造物，精寫物貌」之義，再則亦有「曲詮事物存在之理」之義。夫詩人詠物，妙寫物形，復能曲詮其理，若此「窮本探妙，曲當其理」之作，洵詩之詠物之至境也。

第五章 論詩之詠史

　　齊益壽嘗撰〈談六朝詠史詩的類型〉一文，自六朝詠史詩歸納而得詠史詩凡三類：曰「史傳型詠史詩」，曰「詠懷型詠史詩」，曰「史論型詠史詩」。以一人一事為對象，據事直書，並針對所述之古人古事，抒寫自家之感受贊嘆者，史傳型之詠史詩也。濃縮史事，僅以數筆扼要敘述，復就古人古事盡情發揮，暢敘感懷；以抒懷為主，以所詠史事為賓者，詠懷型之詠史詩也。別出心裁，獨具慧眼，以敏銳深刻之識見，為卓犖明白之斷案，以史學之卓識，為詠史之詩篇者，史論型之詠史詩也，此類詩篇，往往乞靈逆向思考，活用翻案手法，「是以唐以後史論型詠史詩的特色……往往使人茅塞頓開，使人拍案叫絕，而能歷久不衰」。●齊氏之說，足與宋代詩話論詩之詠史諸說相參證。

　　宋代詩話之編、著者，論及詩之詠史，每多就「史論型之詠史詩」立說，而其要旨，則有三端：曰「詠史之議論，宜自出新意」，曰「詠史之議論，不可成為空言」，曰「詠史詩之議論，以義理精深為可貴」。試援有宋詩話群編，一論述之.

● 參考齊益壽〈談六朝詠史詩的類型〉，《中華文化復興月刊》第 10 卷第 4 期，頁 9—12。

第一節　詩之詠史，立意貴新

　　作詩立意，而與前人相犯，或蹈襲前人，而無創新之意，此作詩之大忌也。宋代詩話，論及詩之立意，輒揭斯旨，再三申明之。請擇數例，述之於後：

> 惠崇詩……其尤自負者，有「河分岡勢斷，春入燒痕青。」時人或有譏其犯古者，嘲之：「河分岡勢司空曙，春入燒痕劉長卿。不是師兄多犯古，古人詩句犯師兄。」（司馬光《溫公續詩話》）❷

> 豫章事實，王勃序之詳矣，題詠此邦者，往往採之。晏元獻云：「望斗氣沉龍已化，置罍人去榻猶懸。」陶邕川云：「劍待張華時已晚，榻延徐孺禮應疏。」此二聯全是「龍光射牛斗之墟，徐孺下陳蕃之榻」也。宋綬公垂云：「江涵帝子鼟飛閣，山際真君鶴馭天。」不襲陳跡，甚可佳也。（吳开《優古堂詩話》）❸

> 徐師川言：「作詩自立意，不可蹈襲前人。」（呂本中《呂氏

---

❷　司馬光《溫公續詩話》（臺北：藝文印書館《歷代詩話》，民國 63 年 4 月版），頁 1。

❸　吳开《優古堂詩話》（臺北：臺灣商務印書館，景印文淵閣《四庫全書》，集部第 417 冊，民國 75 年 3 月版）頁 15。

童蒙訓》）❹

宋景文云：「詩人必自成一家，然後傳不朽。若體規畫圓，
準方作矩，終為人之臣僕。」故山谷詩云：「文章最忌隨人
後。」又云：「自成一家始逼真。」誠不易之論。（阮閱
《詩話總龜》）❺

《西清詩話》云：「詩之聲律成於唐，然亦多原六朝旨意。
何遜〈入西塞〉詩云：『薄雲巖際出，初月波中上。』至少
陵〈江邊小閣〉詩則云：『薄雲巖際宿，孤月浪中翻。』雖
因舊而益妍，此類獺髓補痕也。〈玉臺集序〉云：『金星將
婺女爭華，麝月與嫦娥競爽。』〈北齊碑〉云：『浮雲共嶺
松張蓋，秋月與巖桂分叢。』庾子山〈馬射賦〉云：『落花
與芝蓋齊飛，楊柳共春旗一色。』王勃〈滕王閣記〉云：
『落霞與孤鶩齊飛，秋水共長天一色。』薛逢云：『原花將
晚照爭紅，怪石與寒流共碧。』又云：『銀章與朱紱相輝，
熊軾共隼輿爭貴。』語意互相剿竊，所謂左右拔劍，彼此相

❹　胡仔《苕溪漁隱叢話前集》（臺北：臺灣商務印書館，景印文淵閣《四庫全
　　書》，集部第 419 冊，民國 75 年 3 月版）卷 37，頁 13，引《呂氏童蒙訓》
　　語。

❺　阮閱《詩話總龜》（臺北：臺灣商務印書館，景印文淵閣《四庫全書》，集
　　部第 417 冊，民國 75 年 3 月版）卷 9，頁 8—9。

笑。於少陵精粗有間矣。」（胡仔《苕溪漁隱叢話前集》）❻

〈葉水心論文〉曰：「……譬之人家觴客，或雖金銀器照座，然不免出於假借。自家羅列，僅瓷缶瓦盃，然卻是自家物色。」水心蓋謂不蹈襲前人耳。瓷瓦雖謙辭，不蹈襲則實語也。然蹈襲最難，必有異稟絕識，融會古今文字於胸中，而灑然自出一機軸方可。不然，則雖臨紙雕鏤祇益為下耳。（吳子良《荊溪林下偶談》）❼

《王直方詩話》云：「潘大臨，字邠老……（潘）邠老作詩，多犯老杜，或若邠老為之不已，老杜亦難為存活。使老杜復生，則須共潘十廝炒。」（胡仔《苕溪漁隱叢話前集》）❽

夫「犯古」者，觸犯古人也，「指將古人詩語直接用於自己的詩作中，缺乏創造性」❾。惠崇所沾沾自喜之「河分岡勢斷，春入燒痕青」二句，即犯此病，故見譏於時人。王勃「落霞與孤鶩齊飛，秋

---

❻ 胡仔《苕溪漁隱叢話前集》（臺北：臺灣商務印書館，景印文淵閣《四庫全書》，集部第 419 冊，民國 75 年 3 月版）卷 37，頁 7－8。

❼ 吳子良《荊溪林下偶談》（臺北：臺灣商務印書館，景印文淵閣《四庫全書》，集部第 420 冊，民國 75 年 3 月版）卷 3，頁 1。

❽ 見胡仔《苕溪漁隱叢話前集》（臺北：臺灣商務印書館，景印文淵閣《四庫全書》，集部第 419 冊，民國 75 年 3 月版）卷 52，頁 3。

❾ 見張葆全主編《中國古代詩話詞話辭典》（桂林：廣西師範大學出版社，民國 1992 年 3 月版）頁 461。

水共長天一色」二句，薛逢「原花將晚照爭紅，怪石與寒流共碧」一聯，語意剽竊前人，遂致「左右拔劍，彼此相笑」之誚，以其少創新之意也。

　　杜子美〈宿江邊閣〉「薄雲巖際宿，孤月浪中翻」一聯，雖用何遜「薄雲巖際出，初月波中上」二句，然何遜此聯，尚於實處摹寫景物，杜甫易「出」為「宿」，易「初」、「波」、「上」為「孤」、「浪」、「翻」，只轉換二、三字，便覺景物生動，讀之使人有置身其間之感。蔡絛《西清詩話》謂杜少陵此聯「因舊而益妍」，以其有創新之意，如李光弼將郭子儀軍，頓覺精采也。宋綬「江涵帝子翬飛閣，山際真君鶴馭天。」詠「豫章事實」，自立新意，自鑄新辭，不襲王勃〈秋日登洪府滕王閣餞別序〉一文之陳跡，是以吳幵推重之。

　　右所錄宋代詩話之內容，宋景文、黃山谷、徐師川、葉水心等人，或直陳理論、或借事為喻，莫不揭櫫「詩文不宜蹈襲前人，必自出機杼，自成一家，乃可傳諸久遠」之旨。其第六則詩話，錄自吳子良《荊溪林下偶談》，吳子良先引述葉水心「宴客器皿宜用自家物色」之喻，復標新義：「然蹈襲最難，必有異稟絕識，融會古今文字於胸中，而灑然自出一機軸方可。」吳子良之論，雖名「蹈襲」，實具「創新之意」，前述少陵「因舊而益妍」之詩，即此「自出機軸」之類也。茲復徵引有宋詩話言及「詩之立意貴創新」者數則於後：

　　　　聖俞嘗語余曰：「詩家……若意新語工，得前人所未道者，

斯為難矣。」（歐陽脩《六一詩話》）❿

陳克子高作〈贈別〉詩云：「淚眼生憎好天色，離觴偏觸病心情。」雖韓偓、溫庭筠未嘗措意至此。（許顗《彥周詩話》）⓫

《詩事》云：「荊公送人至清涼寺，題詩壁間云：『斷蘆洲渚薺花繁，看上征鞍立寺門。投老難堪與公別，倚崗從此望回轅。』『看上征鞍立寺門』之句為一篇警策，尤盡別離情意之實，古人未嘗道也。」（何汶《竹莊詩話》）⓬

詠明妃者多矣，劉屏山云：「羞貌丹青鬥麗顏，為君一笑靜天山。西京自有麒麟閣，畫向功臣衛霍間。」語意不與前人相犯。（劉克莊《後村詩話》）⓭

王岐公〈夫人閣端午帖子〉云：「後苑尋青趁午前，歸來競鬥玉欄邊。袖中獨有香芸草，留與君王辟蠹編。」出新意于

---

❿ 歐陽脩《六一詩話》（臺北：藝文印書館《歷代詩話》，民國 63 年 4 月版）頁 5。
⓫ 許顗《彥周詩話》（臺北：臺灣商務印書館，景印文淵閣《四庫全書》，集部第 417，民國 75 年 3 月版）頁 33。
⓬ 何汶《竹莊詩話》（臺北：臺灣商務印書館，景印文淵閣《四庫全書》，集部第 420 冊，民國 75 年 3 月版）卷 9，頁 10。
⓭ 劉克莊《後村詩話》（臺北：臺灣商務印書館，景印文淵閣《四庫全書》，集部第 420 冊，民國 75 年 3 月版）卷 4，頁 14。

綵絲巧粽之外，可喜也。（劉克莊《後村詩話》）❹

　　《詩眼》云：「東坡〈和（陶詠）貧士〉詩……東坡作
文，工於命意，必超然獨立於眾人之上。……。」（胡仔
《苕溪漁隱叢話》）❺

《彥周詩話》云：「雖韓偓、溫庭筠未嘗措意至此。」蓋謂陳子高
〈贈別〉詩立意新穎也。《詩事》謂王安石「看上征鞍立寺門」詩
句，「為一篇警策，尤盡別離情意之實，古人未嘗道也。」蓋謂安
石此句立意新穎警策也。《後村詩話》謂劉屏山之詠明妃詩，「語
意不與前人相犯」，若非其立意新穎，寧能不與前人相犯耶？劉克
莊以為王岐公〈夫人閣端午帖子〉詩「可喜」，蓋以此詩之詠端
午，「出新意於綵絲巧粽之外」也。至於梅聖俞「意新語工，得前
人所未道者」之說，蘇子瞻「工於命意，必超然獨立於眾人之上」
之事，皆足以闡發「詩文篇詠，立意貴新」之義。

　　夫「立意貴新」之原則，抒情、寫景、詠物、說理等各類詩
作，皆宜遵守，不獨詠史之作也；亦不限於詩也，凡駢文、散文、
書法、繪畫、小說、戲曲等作品，創作之始，皆須先命新警之意。
然而宋代詩話論及詩之詠史，往往著眼乎「詩之立意」；觀其評
語，或曰：「亦前人所未發」；或曰：「獨不蹈襲」；或曰：「意

---

❹　同注❸，卷2，頁2。

❺　胡仔《苕溪漁隱叢話前集》（臺北：臺灣商務印書館，景印文淵閣《四庫全
　　書》，集部第419冊，民國75年3月版）卷4，頁2。

新理長」；或曰：「自出新意」；或曰：「新意可喜」。雖辭語或
異，而揆其歸趨，則無二致。茲論述相關之詩話，以資隅反：

> 張文潛〈詠淮陰侯〉云：「平生蕭相真知己，何事還同女子
> 謀。」（張）巨山代蕭相答云：「當日追亡如不及，豈於今
> 日故相圖。身如累卵君知否？方買民田欲自污。」亦前人所
> 未發。世好巨山詩者絕少，惟余與湯伯紀爾。（劉克莊《後村
> 詩話》）❻

《史記·淮陰侯列傳》載：「漢王之入蜀，（韓）信亡蜀歸漢，未
得知名……（韓）信數與蕭何語，何奇之。至南鄭，諸將行道亡者
數十人，（韓）信度（蕭）何等已數言上，上不我用，即亡。（蕭）
何聞（韓）信亡，不及以聞，自追之。」❼張耒〈題淮陰侯廟（有
序）〉詩：「雲夢何須偽出遊，遭讒猶得故鄉侯。平生蕭相真知
己，何事還同女子謀。」其第三句即本〈淮陰侯列傳〉「蕭何奇
之」，「蕭何自追之」而言也。至於第四句「何事還同女子謀」，
則翻案立論，推陳出新。《史記·淮陰侯列傳》：「漢十一年（西
元前 198 年）陳豨反，高帝自將而往，韓信病不從。陰使人謂陳豨
曰：『弟舉兵，吾從此助公。』其事洩，呂后與蕭相國謀，誘縛韓
信，斬之長樂鐘室。」❽張耒此詩題目之後有序，其文凡二百言，

---

❻　同注❸，卷 4，頁 13。

❼　見司馬遷《史記》（臺北：洪氏出版社，民國 64 年 9 月版）卷 92，頁 2610
　　－2611。

❽　同注❼，卷 92，頁 2628。

略謂：

> 呂太后勸高祖誅彭越……高祖將兵居外，而太后在長安，太
> 子仁弱不知兵，而韓信方失職在京師，呂畏其乘時為亂而不
> 可制，使人告誣其反，詐召而誅之耳。方是時，蕭相國居
> 中，而信欲以烏合不教之兵欲從中起，以圖帝業，使雖甚
> 愚，必知其無成。以信之雄才，謀無遺策，肯出此哉？太史
> 公記陳豨反事……未嘗一言及信。吁！此遷欲見誅信之冤
> 也。⑲

《史記》謂陳豨反，韓信欲陰助之，事洩被殺。張耒此詩序文力辨
其冤，謂韓信雄才，謀無遺策，必不致出此下策。而其詩三、四句
復以反詰句提問：「蕭何既為韓信知己，何不為韓信辨其枉耶？」
以詩論史，隻眼獨具，翻案立說，其意新警。張嵲，字巨山，襄陽
人，為陳簡齋之表侄。⑳張巨山以蕭何之立場答張耒詩。其立意尤
出人意表。細翫其意，蓋謂：當日韓信亡逃，若蕭何未嘗追之，或
追之不及，則韓信寧能建大勳，享高位哉？且蕭何亦見疑於高帝，
處境極危，自身尚且難保，況韓信哉！㉑而蕭何之見疑於高帝，亦

---

⑲　張耒《柯山集》（臺北：臺灣商務印書館，景印文淵閣《四庫全書》，集部
　　第 54 冊，民國 75 年 3 月版）卷 28，頁 12－13。

⑳　見厲鶚《宋詩紀事》（臺北：臺灣商務印書館，景印文淵閣《四庫全書》，
　　集部第 423 冊，民國 75 年 3 月版）卷 40，頁 33。

㉑　《史記》（臺北：洪氏出版社，民國 64 年 9 月版）卷 53，頁 2017。〈蕭相
　　國世家〉：「……呂后用蕭何計，誅淮陰侯。……上已聞淮陰侯誅。使使拜

未始非由於「淮陰侯新反於中」**㉒**也。蕭何尚未歸咎韓信,而韓信乃責其「何事還同女子謀」耶?蕭何自保之道,唯有從客之謀,一反其初衷,故買民田,以自污損耳。**㉓**此豈非亦由韓信而致累耶?雖然,其立意固出人意表矣,然事事計較,不合義理,豈有道者之言哉?是以劉克莊僅以「亦發前人所未發」評張嵲此詩,其評論甚有分寸。此宋代詩話論詩之詠史「立意貴新」者一也。

阮閱《詩話總龜後集》、劉克莊《後村詩話》論及「詠昭君之詩」,亦持「意新」之論:

> 古今辭人作明妃辭曲多矣,意皆一律。惟呂居仁獨不蹈襲,其詩云:「人生在相合,不論胡與秦。但取眼前好,莫言長苦辛。君看輕薄兒,何殊胡地人。」(《詩話總龜後集》)**㉔**

丞相何為相國,益封五千戶,令卒五百人、一都尉為相國衛。諸君皆賀,召平獨弔……謂相國曰:『禍自此始矣,上暴露於外,而君守於中,非被矢石之事,而益君封置衛者,以今者淮陰侯新反於中,疑君心矣。夫置衛衛君,非以寵君也。願君讓封勿受,悉以家私財佐軍,則上心說。』相國從其計,高帝乃大喜。」

㉒ 見註**㉑**所引召平語。

㉓ 司馬遷《史記》(臺北:洪氏出版社,民國 64 年 9 月版)卷 53,頁 2018。〈蕭相國世家〉:「客有說相國曰:『君滅族不久矣。夫君位為相國,功第一,可復加哉?然君初入關中,得百姓心十餘年矣,皆附君,常復孳孳得民和,上所為數問君者,畏君傾動關中,今君胡不多買田地,賤貰貸以自污?上心乃安。』於是相國從其計,上乃大說。」

㉔ 阮閱《詩話總龜後集》(臺北:臺灣商務印書館,景印文淵閣《四庫全書》,集部第 417 冊,民國 75 年 3 月版)卷 41,頁 7。

安晚丞相〈昭君〉詩云：「解攜尤物柔強國，延壽當年合議功。」意新而理長。（《後村詩話》）❷⑤

《漢書·元帝紀》、《漢書·匈奴傳》、《後漢書·南匈奴列傳》、《西京雜記》卷二、《世說新語·賢媛》第二則、《琴操》等典籍文獻，皆載昭君和番之事。《漢書·元帝紀》云：「（元帝）竟寧元年（西元前 33 年）春正月，匈奴虖韓邪單于來朝。詔曰：虖韓邪單于不忘恩德，鄉慕禮義，復修朝賀之禮，願保塞傳之無窮，邊垂長無兵革之事。其改元竟寧，賜單于待詔掖庭王檣為閼氏。」應劭曰：「王檣，王氏女，名檣，字昭君。」❷⑥昭君和番之事，當以《漢書》所載為信。顧自《後漢書》以下，群篇眾籍，踵事增華，飾辭渲染，《後漢書》謂（漢）元帝時，呼韓邪來朝，帝敕以宮女五人賜之，昭君……請掖庭令求行。呼韓邪臨辭大會，帝召五女以飾之，昭君豐容靚飾，光明漢宮，顧景裴回，竦動左右。帝見大驚，意欲留之，而難於失信。遂與匈奴生二子」❷⑦，《西京雜記》謂「（漢）元帝後宮既多，不得常見，乃使畫工圖形，案圖召幸之。諸宮人皆賂畫工……獨王嬙不肯，遂不得見。匈奴入朝求美人為閼氏，於是上案圖以昭君行。及去，召見，貌為後宮第一，

---

❷⑤　劉克莊《後村詩話》（臺北：臺灣商務印書館，景印文淵閣《四庫全書》，集部第 420 冊，民國 75 年 3 月版）卷 2，頁 19。

❷⑥　班固《漢書·元帝紀》（臺北：樂天出版社，民國 63 年 3 月版）卷 9，頁 297。

❷⑦　見范曄《後漢書·南匈奴列傳》（臺北：藝文印書館《二十五史》第六冊）卷 89，頁 2。

善應對，舉止閑雅。帝悔之，而名籍已定……不復更人。乃窮案其
事，畫工皆棄市……畫工有杜陵毛延壽。」❷《琴操》謂「單于遣
侍者朝賀，（漢）元帝陳設倡樂，乃令後宮粧出。昭君怨恚日久不
得侍列，修飾善粧，盛光輝而出……喟然越席而言曰：『妾幸得備
在後宮，粗醜卑陋，不合陛下之心，誠願往（匈奴）。』」❷此率
踵事增華之說，每乖事實，不一而足。宋王觀國《學林》謂《後漢
書·南匈奴列傳》所言王昭君一節，首尾皆乖謬之甚；又謂《西京
雜記》所載「昭君和番」與「殺毛延壽」事，乃「小說出於傳聞，
不可全信」❸，其言甚辨。余嘉錫《世說新語箋疏》亦謂：
「《（西京）雜記》之說，真顏師古所謂『其書淺俗，出於里巷，
多有妄說』者矣。」復謂：「（劉）孝標（《世說新語·賢媛》第二則）
不引兩漢書而引《琴操》，豈欲曲成昭君之美耶？」❸考證史實，
功不唐捐。

　　然而歷代詩人之詠歌王昭君，則未盡稽諸史實，而有獨特之
思。晉石崇〈王明君〉詩：「殊類非所安，雖貴非所榮。父子見陵

---

❷　見葛洪《西京雜記》（臺北：新興書局《漢魏叢書》第三冊）卷 2，頁 1。劉
　　義慶《世說新語·賢媛》第二則，與《西京雜記》所述略同。

❷　見〈琴操〉。轉引自王先謙《後漢書集解》（臺北：藝文印書館《二十五
　　史》第六冊）卷 89，頁 2，引惠棟之說。

❸　見王觀國《學林》（臺北：臺灣商務印書館，景印文淵閣《四庫全書》，子
　　部第 157 冊，民國 75 年 3 月版）卷 4，頁 12－14。

❸　見余嘉錫《世說新語箋疏》（臺北：仁愛書局，民國 73 年 10 月版）頁
　　668。

辱，對之慚且驚。」❸❷以昭君之和番為羞辱之事。梁施榮泰〈王昭君〉詩：「唧唧撫心歎，蛾眉誤殺人。」❸❸則以「美色自累」為說。唐崔國輔〈王昭君〉詩：「一回望月一回悲，望月月移人不移。何時得見漢朝使，為妾傳書斬畫師。」❸❹則以畫師當斬立意。唐郭元振〈王昭君〉詩：「自嫁單于國，長銜漢掖悲。容顏日憔悴，有甚畫圖時。」❸❺則就昭君和番後之情懷設想。令狐楚〈王昭君〉詩：「仙娥今下嫁，驕子自同和。劍戟歸田盡，牛羊遶塞多。」❸❻則自昭君和番之功勳運思。

　　至於王安石之〈明妃曲〉，歐陽脩之〈明妃曲和王介甫作〉，則翻卻前人之舊案，獨書新警之詩思。王介甫云：「意態由來畫不成，當時枉殺毛延壽。」又云：「漢恩自淺胡恩深，人生樂在相知心。」❸❼歐陽永叔云：「漢宮有佳人，天子初未識。一朝隨漢使，遠嫁單于國。絕色天下無，一失難再得。雖能殺畫工，於事竟何益。耳目所及尚如此，萬里安能制夷狄。……紅顏勝人多薄命，莫

---

❸❷　見郭茂倩《樂府詩集》（臺北：里仁書局，民國 70 年 3 三月版）卷 29，頁 426。

❸❸　見郭茂倩《樂府詩集》卷 29，頁 427。

❸❹　見《全唐詩》（臺北：宏業書局，民國 71 年 9 月版）頁 1205。

❸❺　見郭茂倩《樂府詩集》（臺北：里仁書局，民國 70 年 3 月版）頁 429。

❸❻　見郭茂倩《樂府詩集》頁 431。案：《全唐詩》（宏業書局，民國 71 年 9 月版）頁 213，以此詩為張仲業作。

❸❼　「意態」二句，見〈明妃曲二首其一〉；「漢恩」二句見〈明妃曲二首其二〉。此二詩並見李壁《王荊公詩箋注》（臺北：鼎文書局，民國 68 年 9 月版）卷 6，頁 2－3。

怨春風當自嗟。」❸王安石「漢恩自淺胡恩深，人生樂在相知心」
持論原頗通達，且未有人道及❸；然亦頗召「乖戾」、「失言」、
「壞人心術」之評。❹歐陽脩「耳目所及尚如此，萬里安能制夷
狄」一聯，「紅顏勝人多薄命，莫怨春風當自嗟」二句，則斥元帝
之無能，哀昭君之薄命，且「表達了歐公夷夏之防的見解」。❹要
之，歐陽永叔、王介甫之詠王昭君，無論屬當理之言、或偏激之
論，其立意之新穎，則可謂度越前賢矣。

　　歷代詠昭君之作既不可勝數，其立意復一再翻新，後之詩人，
幾無置喙之餘地矣，而呂居仁、安晚丞相猶能賡為詠歌，妙發新
意，而獲「獨不蹈襲」、「意新理長」之評，亦良難矣。《詩話總
龜後集》所論呂居仁詠明妃之作，見其《東萊詩集》卷二：

　　　　秦人彊勝時，百戰無逡巡。漢氏失中策，清邊烽燧頻。丈夫

---

❸　歐陽脩《文忠集・再和明妃曲》（臺北：臺灣商務印書館，景印文淵閣《四
　　庫全書》，集部第41冊，民國75年3月版）卷8，頁11。
❸　李壁《王荊公詩箋註》（臺北：鼎文書局，民國68年9月版）卷6，頁3。
　　書眉之「墨書批語」謂：「漢恩自淺胡恩深，人生樂在相知心」二句「亦是
　　一說，卻未有人道」。
❹　高步瀛《唐宋詩舉要》（臺北：宏業書局，民國66年6月版）頁329：「介
　　甫後篇云：『漢恩自淺胡自深，人生樂在相知心。』持論乖戾。范元長
　　（沖）對高宗論此詩，直斥為壞人心術，無父無君。（李注引）雖不免深文
　　周內，然亦物腐蟲生，偏激之論有以致之。蔡元鳳（上翔）《王荊公年譜考
　　略》（卷七）雖多方辯護，然不能揜其疵也。李雁湖曰：『詩人務一時為新
　　奇，求出前人所未道，而不知其言之失也。』可謂持平之論已。」
❹　見張高評《宋詩之傳承與開拓》（臺北：文史哲出版社，民國79年3月版）
　　頁40。

不任事，女子去和親。君王為置酒，單于來奉珍。朝辭漢宮
月，暮隨胡地塵。鞍馬白沙暮，旌裘黃草春。人生在相合，
不論越與秦。但取眼前好，莫言長苦辛。君看輕薄兒，何殊
異地人。（呂本中〈明妃〉）❷

此詩五六句「丈夫不任事，女子去和親」，責漢元帝君臣之庸懦，
亦猶歐陽脩〈明妃曲和王介甫作〉所謂「萬里安能制夷狄」也。歐
陽師文如嘗論「人生在相合，不論越與秦。但取眼前好，莫言長苦
辛。君看輕薄兒，何殊異地人」等六句云：「（呂本中）以為但得
兩心相合，即足偕老，不必以胡人為怨；今薄倖兒比比皆是，其視
異域之人為何如耶？言外又寓刺漢帝之意……本中此詩遣詞質而
徑，立意尤新，正宋詩風格。」❸歐陽師之卓見與《詩話總龜後
集》所錄針對此詩所發「獨不蹈襲」之評語，非但相合，而析論之
深刻詳明，尤勝前修也。

　　劉克莊《後村詩話》謂安晚丞相昭君詩「解攜尤物柔強國，延
壽當年合議功」二句，意新而理長，其評甚當。此詩表面推許毛延
壽之功勳，謂其巧運畫筆，致令昭君得恃其美色，出塞和番，而漢
之邊境，遂得安靖。實則「反言若正」，另有深意。夫抵禦強虜，
不恃謀臣上將、堅甲利兵，乃徒恃一「尤物」，則其君臣之庸懦可
知。再者，毛延壽為後宮美女圖形，不能以仁、禮存心，唯知假公

---

❷　呂本中《東萊詩集》（臺北：臺灣商務印書館，景印文淵閣《四庫全書》，
　　集部第75冊，民國75年3月版）卷2，頁10。

❸　歐陽師文如《呂本中研究》（臺北：文史哲出版社，民國81年6月版）頁
　　211。

濟私，藉機斂財，遂使國色蒙塵受屈；毛延壽之「功」，真可議哉！安晚丞相此詩本乎人情義理，直探問題核心，假反諷之手法，翻前人之舊案，以論毛延壽之功過，誠屬「意新而理長」之作。

　　劉克莊《後村詩話》卷四，嘗謂劉子翬詠明妃之詩，「語意不與前人相犯」。❹劉子翬字彥沖，號屏山，其《屏山集》卷十五，錄〈王昭君〉詩一首：

　　　　羞貌丹青鬥麗顏，為君一笑靜天山。西京自有麒麟閣，畫向功臣衛霍間。❺

劉屏山此詩，英氣逼人，別有見地。夫丹青寫其形貌，後宮競其麗顏，徒爭君寵，蓋區區何足道哉！為昭君計，當運其麗顏丰姿，御彼天驕單于，則烽煙不起，宇內乂安，昭君自當圖像麒麟，勳侔衛、霍矣。其立意亦甚新警。此宋代詩話論詩之詠史「立意貴新」者二也。

　　宋代詩話論及「詩之詠史，其立意貴新」一義，復常以詠歌嚴子陵之詩為論。茲援陳巖肖《庚溪詩話》、趙與虤《娛書堂詩話》之說以為論述：

　　　　嚴子陵釣臺屹立於桐江之濱，往來題詠者極多。前賢所作，

---

❹　劉克莊《後村詩話》（臺灣商務印書館，景印文淵閣四庫全書，集部第 420
　　冊，民國 75 年 3 月版）卷 4，頁 14。

❺　見劉子翬《屏山集》（臺灣商務印書館，景印文淵閣四庫全書，集部第 71
　　冊，民國 75 年 3 月版）卷 15，頁 15。

人皆膾炙久矣，不可盡載。頃見一絕，不知名氏，云：「范
蠡忘名觀西子，介推逃跡累山樊。先生政爾無多事，聊把漁
竿坐水村。」又見閩人陳致一貫道題一絕云：「足加帝腹似
癡頑，詎肯折腰求好官。明主莫將臣子待，故人只作友朋
看。」又皆自出新意也。（陳巖肖《庚溪詩話》）**❻**

嚴子陵釣臺，題詠尚矣。天台戴式之（復古）一絕云：「萬
事無心一釣竿，三公不換此江山。平生誤識劉文叔，惹起虛
名滿世間。」亦新意可喜。（趙與虤《娛書堂詩話》）**❼**

嚴光之事，見范曄《後漢書·逸民列傳》，略謂：「嚴光，字子
陵，一名遵，會稽餘姚人也。少有高名，與光武同遊學。及光武即
位，乃變名姓，隱身不見。帝思其賢，乃令以物色訪之。後齊國上
言：『有一男子，披羊裘釣澤中。』帝疑其光，乃……遣使聘
之。……（嘗）共（帝）偃臥，光以足加帝腹上。明日，太史奏客星
犯御坐甚急。帝笑曰：『朕故人嚴子陵共臥耳。』除為諫議大夫，
不屈，乃耕於富春山，後人名其釣處為嚴陵瀨焉。」**❽**

---

❻ 陳巖肖《庚溪詩話》（藝文印書館《續歷代詩話》，民國 63 年 4 月版）卷
下，頁 4。

❼ 趙與虤《娛書堂詩話》（藝文印書館《續歷代詩話》，民國 63 年 4 月版）卷
下，頁 3。

❽ 見范曄《後漢書》（樂天出版社，民國 63 年 3 月版）卷 83，頁 2763－
2764。

　　宋人董棻編《嚴陵集》❹，凡九卷，其前五卷皆詩，錄自謝靈運、沈約以下。至南宋之初，詠嚴光風節之作，為數甚夥。如權德輿〈嚴陵釣臺下作〉詩：「絕頂聳蒼翠，清湍石磷磷。先生晦其中，天子不得臣。心靈棲顥氣，纓冕猶緇塵。不樂禁中臥，卻歸江上春。潛驅東漢風，日使薄者醇。焉用佐天下，持此報故人。則知大賢心，不獨私其身。弛張有深致，耕釣陶天真。……」❺蓋美嚴光之高風亮節，足以激濁揚清，醇厚風俗也。又如杜荀鶴〈釣臺〉詩：「蒼翠雲峰開俗眼，泓澄煙水漫塵心。惟將道業為芳餌，釣得高名直到今。」❺則就其流傳於萬世之高名著眼立論。唐羅隱〈嚴陵灘〉詩：「中都九鼎勤英髦，漁釣牛蓑且遁逃。世祖升遐夫子死，原陵不及釣臺高。」❺蓋謂漢光武帝問鼎中原，君臨天下，其意義、價值固不逮夫嚴光隱逸之高節也。范仲淹〈釣臺〉詩：「漢包六合罔英豪，一箇冥鴻惜羽毛。世祖功臣三十六，雲臺爭似釣臺高。」❺立意與羅隱詩近似，唯以光武帝之功臣反襯嚴子陵之高節，趙與虤所謂「范詩……用雲臺事，尤非（羅）隱所及也。」❺

❹　《嚴陵集》見臺灣商務印書館，景印文淵閣四庫全書，集部第 287 冊，民國 75 年 3 月版。

❺　董棻編《嚴陵集》卷 1，頁 14。

❺　董棻編《嚴陵集》卷 2，頁 15。

❺　《全唐詩》（臺北：宏業書局，民國 71 年 9 月版）頁 7602。

❺　《全宋詩》（北京：北京大學出版社，1991 年 8 月版）頁 1915。

❺　趙與虤《娛書堂詩話》（臺北：臺灣商務印書館，景印文淵閣《四庫全書》，集部第 420 冊，民國 75 年 3 月版）頁 5。

蔡正孫則謂：「此詩真足以廉頑立懦。」❺淘屬中肯之評論。此詩
主旨亦即范仲淹〈嚴先生祠堂記〉所謂「先生之風，山高水長」
也。復觀黃庭堅〈題伯時畫嚴子陵釣灘〉詩：「平生久要劉文叔，
不肯為渠作三公。能令漢家重九鼎，桐江波上一絲風。」❻任淵注
此詩云：「東漢多名節之士，賴以久存，跡其本原，政在子陵釣竿
上來耳。」❼山谷此詩蓋謂嚴子陵之風節，為安邦定國之基石也。

　　前引陳巖肖《庚溪詩話》所錄詠嚴子陵釣臺詩：「足加帝腹似
癡頑」一首，其作者為閩人「陳致一貫道」。據昌先生彼得等編
《宋人傳記資料索引》頁二五九六：「陳致一，字貫之，長樂（福
建閩侯）人……宣和六年（1124 年）進士。」則陳致一之字又有「貫
之」一說。其題詠嚴子陵釣臺詩云：

　　　　足加帝腹似癡頑，詎肯折腰求好官。明主莫將臣子待，故人
　　　　只作友朋看。

陳致一此詩，避開前人詠歌嚴子陵高風亮節之意，就故人之義、友
朋之風著眼，論議劉秀、嚴光之人際關係，故陳巖肖謂其「自出新
意」也。張高評〈宋代翻案詩之傳承與開拓〉一文嘗論南宋楊萬
里、曾丰、楊潛等人詠歌「嚴光風節」之作。其論楊萬里〈讀嚴子

---

❺　蔡正孫《詩林廣記》（臺北：臺灣商務印書館，景印文淵閣《四庫全書》，
　　集部第 421 冊，民國 75 年 3 月版）卷下，頁 11。

❻　任淵、史容、史季溫《山谷詩集注》（臺北：藝文印書館，民國 58 年 10 月
　　版）卷 9，頁 4。

❼　同註❺。

陵傳〉一詩，謂楊萬里「有感於金滅北宋，侵逼不已，故借嚴光之不仕翻案，以譴責這種『空有清風』的習氣」；又謂曾丰〈嚴子陵〉詩，「認為嚴光的垂釣桐江，是出於窺微信幾的明智抉擇……所以高蹈不仕是情非得已……也能道人所未道」；又謂楊潛〈題釣臺〉詩，「從幸逢故人方面去翻案，也能給人一個嶄新的思考角度。」❺❽然則南宋詩人詠歌嚴光之風節，又翻案出奇，發前人所未發之意矣。時代愈後，運思愈難，而戴復古則著眼於「弄巧成名」❺❾之意，以詠嚴光，是以趙與虤《娛書堂詩話》謂其詩「新意可喜」也。此宋代詩話論詩之詠史「立意貴新」者三也。

夫詩話編、著者之「詩歌批評觀」與其「詩歌創作論」原無二致。其評鑑詩歌所持之標準，往往即為其創作詩歌所遵之法則。本節所述阮閱《詩話總龜後集》、陳巖肖《庚溪詩話》、劉克莊《後村詩話》、趙與虤《娛書堂詩話》等書，方其評論詠史詩，則有「亦前人所未發」、「獨不蹈襲」、「意新理長」、「自出新意」、「新意可喜」等褒美之辭，由此可知詩之詠史也，其創作與內涵，亦貴於「具新警之意」也。

第二節　議論不可虛發而成空言

昔葛立方論王荊公〈司馬遷〉詩，著「言非虛發」之評；劉克

---

❺❽　見張高評《宋詩之傳承與開拓》（臺北：文史哲出版社，民國 79 年 2 月版）頁 43－44。

❺❾　同注❺❽，頁 44。

莊論晏元獻〈書平津侯傳〉詩，有「書生空言」之憾，凡此議論，見諸葛、劉二公之詩話：

> 司馬遷遊江、淮、汶、泗之境，紬金匱石室之書而作《史記》，上下數千年，殆如目覩，可謂孤拔。初遭李陵之禍，不肯引決，而甘腐刑者，實欲效〈離騷〉、《呂覽》、〈說難〉之書，以攄憤悱，故荊公詩云：「嗟子刀鋸間，悠然止而食。成書與後世，憤悱郵自釋。」觀《史記》評贊，於范睢、蔡澤則曰：「二子不相戹，烏能激乎？」於季布則曰：「彼自負才，故受辱而不羞。」於虞卿則曰：「虞卿非窮愁，則不能著書以自見。」於伍員則曰：「隱忍以就功名。」至於作〈貨殖〉、〈游俠〉二傳，則以「家貧不能自贖，左右親戚不為一言」而寄意焉，則荊公「釋憤悱」之言，非虛發也。（葛立方《韻語陽秋》）**60**

> 詩家評論古人，多是書生空言爾。晏元獻〈書平津侯傳〉：「主父、仲舒容不得，未知賓閤是何人。」公能客富、歐二公于門下，然後可以為此言，但主父非仲舒之倫，宜以汲黯代之。（劉克莊《後村詩話》）**61**

60　葛立方《韻語陽秋》（臺北：臺灣商務印書館，景印文淵閣《四庫全書》，集部第 418 冊，民國 75 年 3 月版）卷 8，頁 4。

61　劉克莊《後村詩話》（臺北：臺灣商務印書館，景印文淵閣《四庫全書》，集部第 420 冊，民國 75 年 3 月版）卷 2，頁 2。

王安石〈司馬遷〉詩屬五言古詩：「孔鸞負文章，不忍留枳棘。嗟子刀鋸間，悠然止而食。成書與後世，憤悱聊自釋。領略非一家，高辭殆天得。雖微樊父明，不失孟子直。彼欺以自私，豈啻相十百。」❷ 覈校異文，知《韻語陽秋》所錄荊公詩「憤悱郵自釋」之「郵」當作「聊」。此詩首四句謂司馬子長本懷才德，有似鸞鳳，不屑棲於枳棘；況遭腐刑，尤不應含垢忍辱，為中書令，尊寵任職。然子長「欲遂其志之思」，以成名山之業，故「悠然止而食」，隱忍於刀鋸之餘而無慍無悔。「成書與後世，憤悱聊自釋。領略非一家，高辭殆天得」四句，誠子長之知音也。若司馬子長得與王介甫同時，其必曰：「夫子言之，於我心有戚戚焉。」至於「雖微樊父明」句，歎子長之白李陵事，昧於《詩·大雅·烝民》仲山甫「既明且哲，以保其身」❸之訓也。「不失孟子直」句，則與「雖微樊父明」句並祖述《漢書·司馬遷傳·贊》「跡其所以自傷悼，《小雅·巷伯》之倫。夫唯〈大雅〉，既明且哲，能保其身。難矣哉」❹之旨。筆者案：《詩·小雅·巷伯》一詩乃寺人孟子被讒遭刑，自傷而作。此詩凡七章，其第六章「取彼譖人，投畀豺虎」云云，即深惡讒人，噴薄而出，然而「此等句子雖很痛快，不免流於率直」。❺王

---

❷ 李壁《王荊公詩箋注》（臺北：鼎文書局，民國 68 年 9 月版）卷 5，頁 8。

❸ 見孔穎達《毛詩正義》（臺北：藝文印書館《十三經注疏》第二冊，民國 78 年 1 月版）卷 18 之 3，頁 14。

❹ 顏師古《漢書補注》（臺北：藝文印書館《二十五史》第四冊）卷 62，頁 26。

❺ 糜文開、裴普賢《詩經欣賞與研究》（臺北：三民書局，民國 80 年 8 月版）頁 1015。

介甫謂司馬子長「不失孟子直」，蓋取義於此。末二句「彼欺以自私，豈啻相十百。」李壁注云：「世人竊自污之跡以屈其身如馬遷者，亦有之；而求其實如遷者，蓋鮮也。」⑥⑥以世人之自污欺世以遂其私者，反襯司馬子長之卓犖出群也。鋪觀全篇之論評司馬遷也，或抒獨造之識，或踵昔賢之說，深明子長之衷懷，洵屬知音之君子。而其議論精當，語無虛發，初非囿於葛立方拈出申論之一聯而已。此葛立方論「史論型之詠史詩」，其議論不可虛發而成空言者也。

晏元獻〈書平津侯傳〉一詩已佚，唯存《後村詩話》載論之「主父、仲舒容不得，未知賓閣是何人」二句，觀其題、詩，當屬詩之詠史者。《漢書·主父偃傳》載：「趙王告主父偃受諸侯金，天子又以為主父偃劫齊王令自殺，乃徵下吏治。平津侯公孫弘爭曰：『非誅偃無以謝天下。』遂族偃。」⑥⑦此平津侯之容不得主父偃也。《漢書·董仲舒傳》：「（董）仲舒為人廉直……，公孫弘

---

⑥⑥ 李壁《王荊公詩箋注》（臺北：鼎文書局，民國68年9月版）卷5，頁8。
⑥⑦ 主父偃族誅始末與其不見容於公孫弘之事，見班固《漢書》（臺北：樂天出版社，民國63年3月版）卷64，頁2803-2804：「元朔中，偃言齊王內有淫失之行，上拜偃為齊相。至齊，徧召昆弟賓客，散五百金予之，數曰：『始吾貧時，昆弟不我衣食，賓客不我內門，今吾相齊，諸君迎我或千里。吾與諸君絕矣，毋復入偃之門！』乃使人以王與姊姦事動王。王以為終不得脫，恐效燕王論死，乃自殺。偃始為布衣時，嘗游燕、趙，及其貴，發燕事。趙王恐其為國患，欲上書言其陰事，為居中，不敢發。及其為齊相，出關，即使人上書，告偃受諸侯金，以故諸侯子多以得封者。及齊王以自殺聞，上大怒，以為偃劫其王令自殺，乃徵下吏治。偃服受諸侯之金，實不劫齊王令自殺。上欲勿誅，公孫弘爭曰：『齊王自殺無後，國除為郡，入漢，偃本首惡，非誅偃無以謝天下。』乃遂族偃。」

治《春秋》不如仲舒，而（公孫）弘希世用事，位至公卿。仲舒以弘為從諛，弘嫉之。膠西王亦上兄也，尤縱恣，數害吏二千石。弘乃言於上曰：『獨董仲舒可使相膠西王。』膠西王聞仲舒大儒，善待之，仲舒恐久獲罪，病免。」⑥⑧此平津侯之容不得董仲舒也。晏殊「主父、仲舒容不得」一聯，蓋論公孫弘之不能納士容人也。《宋史·晏殊傳》載：

> （晏）殊平居好賢，當世知名之士，如范仲淹、孔道輔皆出
> 其門。及為相，益務進賢材，而仲淹與韓琦、富弼皆進用，
> 至於臺閣，多一時之賢。⑥⑨

又《宋元學案補遺》云：

> 晏殊……仁宗時為相，善知人，范仲淹、孔道輔、歐陽脩皆
> 出其門。富弼、楊察皆其婿。⑦⓪

晏殊為相，「善知人」，「務進賢材」，有容人之量。故知其〈書平津侯傳〉一詩，蓋深不滿於公孫弘之褊狹鄙陋，不能獎納士人也。斯旨雖當，其以主父偃、董仲舒相提並論，則不能無瑕。《漢

---

⑥⑧　見班固《漢書》（臺北：樂天出版社，民國 63 年 3 月版）卷 56，頁 2525。

⑥⑨　見脫脫《宋史》（臺北：鼎文書局，民國 80 年 2 月版）卷 311，頁 10197。

⑦⓪　見王梓材、馮雲濠《宋元學案補遺》（臺北：世界書局，民國 63 年 7 月版）卷 3，頁 91。

書・董仲舒傳》云：「仲舒治國，以《春秋》災異之變推陰陽所以錯行，……行之一國，未嘗不得所欲……先是遼東高廟，長陵高園殿災，仲舒居家推說其意，草稿未上，主父偃候仲舒，私見，嫉之，竊其書而奏焉。」**⓫**則主父偃之奸邪可知矣。王夫之謂主父偃為「天下之憸人」**⓬**，良有由焉。而董仲舒則為人廉直，正身以率下，劉向且稱其有王佐之材，雖伊、呂無以加，管、晏之屬，殆不能及。**⓭**主父、仲舒之相去也，誠不可以道里計，詎可同日而語耶！劉克莊以「書生空言」論〈書平津侯傳〉詩句，其以此歟！此劉克莊論「詩之詠史」，其議論不可虛發而成空言者也。

　　阮閱《詩話總龜》載謝濤諫議臨捐館舍前一月，夢作〈讀史〉一絕云：

　　　　百年奇特幾張紙，千古英雄一窖塵。唯有炳然周孔教，至今仁義浸生民。

謝濤且召其孫晏初錄焉。**⓮**此詩題為〈讀史〉，然觀其內容，當屬「史論型之詠史詩」。其詩於臨終前一月得之於夢寐，豈非其平素

⓫　班固《漢書》（臺北：樂天出版社，民國 63 年 3 月版）卷 56，頁 2524。

⓬　王夫之《讀通鑑論》（臺北：河洛圖書出版社，民國 65 年 3 月版），頁 64。

⓭　見班固《漢書・董仲舒傳・贊》（臺北：樂天出版社，民國 63 年 3 月版）卷 56，頁 2526。

⓮　阮閱《詩話總龜》（臺北：臺灣商務印書館，景印文淵閣四庫全書，集部第 417 冊，民國 75 年 3 月版）卷 33，頁 6。

之史識潛蘊胸中，至是而以至簡當之詩語發之耶？《唐子西文錄》記蜀道館舍壁間所題詩聯：「天不生仲尼，萬古如長夜。」❼❺其義足與謝濤詩相為闡發。然則謝濤此詩誠可謂「言不虛發」，而非「書生空言」也。

第三節　詩之詠史，以義理精深為貴

曾季貍《艇齋詩話》云：「荊公詠史詩，最於義理精深。」❼❻吳子良《荊溪林下偶談》，探研東坡晚年〈和陶詠三良〉詩之議論，迥異其少作〈鳳翔八觀（秦穆公墓）〉詩。究其緣由，「蓋其（東坡）飽更世故，閱義理熟矣。前詩作於壯年氣銳之時，意亦有所激而云也。」❼❼曾、吳二公論詩之詠史，皆以義理之精熟與否為評論之衡準，而其詠史詩論之歸趨，從可知矣。

然而張政烺〈講史與詠史詩〉一文則謂：詠史之風，盛於晚唐，胡曾《詠史詩》❼❽，評騭古今人、事之得失，興寄頗淺，格調亦卑。其後汪遵踵武胡曾，而為詠史詩作，其遣辭命意，亦與胡曾

---

❼❺　強行父錄《唐子西文錄》（臺北：藝文印書館《歷代詩話》，民國 63 年 4 月版）頁 5－6。

❼❻　曾季貍《艇齋詩話》（臺北：藝文印書館《續歷代詩話》，民國 63 年 4 月版）頁 24。

❼❼　吳子良《荊溪林下偶談》（臺北：臺灣商務印書館，景印文淵閣《四庫全書》，集部第 420 冊，民國 75 年 3 月版）卷 3，頁 14。

❼❽　《四庫全書》集部二，別集類一，收胡曾《詠史詩》一書，見臺灣商務印書館，景印文淵閣《四庫全書》，集部第二二冊，民國 75 年 3 月版。

之作相彷。晚唐羅隱之詠史詩，視汪遵為工，然其風趣，亦頗相
類。「自宋以來詠史諸家，其詩有工拙，其學有高下，總而論之，
皆非超絕之作……蓋詠史以議論為宗，而吟詠與議論又本不相容，
含此內在之矛盾，遂無一成功之作。此種情形自其始創者胡曾、周
曇諸作已然，何況後出之仿效者。」⓱張政烺以為「詠史以議論為
宗，而吟詠與議論又本不相容」，然則詠史詩苟涉議論，或寓義
理，「遂無一成功之作」耶？詠史詩之佳構竟不宜蘊乎義理耶？此
寧非與曾季貍、吳子良之說大相逕庭歟！唐君毅〈中國歷史之哲學
的省察──讀牟宗三先生《歷史哲學》書後〉一文嘗謂：

> 中國昔亦非無歷史哲學，唯融於經史之學中耳。中國先儒之
> 不詳於歷史哲學，唯以數千年來中國有一一貫相承之文化系
> 統，其中之道之所存，大體為人所共喻。
> 王船山之《讀通鑑論》、《宋論》……其書既即事以言理，
> 復明理以斷事，乃見理之貫注於事中，復超越洋溢於事外，
> 乃真可語（於）……歷史哲學之論。
> 顧炎武、黃梨洲之倫，咸亦有即史事以明道，據道以衡史事
> 之精神……其所謂道，皆中國……文化系統內，大體上為人
> 所共喻之道。故言之不必繁，而聞者已相悅以解。⓲

⓱　張政烺〈講史與詠史詩〉（中央研究院史語所集刊第一本）頁 601－645。
⓲　見牟宗三《歷史哲學·附錄一》（臺北：臺灣學生書局，民國 71 年 2 月版）
　　頁 7－8。

此論誠極深刻，且有裨於了解詠史詩之義理。牟宗三於《歷史哲學·三版自序》云：

> 歷史哲學是直接面對歷史上有歷史性的事理（含情理）之事作一哲學的解釋。
>
> 歷史是集團生命底活動行程。集團生命底活動，不論其自覺與否，均有一理念在後面支配。……了解歷史是要通過「理念」之實現來了解的。而歷史性的事理之事是在表現理念底活動之行程中出現的，因此，它們的意義是在其表現理念底作用上而被看出。
>
> 我們看（歷史的）事理之事是通過其表現理念之作用而觀之的……是如其為事理之事而觀其歷史的意義……這個意義便是它的理。因此，歷史性的事理之事之意義就等於一事理之事在表現理念上的作用。這個意義是來自超越面的……是理念之體現，而理念是超越的。[81]

此亦有裨於了解詠史詩之義理。會聚唐、牟二公之論而觀之，所可知者，約有五端：唐君毅謂中國曩昔之「歷史哲學」融於經史之學，若仿唐公此說，而謂：「中國曩昔之『歷史哲學』有融於詠史詩者，而尤以『史論型之詠史』為然。」當非無稽之談。此其端一也。

---

[81]　見牟宗三《歷史哲學·三版自序》（臺北：臺灣學生書局，民國 71 年 2 月版）頁 4—5。

　　王船山《讀通鑑論》、《宋論》二書之論史，往往「即事言理，明理斷事」。顧亭林、黃梨洲之史學，則深具「即事明道，據道衡事」之精神。斯理斯道，非唯士君子之所共喻，抑且為中國歷史文化一貫相承之道統。此其端二也。

　　斯理斯道，亦即牟公所謂「超越之理念（唐君毅所謂「超越洋溢於事外之理」）；而「歷史事件之理」之意義，即此理念之體現。此其端三也。

　　明乎此「理念」體現之義，牟公名之曰：「具體的解悟」，且謂此解悟為「通情達理之智慧」，「孔子有此智慧，老、莊亦有此智慧，張良亦有此智慧……王船山亦有此智慧，故彼能通歷史。惟具有此種智慧，始能使『究天人之際，通古今之變』不為虛語。」❷此其端四也。

　　詠史詩（尤以「史論型之詠史詩」為然）果能以詩之形式，而探討「歷史事件之理」所顯示之意義，與夫「歷史事件之所以然」之理念，由事明理，由史觀道，並於屬辭行文之際，潤之以情韻，則其篇什，可謂義理精熟之作。此其端五也。

　　總茲五端，以論詠史詩之義理，以觀曾季貍、吳子良詩話中「義理精深」、「東坡晚年和淵明詩……閱義理熟矣」云云，方可抉幽發微，而有所得。請循曾、吳之詩話，進窺「詠史詩當義理精熟」之大旨。

　　荊公詠史詩，最于義理精深。如〈留侯〉詩，伊川謂說得留侯極是。予謂〈武侯〉詩，說得武侯亦出。又如〈范增〉詩云：「有

---

❷　同注❸，頁 6—7。

道弔民天即助，不知何用牧羊兒。」又「誰合軍中稱亞父，直須推讓外黃兒。」詠史詩有如此等議論，他人所不能及。**❽**

　　請循曾季貍所論荊公詠史之作，而論述之：

　　　　漢業存亡俯仰中，留侯於此每從容。固陵始議韓彭地，複道
　　　　方圖雍齒封。（王安石〈張良〉）

　　　　慟哭楊顒為一言，餘風今日更誰傳。區區庸蜀支吳魏，不是
　　　　虛心豈得賢。（王安石〈諸葛武侯〉）

　　　　中原秦鹿待新羈，力戰紛紛此一時。有道弔民天即助，不知
　　　　何用牧羊兒。（王安石〈范增二首其一〉）

　　　　鄞人七十謾多奇，為漢毆民了不知。誰合軍中稱亞父，直須
　　　　推讓外黃兒。（王安石〈范增二首其二〉）**❽**

上述王安石詩四首，大抵皆屬「史論型之詠史詩」也。〈張良〉一詩，王介甫以「從容」許張良，可謂卓識，蓋張良「自見圯上老人後，沈潛從容，靈府獨運，一洗少年刺客之習，……靜如處女，動

---

❽　　曾季貍《艇齋詩話》（臺北：藝文印書館《續歷代詩話》，民國 63 年 4 月
　　　　版）頁 24。

❽　　〈張良〉、〈諸葛武侯〉、〈范增二首〉等詩，分見李壁《王荊公詩箋注》
　　　　（臺北：鼎文書局，民國 68 年 9 月版）卷 46，頁 7；卷 47，頁 7；卷 46，
　　　　頁 8-9。

如脫兔。故能運斯世於掌上。一點半撥之間，而紛難解，功業成，可謂絕頂聰明之人物」；而劉邦縱橫之風姿，每遇張良而收殺，「實因其（張良）沈潛從容之智慧也」❽；牟宗三曰：

> 察事變之謂智。非沈潛從容者不能也。見幾而作，不俟終日。知幾其神乎！（張）良與（劉）邦之相得而彰智，豈不然乎！（《禮記‧經解》云：「絜靜精微，《易》教也。」子房可謂深於《易》者矣。而沈潛從容，功成身退，無聲而來，無聲而去，可謂淵默而雷聲矣，故不流於賊也。此唯天才者能之。）……非其幾不言，言則必中，子房是也。❻

諦觀事變，當機立斷，見幾而作，運斯世於掌上。此張子房之沈潛從容也。〈張良〉詩第三句「固陵始議韓彭地」，其事見《史記‧項羽本紀》：

> 漢五年，漢王乃追項王至陽夏南，止軍，與淮陰侯韓信、建成侯彭越期會而擊楚軍。至固陵，而信、越之兵不會。楚擊漢軍，大破之。漢王復入壁，深塹而自守。謂張子房曰：「諸侯不從約，為之奈何？」對曰：「楚兵且破，信、越未有分地，其不至固宜。君王能與共分天下，今可立致也。即

---

❽　見牟宗三《歷史哲學‧三版自序》（臺北：臺灣學生書局，民國 71 年 2 月版）頁 152－153。

❻　見牟宗三《歷史哲學》頁 154－155。

不能，事未可知也。君王能自陳以東傅海，盡與韓信；睢陽
以北至穀城，以與彭越，使各自為戰，則楚易敗也。」漢王
曰：「善。」於是乃發使者告韓信、彭越……韓信、彭越皆
報曰：「請今進兵。」……至垓下。**❽**

〈張良〉詩之第四句「複道方圖雍齒封」，其事見《史記·留侯世
家》：

> （漢六年）上已封大功臣二十餘人，其餘日夜爭功不決，未
> 得行封。上在雒陽南宮，從復道望見諸將往往相與坐沙中
> 語。上曰：「此何語？」留侯曰：「陛下不知乎？此謀反
> 耳。」上曰：「天下屬安定，何故反乎？」留侯曰：「陛下
> 起布衣，以此屬取天下，今陛下為天子，而所封皆蕭、曹故
> 人所親愛，而所誅者皆生平所仇怨。今軍吏計功，以天下不
> 足遍封，此屬畏陛下不能盡封，恐又見疑平生過失及誅，故
> 即相聚謀反耳。」上乃憂曰：「為之奈何？」留侯曰：「上
> 平生所憎，群臣所共知，誰最甚者？」上曰：「雍齒與我
> 故，數嘗窘辱我。我欲殺之，為其功多，故不忍。」留侯
> 曰：「今急封雍齒以示群臣，群臣見雍齒封，則人人自堅
> 矣。」於是上乃置酒，封雍齒為什方侯而急趣丞相、御史定
> 功行封。群臣罷酒，皆喜曰：「雍齒尚為侯，我屬無患

---

❽ 　見司馬遷《史記·項羽本紀》（臺北：洪氏出版社，民國 64 年 9 月版）卷
7，頁 331－332。

矣。」⑱

夫張良於固陵獻策，非唯三分關中之地以與韓信、彭越而不疑；尤
能為垓下之役張本，定楚漢興亡之大勢。逮夫雒陽南宮，複道陳
謨；急封雍齒，遂釋群疑。此皆定大計於俄頃，運斯世於掌上，非
具沈潛從容之修養智慧，未易為也。茅坤曰：「此等皆子房呼吸雲
風處。」⑲成師楚望曰：「（張良）為漢決千里之勝，可謂魁奇之
人。」⑳牟宗三謂：「其智可點撥窒礙而通全局。」㉑綜茲論述，
可知王安石〈張良〉一詩首二句謂「留侯張良每於炎漢大業可存可
亡之關鍵時刻，從容獻策，遂佐高祖定天下」；三、四句則各以凝
鍊之辭，論述「固陵、雍齒」二例，以明其「從容」之說，皆深具
卓識。此詩主旨蓋謂劉邦之得天下，輒由張良沈潛從容之智以成全
之。詠史發論，深具史識，根於義理，而饒詩味，故王安石〈張
良〉一詩，可謂詠史詩之佳構，而曾季貍「荊公詠史，最於義理精
深」之評，非虛談也。

　　資請賡論〈范增二首〉。此二篇蓋推本於儒家「得其民，斯得
天下」之理，以評論范增。「中原秦鹿待新羈」一首之第三句：

---

⑱　見司馬遷《史記·留侯世家》（臺北：洪氏出版社，民國 64 年 9 月版）卷
　　7，頁 2042－2043。
⑲　見凌稚隆輯校《史記評林》（臺北：地球出版社，民國 81 年 3 月版）卷
　　55，頁 6。
⑳　先師成公惕軒《楚望樓駢體文外篇·張群先生八秩壽序》（臺北：臺灣中華
　　書局，民國 62 年 11 月版）頁 135。
㉑　牟宗三《歷史哲學·三版自序》（臺北：臺灣學生書局，民國 71 年 2 月版）
　　頁 375。

「有道弔民天即助」為此二詩之中心理念。末句「不知何用牧羊兒」，事見《史記・項羽本紀》：「居鄛人范增，年七十，素居家，好奇計，往說項梁……復立楚之後。於是項梁然其言，乃求楚懷王孫心民間，為人牧羊，立以為楚懷王。」⓽⓶此詩三、四句蓋謂若能弔民伐罪，解民倒懸，必能得民心，得天下。彼范增徒以懷王之孫為號召，而不知勸項羽積至誠，用大德，寧能得人助天助哉？太史公評項羽云：「自矜功伐，奮其私智而不師古，……卒亡其國，身死東城，尚不覺寤而不自責，過矣。乃引『天亡我，非用兵之罪也』，豈不謬哉！」⓽⓷王安石「有道弔民天即助」句，或亦針對「項羽不自責而咎天」而言耶！若然，則此「天助」之「天」乃《書・泰誓》「天視自我民視」⓽⓸之天，《孟子》「天與賢，則與賢；天與子，則與子」⓽⓹之天，此「天」乃人類理性所可解釋者，與司馬遷「將歷史中不能用人類理性……解釋的現象稱之為天（究天人之際）之天，此天即在人類理性範圍之外，與人沒有可以感應的通路」⓽⓺之「天」，涵義不同。然則荊公此詩蓋謂范增當力勸項羽「有道弔民」，以上應天心；不應徒立懷王，而自以為可從民望

⓽⓶　司馬遷《史記・項羽本紀》（臺北：洪氏出版社，民國 64 年 9 月版）卷 7，頁 330。

⓽⓷　司馬遷《史記・項羽本紀》卷 7，頁 339。

⓽⓸　孔穎達《尚書正義・泰誓中》（臺北：藝文印書館《十三經注疏》第一冊，民國 78 年 1 月版）卷 11，頁 10。

⓽⓹　《孟子正義・萬章上》（臺北：藝文印書館《十三經注疏》第八冊，民國 78 年 1 月版）卷 9 下，頁 1。

⓽⓺　見徐復觀《兩漢思想史卷三・論史記》（臺北：臺灣學生書局，民國 68 年 9 月版）頁 325。

而已。**⑰**

　　若夫〈范增二首（其二）〉，則翻案立論，見宋詩之本色。**⑱**
《史記・項羽本紀》謂范增「年七十，素居家，好奇計。」王安石
則謂「鄄人」（范增）七十譖多奇（譖者，詭詐不實也）。細翫其意，
蓋謂范增實非「好奇計」之士，尤非「多奇計」之士，何則？以其
「為漢敺民」**⑲**而猶全然不自知也。其不及年僅十三之「外黃令舍
人兒」，亦已遠矣。《史記・項羽本紀》載：

> 　　（漢四年，項王）乃東，行擊陳留、外黃。外黃不下。數日，
> 已降，項王怒，悉令男子年十五已上詣城東，欲阬之。外黃
> 令舍人兒年十三，往說項王曰：「彭越彊劫外黃，外黃恐，
> 故且降，待大王。大王至，又皆阬之，百姓豈有歸心？從此
> 以東，梁地十餘城皆恐，莫肯下矣。」項王然其言，乃赦外

---

⑰　王夫之亦不以范增之立懷王為然：「君臣之非獨以名為義也。天之所秩，性
之所安，情之所順，非是則不能以終日。范增立楚之說……不足與於興亡久
矣。」見《讀通鑑論》（臺北：河洛圖書出版社，民國65年3月版）頁7。

⑱　張高評曰：「王安石作詩，喜愛發揮議論，搬用典故，開啟宋代江西派「以
議論為詩，以才學為詩」的先聲。在《王臨川全集》中，共存錄有詠史詩七
十餘首，可謂集翻案之大成，在在從不同的角度，賦予歷史人物生新的評
價。如〈增二首〉，翻用《史記・項羽本紀》之意。」見所著《宋詩之傳
承與開拓》（臺北：文史哲出版社，民國79年3月版）頁48。

⑲　《孟子正義・離婁上》（臺北：藝文印書館《十三經注疏》第八冊，民國78
年1月版）卷7下：「民之歸仁也，猶水之就下，獸之走壙也。故為淵敺魚
者，獺也；為叢敺爵者，鸇也；為湯武敺民者，桀與紂也。今天下之君有好
仁者，則諸侯皆為之敺矣；雖欲無王，不可得已。」

黃當阬者。東至睢陽，聞之皆爭下項王。⑩

夫外黃令舍人兒年僅十三，猶能說服項羽，赦外黃將阬之男子；項
羽尊稱范增為「亞父」，且其齡逾七旬，而范增「顧不能諫羽，以
致戮子嬰，殺義帝，斬彭生，阬秦二十萬眾；智愚之相去何遠哉？
設羽以其任增者而任舍人兒，楚之為楚，未可知也。」⑩（案：范增
於漢之三年，已疽發背而死。項羽擊外黃，乃漢之四年事。）然則「酈人七十
謾多奇」一詩之主旨，蓋謂當年范增實應仁、智雙運，而以外黃令
舍人兒之見識，力諫項羽不嗜殺人，乃無愧於「亞父」之尊稱。由
此可知王安石〈范增二首〉，議論古人古事，一以儒家之義理為
本；故曾季貍撰詩話，美其「詠史詩有如此等議論，他人所不能
及」也。

　王安石之詠史詩以歷史人物之名號命篇者，或逕稱其名，如李
壁《王荊公詩箋注》卷四十六：〈商鞅〉、〈蘇秦〉、〈范雎〉、
〈張良〉、〈曹參〉、〈韓信〉、〈伯牙〉、〈范增二首〉、〈謝
安〉；卷四十八：〈宰嚭〉、〈郭解〉等詩是也。或稱其字，如卷
四十八：〈子貢〉詩是也。或以「某子」稱之，如卷四十六：〈孟
子〉，卷四十八：〈韓子〉等詩是也。或稱其謚號，如卷四十七：
〈諸葛武侯〉詩是也。等是古人也，而稱謂之法不一，揆諸安石之

⑩　司馬遷《史記・項羽本紀》（臺北：洪氏出版社，民國 64 年 9 月版）卷 7，
　　頁 329。

⑩　凌稚隆輯校《史記評林》（臺北：地球出版社，民國 81 年 3 月版）卷 7，頁
　　17，按語。

意，當非無所軒輊於其間也。試誦其〈諸葛武侯〉一詩，亦可見王介甫之瓣香諸葛孔明也。《資治通鑑》卷七十載楊顒諫諸葛亮之言曰：

> （丞相）亮嘗自校簿書，主簿楊顒直入，諫曰：「為治有體，上下不可相侵。……。故丙吉不問橫道死人而憂牛喘，陳平不肯知錢穀之數，云：『自有主者。』彼誠達於位分之體也。今明公為治，乃躬自校簿書，流汗終日，不亦勞乎！」亮謝之。及顒卒，亮垂泣三日。⓲

夫「區區庸蜀」足與魏、吳鼎足相抗衡者，誠以蜀漢之政，「事無巨細，（諸葛）亮皆專之……立法施度，整理戎旅，工械技巧，物究其極，科教嚴明，賞罰必信，無惡不懲，無善不顯，至於吏不容奸，人懷自厲，道不拾遺，彊不侵弱，風化肅然也。」⓳雖然，若非諸葛武侯虛心公誠以待人，遂得忠鯁明達之士如楊顒等之披肝瀝膽，正直匡輔，何以致此哉！若夫孔明體楊顒之正言，虛心察納；傷故舊之徂逝，三日垂泣，其情誼風義，並可激濁揚清，敦厲末俗也。然而安石之世，或者已罕此風。其歎美武侯，亦所以傷慨當世耶。此蓋王安石〈諸葛武侯〉一詩之大旨也。余嘗反復雒誦「慟哭

⓲　司馬光《資治通鑑·魏紀二》（臺北：世界書局，民國 61 年 3 月版）卷70，頁 2215。

⓳　陳壽《三國志·諸葛亮傳》（臺北：洪氏出版社，民國 73 年 8 月版）卷35，頁 930。

楊顒為一言，餘風今日更誰傳。」二句，彌覺其詠論古人、史事，義理精深之餘，猶慨歎良深，含情無限。然則此詩蓋鎔合「詠懷」、「史論」於廿八字中，蘊義深長，誠可謂尺幅具萬里之勢矣。

茲復觀《荊溪林下偶談》論東坡和陶詩義理精熟一事：

> 東坡〈秦穆公墓〉詩云：「昔公生不誅孟明，豈有死之日而忍用其良。乃知三子殉公意，亦如齊之二子從田橫。古人感一飯，尚能殺其身。今人不復見此等，乃以所見疑古人。」子由和篇云：「泉上秦伯墳，下埋三良士。三良百夫特，豈為無益死。當年不幸見迫脅，詩人尚記臨穴惴。豈如田橫海中客，中原皆漢無報所。秦國吞西周，康公穆公子，盡力事康公，穆公不為負。豈必殺身從其遊，夫子乃以侯嬴所為疑三子。王澤既未竭，君子不為諱。三子殉公意，要自不得已。」二詩不同。愚謂子由之說稍近，君子進退存亡，要不失正而已，豈苟為匹夫之諒哉！論者罕能知此。如王仲宣云：「結髮事明主，受恩良不訾。臨沒要之死，安得不相隨。」曹子建亦云：「生時等榮樂，既沒同憂患。」若然，則是三良者，特荊軻、聶政之徒耳。東坡晚年和淵明詩云：「三子死一言，所死良已微。賢哉晏平仲，事君不以私。我豈犬馬哉，從君求蓋帷。殺身固有道，大節要不虧。君為社稷死，我則同其歸。顧命有治亂，臣子得從違。魏顆真孝愛，三良安足希。」蓋其飽更世故，閱義理熟矣。前詩作於

壯年氣銳之時，意亦有所激而云也。❿

吳子良此則詩話蓋持「君子進退存亡，要不失正而已，豈苟為匹夫之諒哉」之義，就王粲、曹植、蘇軾、蘇轍詠歌「三良殉秦穆公」此一史事之詩作，假比較評鑑法而衡論者。東坡〈秦穆公〉詩為其〈鳳翔八觀〉詩之第八首，凡十八句。吳子良所錄者，為此詩第五句至第十二句；其首四句為：「橐泉在城東，墓在城中無百步。乃知昔未有此城，秦人以泉識公墓。」其末二句為：「古人不可望，今人益可傷。」東坡晚年和淵明詠三良詩，其題為〈和陶詠三良〉，凡二十句。吳子良所錄者，為此詩第三句至第十六句；其首二句為：「此身泰山重，忽作鴻毛遺。」其末四句為：「仕宦豈不榮，有時纏憂悲。所以靖節翁，服此黔婁衣。」〈鳳翔八觀（秦穆公墓）〉詩，成於宋仁宗嘉祐六年（1061 年）；〈和陶詠三良〉詩，成於宋哲宗紹聖三年（1096 年）。❺觀此二詩，皆「粘著一事，明白斷案」❻，可知其當屬「史論型之詠史詩」。《左傳·文公六年》載：

---

❿　吳子良《荊溪林下偶談》（臺灣商務印書館，景印文淵閣《四庫全書》，集部第 420 冊，民國 75 年 3 月版）卷 3，頁 13－14。
❺　蘇軾〈鳳翔八觀（秦穆公墓）〉詩、〈和陶詠三良〉詩分見王文誥《蘇文忠公詩編註集成》（臺灣學生書局，民國 68 年 8 月版）卷 3，頁 13－14；卷 40，頁 2。
❻　沈德潛《說詩晬語》（藝文印書館《清詩話》，民國 66 年 5 月版）卷下，頁 5。

　　　　秦伯任好卒。以子車氏之三子──奄息、仲行、鍼虎為殉，
　　　皆秦之良也。國人哀之，為之賦〈黃鳥〉。⑩

魯文公六年（西元前 621 年），秦穆公卒，奄息、仲行、鍼虎等三良
殉之。《詩・秦風・黃鳥》即秦人所作「刺穆公以人從死」⑩、哀
挽三良之詩篇。⑩後世詩人詠歌三良之篇什，蓋非罕覯。蘇軾且於
卅六年間，先後詠歌三良殉秦穆公之事，而作詩二首，此二詩論旨
頗異其趣；有宋詩話除《荊溪林下偶談》之外，尚有葛立方《韻語
陽秋》、嚴有翼《藝苑雌黃》、胡仔《苕溪漁隱叢話》三書論之。
或謂東坡晚年和陶詠三良之作，「似與柳子（宗元）之論合」；或
謂東坡和陶一篇，「獨冠絕古今」；或謂東坡「晚年所見益高，超
人意表」。筆者以為此三說雖仁智互見，然皆不若吳子良明揭「君
子進退存亡，要不失正」之義理以為論也。茲鋪陳其說以論述之：

　　　　三良以身殉秦繆之葬，〈黃鳥〉之詩哀之，序詩者謂：「國
　　　人刺繆公以人從死。」則咎在秦繆，而不在三良矣……柳子
　　　厚云：「疾病命固亂，魏氏言有章。從邪陷厥父，吾欲討彼
　　　狂。」使康公能如魏顆，不用亂命，則豈至陷父於不義如此
　　　哉？東坡和陶亦云：「顧命有治亂，臣子得從違。魏顆真

---

⑩　孔穎達《春秋左傳正義》（藝文印書館《十三經注疏》第 6 冊，民國 78 年 1
　　月版）卷 19 上，頁 7。
⑩　《詩・秦風・黃鳥・序》。見孔穎達《毛詩正義》（藝文印書館《十三經注
　　疏》第 2 冊，民國 78 年 1 月版）卷 6 之 4，頁 5。
⑩　陸侃如、馮沅君《中國詩史》頁 72：「〈黃鳥〉，乃是中國挽歌之祖。」

孝愛，三良安足希。」似與柳子之論合。（葛立方《韻語陽
秋》）⓾

秦繆公以三良殉葬，《詩》人刺之，則繆公信有罪矣。雖
然，臣之事君，猶子之事父也。以陳尊己、魏顆之事觀之，
則三良亦不容無譏焉。昔之詠三良者，有王仲宣、曹子建、
陶淵明、柳子厚。或曰：「心亦有所施。」或曰：「殺身誠
獨難。」或曰：「君命安可違。」或曰：「死沒寧分張。」
曾無一語辨其非是者。惟東坡和陶云：「殺身故有道，大節
要不虧。君為社稷死，我則同其歸。顧命有治亂，臣子得從
違。魏顆真孝愛，三良安足希。」審如是言，則三良不能無
罪。東坡一篇獨冠絕於古今。（嚴有翼《藝苑雌黃》）⓫

苕溪漁隱曰：「余觀東坡〈秦繆公墓〉詩意，全與〈三良〉
詩意相反，蓋是少年時議論如此，至其晚年，所見益高，超
人意表，此揚雄所以悔少作也。詩云：「昔公生不誅孟明，
豈有死之日而忍用其良。乃知三子殉公意，亦如齊之二子從
田橫。」（胡仔《苕溪漁隱叢話後集》）⓬

⓾　葛立方《韻語陽秋》（臺灣商務印書館，景印文淵閣四庫全書，集部第 418
　　冊，民國 75 年 3 月版）卷 9，頁 4。
⓫　嚴有翼《藝苑雌黃》（北京：中華書局，郭紹虞《宋詩話輯佚》，1987 年 5
　　月版）第 13 則。
⓬　胡仔《苕溪漁隱叢話後集》（臺北：臺灣商務印書館，景印文淵閣《四庫全
　　書》，集部第 419 冊，民國 75 年 3 月版）卷 3，頁 3。

柳子厚〈詠三良〉詩全篇為：「束帶值明后，顧盼流輝光。一心在陳力，鼎列夸四方。款款效忠信，恩義皎如霜。生時亮同體，死沒寧分張。壯軀閉幽隧，猛志填黃腸。殉死禮所非，況乃用其良。霸基弊不振，晉楚更張皇。疾病命固亂，魏氏言有章。從邪陷厥父，吾欲討彼狂。」⑬其末四句「疾病命固亂，魏氏（魏顆）言有章。從邪陷厥父，吾欲討彼狂。」蓋以「魏顆不從其父魏武子疾病昏亂之際，以嬖妾為殉之言，而嫁其妾」一事，襯出「秦穆公之子康公盲從其父之亂命，致殉三良」之非。「討彼狂」者，責康公之昏憒也。故知子厚之意，重在責秦康公陷其父於不義。蘇子瞻「顧命有治亂，臣子得從違。魏顆真孝愛，三良安足希」云云，雖亦徵引魏顆之事為論，而其尤所措意者，則為就臣子之立場，論三良進退存亡之道。此二詩旨趣之相異者也。柳子厚云：「魏氏言有章。」魏顆之言，見《左傳・宣公十五年》：「魏武子有嬖妾，無子。武子疾，命顆曰：『必嫁是。』疾病，則曰：『必以為殉。』及卒，顆嫁之，曰：『疾病則亂，吾從其治也。』」⑭子厚「言有章」之辭，蓋稱美魏顆「吾從其治」之言也。而蘇子瞻則因魏顆之言論、行跡（所跡），進而論其思理、德義（所以跡），曰：「魏顆真孝愛。」此所以吳子良謂其「閱義理熟」也。「魏氏言有章」，與「魏顆真孝愛」，其義理之深淺，實不相侔。此二詩義理之相異者也。（柳子厚〈詠三良〉詩第十一、十二句：「殉死禮所非，況乃用其良。」亦

---

⑬　柳宗元〈詠三良〉詩，見《柳宗元集》（臺北：漢京文化事業有限公司，民國 71 年 5 月版）卷 43，頁 1258。

⑭　孔穎達《春秋左傳正義》（臺北：藝文印書館《十三經注疏》第六冊，民國 78 年 1 月版）卷 24，頁 12。

根於義理之論，其詩初非全無義理可言。然葛立方衡較柳、蘇二公之詩，未之徵引。）

　　柳子厚詩首六句，頌美三良之忠義為國；第七句至第十二句，傷悼三良之殉君，此其詠三良者也。其中抒發議論，且不勝其惋惜之情者，唯第十一、十二句「殉死禮所非，況乃用其良」而已。至於蘇子瞻晚年之詠三良也，非唯無頌美之意，抑且據公義以立論。其詩首八句謂三良之殉，輕於鴻毛，以私事君，同乎犬馬。蓋秉大義，以責三良也。第九句至第十二句，復陳事君之正道：殺身則不虧大節，殉君則必死社稷。凜然其辭，嚴陳義理，而三良殉君之不合公義，從可知矣。由此嚴正之識解，乃得出「三良安足希」之結論。此二詩義理之迥異者也。「三良安足希」，以反詰之語發議論，然則蘇子瞻雖一本義理以議論三良，亦不忍責之過甚，此則詩人溫厚之思也。綜上所述，可知葛立方謂「東坡和陶『顧命有治亂』等四句，似與柳子厚『疾病命固亂』等四句之論相合」云云，猶待商榷也。而吳子良「東坡晚年和淵明詩，閱義理熟」之論，則屬卓識。

　　嚴有翼《藝苑雌黃》謂王仲宣、曹子建、陶淵明、柳子厚詠三良之作，「曾無一語辨其非是者」，且各拈其詩之一句以為說；復謂東坡〈和陶詠三良〉詩以為「三良不能無罪」，此詩「獨冠絕古今」，非王、曹、陶、柳詠三良諸作所可及。然則嚴有翼亦推本義理，以論此諸賢詠史之詩也。柳子厚〈詠三良〉詩，前已論析矣，茲復錄王仲宣〈詠史〉詩、曹子建〈三良〉詩、陶淵明〈詠三良〉詩於後，而論列之，以明嚴有翼之說。

自古無殉死，達人共所知。秦穆殺三良，惜哉空爾為。結髮
事明君，受恩良不訾。臨歿要之死，焉得不相隨。妻子當門
泣，兄弟哭路垂。臨穴呼蒼天，涕下如綆縻。人生各有志，
終不為此移。同知埋身劇，心亦有所施。生為百夫雄，死為
壯士規。黃鳥作悲詩，至今聲不虧。（王粲〈詠史〉詩）⑮

功名不可為，忠義我所安。秦穆先下世，三臣皆自殘。生時
等榮樂，既沒同憂患。誰言捐軀易，殺身誠獨難。攬涕登君
墓，臨穴仰天歎。長夜何冥冥，一往不復還。黃鳥為悲鳴，
哀哉傷肺肝。（曹植〈三良〉詩）⑯

彈冠乘通津，但懼時我遺。服勤盡歲月，常恐功愈微。忠情
謬或露，遂為君所私。出則陪文輿，入必侍丹帷。箴規嚮已
從，計議初無虧。一朝長逝後，願言同此歸。厚恩固難忘，
君命安可違。臨穴罔惟疑，投義志攸希。荊棘籠高墳，黃鳥
聲正悲。良人不可贖，泫然沾我衣。（陶潛〈詠三良〉詩）⑰

王仲宣〈詠史〉詩首四句責秦穆公而言其過，謂穆公不當以三良殉

---

⑮　見逯欽立輯校《先秦漢魏南北朝詩》（臺北：木鐸出版社，民國 72 年 9 月
　　版）頁 363－364。

⑯　見丁晏編《曹集詮評》（臺北：世界書局《曹子建集評注二種》，民國 62 年
　　5 月版）卷 4，頁 48。

⑰　王叔岷《陶淵明詩箋證稿》（臺北：藝文印書館，民國 64 年 1 月版）卷 4，
　　頁 463－466。

葬，五至八句謂君若有厚恩於臣，則君命臣殉，為臣子者，不得不
殉君之死。「妻子當門泣」等四句寫殉葬時，親人骨肉號泣之悲。
「人生各有志，終不為此移。同知埋身劇，心亦有所施」，則肯定
三良之殉君，謂其志在捐軀，以報君恩，不以親情而移其殉君之
志。至乎終篇，「生為百夫雄」云云，猶極力讚譽三良為百夫之雄
傑，壯士之矩範。全篇無一語辨「三良殉秦穆公」之「非是」（不
合以正道公義事君之義理）者，嚴有翼之評仲宣〈詠史〉詩，洵屬確
當。

歷來評論曹子建〈三良〉詩者，蓋亦夥矣，觀其見解，約可分
為四類：或謂：「子建之哀三良，與〈黃鳥〉詩人同義」 ⑱，此其
一也。或謂：「此乃感秦史而詠三良，責穆公生不同三良也」 ⑲，
此其二也。或謂曹子建「秦穆先下世」等六句，與蘇子瞻〈鳳翔八
觀（秦穆公墓）〉詩之「乃知三子殉公意，亦如齊之二子從田橫」，
議論相同，皆謂「三良殺身，義殉其君」 ⑳，此其三也。或謂此詩

---

⑱ 此為黃節之說，見其所著《曹子建詩注》（臺北：世界書局《曹子建集注二
　種》，民國 62 年 5 月版）卷 10，頁 55。
⑲ 此為吳淇之說，見其《六朝選詩定論》卷 5：「子建此詩（〈三良〉詩）何
　為而作也？蓋三良之詩見於《詩》，而三良之事載於史。此乃感秦史而誅三
　良，非依〈秦風〉而詠〈黃鳥〉也。……此專責穆公之生不用三良也。」轉
　引自《三曹資料彙編》（臺北：木鐸出版社，民國 70 年 10 月版）頁 153。
⑳ 此為劉克莊之說。劉克莊《後村先生大全集》（臺北：臺灣商務印書館《四
　部叢刊正編》第 63 冊，民國 68 年 11 月版）卷 178，頁 8：「『三良』事見
　于《詩》、《左傳》，皆云：「秦穆殺之以殉」。坡詩獨云：『乃知三子殉
　公意，亦如齊之二客從田橫。今人不復見此等，乃以所見疑古人。』此說甚
　新。後讀曹子建〈三良〉詩，云：『秦穆先下世，三良皆自殘。生時共榮
　樂，既歿同憂患。誰言捐軀易，殺身誠獨難。』乃知子建已有此論。」

乃曹子建憂生自傷，自鳴衷懷，借古題而寫時事之作●，此其四也。

　　《詩·秦風·黃鳥》首章云：「彼蒼者天，殲我良人。如可贖兮，人百其身。」●以沈痛之辭哀悼三良，以含蓄之語怨彼蒼天。〈黃鳥〉詩旨，蓋在是焉。若據前述第一類見解謂子建之哀三良，與〈黃鳥〉詩人同意，則子建此詩並無「責三良非是」之意。若依前述第二類見解謂子建〈三良詩〉之重點在責備秦穆公，則是此詩

● 劉良、寶香山人、陳祚明、陳沆等人之見解，大抵屬於此類。六臣注《文選》卷 21，頁 2，曹子建〈三良〉詩，劉良注：「植被文帝責黜，意者是悔不隨武帝而託是詩。」寶香山人《三家詩·曹集》卷 1：「……懼兄之見誅，而悔不殉父之葬，怨之至也。為知己者死，況知子建之才莫如其父乎？宜乎思之而欲殉耳。忠義我所安，殺身誠獨難，與強殉者何涉。借古題而寫時事，一毫不露，是危言行孫（同「遜」）法。又以兄怨父昔日之偏愛，多端尋釁，不如前日借殉葬好題，豈不乾淨。」陳祚明《采菽堂古詩選》卷六：「〈三良〉詩，此子建自鳴中懷，非詠三良也。詠三良何必言「功名不可為」，爾時三良何遽不可為功名？若詠三良，何以云「殺身良獨難」、「一往不復返」？蓋子建實欲建功於時，觀〈責躬〉詩可見。今終不見用，已矣，功名不可為矣。文帝之猜起於武帝之鍾愛，此時相遇不堪，生不如死，慨然欲相從於地下，而殺身良難，一往不還，徘徊顧慮，是以隱忍而偷生也。子桓既以奪為嫌，其待陳思誠有生人所不能忍者，故憤懣而作，追慕三良。」寶香山人與陳祚明之言，分別轉引自木鐸出版社，民國七十年十月版，《三曹資料彙編》頁 163，頁 195。陳沆《詩比興箋》（臺北：鼎文書局，民國六十八年二月版）卷 1，頁 37：「《毛詩·小序》，自昔聚訟，語其通滯，本在人心。即如此篇，徇跡者序之，曰哀三良也，否則曰刺秦繆也；逆志者序之，則曰子建傷也。同乎子建之篇，寄託略同，舉此一隅，無難觸類。」味陳沆之意，蓋主張子建此詩，非無寄託也。

● 孔穎達《毛詩正義》（臺北：藝文印書館《十三經注疏》第二冊，民國 78 年 1 月版）卷 6 之 4，頁 6。

亦無「責三良非是」之意。至於第三類之見解，則推崇三良之義殉
其君，尤無「責三良非是」之意。苟持第四類之見解以釋子建〈三
良〉詩，則此詩之主旨，在於借史寓意，抒情感懷；而三良與穆公
之是是非非，轉非重點。就令如陳祚明「（子建蓋）追慕三良」❷之
說，此詩亦絕無「責三良非是」之意。綜茲論述，可知嚴有翼雖以
摘句拈出之方式評子建詩，其結論亦甚確當。

　　陶潛之詠三良也，曰：「厚恩固難忘，君命安可違。」蓋謂三
良思報君恩，自願就死也。❷陶澍則別有見解：「古人詠史，皆是
詠懷，未有泛作史論者。……淵明云：『厚恩固難忘，……投義志
攸希。』此悼張褘之不忍進毒，而自飲先死也。❷況〈二疏〉明進
退之節，〈荊軻〉寓報讎之志，皆是詠懷，無關論古。而諸家紛紛

---

❷　見陳祚明《采菽堂古詩選》卷6。

❷　方師祖燊《陶潛詩箋校證論評》（臺北：蘭臺書局，民國66年10月版）頁
　　175：「（〈詠三良〉詩意的立足點在表現三良相報君恩，自願從死。……
　　（陶潛）是以『三良甘心殉死，亦無不可』的觀點來哀惜三良的死。）黃介
　　崙《陶淵明作品研究》（臺北：帕米爾書店，民國64年7月版）頁43：
　　「三良之殉秦穆葬，是應該？抑不應該？可謂聚訟。……惟有淵明詩：『厚
　　恩固難忘，君命安可違。』與王仲宣詩：『結髮事明主，受恩良不訾。臨沒
　　要之死，焉得不相隨。』同意，而群議可息。」

❷　張褘事，見吳士鑑、劉承幹《晉書斠注》（臺北：藝文印書館《二十五史》
　　第9冊）卷89，頁29－30：「張褘，吳郡人也，少有操行。恭帝為琅邪王，
　　以褘為郎中令。及帝踐祚，劉裕以褘帝之故吏，素所親信，封藥酒一甖付
　　褘，密令鴆帝。褘既受命而歎曰：『鴆君而求生，何面目視息世間哉？不如
　　死也。』因自飲之而死。」

論三良之當死不當死，去詩意何啻千里！」⑫此詩亦無「責三良非是」之意。故知嚴有翼之論，可謂扼要。

嚴有翼於歷來詠三良之作，獨推重東坡晚年和陶詠三良詩者，以東坡詩一依義理，以論三良，而云：「殺身固有道，大節要不虧……三良安足希。」嚴有翼遂本東坡此言，而推出「三良不能無罪」之結論，而評東坡此詩「獨冠絕古今」，蓋謂其詠史之詩所寓之義理冠絕古今也。胡仔《苕溪漁隱叢話》所謂「東坡……至其晚年，所見益高，超人意表」者，其亦著眼於此詩之義理嚴正歟！雖然，秦穆公命三良殉其葬，康公從之，「君命之於前，而眾馳之於後，為三良者，雖欲不死，得乎！」⑫苟以義理觀之，三良誠不能無罪；苟以情實論之，三良亦難免於殉君，論道當嚴，取人宜恕，若能有此體認，以觀宋詩話中「詠史詩當以義理精熟為貴」之詩論，方可具通達之識。此會觀葛立方《韻語陽秋》、嚴有翼《藝苑雌黃》、胡仔《苕溪漁隱叢話》、吳子良《荊溪林下偶談》論詩人詠三良之作所獲之結論也。

---

⑫　《靖節先生集》（臺北：華正書局，民國 64 年 5 月版）卷之 4。頁 17，〈詠三良〉詩，陶澍注。

⑫　葛立方語。見其所著《韻語陽秋》（臺北：臺灣商務印書館，景印文淵閣《四庫全書》，集部第 418 冊，民國 75 年 3 月版）卷 9，頁 4。

第六章　論詩之敘事

　　中國古典詩所詠歌之內涵，大底不離乎情、景、物、事、理。宋代詩話群編，論及詩之抒情、寫景、詠物、詠史、說理者，本書皆分立專章，擇要論述。至於「詩之敘事」，則宋代詩話亦嘗措意焉。綜其所論，約得五端：曰「論質直敘事之格」，曰「敘事以明理」，曰「敘事以狀景、寄情」，曰「敘事言簡而意盡」，曰「論鋪敘詩」。凡茲論議，散見乎宋代詩話；類聚其說，述之於後。

第一節　論質直敘事之格

　　宋代詩話論「質直敘事之格」，其說見諸黃徹《䂬溪詩話》：

老杜：「十暑岷山葛，三霜楚戶砧。」「九鑽巴噀火，三蟄楚祠雷。」其書歲月也新矣。樂天云：「吳郡兩回逢九月，越州四度見重陽。」「去（當作「昔」）年八月十五夜，曲江池畔杏園邊。今年八月十五夜，湓浦沙頭水館前。」又：「前年九日餘杭郡，呼賓命宴虛白堂。去年九日到東洛，今年九日來吳鄉。兩邊蓬鬢一時白，三處菊花同色黃。」其質

直敘事，又自一格。❶

杜少陵「九鑽巴嘆火，三蟄楚祠雷」二句，為其〈秋日荊南述懷三十韻〉詩之十三、十四句；「十暑岷山葛，三霜楚戶砧」一聯，為其〈風疾舟中伏枕書懷三十六韻奉呈湖南親友〉詩之卅五、卅六句。❷請觀杜詩，庶徵其義：

> 昔承推獎分，愧匪挺生材。遲暮宮臣忝，艱危衰職陪。揚鑣
> 隨日御，折檻出雲臺。罪戾寬猶活，干戈塞未開。星霜玄鳥
> 變，身世白駒催。伏枕因超忽，扁舟任往來。九鑽巴嘆火，
> 三蟄楚祠雷。望帝傳應實，昭王問不迴。蛟螭深作橫，豺虎
> 亂雄猜。素業行已矣，浮名安在哉。琴烏曲怨憤，庭鶴舞摧
> 頹。秋水漫湘竹，陰風過嶺梅。苦搖求食尾，常曝報恩鰓。
> 結舌防讒柄，探腸有禍胎。蒼茫步兵哭，展轉仲宣哀。饑藉
> 家家米，愁徵處處杯。休為貧士歎，任受眾人咍。得喪初難
> 識，榮枯劃異該。差池分組冕，合沓起蒿萊。不必伊周地，
> 皆登屈宋才。漢庭和異域，晉史坼中台。霸業尋常體，宗臣
> 忌諱災。群公紛戮力，聖慮窅徘徊。數見銘鐘鼎，真宜法斗
> 魁。願聞鋒鏑鑄，莫使棟梁摧。磐石圭多剪，凶門轂少推。
> 垂旒資穆穆，祝網但恢恢。赤雀翻然至，黃龍詎假媒。賢非

---

❶ 黃徹《䂬溪詩話》（臺北：藝文印書館《續歷代詩話》，民國 63 年 4 月版）卷 3，頁 2。

❷ 杜甫此二詩分見仇兆鰲《杜詩詳註》（臺北：里仁書局，民國 69 年 7 月版）卷 21，頁 1905；卷 23，頁 2094。

夢傳野，隱類鑿顏坏。自古江湖客，冥心若死灰。（〈秋日
荊南述懷三十韻〉）❸

杜甫以唐肅宗乾元二年（759）臘月抵成都，至代宗大曆三年
（768），間關蜀、楚，已歷十載；自代宗永泰元年（765）秋抵雲
安，至大曆三年（768）秋，至荊南，蓋居楚地，已歷三春。〈秋日
荊南述懷三十韻〉詩，作於大曆三年（768）秋未往公安之前，時杜
甫年五十七。此詩自「昔承推獎分」至「干戈塞未開」八句，「敘
授官去位之故」；自「星霜玄鳥變」至「浮名安在哉」十二句，
「記漂泊蜀夔之跡」；自「琴鳥曲怨憤」至「愁徵處處杯」十二
句，「敘流寓江陵之事」；自「休為貧士歎」至「宗臣忌諱災」十
二句，致慨於時事；自「群公紛戮力」至「黃龍詎假媒」十二句，
致盼於朝政之有新局；末四句「賢非夢傳野，隱類鑿顏坏。自古江
湖客，冥心若死灰」，一則反用殷高宗夢傅說之典，謂己非傅說；
一則正用《淮南子》顏闔鑿開屋後牆垣而逃避魯君之聘之事以自
喻，慨歎漂泊西南，不見用於時。❹全篇抒懷敘事，輒妙用事類，
騷雅蘊藉，實堪翫繹。就令敘寫歲時之推遷，節序之移改，如「九
鑽巴噀火，三蟄楚祠雷」二句，亦假婉曲之辭修以達意。黃徹謂此
「書歲月也新矣」，蓋謂杜甫之表達能具新意也。

　　至於〈風疾舟中伏枕書懷三十六韻奉呈湖南親友〉詩，則作於

---

❸　仇兆鰲《杜詩詳注》（臺北：里仁書局，民國 69 年 7 月版）頁 1904－
　　1909。

❹　參見仇兆鰲注，同注❸。

大曆五年（770）冬，杜甫年五十九。摘其詩句，用資論述：「軒轅休製律，虞舜罷彈琴。尚錯雄鳴管，猶傷半死心。……哀傷同庾信，述作異陳琳。十暑岷山葛，三霜楚戶砧。叨陪錦帳坐，久放白頭吟。反樸時難遇，忘機陸易沉。應過數粒食，得近四知金。……葛洪尸定解，許靖力難任。家事丹砂訣，無成涕作霖。」❺杜甫自敘罹病，憶往傷今，用庾信流離之典，自陳遭逢喪亂；假陳琳草檄之事，自言不草書檄。「十暑岷山葛，三霜楚戶砧」二句，則通計其自蜀歷楚之處境與行蹤——蜀布之衣，十載未易，則生涯之貧苦可知；楚域萍飄，三易星霜，則時光之倏逝可知。趙彥材謂少陵此二聯句法雷同，「各於一句中言年辰，言處所，言時候，又並相契無差」。❻杜少陵之敘歲月如「九鑽巴噀火，三蟄楚祠雷」；「十暑岷山葛，三霜楚戶砧」，皆乞靈於對偶、事類，摶凝遒練渾成之句，極婉曲含蓄之能事，以與其前後詩句風格一致，或非「質直敘事」之類也。

　　復觀白居易之詩則不然。白居易之賦詩敘事也，持較杜詩，則迥異其趣。其敘歲月也，則往往計數清晰，明白如話。觀其於唐憲宗元和十三年（818）所作〈八月十五日夜湓亭望月〉詩「昔年八月十五夜」等四句，唐敬宗寶曆元年（825）所作〈九日宴集醉題郡樓兼呈周殷二判官〉詩「前年九日在餘杭」等六句，與夫敬宗寶曆二年（826）〈九日寄微之〉詩「吳郡兩回逢九月」一聯；而自唐

---

❺　同注❸，頁 2091－2096。

❻　見郭知達《九家集注杜詩》（臺北：臺灣商務印書館，景印文淵閣《四庫全書》，集部第 7 冊，民國 75 年 3 月版）卷 36，頁 14。

憲宗元和十年（815），白居易自長安謫江州，其後出任忠州刺
史，而召還長安，而出守杭州、蘇州，十年之間，其仕履生涯，
略可知矣。❼此黃徹所謂質直敘事格也。請錄原作，以證黃徹之詩
論：

> 昔年八月十五夜，曲江池畔杏園邊。今年八月十五夜，湓浦
> 沙頭水館前。西北望鄉何處是，東南見月幾迴圓。臨風一歎
> 無人會，今夜清光似往年。（〈八月十五日夜湓亭望月〉詩）❽

> 前年九日餘杭郡，呼賓命宴虛白堂。去年九日到東洛，今年
> 九日來吳鄉。兩邊蓬鬢一時白，三處菊花同色黃。一日日添
> 知老病，一年年覺惜重陽。江南九月未搖落，柳青蒲綠稻穟
> 香。姑蘇臺榭倚蒼靄，太湖山水含清光。可憐假日好天色，
> 公門吏靜風景涼。捞舟鞭馬取賓客，掃樓拂席排壺觴。胡琴
> 錚鏦指撥剌，吳娃美麗眉眼長。笙歌一曲思凝絕，金鈿再拜
> 光低昂。日腳欲落備燈燭，風頭漸高加酒漿。鮑盞豔翻菡萏
> 葉，舞鬟擺落茉萸房。半酣憑檻起四顧，七堰八門六十坊。
> 遠近高低寺間出，東西南北橋相望。水道脈分棹鱗次，里閭
> 棋布城冊方。人煙樹色無隙罅，十里一片青茫茫。自問有何
> 才與政，高廳大館居中央。銅魚今乃澤國節，刺史是古吳都

❼　有關白居易之仕履，參見朱金城《白居易年譜》（臺北：文史哲出版社，民
　　國 80 年 12 月版）。
❽　朱金城《白居易集箋校》（上海：上海古籍出版社，1988 年 12 月）頁
　　1110。

· 217 ·

王。郊無戎馬郡無事，門有榮戟腰有章。盛時儻來合慚愧，
壯歲忽去還感傷。從事醒歸應不可，使君醉倒亦何妨。請君
停杯聽我語，此語真實非虛狂。五旬已過不為天，七十為期
蓋是常。須知菊酒登高會，從此多無二十場。（〈九日宴集醉
題郡樓兼呈周殷二判官〉詩）❾

眼暗頭風事事妨，遶籬新菊為誰黃。閑遊日久心慵倦，痛飲
年深肺損傷。吳郡兩迴逢九月，越州四度見重陽。怕飛杯酒
多分數，厭聽笙歌舊曲章。蟋蟀聲寒初過雨，茱萸色淺未經
霜。去秋共數登高會，又被今年減一場。（〈九日寄微之〉
詩）❿

白居易年四十七，於江州司馬任內，作〈八月十五日夜湓亭望月〉
詩。此詩前四句「昔年八月十五夜，曲江池畔杏園邊。今年八月十
五夜，湓浦沙頭水館前」，雖屬「質直敘事」，自成詩格，然亦非
徒計年歲而已。其藉昔年長安曲江之圓月，與今年江州湓浦之蟾
光，兩相對襯，而昔榮今枯之感慨，已見於言外。繼之以「西北望
鄉何處是」（白居易隸籍陝西下邽），「東南見月幾迴圓」，則謫宦之
經年，鄉愁之無限，尤曲曲傳出。結聯「臨風一歎無人會，今夜清
光似往年。」先抒無人能會之牢愁，復就眼前皎潔之月光猶似往年
敘寫，而暗示物是境非，不勝菀枯之情，收束全篇，含意不盡。設

---

❾　同注❽，頁 1406。
❿　同注❽，頁 1677。

無首四句之「質直敘事」，此詩之情懷，猶未易體會也。

〈九日宴集醉題郡樓兼呈周殷二判官〉詩，白居易作於蘇州刺史任內，時年五十四。周判官即周元範。殷判官即殷堯藩，嘗遊韋應物門牆。與沈亞之、馬戴為詩友。以侍御官江南。❶《唐宋詩醇》謂此詩「以九日起，以宴集結，中幅鋪陳吳中山水、人物、城市之勝，可作圖經。」❷循誦此詩，則知首六句之外，如「一日日知添老病，一年年覺惜重陽」；「七堰八門六十坊」；以及末四句「五旬已過」，「七十為期」；「須知菊酒登高會，從此多無二十場」云云，亦詳計其數而敘之，當可屬之「質直敘事」格也。《吳郡圖經續記》謂「七堰者皆在州門外。」《吳郡志》云：「東面婁、匠二門，西面閶、胥二門，南面盤、蛇二門，北面齊、平二門。唐時八門悉啟。」《吳地記》云：「古坊六十所。三十坊在吳縣，三十坊在長洲縣。」❸故知白居易雖「醉題郡樓」，猶一一詳記其年月地理也。《唐宋詩醇》謂此詩「可作圖經」，蓋有由焉。

〈九日寄微之〉詩，亦作於蘇州刺史任內，時年五十五。此詩除「吳郡兩迴逢九月，越州四度見重陽」，質直敘事之外，其末二句「去秋共數登高會，又被今年減一場」，亦儓指計算「登高會」之次數，而致慨於計算所得之結果。

白居易非惟極措意於其仕履之年歲、敏感於節序，而精細敘寫，一一數之，形諸篇詠，而成「質直敘事」之格，其於官俸之收

---

❶　傅璇琮等《唐才子傳校箋》第三冊（北京：中華書局，1990 年 5 月版）頁 65－69。

❷　轉引自朱金城《白居易集箋校》頁 1407。

❸　同注❾。

，亦往往敘之於歌詩。趙翼嘗謂：「香山歷官所得俸入多少，往往見於詩。〈為校書郎〉云：『俸錢萬六千，月給亦有餘。』〈鼇屋尉〉云：『吏祿三百石，歲晏有餘糧。』……又有詩云：『壽及七十五，俸霑五十千。』此可當〈職官〉、〈食貨〉二志也。」❶若推衍黃徹質直敘事格之旨，則香山居士此類記俸祿之詩，亦質直敘事之作也。

　　夫詩之敘事，苟尚「質直」，固可詳述所詠之內涵；顧其敘事而於所敘之對象「寸步不遺」，且一篇之中，又無抒情、寫景、詠物、說理等相與照應，自始至終，惟是「質直敘事」，欲成佳構，或非易事。蘇子由曰：「白樂天詩，詞甚工，然拙於紀事：寸步不遺，猶恐失之。此所以望老杜之藩垣而不及也。」❶前述黃徹、趙翼所臚白居易「書歲月」、「記俸錢」諸詩，於所記諸事，幾乎「寸步不遺」矣，然一篇之中，猶有其餘抒情、寫景等部分，前後照應。若千篇一律，或用之不善，則此「質直敘事」之格亦難免流水帳簿之譏。

第二節　敘事以明理

　　「敘事」者，作詩之方法，與「六義」之「賦」相通，劉勰《文心雕龍・詮賦》所謂「鋪采摛文，體物寫志」也。其所鋪敘

---

❶　趙翼《甌北詩話》（臺北：木鐸出版社，民國 71 年 4 月版）卷 4，頁 43－44。

❶　蘇轍《詩病五事》（臺北：弘道文化事業公司《詩話叢刊》，民國 60 年 3 月版），第 2 則。

者，「是情景事物（理）的明確傳達」。❶陳師道、張戒嘗論杜甫
〈冬日洛城北謁玄元皇帝廟〉詩云：

> 陳無己先生語予曰：「詩之要，在乎立格、命意、用字而
> 已。」予曰：「如何等是？」曰：「〈冬日謁玄元皇帝廟〉
> 詩，敘述功德，反覆致意，事核而理長。……茲非立格之妙
> 乎！」（張表臣《珊瑚鉤詩話》）❷

> 以神武定天下，高祖、太宗之功也；何必以家世不若商周為
> 愧！而妄認老子為祖，必不足以為榮，而適足以貽世笑。子
> 美云：「世家遺舊史。」謂老子為唐之祖，其家世不見於舊
> 史也。「守祧嚴具禮。」謂以宗廟事之也。「五聖（聯龍
> 袞）」、「千官（列雁行）」等句，雖若狀吳先生畫手之工，
> 而其實謂無故而畫五聖、千官於此也。凡此事既明白，但
> 直敘其事，是非自見，六義所謂賦也。（張戒《歲寒堂詩
> 話》）❸

陳師道，字履常，一字無己，號後山居士。與張表臣論詩之立格，
推許杜甫〈冬日洛城北謁玄元皇帝廟〉詩，「敘述功德，反覆致

---

❶　杜師松柏《詩與詩學》（臺北：洙泗出版社，民國 79 年 12 月版）頁 230。

❷　張表臣《珊瑚鉤詩話》（臺北：臺灣商務印書館，景印文淵閣《四庫全
　　書》，集部第 417 冊，民國 75 年 3 月版）卷 2，頁 7。

❸　張戒《歲寒堂詩話》（藝文印書館《續歷代詩話》，民國 63 年 4 月版）卷
　　下，頁 1。

意，事核而理長」。張戒之詮〈冬日洛城北謁玄元皇帝廟〉詩，其持論雖異於陳師道，然於此詩之敘事，亦有相類之評：「事既明白，但直敘其事，是非自見，六義所謂賦也。」然則詩之敘事，即「六義」之「賦」，亦即劉彥和所謂「鋪采摛文」者也。而「詩之敘事」須「直敘其事」，「反覆致意」，以收「事核理長」、「是非自見」之效。請錄杜詩，以道其詳：

> 配極玄都閟，憑高禁籞長。守祧嚴具禮，掌節鎮非常。碧瓦初寒外，金莖一氣旁。山河扶繡戶，日月近雕梁。仙李蟠根大，猗蘭奕葉光。世家遺舊史，道德付今王。畫手看前輩，吳生遠擅場。森羅移地軸，妙絕動宮牆。五聖聯龍袞，千官列雁行。冕旒俱秀發，旌斾盡飛揚。翠柏深留景，紅梨迥得霜。風箏吹玉柱，露井動銀牀。身退卑周室，經傳拱漢皇。谷神如不死，養拙更何鄉。（杜甫〈冬日洛城北謁玄元皇帝廟〉）**⑲**

鋪觀此詩，首章自「配極玄都閟」至「日月近雕梁」，凡八句，鋪寫玄元皇帝廟建於北邙山，祀奉老君，碧瓦外覆，寒氣先侵，銅柱挺立，形勢雄偉之氣象，皆屬寫實之筆。「仙李蟠根大，猗蘭奕葉光」兩句，謂李氏祖先根大而葉盛也。「猗蘭」用《漢武故事》「漢武帝以乙酉年七月七日旦，生於猗蘭殿」之典故，以漢武帝比唐玄宗也。「世家遺舊史，道德付今王」二句，謂「世系雖莫稽，

---

⑲ 同注**❸**，頁 89－93。

而（老子之）玄旨實默契（開元廿一年，唐玄宗親注《道德經》，令學者習之）」。❷⓿自「畫手看前輩」至「旌旆盡飛揚」等八句，敘寫廟中吳道子壁畫之生動工麗，活靈活現，人物旌旆，如在目前。「翠柏深留景，紅梨迥得霜。風箏吹玉柱，露井動銀牀」四句，摹寫冬景，「柏耐寒而色留，梨得霜而葉落」❷❶，北風凜冽乎簷前，曾冰凝凍於井欄，實臻「寫景中的，精確不移」之境。至於末四句「身退卑周室，經傳拱漢皇。谷神如不死，養拙更何鄉」，復扣緊玄元皇帝，言其思想高遠，教化廣被也。❷❷

　　杜甫此詩所敘之事，既析述如前矣。顧其所見之理，復何如哉？張戒《歲寒堂詩話》針對此詩所論述者，「世家遺舊史」，「守祧嚴具禮」，「五聖聯龍袞」，「千官列雁行」等句，謂杜甫於敘事之餘，微見諷諭之意；而錢謙益尤句句索隱，謂此詩深具諷刺之思：

　　（一）世家遺舊史：張戒理解為「謂老子為唐之祖，其家世不見於舊史也。」錢謙益以為「謂《史記》不列（老子）於〈世家〉。開元中，勅昇（〈老子列傳〉）於〈列傳〉之首，然不能升之於〈世家〉，蓋微詞也。」❷❸

---

❷⓿　浦起龍《讀杜心解》（臺北：九思出蝂有限公司，民國 68 年 3 月版）頁 689。

❷❶　仇兆鰲語，同注❸，頁 92。

❷❷　同注❷⓿：「末四句，就玄元詠歎作收。言其識高，其教遠，其神無所不之也。」

❷❸　錢謙益《錢注杜詩》頁 278。

㈡守祧嚴具禮：張戒理解為「謂以宗廟事之也。」錢謙益以
為「言玄元廟用宗廟之禮，為不經也。」**㉔**

㈢五聖聯龍袞，千官列雁行：張戒理解為「謂無故而畫五聖
（唐高祖、太宗、高宗、中宗、睿宗）、千官於此也。」錢謙益
以為「記吳生畫圖，冕旒旌旆，炫耀耳目，為近於兒戲
也。」**㉕**

錢謙益復評此詩結尾「身退卑周室，經傳拱漢皇。谷神如不死，養
拙更何鄉」四句曰：「《老子》五千言，其要在清靜無為，理國立
身。是故身退則周衰，經傳則漢盛。即令不死，亦當藏名養拙，安
肯憑人降形，為妖為神，以博世主之崇奉也？『身退』以下四句，
一篇諷諭之意，總見於此。」**㉖**張戒發其端，錢謙益變其本而加
厲，幾於深文周納，牽強傅會矣。

實則「畫手看前輩，吳生遠擅場。森羅移地軸，妙絕動宮牆。
五聖聯龍袞，千官列雁行。冕旒俱秀發，旌旆盡飛揚」云云，固推
崇吳道子壁畫之精工生動也，並無「近於兒戲」之諷。此諷諭說之
可議者一也。老子即令不死，亦未主動「憑人降形」；至於「為
神」則有之，「為妖」云乎哉？老子何嘗為妖乎？此諷諭說之可議
者二也。毛先舒謂：「玄元致祭立廟，起於唐高祖，歷世沿祀，
不始明皇。在洛城廟內，又五聖並列，臣子入謁，宜如何肅將

㉔ 同注**㉓**。
㉕ 同注**㉓**。
㉖ 同注**㉓**。

者！」❷此諷諭說之可議者三也。此詩作於唐玄宗天寶八載（749）。杜甫時年三十八，居於長安，是冬赴洛。鄭文曰：「杜甫當時旅食長安，朝扣富門，暮隨馬塵，殘羹冷炙，到處潛悲，難甘原憲之貧，常作飢鷹之呼……進謁玄元之廟，發為頌歌，欲達天聽而獲超拔，自是情理中事。」❷固不宜求之過深，以為通篇句句皆有所諷諭也。此諷諭說之可議者四也。

　　細翫此詩，其敘事寫景，並實錄見聞，而其命篇，復「係朝廷鉅典，體宜頌揚」，故雖「據事直書」，而能「全無圭角」，「但學者不善會之，偏在譏刺一邊看去，則失之遠矣」。❷故知賦詩直敘其事，是非自見，事核而理長，此蓋敘事以明其理者也。

第三節　敘事以狀景寄情

范晞文《對床夜語》云：

> 子建〈公讌〉詩云：「……清夜遊西園，飛蓋相追隨。明月澄清景，列宿正參差。秋蘭被長坂，朱華冒綠池。潛魚躍清波，好鳥鳴高枝。……」，讀之猶想見其景也。是時劉公幹、王仲宣亦有詩，劉云：「……月出照園中，珍木鬱蒼蒼。清川過石渠，流波為魚防。芙蓉散其華，菡萏溢金塘。

---

❷　同注❸，頁 94。

❷　鄭文《杜詩箋詁》（成都：巴蜀書社，1992 年 9 月版）頁 30。

❷　同注❷，頁 689－690。

靈烏宿水裔，仁獸遊飛梁。……。」王云：「……涼風撤蒸
暑，清雲卻炎暉。高會君子堂，並坐陰華榱。嘉肴充圓方，
旨酒盈金罍。管弦發徽音，曲度清且悲。……。」皆直寫其
事。今人雖畢力竭思，不能到也。❸

曹子建、劉公幹、王仲宣此三詩皆為和曹丕〈芙蓉池作〉一詩之
作，寫其在鄴宮與曹丕讌飲之景況，詩人皆「直寫其事」，而令人
「讀之猶想見其景（嘉士宴集乎宮廷苑囿，管絃並奏之情景）」，此即由
詩之敘事以狀其景也。

魏泰《臨漢隱居詩話》云：

詩者，述事以寄情。事貴詳，情貴隱。及乎感會於心，則情
見於詞，此所以入人深也。如將盛氣直述，更無餘味，則感
人也淺，烏能使其不知手舞足蹈，又況厚人倫，美教化，動
天地，感鬼神乎！❹

夫情寓乎事，亦由事而見，誠以「由事的起訖、變化、曲折、艱
難、久暫，方足以見情感的發生、精誠、摯切」❷也。故詩之敘
事，必藏情乎事中，且以情潤事，乃克曲包餘味，而感人也深。周

---

❸　范晞文《對床夜語》（臺北：藝文印書館《續歷代詩話》，民國 63 年 4 月
　　版）卷 1，頁 2。
❹　魏泰《臨漢隱居詩話》（臺北：弘道文化事業公司《詩話叢刊》，民國 60 年
　　3 月版）頁 347－348。
❷　杜師松柏《詩與詩學》（臺北：洙泗出版社，民國 79 年 12 月版）頁 91。

紫芝評王邦憲之集句詩云：

> 維揚之擾，衣冠皆南渡。王邦憲客宛陵，與其鄉人相遇，作
> 集句云：「揚子江頭楊柳春，衣冠南渡多崩奔。柳條弄色不
> 忍見，東西南北更堪論。誰謂他鄉各異縣，豈知流落復相
> 見。青春作伴好還鄉，為問淮南米貴賤。」其敘事有情致為
> 可喜，近時集句所未有也。❸❸

維揚之擾，指宋高宗建炎三年（1129 年）正月，金人陷揚州。王邦
憲，名吉甫，同州人。宋神宗時，嘗任大理評事。累官提點梓州路
京畿刑獄、開封府少尹，知同、邢、漢三州。老於為吏，廉介不
回。以中大夫卒，年七十。《宋史》卷三三○有傳。夫集句詩又名
「百家衣體」❸❹，或集同一詩家眾作之詩句，而另有所詠；或集不
同詩人之詩句，自具機杼，而成新作。借古賢之舊辭，抒自家之衷
曲，縛圍詩筆，甚難工巧。而王吉甫所集此詩，大底出於杜甫之群
篇：「衣冠南渡多崩奔」，出於〈追酬故高蜀州人日見寄〉詩也；
「東西南北更堪論」，出於〈追酬故高蜀州人日見寄〉也；「青春
作伴好還鄉」，出於「聞官軍收河南河北」也；「為問淮南米貴
賤」，出於〈解悶十二首其二〉也。「柳條弄色不忍見」，出於
高適〈人日寄杜二拾遺〉也。非但「好湊合」、「似出一人之

---

❸❸　周紫芝《竹坡詩話》（臺北：藝文印書館《歷代詩話》，民國 63 年 4 月版）
頁 2。

❸❹　見釋惠洪《冷齋夜話》（臺北：弘道文化事業公司《詩話叢刊》，民國 60 年
3 月版），〈山谷集句貴拼速不貴巧遲〉條。

手」**㉟**，且敘喪亂之事，抒黍離之悲，敘事之筆，潤以深情，故蒙周紫芝之褒美。此蓋由詩之敘事以寄其情者也。

要之，詩之敘事貴能秉「直敘其事」之筆，敘寫情景；復貴以「深摯之情」，澤潤所敘之事，庶幾含蓄不露，餘味曲包，扣人心弦，而獲共鳴。凡此皆宋代詩話言及詩之敘事所持之見解。

第四節　敘事言簡而意盡

蘇軾初謫惠州，至白水山佛跡巖遊覽，賦詩十六韻，中有「潛鱗有饞蛟，掉尾取渴虎。」二句，唐庚與強幼安論此二句詩之敘事，有「言簡意盡」之說：

> 東坡詩敘事言簡而意盡，忠（當作「惠」）州有潭，潭有潛蛟，人未之信也。虎飲水其上，蛟尾而食之，俄而浮骨水上，人方知之。東坡以十字道盡，云：「潛鱗有饞蛟，掉尾取渴虎。」言渴，則知虎以飲水而召災，言饞，則蛟食其肉矣。（強幼安述《唐子西文錄》）**㊱**

周紫芝《竹坡詩話》踵武唐庚，續讚蘇詩：

㉟　近藤元粹評王邦憲集句詩語，見《詩話叢刊》（臺北：弘道文化事業公司，民國 60 年 3 月版）頁 484。

㊱　強幼安述《唐子西文錄》（臺北：藝文印書館《歷代詩話》，民國 63 年 4 月版）頁 2—3。

錢塘強幼安為余言，頃歲調官都下，始識博士唐庚，因論坡
詩之妙，子美以來，一人而已。其敘事簡當，而不害其為
工。如嶺外詩，敘虎飲水潭上，有蛟尾而食之，以十字說
盡，云：「潛鱗有饑蛟，掉尾取渴虎。」虎著渴字，便見飲
水意，且屬對親切，他人不能道也。❸❼

請錄東坡之詩，用徵唐、周之論：

　　何人守蓬萊，夜半失左股。浮山若鵬蹲，忽展垂天羽。根株
　　互連絡，崖嶠爭吞吐。神工自爐鞴，融液相綴補。至今餘隙
　　罅，流出千斛乳。方其欲合時，天匠麾月斧。帝觴分餘瀝，
　　山骨醉后土。峰巒尚開闔，澗谷猶呼舞。海風吹未凝，古佛
　　來布武。當時汪罔氏，投足不蓋拇。青蓮雖不見，千古落花
　　雨。雙溪匯九折，萬馬騰一鼓。奔雷濺玉雪，潭洞開水府。
　　潛鱗有饑蛟，掉尾取渴虎。我來方醉後，濯足聊戲侮。回風
　　卷飛雹，掠面過強弩。山靈莫惡劇，微命安足賭。此山吾欲
　　老，慎勿厭求取。谿流變春酒，與我相賓主。當連青竹竿，
　　下灌黃精圃。（〈白水山佛跡巖〉）❸❽

此詩凡分四章。發端「何人守蓬萊，夜半失左股。浮山若鵬蹲，忽

<hr>

❸❼　周紫芝《竹坡詩話》（藝文印書館《歷代詩話》，民國 63 年 4 月版）頁
　　19。

❸❽　王文誥《蘇文忠公詩編註集成》（臺北：臺灣學生書局，民國 68 年 8 月版）
　　卷 38，頁 18—19。

展垂天羽。根株互連絡，崖嶠爭吞吐。神工自爐鞴，融液相綴補」等八句，是為第一章，「開拓羅浮數百里境界」。❸「至今餘隙罅，流出千斛乳。方其欲合時，天匠麾月斧。帝觴分餘瀝，山骨醉后土。峰巒尚開闔，澗谷猶呼舞」等八句，是為第二章，正寫白水山之奇境。自「海風吹未凝」至「掉尾取渴虎」凡十二句，是為第三章，敘寫佛跡。自「我來方醉後」至篇末，亦十二句，是為第四章，「自敘游事，仍用白水作結，以完章法」。❹紀昀謂此詩全篇「奇氣坌涌，無一語不警拔」。❹然則「潛鱗有饑蛟，掉尾取渴虎」一聯，亦屬敘事「警策超拔」者也。周紫芝以「簡當」二字釋唐庚之「言簡意盡」，可知「當」者，意盡也，亦即詩之敘事當以意思完足為貴。唐、周二氏皆稱美東坡「潛鱗有饑蛟，掉尾取渴虎」一聯，謂其敘事簡當精鍊，且以有限之字，含豐富之意。若參之以紀昀「警拔」之評，則其於詩之敘事，所持之見解，從可知矣。而東坡此聯，除「敘事言簡意盡」之外，猶且「屬對親切」；以精鍊之字句，精工之對偶，敘事詳盡，此其所以為「妙」也。趙翼復以「爽勁」評此二句，且謂：「（東）坡以揮灑出之，全不見用力之跡」。❹故知詩之敘事，當簡當警拔，言簡意盡，而無斧鑿之痕，用力之跡，乃屬合作也。相類之論，復見諸劉克莊《後村詩話》：

---

❸　同注❸，頁 18。
❹　同注❸，頁 19。
❹　同注❸，頁 18。
❹　趙翼《甌北詩話》（臺北：木鐸出版社，郭紹虞《清詩話續編》，頁 1214）。

〈秋興〉云：「聞道長安似弈棋，百年世事不勝悲。王侯第宅皆新主，文武衣冠異昔時。直北關山金鼓振，征西車馬羽書馳。魚龍寂寞秋江冷，故國平居有所思。」公詩敘亂離多百韻，或五十韻，或三、四十韻，惟此篇簡而切。**❹**

劉克莊所論杜詩為〈秋興八首〉之第四首，「自大處落墨，總寫朝局之變遷，邊境之紛擾」**❹**，除結聯抒寫羈旅滄江之寂寞與哀感外，以四十二字之窄小篇幅，敘千百載以來之亂離世局，誠言簡而意盡矣，劉克莊「簡切」之評，可謂的當；而其詩評，亦足以與唐庚、周紫芝論詩之敘事之理相發明。

第五節　論鋪敘詩

宋代詩話言及詩之敘事者，蓋非罕覯；顧「敘事詩」一詞，則甚為罕見。**❹**若夫「鋪敘詩」一詞，則吳可《藏海詩話》引錄張嘉

---

❹　劉克莊《後村詩話》（臺北：臺灣商務印書館，景印文淵閣四庫全書，集部第 420 冊，民國 75 年 3 月版）卷 10，頁 16。

❹　葉嘉瑩《杜甫秋興八首集說》（臺北：國立編譯館，民國 67 年 12 月版）頁215。

❹　宋代詩話除魏泰《臨漢隱居詩話》（臺北：藝文印書館《歷代詩話》，民國63 年 4 月版），頁 8，謂白居易善作長韻敘事詩；使用「敘事詩」一詞之外，幾無任何詩話言及「敘事詩」一詞。且《臨漢隱居詩話》之各版本，此處亦有異文。弘道文化事業公司版《詩話叢刊》所收《臨漢隱居詩話》作「敘事詩」，而文淵閣《四庫全書》所收《臨漢隱居詩話》則作「敘事」，並無「詩」字。

父之言有之：

> 鋪敘詩要說事相稱，卻拂體。前一句敘事，後一句說景。如
> 「惆悵無因見范蠡，參差煙樹五湖東。」又如「我今身世兩
> 相違，西流白日東流水。」**㊻**

張嘉父、吳可未立界說，以明「鋪敘詩」之義，亦未詮釋「說事相
稱」之旨；然觀其下文，有「前一句敘事，後一句寫景」之說；意
者「說事相稱」蓋謂詩中敘事之句、寫景之句宜相配相彰歟！若
然，則「鋪敘詩」當非界說嚴謹之專門術語；而為「鋪敘之詩」之
省稱；而「鋪敘之詩」，即與「敘事之詩」（非「敘事詩」）同義，
皆指「以敘事為主之詩句或詩篇」。敘事之詩，或敘事以明理，或
敘事以狀景，或敘事以寄情，本章第二、三節已述之矣。張嘉父則
另陳「敘事、說景相搭配」之例以為論說。「惆悵無因見范蠡，參
差煙樹五湖東。」後一句雖寫五湖煙樹之景，然亦非徒寫狀景物而
已。蓋前一句所敘「無因見范蠡」之惆悵情懷，即自其胸臆鼓盪而
出，以湊泊於「五湖煙樹」此一客觀景物，「使感情在某一客觀事
物上震動於微茫渺忽之中，說是主觀的感情，卻分明是客觀的事
物；說是客觀的事物，卻又感到是主觀的感情。在這種情調、氣氛
中，主客難分，因而主客合一，以直接顯出作者無窮無限之情。」**㊼**

㊻ 吳可《藏海詩話》（臺北：藝文印書館《續歷代詩話》，民國 63 年 4 月版）
　　頁 8。

㊼ 見徐復觀《中國文學論集》（臺北：臺灣學生書局，民國 63 年 10 月版）頁
　　115。

然則此類「借景以明事起情」❹之「鋪敘詩」，當屬精鍊深醇之「興體」矣。❹張嘉父所舉詩例，另有「我今身世兩相違，西流白日東流水」二句。前一句所敘身世相違之慨歎與無奈，即湊泊於冉冉斜陽、悠悠江水所涵蓋之山河大地中；此亦「借景明事起情」，而「說事（寫景）相稱」，且臻主客合一，物我合一之境者也。

第六節　餘　論

　　魏泰嘗以「善敘事」之觀點，稱美石延年〈籌筆驛〉、〈銅雀臺〉、〈留侯廟〉三詩❺，譽之為石曼卿詩集之冠。復謂白居易亦善作長韻「敘事」，然其格不高，局於淺切，百篇之意，只如一篇，故使人讀而易厭。❺可見同屬「善敘事」之詩歌，亦當以「格高」為貴。魏泰之言曰：

　　　石延年長韻律詩善敘事，其他無大好處。〈籌筆驛〉、〈銅
　　　雀臺〉、〈留侯廟〉詩，為一集之冠。❺

---

❹　杜師松柏《詩與詩學》（臺北：洙泗出版社，民國 79 年 12 月版）頁 93。
❹　見徐復觀《中國文學論集》（臺北：臺灣學生書局，民國 63 年 10 月版）頁 115。
❺　考諸《全宋詩》（北京：北京大學出版社，1991 年 8 月版），知石延年此三詩今僅存〈籌筆驛〉，餘二詩〈銅雀臺〉、〈留侯廟〉或已亡佚。
❺　魏泰《臨漢隱居詩話》（臺北：藝文印書館《歷代詩話》，民國 63 年 4 月版）頁 8。
❺　同注❺。

石延年，字曼卿。〈銅雀臺〉、〈留侯廟〉二詩，《全宋詩》並未收錄，或已亡佚矣。何汶《竹莊詩話》收錄錄石延年〈籌筆驛〉詩，請徵其文，以與魏泰之說相印證：

> 漢室虧皇象，乾坤未即寧。奸臣與逆子，搖嶽復翻溟。權表分江域，曹袁門夏坰。虎奔咸逐逐，龍臥獨冥冥。從眾非無術，欺孤乃不經。惟思恢正道，直起復炎靈。管樂韜方略，關徐駭視聽。一言俄逆主，三顧已忘形。南既清蠻土，東期赤魏庭。出師功自著，治國志誰銘。歷劍兵如水，臨秦策若瓴。舉聲收潰虜，橫勢欲逾涇。仲達恥巾幗，辛毗發辟局。可煩親細務，遽見墮長星。戰地悲陵谷，來賢賞德刑。意中流水遠，愁外舊山青。想像風徽在，侵尋毛骨醒。遲留慕英氣，沉歎撫青萍。❸

《全宋詩》依文淵閣本《四庫全書》《石曼卿集》校勘此詩，偶有異文。「關徐駭視聽」，《全宋詩》作「關徐駭觀聽」；「一言俄逆主」，《全宋詩》作「一言俄逆至」；「歷劍兵如水」，《全宋

---

❸　何汶《竹莊詩話》（臺北：臺灣商務印書館景印文淵閣《四庫全書》，集部第 420 冊，民國 75 年 3 月版）卷 19，頁 12－13。歐陽脩《六一詩話》（臺北，藝文印書館《歷代詩話》，民國 63 年 4 月版）頁 12 云：「曼卿自少以詩酒豪放自得，其氣貌偉然，詩格奇峭，又工於書，筆畫遒健，體兼顏柳，為世所珍。余家嘗得南唐後主澄心堂紙，曼卿為余以此紙草書其〈籌筆驛〉詩。〈籌筆驛〉詩，曼卿平生所自愛者，至今藏之，號為三絕，真余家寶也。」

詩》作「歷劫兵如水」；「辛毗發辟局」，《全宋詩》作「辛毗嚴壁局」；「想像風徽在」，《全宋詩》作「想像音徽在」。❺❹

　　《方輿勝覽》載：籌筆驛在綿州綿谷縣北九十九里，蜀諸葛武侯出師，嘗駐軍籌畫於此。石延年嘗遊其地，而作詩詠之。此詩前二十八句，騶括漢末群雄並起，劉備三顧草廬，武侯計定三分，經營蜀漢，平定南蠻，出師北伐，未能定中原而興漢室，盡瘁而薨之始末。末八句暢敘作者對諸葛亮之感懷贊歎，收束全篇。當屬「史傳型之詠史詩」。

　　魏泰所謂「善敘事」者，應指前二十八句而言。觀「權表分江域，曹袁鬥夏坰」二句，而孫權之據江東，劉表之擁荊州，曹操與袁氏兄弟逐鹿華北之亂局可見矣。覘「惟思恢正道，直起復炎靈」，而諸葛亮之襟抱在於恢弘正道，興復漢室可知矣。「管樂韜方略，關徐駭視聽」，稱美諸葛亮之政軍長才，度越古今賢豪也。「一言俄逆主，三顧已忘形」，謂隆中之對，策定天下三分也。自「南既清蠻土」至「橫勢欲逾涇」八句，敘其經略西蜀，南征北伐也。「仲達恥巾幗，辛毗嚴壁局」二句，謂武侯攻魏受阻於司馬懿、辛毗也。《三國志·魏書·辛毗傳》：

　　　　（魏明帝）青龍二年（234），諸葛亮率眾出渭南。先是，大將
　　　　軍司馬宣王數請與亮戰，明帝終不聽。是歲恐不能禁，乃以
　　　　（辛）毗為大將軍軍師，使持節。六軍皆肅，準毗節度，莫

---

❺❹　見《全宋詩》第 3 冊（北京：北京大學出版社，1991 年版），頁 2004－
　　2005。

敢違犯。❺❺

「辛毗嚴壁局」，蓋謂此事也。司馬懿之所以不與諸葛亮接戰，辛
毗阻之也。遂使武侯「出師未捷身先死」。石延年〈籌筆驛〉前二
十八句，可作要言不煩之諸葛亮傳讀，且間有史論在焉。是以魏泰
以「善敘事」評之。

　　胡仔《苕溪漁隱叢話後集》謂唐庚〈上張天覺內前行〉詩：
「內前車馬撥不開，文德殿下宣麻回。紫微侍郎拜右相，中使押赴
文昌臺。」「善於敘事，質而不俚」。❺❻魏慶之《詩人玉屑》卷十
八，引錄胡仔此則詩話，屬之「佳句」項下。由此可知詩之敘事，
苟「質而不俚」，斯可謂之佳句矣。

　　劉克莊《後村詩話》云：「聖俞詩長於敘事，雄健不足，而雅
淡有餘；然其淡而少味，令人無一唱三歎之意。」❺❼梅堯臣於宋仁
宗至和元年（1054）丁母憂，居宣城。嘗賦〈宣城馬御史酒闌一夕
而西因以寄之御史嘗留老馬與予僕〉詩，魏泰以「善於敘事」評
之。其詩云：

　　三更醉下陵陽峰，平明溪上去無蹤。叉牙鐵鎖謾橫絕，濕櫓

---

❺❺　陳壽《三國志・魏書・辛毗傳》（臺北：洪氏出版社，民國 73 年 8 月版）頁
　　699。

❺❻　胡仔《苕溪漁隱叢話前集》（臺北：臺灣商務印書館，景印文淵閣《四庫全
　　書》，集部第 419 冊，民國 75 年 2 月版）卷 4，頁 10。

❺❼　劉克莊《後村詩話》（臺北：臺灣商務印書館，景印文淵閣《四庫全書》，
　　集部第 420 冊，民國 75 年 3 月版）卷 4，頁 10。

不驚潭底龍。斷腸吳姬指如筍，欲剝玉榪（當作榰）將何
從。短翎水鴨飛不遠，那經細雨山重重。卻顧舊圬老病馬，
塵沙歷盡空龍鍾。❺❽

此詩所敘，係馬遵離宣城之事，其事始末，《臨漢隱居詩話》記之
甚詳：「馬遵謫守宣州，及其去也，郡僚軍民爭欲駐留，至以鐵鎖
絕江，遵於餞筵倚醉，令官妓剝榰實而食，眷眷作留連狀。又以所
乘驄馬寄梅聖俞家，郡人皆不疑其去也。遵夜使人絕鎖解舟，以水
沃櫓牙，使之不鳴。逮曉，舟去遠矣。聖俞寄遵詩云：『三更醉下
陵陽峰……塵沙歷盡空龍鍾。』蓋謂是也。」❺❾蔡正孫《詩林廣記
後集》卷七引錄魏泰此則詩話，並綴「可謂善於敘事者也」一句於
其後，以評聖俞此詩。聖俞此詩將馬遵餞筵倚醉，眷眷留連，中夜
解舟，悄然而去之情狀，委曲敘出，洵屬善於敘事之作。然循誦細
繹之餘，彌覺劉後村「雄健不足」、「淡而少味」云云，彷彿即為
此詩而發。由上所述，可知詩之敘事，委曲詳盡之外，氣勢雄健，
意味雋永，亦不可忽也。

---

❺❽　朱東潤《梅堯臣集編年校注》（臺北：源流文化事業有限公司，民國 72 年 4
　　月版）卷 24，頁 734。
❺❾　魏泰《臨漢隱居詩話》（臺北：弘道文化事業公司《詩話叢刊》，民國 60 年
　　3 月版）頁 372。

第七章　論詩之說理

　　天水一朝，理學昌明，賢士大夫說理論道，蔚成風氣，其研討學術思想，闡發詩論文論，往往弘闡理學，且躬蹈其言。即於花木霜雪、自然萬物，亦輒推觀其理，好為知性之省思❶。晁迥、歐陽脩、陸游之言論，即可覘茲現象：

　　　　《法藏碎金》云：「《韓詩外傳》：『凡草木花多五出，雪
　　　　花獨六出。』予之所居，有迎春花、桃花，因閑觀之。二花
　　　　多五出，亦有六七出者，百中之一耳。譬如千萬人中，或有
　　　　一人生六指，物理如此，不足怪。《莊子》云：『枝指』是
　　　　也。萬一有反常之事，固當無執定之理。」（胡仔《苕溪漁隱
　　　　叢話後集》）❷

---

❶　龔鵬程〈知性的反省──宋詩的基本風貌〉一文（高雄：復文圖書出版社
　　《宋詩論文選輯》（一），民國75年5月版）嘗云：「知性反省的精神，充
　　布在這個時代各種文化現象之中，如詩，如文，如書法，如繪畫，乃至於理
　　學、史學、經學，無不涵有這一基本特質……一如宋瓷之清沈淡遠。」

❷　胡仔《苕溪漁隱叢話後集》（臺北：臺灣商務印書館，景印文淵閣《四庫全
　　書》，集部第419冊，民國75年3月版）卷23，頁9。

六一居士云：「牡丹，花之絕，而無甘實；荔枝，果之絕，而非名花。昔樂天有感于二物矣，是孰尸其賦予邪？然斯二者，惟一不兼萬物之美，故各得極其精，此於造化不可知，而推之至理，宜如此也。」（胡仔《苕溪漁隱叢話後集》）❸

放翁〈理〉詩：「萬物元須一理通，長生極治本同功。廣成千歲無他術，祇在唐虞二典中。」（周密《弁陽詩話》）❹

晁迥由草木花與雪花之或五出、或六出、七出，推得「萬一有反常之事，固當無執定之理」；歐陽脩由「牡丹雖美，而無甘實；荔枝雖甘，而非名花」此一現象，推得造化之至理——不兼萬物之美，故各得極其精。其甚者如陸放翁，逕以「理」名其詩篇，而闡發「萬物之理，本須相通」之旨。此皆宋人雅好諦觀物理，而為知性之省思者也。類此之例，蓋亦夥矣，僅就宋詩話所載，述其一二，以資觀微知著云爾。

　　郭紹虞嘗謂：「理有二端：一是道理，即道德之理。此所謂理，即社會間生活行動之準繩。一是哲理，即道理之廣義。昔人所謂性理，所謂研幾窮理，又多屬此。」❺郭氏就廣、狹二義以言理之涵義，所言雖是，而辨析猶未精細。實則前修講學，「理」之涵義，每依其講學宗旨而各有所詮釋。唐君毅《中國哲學原論・導論

❸　同注❷，卷37，頁10。
❹　周密《弁陽詩話》（臺北：弘道文化事業公司《詩話叢刊》，民國60年3月版，頁1411）。
❺　見郭紹虞《滄浪詩話校釋》（臺北：里仁書局，民國76年4月版）頁39。

篇》綜昔賢之學說，析「理」義為六端：一曰文理之理，此大體是先秦思想家所重之理。二曰名理之理，此則魏晉玄學所重之玄理也。三曰空理之理，此蓋隋唐佛學所重之理也。四曰性理之理，此為宋明理學所重之理。五曰事理之理，則王船山至清代一般儒者所重之理也。六曰物理之理，此乃現代中國人受西方思想影響後所重之理。唐君毅並曰：

> 此六種理，同可在先秦經籍中所謂理之涵義中，得其淵源。如以今語言之，文理之理，乃人倫人文之理，即人與人相互活動或相互表現其精神，而合成之社會或客觀精神之理。名理、玄理之理，是由思想名言所顯之義理，而或通于哲學之本體論上之理者。空理之理，是一種由思想言說以超越思想言說所顯之理。性理之理，是人生行為之內在的當然之理，而有形而上之意義並通於天理者。事理之理，是歷史事件之理。物理之理，是作為客觀對象看的存在事物之理。此理之六義，亦可視為理之六種，界域各不相同，皆可明白加以分辨。❻

若合此二說而觀之，則郭紹虞所言「道理」，差近「人倫人文之理」；而其所謂「哲理」，則又與「人生行為之內在的當然之理，而有形而上之意義並通於天理」之理，涵義相近。唐君毅所析論之

---

❻　見唐君毅《中國哲學原論・導論篇》（臺北：臺灣學生書局，民國 69 年 9 月版）頁 4。

其餘四理，郭紹虞並未言及。苟欲細分宋代詩話所論「與詩相涉」
之理，自不能不以唐君毅之說為準據。

有宋詩話群編，論及詩之說理者，扼要言之，端緒凡六，曰
「詩當不畔於理」、曰「詩須以理為主」、曰「詩宜精於理義」、
曰「論說理詩」、曰「論詩之說理」、曰「有奇趣之詩」、曰「得天
趣之詩」，茲以宋詩話所論者為經，參以宋人其他論著，依序述之。

第一節　詩與理

一、詩當不畔於理

宋人詩話衡論歌詩，言及詩語詩意，輒揭「不畔於理」、
「（須）當於理」之說，以為詩評之衡準。錄其數則於后，以見其
旨趣。《藝苑雌黃》載：

> 吟詩喜作豪句，須不畔於理方善。如東坡〈觀崔白驟雨圖〉❼
> 云：「扶桑大繭如甕盎，天女織綃雲漢上。往來不遺鳳銜

---

❼　胡仔云：「東坡集載此詩是題〈趙令晏崔白大圖幅徑三丈〉，故云：『往來
　　不遺鳳啣梭，誰能鼓臂投三丈。』可謂善造語，能形容者也。《畫品》中止
　　有李營丘〈驟雨圖〉，從無崔白者；兼東坡此詩又云：『人間刀尺不敢裁，
　　丹青付與濠梁崔。風蒲半折寒雁起，竹間的皪橫江梅。』乃是崔白〈冬景
　　圖〉。《藝苑》以為驟雨圖，誤矣。」見胡仔《苕溪漁隱叢話後集》（臺
　　北：臺灣商務印書館，景印文淵閣《四庫全書》，集部第 419 冊，民國 75 年
　　3 月版）卷 26，頁 6。

梭，誰能鼓臂投三丈？」此語豪而甚工。石敏若《橘林》文中，〈詠雪〉有「燕南雪花大如掌，冰柱懸簷一千丈」之語，豪則豪矣，然安得爾高屋邪？雖豪覺畔理。……李太白〈北風行〉云：「燕山雪花大如席。」〈秋浦歌〉云：「白髮三千丈。」其句可謂豪矣，奈無此理何？如秦少游〈秋日絕句〉云：「連卷雌蜺挂西樓，逐雨追晴意未休。安得萬粧相向舞，酒酣聊把作纏頭。」此語亦豪而工矣。❽

「紫芝兮春蕤，黃精乎秋肥。余未始與老辭兮老余辭。」李文叔與李伯時書，記太山所遇鬻藥翁所歌；味其辭，甚文而有理，蓋為士而終遯者耶？抑如古之避世者，言出於口，自不違於理，而又文者耶？安得窮探極覽，萬或覯一，如昔人者，與之邂逅也耶？耄矣，已矣，安得適吾願耶？（趙章泉〈吃嗒〉）❾

夫簷懸冰柱，其高千丈；雪飛燕山，其大如席；雪白之髮，為丈三千，此皆違畔「客觀存在事物之理」，是理之所必無者，雖旨寄夸飾，亦不為嚴有翼、胡元任所稱許，故指其瑕纇，著之詩話。若乃東坡「扶桑」之作，少游「連卷」之詩，則言辭豪壯，亦甚工切，

---

❽　嚴有翼《藝苑雌黃》（北京：北京中華書局，郭紹虞《宋詩話輯佚》，1987年5月版）第2則。

❾　魏慶之《詩人玉屑》（臺北：臺灣商務印書館，景印文淵閣《四庫全書》，集部第420冊，民國75年3月版）卷20，頁15，〈鬻藥翁〉。

而見賞於嚴有翼者，誠以其語雖豪而不畔於「物理」也。至於斲藥老翁「紫芝春荑」之歌，見賞於趙章泉者，誠以其「言出於口」，自不違乎唐君毅所謂「人倫人文之理」，而呈露隱逸獨行之精神也。相類之詩論，亦見諸《六一詩話》、《石林詩話》、《邈齋閑覽》：

> 詩人貪求好句，而理有不通，亦語病也。如「袖中諫草朝天去，頭上宮花侍宴歸。」誠為佳句矣。但進諫必以章疏，無直用稿章之理。唐人有云：「姑蘇臺下（城外）寒山寺，半夜（夜半）鐘聲到客船。」說者亦云：「句則佳矣，其如三更不是打鐘時。」如賈島〈哭僧〉云：「寫留行道影，焚卻坐禪身。」時謂燒殺活和尚，此尤可笑也。若「步隨青山影，坐學白塔骨。」又「獨行潭底影，數息樹邊身。」皆島詩，何精麤頓異也？（歐陽脩《六一詩話》）❿

> 楊大年、劉子儀皆喜唐彥謙詩……如彥謙〈題漢高廟〉云：「耳聞明主提三尺，眼見愚民盜一杯。」雖是著題，而語皆歇後，一杯事無兩出，或可略「土」字；如三尺律、三尺喙，皆可，何獨「劍」乎！耳聞明主，眼見愚民，尤不成語。……蘇子瞻詩有「買牛但自捐三尺，射鼠何勞挽六鈞。」亦與此同病，六鈞可去「弓」字，三尺不可去「劍」

❿ 歐陽脩《六一詩話》（臺北：臺灣商務印書館，景印文淵閣《四庫全書》，集部第 417 冊，民國 75 年 3 月版）頁 9。

字，此理甚易知也。（葉夢得《石林詩話》）⓫

《遯齋閒覽》云：「林逋詩：『草泥行郭索，雲木叫鉤輈。』、『鉤輈』、『格磔』，謂鷓鴣聲也。詩話筆談，皆美其善對，然鷓鴣未嘗栖木而鳴，惟低飛草中。孫莘老知福州，有〈荔枝十絕句〉云：『兒童竊食不知禁，格磔山禽滿院飛。』蓋謂言荔支未經人摘，百禽不敢近；或已經摘，飛鳥蜂蟻，競來食之。或謂鷓鴣既不登木，又非庭院之禽，性又不嗜荔支，夏月即非鷓鴣之時，語意雖工，亦詩之病也。」（胡仔《苕溪漁隱叢話前集》）⓬

（秦太虛）〈春日〉云：「卻憩小庭纔日出，海棠花發麝香眠。」語固佳矣，第恐無此理。《香譜》云：「香中尤忌麝。」唐鄭注赴河中，姬妾百餘，盡騎，香氣數里，逆于人鼻。是歲自京兆至河中，所過瓜盡一蔕不獲。然則海棠花下，豈應麝香可眠乎？⓭

夫進諫之章疏，而用草稿；「焚卻坐禪身」，而致「燒殺活和尚」之謔評；歐陽永叔謂之「理有不通」，謂之「語病」者，以其不合

⓫　葉夢得《石林詩話》（臺北：藝文印書館《歷代詩話》，民國 63 年 4 月版）卷中，頁 1。

⓬　胡仔《苕溪漁隱叢話前集》（臺北：臺灣商務印書館，景印文淵閣《四庫全書》，集部第 419 冊，民國 75 年 3 月版）卷 27，頁 12。

⓭　胡仔《苕溪漁隱叢話後集》（臺北：臺灣商務印書館，景印文淵閣《四庫全書》，集部第 419 冊，民國 75 年 3 月版）卷 33，頁 3。

人倫人文之理也。唐彥謙之「明主提三尺」，蘇子瞻之「買牛捐三尺」，並「歇後」其詞，考厥原義，蓋指寶劍；若藏卻「劍」字，則易滋混淆。葉夢得以茲二詩為「同病」者，以其悖夫行文修辭之學理也。《邀齋閒覽》一書，細考鷓鴣之生理習性，以指林和靖「雲木叫鉤輈」、孫莘老「格磔山禽滿院飛」二句之瑕病；《苕溪漁隱叢話》援引《香譜》所載，與鄭注之事，用徵秦太虛「海棠花發麝香眠」之「恐無此理」。上述和靖、莘老、太虛詩句所畔之理，蓋「客觀存在事物之理」也。

　　前所徵錄宋代諸家詩話，其評騭之歌詩，分隸抒情、寫景、詠物、敘事、題畫之作，率非說理詩，猶須「不畔於理」，方屬「精」、「善」之作；猶須懸「理有當否」為評較衡準，以定其優劣精粗。如或詩句雖好，而「理有不通」，則詩話之作者必徑摘其瑕，謂之「語病」；矧夫評論說理之詩耶！此其一也。「不畔於理」、「須當於理」之理，則倫理、事理、物理之「理」，莫不屬之。若夫名理、空理、性理之「理」，雖前述詩話群例，未之或論；顧引而申之，觸類而長，屬辭賦詩，苟涉名理、空理、性理，固亦不可畔之違之。此其二也。胡仔嘗謂：「（杜）牧之於題詠，好異於人。……至題烏江亭，則好異而叛於理。詩云：『勝負兵家不可期，包羞忍恥是男兒。江東子弟多才俊，卷土重來未可知。』項氏以八千人渡江，敗亡之餘，無一還者，其失人心為甚，誰肯復之？其不能卷土重來決矣。」⓮覘胡元任此言，蓋深不以杜牧詩之

⓮　胡仔《苕溪漁隱叢話後集》（臺北：臺灣商務印書館，景印文淵閣《四庫全書》，集部第419冊，民國75年3月版）卷15，頁1。

「反說其事」而「叛於理（歷史事件之理）」為然。此其三也。然則詩之辭、意須不畔於理，誠為有宋詩話論詩之要義也。

二、詩須以理為主，精當於理

詩之辭、義，弗畔於理，猶屬消極義。若論其積極義，則「以理為主」、「精當於理」之旨，亦數數見諸有宋之詩話。請臚其說，述之於後。

> 山谷云：「好作奇語，自是文章一病，但當以理為主，理得而辭順，文章自然出群拔萃。觀子美到夔州後詩，退之自潮州還朝後文，皆不煩繩削而自合矣。」（胡仔《苕溪漁隱叢話前集》）**⑮**

景定三年（公元 1262 年）十月，予友范君景文授以所著書一編，語甚綺而文甚高，時夜將半，剪燭疾讀，不能去手，大類葛常之《韻語陽秋》。雞戒晨而畢，株連節解，激發人意。作而曰：「美哉此書也；杜子美詩，王介甫談經，以為優于經；其為史學者，又視為史，無他，事覈而理勝也。韓退之謂李長吉歌詩為騷，而進張籍詩于道；楊大年倡西崑體，一洗浮靡，而尚事實，至送王欽若行，君命有所不受，

---

⑮　胡仔《苕溪漁隱叢話前集》（臺北：臺灣商務印書館，景印文淵閣《四庫全書》，集部第 419 冊，民國 75 年 3 月版）卷 13，頁 3。

其名節有如此者。若論詩而遺理，求工于言詞而不及氣節，
予竊惑之。」輒序于《對床夜語》之首，以補其遺，景文然
之，不深居之人馮去非可遷甫。（馮去非〈對床夜語序〉）❶

杜子美夔州之詩約三百六十餘首，或原本儒學，關懷時局；或慕隱
向佛，習法求道，其於「立德立功、名垂不朽的嚮往，與賢愚同
盡，終歸黃土的澈悟」，時見乎篇詠，類此矛盾之思，杜甫或橫說
豎說，或正說反說，無不曲盡其旨。故杜甫晚節居夔所作歌詩，名
篇盈出，眾體咸備，理得而辭順，蘊大巧於簡易，不假繩削，無斧
鑿痕，且於「形式、內容、風格、技巧，以及思想蘊涵的豐繁、深
化方面，都更有進境」。❶由此可知《苕溪漁隱叢話前集》所載黃
山谷〈與王觀復書〉，持「子美到夔州後詩，不煩繩削而自合」一
事，以明其「文章（詩）當以理為主」之說，洵無鑿枘。若夫馮去
非之序《對床夜語》，以為范景文此書與葛常之《韻語陽秋》二
書，其論詩之際，每根於理❶；且歷徵前賢詩評，以明論詩不可遺

---

❶　馮去非〈對床夜語序〉。見丁福保《續歷代詩話》（臺北：藝文印書館，民
　　國 63 年 3 月版）頁 479。

❶　此二則引文並見方瑜《杜甫夔州詩析論》（臺北：幼獅文化事業公司，民國
　　74 年 5 月版）頁 217。

❶　葛立方《韻語陽秋·序》（臺北：臺灣商務印書館，景印文淵閣《四庫全
　　書》，集部第 418 冊，民國 75 年 3 月版）：「懶真子既上宜春之印，歸休於
　　吳興，……獨喜讀古今人韻語；披詠紬繹，每畢景忘倦。凡詩人句義當否，
　　若論人物行事高下、是非，輒私斷臆處而歸之正。若背理傷道者，皆為說以
　　示勸誡。書成，號《韻語陽秋》。」葛常之論詩，若「背理傷道，皆為說以
　　示勸戒」，足見其說詩也，一本於理。

乎理之旨。老杜之詩，事覈理勝，故有侔於史、優於經之說。此馮
去非徵引前賢論詩以理為主者一也。杜牧之〈李賀集序〉云：「元
和中，韓吏部亦頗道其歌詩……蓋騷之苗裔，理雖不及，辭或過
之。……（李）賀生二十七年死矣，世皆曰：使賀且未死，少加以
理，奴僕命騷可也。」❶此馮去非徵引前賢論詩以理為主者二也。
韓愈〈調張籍〉云：「李杜文章在，光焰萬丈長。……想當施手
時，巨刃摩天揚。……我願生兩翅，捕逐出大荒。精神忽交通，百
怪入我腸。刺手拔鯨牙，舉瓢酌天漿。騰身跨汗漫，不著織女襄。
顧語地上友，經營無太忙。乞君飛霞珮，與我高頡頏。」❷《唐宋
詩醇》謂「此示（張）籍以詩派正宗。」❸其言甚是。此〈對床夜
語序〉所謂「韓愈進張籍於道」者。此馮去非徵引前賢論詩以理為

---

❶　杜牧《樊川文集》（臺北：九思出版有限公司，民國 68 年 6 月版）卷 10，
　　頁 149。案：張戒《歲寒堂詩話》上，頁 9 云：「杜牧之序李賀詩云：『騷
　　人之苗裔。』又云：『少加以理，奴僕命騷可也。』牧之論太過，賀詩乃李
　　白樂府中出，瑰奇譎怪則似之，秀逸天拔則不及也。賀有太白之語，而無太
　　白之韻。元、白、張籍以意為主，而失于少文，賀以詞為主，而失于少理，
　　各得其一偏。故曰：文質彬彬，然後君子。」范晞文《對床夜語》卷 2，頁
　　六云：「或問放翁曰：『李賀樂府極今古之工，巨眼或未許之，何也？』翁
　　云：『賀詞如百家錦衲，五色炫耀，光奪眼目，使人不敢熟視；求其補於
　　用，無有也。杜牧之謂稍加以理，奴僕命騷可也。豈亦惜其詞勝？若〈金銅
　　仙人辭漢〉一歌，亦傑作也。』」此二則詩話亦以理為主以論詩者也。
❷　見錢仲聯《韓昌黎詩繫年集釋》（臺北：學海出版社，民國 74 年 1 月版）卷
　　9，頁 989。
❸　清高宗《唐宋詩醇》（臺北：臺灣中華書局，民國 60 年 1 月版）卷 30，頁
　　19。

主者三也。楊億之詩，「精工律切」❷，洗浮靡而尚事實，不齒王欽若而有風節❸，此馮去非徵引前賢之詩而揭「以理為主」之旨者四也。

　　詩話之外，宋人論詩主乎理者，亦非罕見，如包恢〈石屏詩後集序〉云：「古詩主乎理，而石屏自理中得。」❷范雍〈忠愍公詩集序〉云：「因興發詠，必根於理。」❷此類論議，皆足與詩話所論相闡發。

　　詩之辭、意，須當於理。宋代詩話持此見解以論詩者，亦所在多有，擇其要者，述之於後：

---

❷　劉克莊《後村詩話》（臺北：臺灣商務印書館，景印文淵閣《四庫全書》，集部第 420 冊，民國 75 年 3 月版）卷 2，頁 3。

❸　楊億〈送王欽若行〉，君命有所不受。筆者考諸《全宋詩》、《全宋文》，不得其解，後蒙黃師啟方指點，乃知此事原委載李燾《續資治通鑑長編》：「（宋真宗景德四年，1007 年）十二月乙未，手札賜王欽若曰：『編修君臣事迹官，皆出遴選。朕於此書匪獨聽政之暇，資於披覽，亦乃區別善惡，垂之後世，俾君臣父子有所監戒。起今後自初修官至楊億，各依新式，遞相檢視，內有脫誤，門目不類，年代、帝號失次者，並署歷，仍書逐人名下，隨卷奏知，異時比較功程，等第酬獎，庶分勤惰。』委劉承珪專差人署歷。欽若為人傾巧，所修書或當上意，褒賞所及，欽若即書名表首以謝；或繆誤有所譴問，則戒書吏稱楊億已下所為以對。同僚皆疾之……億在館中，欽若或繼至，必避出，他所亦然。及欽若出知杭州，舉朝皆有詩，獨億不作。欽若辭日，具奏，詔諭億令作詩，竟邅延不送。」（臺北：臺灣商務印書館，景印文淵閣《四庫全書》）卷 67，頁 19－20。

❷　載復古《石屏詩集》（臺北：臺灣商務印書館《四部叢刊廣編》第 63 冊，民國 70 年 2 月版）〈石屏前序〉頁 5。

❷　轉引自黃師啟方《北宋文學批評資料彙編》（臺北：成文出版社，民國 67 年 9 月版）頁 49。

（唐子西）……云：「周公禮樂未要作，致身姚宋亦不惡。向來兩翁當國年，民間斗米纔四錢。」此語善于諷誦，當而有理，皆可法也。❷❻

苕溪漁隱曰：「王建云：『閉門留野鹿，分食與山雞。』魏野云：『洗硯魚吞墨，烹茶鶴避煙。』二人之詩，巧欲摹寫山居意趣；第理有當否，如建所言，二物何馴狎如許？理必無之。如野所言，雖未必皆然，理或有之。至若少陵云：『得食階除鳥雀馴。』東坡云：『為鼠長留飯，憐蛾不點燈。』皆當於理，人無得以議之矣。❷❼

世俗喜綺麗，知文者能輕之。後生好風花，老大即厭之。然文章論當理與不當理耳。苟當於理，則綺麗、風花同入於妙；苟不當理，則一切皆為長語。上自齊、梁諸公，下至劉夢得、溫飛卿輩，往往以綺麗、風花累其正氣，其過在於理不勝而詞有餘也。老杜（之詩）……皆出於風花，然窮盡性

---

❷❻　胡仔《苕溪漁隱叢話後集》（臺北：臺灣商務印書館，景印文淵閣《四庫全書》，集部第 419 冊，民國 75 年 3 月版）卷 34，頁 4，〈唐子西〉。

❷❼　胡仔《苕溪漁隱叢話後集》（臺北：臺灣商務印書館，景印文淵閣《四庫全書》，集部第 419 冊，民國 75 年 3 月版）卷 14，頁 7－8。案：蔡正孫云：「愚謂東坡『為鼠常留飯』之語於理恐亦似有小礙。鼠之於人，為害之物也，掀坏舐缶，眾皆嫉之。坡嘗有云：『養貓以去鼠，不可以無鼠而養不捕之貓。』貓之不捕，且不可養，而可留飯以待鼠乎？」說見其所著《詩林廣記後集》（臺北：臺灣商務印書館，景印文淵閣《四庫全書》，集部第 421 冊，民國 75 年 3 月版）卷 9，頁 7。

理，移奪造化。㉘

吏部侍郎葛（立方）公……暇日嘗著《韻語陽秋》廿卷，自
漢、魏以來詩人篇詠，咸參稽扶摘，以品藻其是非，不以名
取人，亦不以人廢言，質事揆理，而惟當之為貴。㉙

上列詩話，或屬實際之批評，或為理論之建構，一以「當理與否」
為作詩評詩之圭臬；而沈洵為《韻語陽秋》作序，亦謂葛立方撰詩
話，評詩歌，「質事揆理，惟當為貴」。宋人論詩，力主「須當於
理」，從可知矣。此其一。范溫「文章（詩）苟當於理，則綺、麗
風花同入於妙」之論，尤為扼要；而自「當理則入妙」云云觀之，
所謂「當理」，已含「精於理」之旨。此其二。夢得、飛卿、詞奢
而理寡，故其詩中清正之氣，由是而餒；若夫杜詩，以理為主，則
有「窮盡性理，移奪造化」之功，而其正氣自不為綺麗、風花所累
矣。此其三。此論詩當理之說也。至於精於理、達於理之論，則見
諸《詩話總龜》、《深雪偶談》：

江外有石，人破之，其形色皆類月。歐陽文忠有〈月石詩〉
云：「二曜分為三」，固為佳句，尚念未快。子美見之，作
詩寄之云：「我疑此山石，久為月昭著。老蚌吸月日降胎，

㉘　見范溫《潛溪詩眼》（北京：北京中華書局《宋詩話輯佚》，1987 年 5 月
　　版）第 16 則。

㉙　沈洵〈韻語陽秋序〉。見丁福保《續歷代詩話》（臺北：藝文印書館，民國
　　63 年 4 月版）頁 289。

水犀望星星入角。彤霞爍石變丹砂，白虹貫巖生美璞。」永
叔見之曰：「此奇才精通物理者也。」（阮閱《詩話總龜》）❸

賈閬仙，燕人，產寒苦地，故立心亦然，誠不欲以才力氣勢
掩奪情性。特於事物理態，毫忽體認，深者寂入仙源，峻者
迥出靈嶽。（方嶽《深雪偶談》）❸

歐陽脩稱美蘇舜欽詠月石之詩「精通物理（客觀存在事物之理）」，
方元善謂賈閬仙「毫忽體認事物之理態」，此皆論詩精理之見也。
精理之極，則臻「窮盡性理」、「移奪造化」之境，論詩及此，亦
蔑以加矣歟！

老杜云：「綠垂風折筍，紅綻雨肥梅。」「岸花飛送客，檣
燕語留人。」……皆出於風花，然窮盡性理，移奪造化。❸

《鑑誡錄》云：「方干為詩鍊句，字字無失……詠擊甌，則
體絕物理，詩人罷唱。」方干〈擊甌〉：「白器敲來曲調
成，腕頭勻細自輕清。隨風搖曳有餘韻，測水淺深多泛聲。

❸　阮閱《詩話總龜》（臺北：臺灣商務印書館，景印文淵閣《四庫全書》，集
　　部第 417 冊，民國 75 年 3 月版）卷 6，頁 4。
❸　方嶽《深雪偶談》（上海：上海商務印書館《叢書集成初編》第 397 冊，
　　1936 年 12 月版）頁 6。
❸　范溫《潛溪詩眼》（北京：中華書局，郭紹虞《宋詩話輯佚》，1987 年 5 月
　　版）第 16 則。

> 春漏丁當相次發，寒蟬計會一時鳴。從今已得佳聲出，眾樂
> 無由更得名。」❸❸

此皆就客觀事物存在之理立言也，詩人賦詠之際，苟能深細體察事
物之性質、條理，及其所蘊含之意義，則橫說豎說，莫非從容中道
者也。引而申之，詩人亦當窮探文理、名理、性理、空理、事理等
諸多義理，深入理窟，其詩乃臻高妙之境。葛立方云：「……其
（陶淵明）作〈飲酒〉之詩則曰：『采菊東籬下，悠然見南山。此
中有真意，欲辨已忘言。』其〈形〉、〈影〉、〈神〉三篇，皆寓
意高遠，蓋第一達摩也。」❸❹此蓋陶淵明詩之窮盡性理也。陳善
云：「老杜詩當是詩中六經，他人詩乃諸子之流也。杜詩有高妙
語，如『王侯與螻蟻，同盡隨丘墟。』『願聞第一義，回向心地
初。』可謂深入理窟。晉宋以來，詩人無此句也。」❸❺此蓋杜少陵
詩之窮盡性理也。樓鑰云：「（張武子）性雖嗜詩，未嘗輕作，或
終歲無一語，故所作必絕人。……蓋清麗粹潔，上參古作，旁出入
禪門，寄興高遠。遽讀之或不易了，而中有理窟，覽者當自知
之。」❸❻此張良臣詩之窮盡性理也。文天祥〈跋李敬則樵唱稿〉

---

❸❸ 何汶《竹莊詩話》（臺北：臺灣商務印書館，景印文淵閣《四庫全書》，集
　　部第 420 冊，民國 75 年 3 月版）卷 20，頁 18。
❸❹ 葛立方《韻語陽秋》（臺北：藝文印書館《歷代詩話》，民國 63 年 4 月版）
　　卷 12，頁 1。
❸❺ 蔡夢弼《草堂詩話》（臺北：藝文印書館《續歷代詩話》，民國 63 年 4 月
　　版）卷 1，頁 6，引《捫蝨新話》語。
❸❻ 樓鑰《攻媿集·書張武子詩集後》（臺北：臺灣商務印書館，景印文淵閣
　　《四庫全書》，集部第 92 冊，民國 75 年 3 月版）卷 70，頁 18。

云：

> 今李敬則莊翁於詩太用工力，然猶不敢自以為傑，謙而託諸
> 樵，今樵安得此可人？其古樵之流亞歟！抑君（李敬則）嘗
> 從蔡覺軒（模）學、庸齋復贈詩曰：「男兒不朽事，只在自
> 身心。」君生武夷山下，此晦翁理窟，山林之日長，學問之
> 功深。君非徒言語之樵也，身心之樵，何幸從君講之。❸

然則處山林之日長，研學問之功深，方得窮盡性理，深探理窟，發
為歌詩，乃能精當於事事物物之理，自鑄高妙絕倫之辭。嚴儀卿
曰：「夫詩有別材，非關書也；詩有別趣，非關理也。然非多讀
書、多窮理，則不能極其至。」❸此「讀書窮理」之詩論，誠與文
天祥「山林日長，學問功深」之說闇合。馮山〈讀劉賓客外集〉詩
云：「大約晚年知性命，一時清韻入中和。」❸詩人必窮盡性理，
其形於詩歌也，乃臻中和，亦即最高和諧之境矣。

三、餘　論

詩人之作亦不乏看似無理，實則以夸飾之手法曲達詩情者，此
類詩篇，固不宜概以「無理」、「畔理」非之。前引《藝苑雌黃》

---

❸　文天祥《文山集》（臺北：臺灣商務印書館，景印文淵閣《四庫全書》，集
　　部第 123 冊，民國 75 年 3 月版）卷 14，頁 12。

❸　嚴羽《滄浪詩話》（臺北：藝文印書館《續歷代詩話》，民國 63 年 4 月版）
　　頁 3。

❸　馮山《安岳集》（臺北：臺灣商務印書館，《四庫全書珍本三集》）卷 12。

評李青蓮「白髮三千丈」一句，豪而無理，即屬求之以意象，而未
覘其夸飾之功也。誠以乍讀此句，似違常理，而擬喻愁多，則曲達
其情，豈非無理而妙者耶？再如杜少陵〈古柏行〉「霜皮溜雨四十
圍，黛色參天二千尺」一聯，其當理與否，亦宋人詩話所數數論及
者：

> 《王直方詩話》云：「……范蜀公云：『武侯廟柏今十丈，
> 而杜工部云：「黛色參天二千尺。」古之詩人好大其事，大
> 率如此。』而沈存中又云：『霜皮溜雨四十圍，乃是七尺，
> 而長二千尺，無乃太細長乎？』余以為論詩正不當爾，二公
> 之言皆非也。」（胡仔《苕溪漁隱叢話前集》）

> 《遯齋閑覽》云：「沈內翰譏『黛色參天二千尺』之句，以
> 謂四十圍二千尺為太細長。不知子美之意但言其色而已，猶
> 言其翠色蒼然，仰視高遠，有至於二千尺而幾於參天也。若
> 如此求疵，則二千尺固未足以參天，而詩人謂『峻極于天』
> 者，更為妄語。……。善論詩者，正不應爾。」（胡仔《苕溪
> 漁隱叢話前集》）

> 《緗素雜記》云：「沈存中《筆談》云：『武侯廟柏詩：
> 「霜皮溜雨四十圍，黛色參天二千尺。」四十圍乃是徑七
> 尺，無乃太細長乎？』予謂存中性機警，善九章算術，獨於
> 此為誤，何也？古制以圍三徑一，四十圍即百二十尺，圍有
> 百二十尺，即徑四十尺矣，安得云七尺也？若以人兩手大指

相合為一圍，則是一小尺即徑一丈三尺三寸，又安得云七尺
也？武侯廟柏當從古制為定，則徑四十尺，其長二千尺宜
矣。豈得以太細長譏之乎？老杜號為詩史，何肯妄為云云
也。」（胡仔《苕溪漁隱叢話前集》）

《學林新編》云：「〈古柏行〉曰：『霜皮溜雨四十圍，黛
色參天二千尺。』沈存中《筆談》云：『無乃太細長？』某
案子美〈潼關吏〉詩曰：『大城鐵不如，小城萬丈餘。』豈
有萬丈城邪？姑言其高。四十圍、二千尺者，亦姑言其高且
大也。詩人之言當如此。而存中乃拘以尺寸校之，則過
矣。」（胡仔《苕溪漁隱叢話前集》）❹

　　《王直方詩話》引范蜀公之語，謂杜少陵「四十圍」、「二千尺」
云云，乃「古之詩人好大其事」，此「好大其事」亦猶《學林新
編》所謂「姑言其高且大」之「詩人之言」也。而「詩人之言」
者，「止言高大，不必以尺寸計也」❹，亦即《遯齋閑覽》「子美
之意但言其色而已，猶言其翠色蒼然，仰視高遠，有至於二千尺而

❹　右所錄詩話四則，俱見胡仔《苕溪漁隱叢話前集》（臺北：臺灣商務印書
　　館，景印文淵閣《四庫全書》，集部第 419 冊，民國 75 年 3 月版）卷 6，頁
　　12－14。

❹　葛立方《韻語陽秋》（臺北：臺灣商務印書館，景印文淵閣《四庫全書》，
　　集部第 418 冊，民國 75 年 3 月版）卷 16，頁 9：「杜子美〈古柏行〉云：
　　『霜皮溜雨四十圍……。』沈存中《筆談》云：『無乃太細長乎？』余謂詩
　　意止言高大，不必以尺寸計也。」

幾於參天」之旨。顧隨云:「詩人誇大之妄語,乃學道所忌,佛教有『持不妄語戒』。詩人覺得不如此說不美,不鮮明,此為自來詩人之大病,即老杜亦有時未能免此。」❷蓋自道理、常理言之,「白髮三千丈」、「霜皮溜雨四十圍,黛色參天二千尺」,或可視為矜誇之妄語;然衡諸賦詩修辭之理,則必如此說乃具美感,乃為鮮明,吾人讀詩解詩,固當深體「自天地以降,豫入聲貌,文辭所被,夸飾恆存」,「夸而有節,飾而不誣」❸之理,方不失為詩人之知音。若夫沈存中與《緗素雜記》之作者,斤斤於丈尺之間,而洊生是非之論,誠不足以謂其議論中於詩理也。

詩人之什篇,苟有乖悖乎義理者,此固應指其瑕而糾其謬;至於義理雖通,而造語淺俗可笑者,亦不乏其例。此類作品,於有宋詩話中,動蒙「不實」、「有病」之譏評,操觚之士,誠不宜犯之。蘇子由嘗評論李白云:

> 李白詩類其為人,駿發豪放,華而不實,好事喜名,不知義
> 理之所在也。語用兵,則先登陷陣,不以為難;語游俠,則
> 白晝殺人,不以為非。此豈其誠能也哉?永王將竊據江淮,
> 白起而從之不疑,遂以放死。今觀其詩固然。……唐詩人
> 李、杜稱首,今其詩皆在。杜甫有好義之心,白所不及也。
> 漢高祖歸豐沛,作歌曰:「大風起兮雲飛揚……。」高帝豈

---

❷ 顧之京整理,葉嘉瑩筆記,顧隨講《顧羨季先生詩詞講記》(臺北:桂冠圖書公司,民國 81 年版)頁 136。

❸ 見劉勰《文心雕龍·夸飾》(臺北:明倫出版社《文心雕龍注》,民國 60 年10 月版)。

以文字高世者哉？帝王之度固然，發於其中而不自知也。白詩反之曰：「但歌大風雲飛揚，安用猛士兮守四方？」其不識理如此。老杜贈白詩有「重與細論文」之句，謂此類也哉？（蘇轍《詩病五事》）❹❹

劉後村謂李太白之詩「蟬蛻翰墨畦逕，讀之使人有眼空四海、神遊八極之興」❹❺，此蓋就青蓮歌詩「駿發豪放」之風格而立論。且夫太白之為人，飛揚跋扈，跋扈已甚，難免粗豪，於是悖乖義理之辭，未暇簡擇，不覺噴薄而出。蘇子由「不知義理」、「不識理」之評，良非虛語。然則如之何而可耶？覘子由之意，其必懷杜少陵好義之心以為詩歟！其心念念好義，形諸篇詠，自罕違理畔義之失。雖然，李白人中鳳凰，仙才不羈，其詩容有砥砆，而偶或畔理，顧其為人，亦未宜遽以不識之輩目之也。蘇轍又曰：

唐人工於為詩而陋於聞道。孟郊嘗有詩曰：「食薺腸亦苦，強歌聲無歡。出門如有礙，誰謂天地寬？」郊耿介之士，雖天地之大，無以安其身，起居飲食，有戚戚之憂，是以卒窮以死。而李翱稱之，以為郊詩高處，在古無上，平處猶下顧沈、謝；至韓退之亦談不容口。甚矣，唐人之不聞道也。孔子稱顏子在陋巷，人不堪其憂，回也不改其樂。回雖窮困早

❹❹　蘇轍《詩病五事》（臺北：弘道文化事業公司《詩話叢刊》，民國 60 年 3 月版）。

❹❺　劉克莊《後村詩話》（臺北：臺灣商務印書館，景印文淵閣《四庫全書》，集部第 420 冊，民國 75 年 3 月版）卷 1，頁 7。

卒，而非其處身之非，可以言命，與孟郊異矣。**❻**

夫理原於道，性命於天，陋於聞道者，必拙於識理，其詩雖工，而難愜義理，弗契至道，其甚者如李白之「遂以放死」，孟郊之「卒以窮死」；蘇次公之說詩，一本義理，蓋亦嚴正矣。葛立方《韻語陽秋》亦頗陳唐詩不合義理之例而論議之：

> 裴度在朝，憲宗委任不疑，使破三賊。已而吳元濟授首，王承宗割二州，遣子入侍，李師道被擒。兩所諸侯，忠者懷，強者畏，克融廷湊，皆不敢桀，勳烈之盛，一時無與比肩。唯李義山指為聖相，詩曰：「帝得聖相相曰度。」又曰：「嗚呼聖皇及聖相。」亦過矣哉。荀卿曰：「得聖臣者帝。若舜、禹、伊尹、周公，皆聖臣也。」謂四人為聖臣則可，謂裴度為聖相，其可哉！**❼**

> 韋應物〈奉謝處士叔〉詩云：「高齋樂宴罷，清夜道相存。」東坡〈次王鞏韻〉云：「郡能廢詩酒，亦未妨禪寂。」子由〈春盡〉詩云：「楞嚴十卷幾回讀，泛酒三升是客同。」道貴沖寂，宴主歡暢，二者恐不能相兼也。白樂天

---

❻ 蘇轍《詩病五事》，見《詩話叢刊》（臺北：弘道文化事業公司，民國60年3月版）頁1309－1310。

❼ 葛立方《韻語陽秋》（臺北：臺灣商務印書館，景印文淵閣《四庫全書》，集部第418冊，民國75年3月版）卷3，頁7－8。

· 260 ·

延樂命醻之時，不忘於佛事，達者至今譏之。❹

孟子曰：「大而化之之謂聖。」❹裴度為相，勳烈雖盛，若名之以「賢」，或符情實。而李義山〈韓碑〉推尊太甚，謂裴度為聖相，葛立方懸荀卿「聖臣」之義，非其虛譽，蓋本諸義理以評詩之瑕纇也。夫詩歌之批評、創作，其論本無二致，衡評歌詩，苟以義理為式；則秉筆命篇，固亦不當著違畔義理之辭也。復觀「道貴沖寂，宴主歡暢」之論：韋應物「高齋樂宴罷」一聯見《韋蘇州集》卷五❺，題為〈奉詶處士叔見示〉，上聯「宴」作「燕」，下聯「道相」作「道心」，當以作「道心」者為是。蘇子瞻「郡能廢詩酒」一聯，見《蘇文忠公詩編註集成》卷二十二❺，題為〈次韻王鞏南遷初歸二首〉，上聯作「那能廢詩酒」，異文相戾，並稽詩旨，則知文淵閣《四庫全書》本《韻語陽秋》「郡能廢詩酒」句，「郡」字蓋謄寫之誤也，當作「那」字，乃為正確。夫存養道心，耽習禪寂之際，曷能縱情詩酒，恣享歡樂？靜看《楞嚴》，靖躬佛事之

❹　葛立方《韻語陽秋》（臺北：臺灣商務印書館，景印文淵閣《四庫全書》，集部第 418 冊，民國 75 年 3 月版）卷 3，頁 8。

❹　《孟子正義・盡心下》（臺北：藝文印書館《十三經注疏》第八冊，民國 78 年 1 月版）卷 14 上，頁 13。

❺　韋應物《韋蘇州集》（臺北：臺灣中華書局《四部備要》本，民國 67 年 7 月版）卷 5，頁 8。

❺　王文誥《蘇文忠公詩編註集成》（臺北：臺灣學生書局，民國 68 年 8 月版）卷 22，頁 12。

會，亦無由延樂命觴，對客舉杯也。葛立方「智識明敏」❷，「學蘊淵茂」❸，「以學業至侍從，世為儒家」❹，以儒學思想論詩，宜其有「道」、「宴」不能相兼之說也。

夫屬辭賦詩，自不當畔乎義理，顧義理雖通，而淺俗可笑之作，亦蒙詩病之譏。《六一詩話》嘗錄梅堯臣之言曰：

> 詩句義理雖通，語涉淺俗而可笑者，亦其病也。如有贈漁父一聯云：「眼前不見市朝事，耳畔惟聞風水聲。」說者云：「患肝腎風。」又有詠詩者云：「盡日覓不得，有時還自來。」本謂詩之好句難得爾，而說者云：「此是人家失卻貓兒詩。」人皆以為笑也。❺

《苕溪漁隱叢話前集》亦載蘇軾相類之說：

> 永叔常言孟郊詩云：「鬢邊雖有絲，不堪織寒衣。」就使堪織，能得多少？聊為好事者一笑。❻

---

❷ 見周麟之《海陵集・葛立方除考功員外郎孫仲龜除司勳員外郎》（臺北：臺灣商務印書館，景印文淵閣《四庫全書》，集部第 81 冊，民國 75 年 3 月版）卷 16，頁 12。

❸ 見周麟之《海陵集・葛立方磨勘轉左朝散大夫》（臺北：臺灣商務印書館，景印文淵閣《四庫全書》，集部第 81 冊，民國 75 年 3 月版）卷 19，頁 15。

❹ 見脫脫《宋史》（臺北：藝文印書館版《二十五史》）卷 333，頁 10。

❺ 歐陽脩《六一詩話》（臺北：藝文印書館《歷代詩話》，民國 63 年 4 月版）頁 7。

❻ 胡仔《苕溪漁隱叢話前集》（臺北：臺灣商務印書館，景印文淵閣《四庫全書》，集部第 419 冊，民國 75 年 3 月版）卷 4，頁 8。

上所錄梅聖俞、蘇子瞻之說，前者為歐陽永叔所記，後者述歐陽永叔之言，雖屬閒談，顧亦非無裨於詩之創作與批評，且可藉窺六一居士說詩之宗旨。夫意發自心，言出乎口，必心口其一致，斯言意之無失。若贈漁父而為詩，乃蒙患肝腎風之誤解；覓佳句以吟詠，竟罹失卻貓兒之譏，雖非畔理，仍不免為詩病。至於東野鬢絲織衣之語，則寒酸之甚，可以不作也已。

第二節　論詩之說理

一、說理詩之義

　　說理詩者，以理語寫入詩篇之作也。故魏晉玄言之作、宋明理學之詩、以詩寓禪、以禪入詩之作、蘇子瞻所評「有奇趣」之詩[57]、釋惠洪所稱「得天趣」之什[58]、袁文說詩所標舉之「理趣尤奇」之篇[59]、方嶽著論所言之「以議論為詩」[60]之作，凡此詠歌、

---

[57] 魏慶之《詩人玉屑》（臺北：臺灣商務印書館，景印文淵閣《四庫全書》，集部第 420 冊，民國 75 年 3 月版）卷 10，頁 4：「柳子厚詩曰：『漁翁夜傍西巖宿……巖上無心雲相逐。』東坡云：『以奇趣為宗，反常合道為趣。熟味之，此詩有奇趣。』」

[58] 釋惠洪《冷齋夜話》（臺北：弘道文化事業公司《詩話叢刊》，民國 60 年 3 月版）：「王摩詰山中詩曰：『荊溪白石出……空翠濕人衣。』……此得天趣。」

[59] 袁文《甕牖閒評》卷 6 云：「荊公之詩曰：『戰罷兩奩收黑白，一枰何處有虧盈。』東坡之詩曰：『勝固欣然，敗亦可喜……。』理趣尤奇。」轉引自張健《南宋文學批評資料彙編》（臺北：成文出版社，民國 67 年 12 月版）頁 142。

莫非說理之作。

　　魏晉玄言之詩往往「理過其詞，淡乎寡味」，如孫綽、許詢之作，或「平典似道德論」 **❻**，或「哀逝贈友，必以『太極』、『太朴』、『太素』、『大造』作冒，真來頭大而帽子高者」 **❻**，此類作品，雖以理語入詩，而略無情韻理趣，「和後來所說理障是一類貨色」 **❻**，實非說理詩之佳構。

　　錢賓四嘗云：「理學宗旨，本在陶鑄性情，揚扢風雅。」又云：「理學者，所以學為人。為人之道，端在平常日用之間。而平常日用，則必以胸懷灑落，情意恬淡為能事。惟其能此，始可體道悟真，日臻精微。而要其極，亦必以日常人生之灑落恬淡為歸宿。」 **❻**故知理學家說理之詩作，除劉克莊所謂「語錄講義之押韻者」 **❻**外，輒有胸懷意境，灑落恬淡，心情怡悅，氣象平和之妙品。如邵雍之〈清夜吟〉：「月到天心處，風來水面時。一般清意

---

❻　方嶽《深雪偶談》（臺北：廣文書局，民國 60 年 9 月版）頁 4：「皮日休〈館娃懷古〉……」亦是好以議論為詩者。」

❻　鍾嶸〈詩品序〉。見何文煥《歷代詩話》（臺北：藝文印書館，民國 63 年 4 月版）頁 7。

❻　見錢鍾書《談藝錄》（臺北：藍燈文化事業公司，民國 76 年 11 月版）頁 224。

❻　見曾祖蔭《中國古代文藝美學範疇》（臺北：文津出版社，民國 76 年 8 月版）頁 65。

❻　見錢穆《理學六家詩鈔·自序》（臺北：臺灣中華書局，民國 63 年元月版）頁 1。李猷《龍磵詩話》（臺北：臺灣商務印書館，民國 79 年 12 月版）頁 26：「早幾年錢穆先生有《理學六家詩（鈔）》之選集。」

❻　劉克莊《後村先生大全集·恕齋詩存稿》（臺北：臺灣商務印書館《四部叢刊正編》第 62 冊，民國 68 年 10 月版）卷 111，頁 1。

味，料得少人知。」❻❻程顥之〈偶成〉（時作鄠縣主簿）：「雲淡風輕近午天，傍花隨柳過前川。時人不識余心樂，將謂偷閒學少年。」❻❼朱熹之〈春日〉：「勝日尋芳泗水濱，無邊光景一時新。等閒識得東風面，萬紫千紅總是春。」❻❽皆上乘之說理詩也。司馬光嘗和邵堯夫〈安樂窩中吟〉云：

> 靈臺無事日日休，安樂由來不外求。細雨寒風宜獨坐，暖天佳景即閒遊。松篁亦足開青眼，桃李何妨插白頭。我以著書為職業，為君偷暇上高樓。（司馬光〈奉和安樂吟〉）

邵雍有〈擊壤吟〉詩：

> 擊壤三千首，行窩二十家。樂天為事業，養志是生涯。出入將如意，過從用小車。人能知此樂，何必待紛華。❻❾

汪師雨盦嘗云：「邵之天趣，不在吟詩，只以韻語寫自家心事。」

---

❻❻　邵雍《伊川擊壤集》（臺北：臺灣商務印書館《四部叢刊正編》第43冊，民國68年10月版）卷12，頁19。

❻❼　程顥《明道文集》（臺北：臺灣商務印書館，景印文淵閣《四庫全書》，集部第284冊，《二程文集》）卷1，頁1。

❻❽　見朱熹《朱文公文集》（臺北：臺灣商務印書館《四部叢刊正編》第52冊）卷2，頁11。

❻❾　此二詩分見邵雍《伊川擊壤集》（臺北：臺灣商務印書館《四部叢刊正編》第43冊，民國68年11月版）卷10，頁153；卷17，頁95。

「(〈擊壤吟〉)自是一種紛華落盡，性分安適之作。文學因勢變通，擊壤亦王梵志之流亞，而邵又益之以學問也。」⑳余惟邵堯夫天心水面之吟，程明道傍花隨柳之樂，朱紫陽東風春物之體證，與夫安樂窩中，諦賞松篁細雨；擊壤吟成，自許樂天養志。凡此理學大家之詩篇，往往巧融至理，潛蘊佳趣，觀天地生物之氣象，體宇宙生生之大德。鳶飛魚躍，上下密察，天心人心，相契無間。前所言「奇趣」、「天趣」、「理趣」者，胥在於是。錢賓四嘗云：「中國人追求人生，主要即在追求此人生共通處。此共通處在內曰心，在外曰天。一人之心，即千萬人之心；一世之心，即千萬世之心。人身人事不可常，惟此心則可常。天有晦明寒暑，若最多變，但萬古只此晦明寒暑，亦最有常。人生在天之下、心之中，此最真實，亦最有常。……中國詩人所詠，則端在人生之共通真實處。天在上，心在內，惟此兩者，乃為中國詩人所詠之共通對象。非宗教、非哲學，而宗教哲學之極至處，亦無以逾此。」㉑理學家詩之上乘者，即往往體現此類哲理與韻趣。此蓋說理詩神妙之品也。

杜師松柏撰《禪學與唐宋詩學》一書，其第三章〈以詩寓禪〉，分此類「禪人繞路說禪，而饒意味情韻」之作為「示法詩」、「開悟詩」、「頌古詩」、「禪機詩」等四科；第四章〈以禪入詩〉，析「詩人精述禪學趣味之奧窔，援其理趣禪境以入詩」

---

⑳　汪師雨盦〈宋人理趣與山谷詩中的論理精神〉。黃永武、張高評編著《宋詩論文選輯（三）》（高雄：復文圖書出版社，民國 77 年 5 月版）頁 270－271。

㉑　錢穆〈中國文化傳統中之文學〉。見《中國學術通義》（臺北：臺灣學生書局，民國 82 年 2 月版）頁 189。

之作為「禪理詩」、「禪典詩」、「禪機詩」、「禪趣詩」等四門。夫「以詩寓禪」之偈頌、「以禪入詩」之篇章，其為說理詩，殆無疑義，其有「情韻偏勝」之作，「禪趣盎然」之詩，亦說理詩之雋篇也。如白雲守端之〈子規〉詩：「聲聲解道不如歸，往往人心會者稀。滿目春山春水綠，更求何地可忘機。」⑫陳體常之頌：「個中端的有誰知，知者歸來到者稀。即見即聞還錯會，離聲離色轉乖違。山青水綠明玄旨，鶴唳猿啼顯妙機。有意覓渠終不遇，無心到處盡逢伊。」⑬此二詩皆以詩寓禪之作也，覼其旨趣，大抵相通。夫自性本體，隨處呈顯，自然界之任一現象──子規鳴聲、鶴唳猿啼、春山春水、山青水綠等，皆可悟入自性本體，證會玄旨妙機。「無心到處盡逢伊」，蓋即某女尼「歸來偶把梅花嗅，春在枝頭已十分」之旨；亦即「色空一如，隨處皆可觸境成機，隨緣悟入」⑭之義。此二詩亦同屬說理詩神妙之品也。若夫蘇子瞻之〈單同年求德興俞氏聚遠樓詩三首其三〉云：「聞說樓居似地仙，不知門外有塵寰。幽人隱几寂無語，心在飛鴻滅沒間。」⑮則屬「以禪入詩」而有禪趣之作。此詩首二句美其同年單錫君覘，頗類仙人，雅好樓居，遺世獨立，超絕塵俗。三、四句扣聚遠樓，言其幽居，

⑫　見《白雲守端禪師廣錄》卷 3。轉引自杜師松柏《禪學與唐宋詩學》（臺北：黎明文化事業公司，民國 67 年 12 月版）頁 290。

⑬　胡仔《苕溪漁隱叢話後集》（臺北：臺灣商務印書館，景印文淵閣《四庫全書》，集部第 419 冊，民國 75 年 3 月版）卷 37，頁 13。

⑭　「色空一如」云云，轉引自杜師松柏《禪學與唐宋詩學》頁 290。

⑮　王文誥《蘇文忠公詩編註集成》（臺北：臺灣學生書局，民國 68 年 8 月版）卷 12，頁 9。

「非在避世逃塵，乃在空寂體道，向上一事，如飛鴻滅沒於水雲煙波間，正用心求之」❼❻，此詩亦說理詩之佳構也。

蘇子瞻以為陶淵明〈飲酒二十首并序其五〉，「采菊東籬下，悠然見南山。」為「談理之詩」；並謂淵明此聯「熟讀有奇趣」。節錄其言，會而觀之：

> 東坡拈出陶淵明談理之詩，前後有三：一曰「采菊東籬下，悠然見南山」，二曰「笑傲東軒下，聊復得此生」，三曰「客養千金軀，臨化消其寶」。皆以為知道之言，……若觀道者，出語自然超詣，非常人能蹈其軌轍也。……山谷嘗跋淵明詩卷云：「……淵明直寄焉。」（葛立方《韻語陽秋》）❼❼

> 東坡曰：「淵明詩初看若散緩，熟看有奇趣。如……『採菊東籬下，悠然見南山。』……才意高遠，造語精到如此，如大匠運斤，無斧鑿痕。……。」（魏慶之《詩人玉屑》）❼❽

陶淵明「采菊東籬下」二句，原屬田園抒情之作，而蘇東坡謂之「有奇趣」，並謂：「反常合道為趣」，且隸諸「談理之詩」──

---

❼❻ 杜師松柏《禪學與唐宋詩學》（臺北：黎明文化事業公司，民國 67 年 12 月版）頁 358。

❼❼ 葛立方《韻語陽秋》（臺北：臺灣商務印書館，景印文淵閣《四庫全書》，集部第 418 冊，民國 75 年 3 月版）卷 3，頁 9。

❼❽ 魏慶之《詩人玉屑》（臺北：臺灣商務印書館，景印文淵閣《四庫全書》，集部第 420 冊，民國 75 年 3 月版）卷 10，頁 4。

以其心無凝滯，所見高遠，覯道超詣也。然則蘊奇趣且合道之詩，雖屬寫景、抒情之作，亦可名之為「詩之說理」者也。❼若東坡此義無庸置疑，則詩之得天趣者，亦可謂為「談理之詩」也。蓋「得於天趣」之詩，已進乎道，而境臻大全矣。❽

　　宋人袁文覃思經學，得古聖賢意❽，所著《甕牖閒評》嘗謂王介甫、蘇子瞻詠棋之詩為「理趣尤奇」❽之作。試徵王、蘇棋詩，用覘理趣詩旨。

　　　　莫將戲事擾真情，且可隨緣道我贏。戰罷兩奩收黑白，一枰何處有虧成。（王安石〈棋〉）

　　　　予素不解碁獨游廬山白鶴觀觀中人皆闔戶晝寢獨聞碁聲於古松流水之間意欣然喜之自爾欲學然終不解也兒

---

❼　「奇趣」之義，見本節第三目，〈有奇趣之詩〉。張少康〈談談詩歌的「理趣」〉一文云：「在宋詩中，有一些完全是寫景詩或抒情詩，但其中往往也含有說理的成分，並且由於其寓理深刻又具有理趣，所以成為全詩的『警策』之語。比如陸游的〈遊山西村〉一詩……是一首……描寫農村風光的詩歌。可是其中『山重水複疑無路，柳暗花明又一村』兩句，既是實景描繪卻又包含著很深刻的道理。」見周振甫等著《詩文鑑賞方法二十講》（臺北：國文天地雜誌社，民國 78 年 11 月版）頁 101－102。張少康所論亦與葛立方之見相合。

❽　「天趣」之義，見本節第四目，〈得天趣之詩〉。

❽　見王梓材、馮雲濠《宋元學案補遺》（臺北：世界書局，民國 63 年 7 月版）卷 6，頁 126。

❽　見袁文《甕牖閒評》卷 6。轉引自張健編《南宋文學批評資料彙編》（臺北：成文出版社，民國 67 年 12 月版）頁 142。

子過乃粗能者儋守張中日從之戲予亦偶坐

　　五老峰前，白鶴遺址。長松陰庭，風日清美。我時獨游，不
　　逢一士。誰歟碁者，戶外屨二。不聞人聲，時聞落子。紋枰
　　坐對，誰究此味。空鉤意釣，豈在魴鯉。小兒近道，剝啄信
　　指。勝固欣然，敗亦可喜。優哉游哉，聊復爾耳。（蘇軾
　　〈觀碁并引〉）**❽❸**

世之言圍棋者，往往措意於勝敗得失，如馬融《圍棋賦》云：「深
念遠慮，勝乃可必。」班固〈弈旨〉云：「上有天地之象，次有帝
王之治，中有五霸之權，下有戰國之事，覽其得失，古今略備。」
梁武帝〈圍棋賦〉云：「禍起於所忽，功墜於垂成。」皆其類也。**❽❹**
若介甫「何有虧成」之說，子瞻「敗亦可喜」之論，洵屬超曠之
境。袁文著「理趣尤奇」之評，良有以也。王介甫云：莫擾真情，
隨緣道贏。然則弈事之輸贏，未足縈其懷也。逮夫「終官」之餘，
棋子並收，一枰蕩然，勝負俱泯，則無成與虧，兩忘而化其道，忘
智而合其真**❽❺**矣。此蓋不滯陷於相對之成、虧，而向上超越，以臻

---

❽❸　王文誥《蘇文忠公詩編註集成》（臺北：臺灣學生書局，民國 68 年 8 月版）
　　　卷 42，頁 5－6。

❽❹　並見《藝文類聚・巧藝部・圍棋》（臺北：文光出版社，民國 63 年 8 月版）
　　　卷 74，頁 1271－1274。

❽❺　郭慶藩輯《莊子集釋・齊物論》（臺北：河洛圖書出版社，民國 63 年 3 月版）
　　　卷 1，下：「是非之彰也，道之所以虧也。道之所以虧，愛之所以成。果且
　　　有成與虧乎哉？果且無成與虧乎哉？有成與虧，故昭氏之鼓琴也；無成與
　　　虧，故昭氏之不鼓琴也。」成玄英疏：「無成無虧，忘智所以合真者也。」

更高之生命層次。必作如是觀，而王介甫〈棋〉詩之理趣乃為昭然。《邁齋閑覽》謂荊公棋品殊下，苕溪漁隱謂此詩可證荊公「本圖適性忘慮」之語⑧⑥，俱不足以深契此詩也。細味東坡〈觀碁〉詩「空鉤意釣，豈在魴鯉」之意，可知「紋枰對弈，豈在勝負」之旨，當亦東坡此詩之所寓者。東坡以虛靜之心，深究此味，故有「勝固欣然，敗亦可喜」之論。其境蓋與王介甫相侔。由上所述，可知「理趣尤奇」之詩，亦說理詩之雋上者。

　　方嶽《深雪偶談》云：

　　　牧之〈赤壁〉詩：「折戟沈沙鐵未銷，自將磨洗認前朝。東
　　　風不與周郎便，銅雀春深鎖二喬。」許彥周不諭此老以滑稽
　　　弄翰，每每反用其鋒，輒雌黃之。謂：「孫氏霸業繫此一
　　　戰，宗廟邱墟，皆置不問，乃獨含情妖女！」⑧⑦豈非與癡人

---

⑧⑥　胡仔《苕溪漁隱叢話》（臺北：臺灣商務印書館，景印文淵閣《四庫全
　　書》，集部第419冊，民國75年3月版）卷33，頁3：「《邁齋閑覽》云：
　　『荊公棊品殊下，每與人對局，未嘗致思，隨手疾應，覺其勢敗，便斂之，
　　謂人曰：「本圖適性忘慮，反苦思勞神，不如且已。」與葉致遠敵手，嘗贈
　　致遠詩云：「垂成忽破壞，中斷俄連接。」是知公棋不甚高。又云：「譚翰
　　寧斷頭，悔誤仍搏頰。」是又未能忘情於一時之得喪也。』苕溪漁隱曰：
　　『介甫有《絕句》云：「莫將戲事擾真情，且可隨緣道我贏。戰罷兩奩收黑
　　白，一枰何處有虧成。」觀此詩，則圖適性忘慮之語，信有證矣。苦魯直於
　　棋則不然，如「心似蛛絲遊碧落，身如蜩甲化枯枝」，則苦思忘形，較勝負
　　於一著，與介甫措意異矣。』」
⑧⑦　案：許顗《彥周詩話》（臺北：臺灣商務印書館，景印文淵閣《四庫全
　　書》，集部第417冊，民國75年3月版）頁22，評〈赤壁〉詩云：「杜牧
　　之……意謂赤壁不能縱火，即為曹公奪二喬，置之銅雀臺上。孫氏霸業在此

言，不應及於夢也。……本朝諸公喜為論議，往往不深諭唐人主於性情，使雋永有味，然後為勝。牧之處唐人中，本是好為論議，大概出奇立異，如〈烏江亭〉：「勝敗兵家未可期，包羞忍恥是男兒。江東子弟多才俊，卷土重來未可知。」要之，「東風借便」與「春深」數個字，含蓄深窈，與後一詩遼絕矣。皮日休〈館娃懷古〉：「綺閣飄香下太湖，亂兵侵曉上姑蘇。越王大有堪羞處，只把西施賺得吳。」亦是好以議論為詩也。❽

方嶽所論杜牧之〈赤壁〉、〈烏江亭〉，皮襲美〈館娃懷古〉等詩，皆為歌詠史事而發議論者，其所說之理，則屬歷史事件之理也。方嶽以為此類「以議論為詩」之作，當「含蓄深窈」、「雋永有味」，然後為勝，而杜牧之〈赤壁〉一詩即其選也。

綜上所述，可知凡以理語入詩者，是謂說理詩。其以名理、性理、空理、人文之理入詩者，固無論矣；其有抒情、寫景、田園、詠史等詩歌，苟寓至理，或含議論，若廣義言之，亦不可謂其非詩之說理者。而說理之詩，或巧融至理，潛蘊佳趣，或含奇趣與天趣，或寓理趣與禪趣，或發議論而含蓄雋永，乃得為說理詩之佳構。

一戰，社稷存亡，生靈塗炭，都不問，只恐捉了二喬，可見措大不識好惡。」

❽ 方嶽《深雪偶談》（臺北：廣文書局，民國 60 年 9 月版）頁 4。

二、論詩之說理

宋代詩話言及詩之說理者，或以「好議論」、「第一等議論」、議論「簡而當」立說，或以「觀道」、「具眼」、「超詣」、「通徹」為論，試臚詩話之篇章，以述說理之大端。

唐庚《唐子西文錄》引述蘇黃門（蘇轍）之言曰：「人生逐日胸次須出一好議論，若飽食煖衣，惟利是念，何以自別於禽獸？予歸蜀，當杜門著書，不令廢日；只效溫公《通鑑》樣，作議論，商略古人，歲久成書，自足垂世也。」❽唐庚另有《眉山集》，收入《四庫全書·集部·別集類二》。翁方綱《石洲詩話》引《墨莊漫錄》之言，謂：「唐子西詩多新意……當時有小東坡之目（唐庚與蘇軾皆生於眉山，皆嘗貶惠州）。」❾《四庫全書總目》論《眉山集》云：「《文獻通考》引劉夷叔之言，亦謂其（唐庚）善學東坡。今考（唐）庚與蘇軾皆眉州人，又先後謫居惠州，宜於鄉前輩多所稱述。」❾唐子西有「小東坡」之號，則其崇仰東坡，從可知矣；而其欽遲蘇子由，亦極自然之事。其錄「蘇黃門」「人生逐日胸次須出一好議論」云云，當亦以蘇黃門之言為然，而以「著書議論」為重。蘇子由逐日所出之「好議論」，蓋在效溫公之撰《資治通鑑》，商略古人也。而此「商略古人」之議論，未始不能發而為

---

❽ 唐庚《唐子西文錄》（臺北：藝文印書館《歷代詩話》，民國 63 年 4 月版）頁 6。

❾ 翁方綱《石洲詩話》（臺北：廣文書局，民國 60 年 9 月版）卷 4，頁 8。

❾ 見《四庫全書總目》（臺北：藝文印書館，民國 63 年 4 月版）卷 155，頁 33。

詩。

　　若夫議論之義，宋代詩話亦有論之者。張表臣《珊瑚鉤詩話》云：「言其倫而析之者，論也。度其宜而揆之者，議也。……此文之異名也。」㉒此固就文章之體類立說，然移以論詩中之議論，當亦可獲啟迪。夫「倫」者，類也。詩人之篇詠，苟發議論，若能就其所詠論之人、事、物，條析其倫類，揆度其情理，自能使其詩篇蔚成「好議論」或「第一等議論」。試觀《詩林廣記》引錄諸家評語以論杜少陵之〈縛雞行〉詩，《詩林廣記後集》引錄諸家評語以論歐陽脩之〈唐崇徽公主手痕〉詩，即可知矣。

　　　　　〈縛雞行〉及其評語

　　小奴縛雞向市賣，雞被縛急相喧爭。家中厭雞食蟲蟻，不知雞賣還遭烹。蟲雞於人何厚薄，吾叱奴人解其縛。雞蟲得失無了時，注目寒江倚山閣。（杜甫〈縛雞行〉）

　　洪容齋云：「此詩自是一段好議論，至結局之妙，非他人之所能企及也。」

　　西山《文章正宗》云：「一篇之妙，在乎落句。黃魯直深達詩旨，其〈書酺池寺書堂〉云：『小黠大癡螗捕蟬，有餘不

㉒　張表臣《珊瑚鉤詩話》（臺北：藝文印書館《歷代詩話》，民國 63 年 4 月版）卷 3，頁 13。

足夔憐蚿。退食歸來北窗夢，一江風月趁漁船。』可與言詩者，當自解也。」

師厚云：「天下之利害，當權輕重。除寇則勞民，愛民則養寇，與其養寇，孰若勞民？與其食蟲，孰若存雞？」

《步里客談》云：「古人作詩，斷句輒旁入他意，最為警策。如老杜云：「雞蟲得失無了時，注目寒江倚山閣」是也。黃魯直作〈水仙花〉詩：「坐對真成被花惱，出門一笑大江橫。」亦是此意。❾❸

　　　　〈唐崇徽公主手痕〉及其評語

故鄉飛鳥尚啁啾，何況悲笳出塞愁。青塚埋魂知不返，翠崖遺跡為誰留。玉顏自古為身累，肉食何人與國謀。行路至今空嘆息，巖花野草自春秋。（歐陽脩〈唐崇徽公主手痕〉）

《文心語錄》：「『玉顏自古為身累，肉食何人與國謀。』以詩言之，第一等詩；以議論言之，第一等議論也。」

《石林詩話》云：「歐公詩始矯崑體，專以氣格為主，故其

---

❾❸　蔡正孫《詩林廣記》（臺北：臺灣商務印書館，景印文淵閣《四庫全書》，集部第 421 冊，民國 75 年 3 月版）卷 2，頁 30—31。

詩多平易疏暢；律詩意所到處，雖語有不倫，亦不復問，而學之者，往往遂失於快直，傾囷倒廩，無復餘地。然公詩好處，豈專在此？如〈崇徽公主手痕〉詩：『玉顏自古為身累，肉食何人與國謀。』此是兩段大議論，抑揚曲折，發見於七字之中，婉麗雄勝，字字不失相對，雖崑體之工，亦未易比。言所會處，如是乃為至到。」 ❾❹

　　杜甫〈縛雞行〉詩，首二句點題，三、四句寫縛雞之緣由，五、六句，憫雞而釋其縛。第七句由敘事之筆轉為議論，而發「雞蟲得失無了時」之深慨，並以出人意表之語——「注目寒江倚山閣」，「宕開作結」。❾❺自來解此詩者夥矣，而多不可人意，如前引《詩林廣記》載師厚「天下之利害」❾❻云云，張遠「大有螻蟻何親，魚鱉何讎」之領會❾❼，王嗣奭「雞蟲不能兩全，計無所出，惟有望江倚閣而已」之詮解❾❽，仇兆鰲「愛物而幾於齊物」之說明❾❾，雖有助於了解此詩，然皆不足以與洪邁「此詩自是一段好議論」之讚譽桴鼓相應，而無鑿枘。惟浦起龍之詮釋此詩，其識絕倫：

---

❾❹　同注❾❸，《詩林廣記後集》卷1，頁18。

❾❺　見沈德潛纂《杜詩評鈔》（臺北：廣文書局，民國65年3月版）卷2，頁26。

❾❻　宋代以「師厚」為字者，至少四人，曰趙不譖，曰鄧景僑，曰劉黃中，曰謝景初，筆者以為此處之「師厚」或即謝景初，以其長於詩學也。

❾❼　見仇兆鰲《杜詩詳註》（臺北：里仁書局，民國69年7月版）卷16，頁1566。

❾❽　轉引自仇兆鰲《杜甫詩評》卷18，頁1566，王嗣奭《杜臆》語。

❾❾　見仇兆鰲《杜詩詳註》卷18，頁1566。

愚按：結語更超曠。蓋物自不齊，功無兼濟。但所存無間，便大造同流，其得其失，本來無了。「注江倚閣」，海闊天空，惟公天機高妙，領會及此。解者謂公於兩物，計無所出，一何黏滯耶！⑩

杜少陵天機高妙，故能不斤斤於雞蟲之得失，倚山閣，眺寒江，而有海闊天空，遼遠恢廓之思。洪邁所謂「一段好議論」，《步里客談》所謂「旁入他意，最為警策」，黃魯直〈書醋池寺書堂〉仿擬杜詩，所謂「一江風月趁漁船」者，皆當作如是觀也。

　　歐陽脩〈唐崇徽公主手痕〉一詩作於宋仁宗嘉祐四年（1059），詩題原為〈唐崇徽公主手痕和韓內翰〉。⑩崇徽公主為僕固懷恩之幼女，唐代宗大曆四年（769），以之為公主，遣嫁回紇⑩，道經汾上，托掌石壁，遂有手痕。⑩歐陽永叔此詩論旨頗近其〈再和明妃

⑩　浦起龍《讀杜心解》（臺北：九思出版有限公司，民國 68 年 3 月版）卷 2 之 3，頁 304。

⑩　見《全宋詩》（北京：北京大學出版社，1992 年 8 月版）卷 294，頁 3704。

⑩　歐陽脩《六一題跋》（臺北：廣文書局，民國 60 年 12 月版）卷 8，頁 1，云：「崇徽公主者，僕固懷恩女也。懷恩在肅宗時，先以二女嫁回紇，其一嫁毗伽可汗少子，後號登里可汗者是也。其一不知所嫁何人。《唐書》〈懷恩傳〉及〈回紇傳〉皆不載。惟懷恩所上書自陳六罪有云：『二女遠嫁，為國和親。』以此知其又嘗嫁一女爾。此所謂崇徽公主者，懷恩幼女也。懷恩既反，引羌渾如刺為邊患。永泰中，病死於靈武。其從子名臣以千騎降唐。大曆四年，始以懷恩幼女為（崇徽）公主，又嫁回紇，即此（公主）也。」

⑩　董逌《廣川書跋》（長沙：商務印書館《叢書集成初編》第 243 冊，民國 28 年 12 月版）卷 7，頁 92：「崇徽公主手痕碑。碑在汾州靈石。蓋唐僕固懷恩女，懷恩唐功臣，以嫌猜叛入回鶻，沒其家入後宮，大曆四年，以回紇請

曲〉一詩，此詩亦成於仁宗嘉祐四年。

> 漢宮有佳人，天子初未識。一朝隨漢使，遠嫁單于國。絕色
> 天下無，一失難再得。雖能殺畫工，於事竟何益。耳目所及
> 尚如此，萬里安能制夷狄。漢計誠已拙，女色難自誇。明妃
> 去時淚，灑向枝上花。狂風日暮起，飄泊落誰家。紅顏勝人
> 多薄命，莫怨春風當自嗟。❿

「玉顏自古為身累」，即〈再和明妃曲〉「女色難誇」、「紅顏薄
命」之旨，若由此觸類而長，則先儒「好德、好色」之辨，「賢賢
易色」之理，鄭雲叟「翠娥紅粉嬋娟劍，殺盡世人人不知」❾（女
色非唯無須自誇，且足累己累人）之義，皆可聯想及之，而足發人深
省。朱文公謂「玉顏自古為身累」詩句為「第一等議論」，豈不然
哉？「肉食何人與國謀」即謀國乏材之意。蓋亦〈再和明妃曲〉
「耳目所及，尚難有為，萬里之外，焉能制虜」之旨，而與李山甫
「誰陳帝子和番策，我是男兒為國羞」同其意趣。❿肉食者鄙，無

　婚，封為崇徽公主，下降可汗……，道至汾上，……托掌石壁，遂以傳後。
　豈怨憤之氣，盤結於而中不得發，遇金石而開者耶！」
❿　《全宋詩》（北京：北京大學出版社，1992 年 8 月版）卷 289，頁 3656。
❾　鄭遨詩。見舊題尤袤編《全唐詩話》（臺北：藝文印書館《歷代詩話》，民
　國 63 年 4 月版）卷 6，頁 7。鄭遨（866－939），字雲叟，唐滑州白馬人。
❿　此為李山甫〈陰地關崇徽公主手跡〉詩之第三、四句，其全詩為：「一拓纖
　痕更不收，翠微蒼蘚幾經秋。誰陳帝子和番策，我是男兒為國羞。寒雨洗來
　香已盡，澹煙籠著恨長留。可憐汾水知人意，旁與吞聲未忍休。」見《全唐
　詩》（臺北：宏業書局，民國 71 年 9 月版）卷 643，頁 7368。

深謀遠慮之士，縱憑女色和親，豈能安邊柔遠！永叔雖於崇徽公主深致同情，然猶大發議論，嚴責肉食素餐者之無能，故曰：「此為第一等詩、第一等議論。」而此議論，「抑揚曲折」，「婉麗雄勝」，「字字不失相對」，雖崑體駢儷之工，亦難望其項背。觀葉夢得之評，可知說理議論之詩，苟其形式雄麗，對仗精工，則尤可收相得益彰之效也。

　　夫詩人之什篇，苟涉乎議論，須「簡而當」，此《復齋漫錄》之論也，若持此繩墨，以衡杜少陵之「雞蟲得失無了時」、歐陽永叔之「玉顏自古為身累」，當無鑿枘。請觀《復齋漫錄》之說：

> 《復齋漫錄》云：「辨蜀論云：『自頃諸公議論，頗以蜀人為疑，苟可以防閑沮過，無不為矣。吾不知其說也。以公孫述嘗有蜀乎？是時王郎據邯鄲，盧芳據九原，劉永據梁、宋，隗囂據秦、隴，而秦豐、李憲之屬，不可勝數，何獨蜀也。以劉氏嘗有蜀乎？是時曹氏據河南，袁紹據河朔，袁術據九江，劉表據荊州，孫氏據江表，而公孫度、呂布之屬，不可勝數，何獨蜀也？以王、孟嘗有蜀乎？是時劉隱稱南漢，李景稱南唐，錢鏐稱吳越，劉崇稱東漢❿，而馬殷、王審知、高季興之屬，不可勝數，何獨蜀也？』其大略如此。余後因讀《外史檮杌》，見五代時後唐，魏王伐蜀之後，朝廷頗疑蜀人，凡有勢力貲產之族，悉令遣入洛，隱士

---

❿　「東漢」之「東」，當作「北」。臺北：長安出版社，民國 67 年 12 月出版之標點本《苕溪漁隱叢話》已「據明鈔本校改」，見該書頁 261。

> 張立為詩以諷曰：『朝廷不用憂巴俗，稱伯何曾是蜀人。』
> 乃知子西用其意。凡子西數百言，而立以十四個字盡之，可
> 謂簡而當矣。」❿

〈辨蜀論〉為唐庚所撰，見其所著《眉山文集》卷一❿，全文凡三
百六十有八言，屬徵論史事，以明蜀人無攜貳之心之作。而張立賦
詩，僅以「朝廷不用憂巴俗，稱伯（霸）何曾是蜀人」二句達其
意；是以《復齋漫錄》之作者評其「簡而當」也。白樂天、許彥周
論詩，嘗有「二十八字史論」之說❿，余始不曉其意，及讀《復齋
漫錄》「簡而當」之詩評，乃知許彥周、趙與虤亦著眼於「簡
當」，而立「二十八字史論」之詩評也；若張立「朝廷」、「稱
伯」二句以少總多，摛辭精雋，或亦可名之曰「十四字史論」耶。
以上所述，為「有宋詩話以『好議論』、『第一等議論』、『議論
簡當』論詩之說理者」。

---

❿　見胡仔《苕溪漁隱叢話後集》（臺北：臺灣商務印書館，景印文淵閣《四庫
全書》，集部第 419 冊，民國 75 年 3 月版）卷 34，頁 4－5。

❿　唐庚《眉山集》（臺北：臺灣商務印書館，景印文淵閣《四庫全書》，集部
第 63 冊，民國 75 年 3 月版）收錄其《眉山詩集》凡十卷，《眉山文集》凡
十二卷。

❿　許顗《彥周詩話》（臺北：臺灣商務印書館，景印文淵閣《四庫全書》，集
部第 417 冊，民國 75 年 3 月版）頁 11：「牧之〈題桃花夫人廟〉：『細腰
宮裡露桃新，脈脈無言幾度春。至竟息亡緣底事，可憐金谷墜樓人。』僕嘗
謂此詩為二十八字史論。」趙與虤《娛書堂詩話》（臺北：臺灣商務印書
館，景印文淵閣《四庫全書》，集部第 420 冊，民國 75 年 3 月版）頁 38：
「白樂天云：『「周公恐懼流言日，王莽謙恭未篡時。若使當時身便死，一
生真偽有誰知。」此詩乃二十八字史論。』」

　　宋代詩話復有就「觀道」、「具眼」之標準衡論詩之說理者。則阮閱《詩話總龜後集》載錄《丹陽集》之言，與黃徹《䃗溪詩話》之說是也：

> 東坡拈出陶淵明談理之詩，前後有三：一曰「採菊東籬下，悠然見南山。」二曰「笑傲東軒下，聊復得此生」，三曰「客養千金軀，臨化消其寶」。皆以為知道之言。蓋摘章繪句，嘲弄風月，雖工亦何補？若觀道者，出語自然超詣，非常人能蹈其軌轍也。山谷嘗跋淵明詩卷云：「血氣方剛時讀此詩，如嚼枯木；及綿歷世事，知決定無所用智。」又嘗論云：「謝康樂、庾蘭成之詩，鑪錘之功不遺餘力，然未能窺彭澤數仞之牆者，二子有意俗人贊毀其工拙，淵明直寄焉。」持是以論淵明詩，亦可以知其關鍵也。（《丹陽集》）⑪

---

⑪　阮閱《詩話總龜後集》（臺北：臺灣商務印書館，景印文淵閣《四庫全書》，集部第 417 冊，民國 75 年 3 月版）卷 7，頁 2。案：葛立方《韻語陽秋》（臺北：臺灣商務印書館，景印文淵閣《四庫全書》，集部第 418 冊，民國 75 年 3 月版）卷 3，頁 9，亦錄此則詩話，除少數異文（「知決定無所用智」之「智」，《韻語陽秋》作「如」；「俗人贊毀其工拙」，《韻語陽秋》作「俗人罵明二子拙」；「亦可以知其關鍵」，《韻語陽秋》作「亦可以見其陳鍵」。竊疑此或鈔寫《四庫全書》者之筆誤所致，當以《詩話總龜後集》之文字為是。），其內容悉同。據昌彼得等所編之《宋人傳記資料索引》（臺北：鼎文書局，民國 73 年 4 月版）頁 1080，知阮閱為元豐八年（1085）進士，建炎元年（1127）知袁州。其生卒年不詳。同書頁 3265，謂

　　夢得送僧君素云：「去來皆是道，此別不銷魂。」坡云：
　　「古今正自同，歲月何必書。」此等語皆通徹無礙，釋氏所
　　謂具眼也。（《碧溪詩話》）⓲

上所錄《丹陽集》詩話一則，試析其說，可得四端：東坡以為談理
之詩，須屬知道之言，且徵陶淵明〈飲酒二十首并序〉之三例，以
證其說。此其端一也。《丹陽集》之作者謂談理而「觀道」之詩，
其出語必自然超詣。此其端二也。黃山谷少時讀陶詩，如嚼枯木，
誠以人生之歷鍊未豐，體驗未深，唯憑苦思力索，故難契悟詩中理
境。逮夫綿歷世事，復讀陶詩，則無所用智，不假思索，無勞擬
議，自然證悟詩中之理；然則賞翫，詮釋說理合道之詩，洵非年少
識淺者所得而深會者。此其端三也。陶公之詩，觀道中道，寄至味
於淡泊，初無待於鑪錘之功，斧鑿之巧。此其端四也。凡論談理說
理之詩者，當措意於此四端之論。茲復探研東坡所陳陶詩三例，以
證其說。〈飲酒二十首其五〉，「采菊東籬下」二句，非唯造語精

　　葛立方為紹興八年（1138）進士。其生卒年不詳。然則阮閱年長於葛立方，
　　約五十年左右。葛立方《韻語陽秋》云：「懶真子（葛立方之號）既上宜春
　　之印，歸休於吳興……獨喜讀古今人韻語……詩人句義當否……輒私斷臆處
　　而歸之正……書成，號《韻語陽秋》。……（孝宗）隆興甲申（1164）中
　　元，丹陽葛立方書。」若阮閱年二十中進士，則《韻語陽秋》書成之日，其
　　齡已臻百歲矣，況斯時阮閱是否物化，猶未知也。故阮閱決無鈔錄《韻語陽
　　秋》內容之可能，況其已注明此說引自《丹陽集》耶！
⓲　黃徹《碧溪詩話》（藝文印書館《續歷代詩話》，民國 63 年 4 月版）卷 7，
　　頁 2。

到，無斧鑿痕，抑且寄託高遠深微之意趣，而臻莊子「無己」
（〈秋水〉：「大人無己」）〈天地〉：「忘乎物，忘乎天，其名為忘
已」、「未始有回」（〈人間世〉）之「無我之境」⓰，誠可謂「知
道之言」。此其例一也。〈飲酒二十首其七〉「嘯傲東軒下，聊復
得此生」二句，足與〈讀山海經〉末二句「俯仰終宇宙，不樂復何
如」，〈神釋〉「縱浪大化中，不喜亦不懼。應盡便須盡，無復獨
多慮」並參。《東坡題跋》謂：「靖節以無事自適為得此生。」⓱
王士禎《古學千金譜》謂：「……因思人生所遇，不過喧寂二境：
萬象不聞，喧中寂也；歸林鳥鳴，寂中喧也。我從此嘯歌寄傲東軒
之下，娛情於喧寂之間，聊得此生已矣。」⓲東坡以「無事自適」
釋陶淵明之「得此生」，王士禎以「禪那之悟」釋陶淵明之「得此
生」，然則淵明此詩，誠可謂「知道之言」也。〈飲酒二十首其十
一〉「客養千金軀，臨化消其寶」二句，《東坡題跋》謂：「寶不
過軀，軀化則寶亡矣。人言靖節不知道，吾不信矣。」⓳吳瞻泰輯
《陶詩彙註》卷三，引王棠之言：「顏（回），榮（啟期）以名為
寶，客以千金軀為寶，總不若稱心為寶。」⓴「稱心」者，蓋亦陶
淵明〈神釋〉詩「正宜委運去」、「縱浪大化中」之意。陶公此

⓰　王叔岷《陶淵明詩箋證稿》（臺北：藝文印書館，民國 64 年 1 月版）頁
　　292。

⓱　蘇軾《東坡題跋》（臺北：廣文書局，民國 80 年 7 月版）卷 2，頁 4。

⓲　轉引自《陶淵明詩文彙評》（臺北：臺灣中華書局，民國 63 年 7 月版）頁
　　176。

⓳　蘇軾《東坡題跋》（臺北：廣文書局，民國 80 年 7 月版）卷 2，頁 25。

⓴　轉引自《陶淵明詩文彙評》（臺北：臺灣中華書局，民國 63 年 7 月版）頁
　　183。

詩，誠可謂「知道之言」。此二聯陶詩，除「談理觀道」之外，尤具「外枯中膏」，「似淡實腴」之致，《丹陽集》之作者評其「出語自然超詣」，亦其宜也。

右所錄《碧溪詩話》一則，以「具眼」評夢得、東坡詩。夫去、來並屬現象之事，古今則為時間之分，若其道體，則無此相對之分別。自本體觀之，則無來無去，無古無今，是以別去無須銷魂，歲月何勞記識？黃山谷所謂「以法眼觀」者⑱，乃能發此「通徹無礙」之辭也。許顗《彥周詩話》亦有相類之記載：

> 晦堂心禪師初退黃龍院，作詩云：「不住唐朝寺，閑為宋地僧。生涯三事衲，故舊一枝藤。乞食隨緣過，逢山任意登。相逢莫相笑，不是嶺南能。」此詩深靜平實，道眼所了，非世間文士詩僧所能彷彿也。

> 僧義了字廓然，本士族鍾離氏，事佛慈璣禪師，為侍者。僕頃年迨見佛慈老人。廓然與僕在嵩山遊甚久，頗能詩，僕愛其兩句云：「百年休問幾時好，萬事不勞明日看。」不獨喜其語，蓋取其學道休歇，灑落自在如此。⑲

---

⑱ 魏慶之《詩人玉屑》（臺北：臺灣商務印書館，景印文淵閣《四庫全書》，集部第 420 冊，民國 75 年 3 月版）卷 13，頁 14，〈山谷論淵明詩〉：「若以法眼觀，無俗不真。」

⑲ 並見許顗《彥周詩話》（臺北：藝文印書館《歷代詩話》，民國 63 年 4 月版）頁 5。

晦堂心禪師即歸宗志芝庵主之同參，寶覺祖心。「初退黃龍院」，謂其退出方丈之職。此詩意境甚高，造語亦工。退休之後，無所羈束，故舊扶藤杖相訪，乞食隨緣而住，偶逢山水，隨意登覽，蓋無入而不自得也。杜師松柏謂此詩乃「以詩寓禪之作」[120]，誠以其「深靜平實，道眼所了（以道眼觀，無俗不真）」也。至於僧義了「百年休問幾時好，萬事不勞明日看。」亦學道休歇，功德圓滿，灑落自在，作詩悟理[121]，通徹無礙之作也。

　　有宋詩話論詩之說理者，蓋亦夥矣，擇其要者，論述如上，以見凡說理簡當，理趣渾然之詩，莫不見賞於宋詩話之作者與編者。曾季貍《艇齋詩話》嘗論杜甫〈丹青引〉云：「惟『丹青不知老將至，富貴於我如浮雲』則為知言，蓋中心無蔽於外物，然後有見於理。」[122]作詩、評詩而識得「好議論」、「第一等議論」，而能「觀道」、「具眼」、「以法眼觀」，皆須有此「中心無蔽於外物」之修養與境界，乃克有功。

三、有奇趣之詩

　　魏慶之《詩人玉屑》卷十，標「奇趣」一目，收錄詩話二則：

---

[120]　杜師松柏《禪學與唐宋詩學》（臺北：黎明文化事業公司，民國 67 年 12 月版）頁 289。

[121]　張戒《歲寒堂詩話》（臺北：藝文印書館《續歷代詩話》，民國 63 年 4 月版）卷下，頁 6：「『易識浮生理，難教一物違。水深魚極樂，林茂鳥知歸。』……此子美悟理之句也。杜子美作詩悟理。」

[122]　曾季貍《艇齋詩話》（臺北：藝文印書館《續歷代詩話》，民國 63 年 4 月版）頁 24。

　　　　東坡曰：「淵明詩初看若散緩，熟讀有奇趣。如曰：『日莫
　　　　巾柴車，路暗光已夕。歸人望煙火，稚子候簷隙。』又曰：
　　　　『採菊東籬下，悠然見南山。』又曰：『藹藹遠人村，依依
　　　　墟里煙，犬吠深巷中，雞鳴桑樹顛。』才意高遠，造語精到
　　　　如此，如大匠運斤，無斧鑿痕，不知者疲精力，至死不
　　　　悟。」東坡則曰：「山中老宿依然在，按上楞嚴已不看。」
　　　　細味之，無齟齬態，對甚的而字不露，得淵明遺意耳。

　　　　柳子厚詩曰：「漁翁夜傍西巖宿，曉汲清湘燃楚竹。煙消日
　　　　出不見人，欸乃一聲山水綠。回看天際下中流，巖上無心雲
　　　　相逐。」東坡云：「以奇趣為宗，反常合道為趣。熟味之，
　　　　此詩有奇趣，其尾兩句，雖不必亦可。」⓫

夫「日莫（暮）巾柴車，路暗光已夕」等四句詩，本非陶公之作⓬，

⓫　　魏慶之《詩人玉屑》（臺北：臺灣商務印書館，景印文淵閣《四庫全書》，
　　　集部第 420 冊，民國 75 年 3 月版）卷 10，頁 4。
⓬　　案：「日莫（暮）巾柴車……稚子候簷隙。」本為江淹擬陶之作，見《文
　　　選》卷 31，頁 23，其詩為：「種苗在東皋，苗生滿阡陌。雖有荷鋤倦，濁酒
　　　聊自適。日暮巾柴車，路暗光已夕。歸人望煙火，稚子候簷隙。問君亦何
　　　為，百年會有役。但願桑麻成，蠶月得紡績。素心正如此，開徑望三益。」
　　　王叔岷《陶淵明詩箋證稿》卷 2，頁 100，謂此詩乃後人誤入陶集者，「惟蘇
　　　東坡和陶詩已誤和此首，則此首之竄入陶集已久。」有宋詩話，如《詩人玉
　　　屑》引用東坡論此詩之辭，亦不之辨。蔡正孫《詩林廣記》卷 1，頁 12，亦
　　　以此詩為淵明之作，且曰：「陶集此題（歸園田居）有六首，此首乃末篇
　　　也。」

姑且不論。東坡既反覆厭飫於「采菊東籬下」二句，與夫「藹藹
（當作『曖曖』）遠人村」等兩韻矣，爰以「才高意遠，造語精
到，……如大匠運斤，無斧鑿痕」為評，而與「有奇趣」遙相照
應，然則詩之奇趣，當自「才高意遠」、「造語精到」、「無斧鑿
痕」三者而生耶。魏慶之踵武子瞻「奇趣」之論，以讚子瞻「山中
老宿依然在，桉上楞嚴已不看」一聯，並持「無齟齬態，對甚的而
字不露，得淵明遺意」為評。筆者以為「無齟齬態」，亦猶「無斧
鑿痕」也；「對甚的而字不露」可釋「造語精到」也；「得淵明遺
意」即具「才高意遠」之境也。

　　東坡評「采菊東籬下」一聯，有言：「因采菊而見山，境與意
會，此句最有妙處，……古人用意深微。」❶復云：「陶淵明意不
在詩，詩以寄其意耳。」❷《歷代確論》亦云：「淵明之於詩，直
寄焉耳。」❸晁補之云：「『采菊東籬下，悠然見南山。』……悠
然忘情，趣閑而意遠。此未可於文字精粗間求之。」❹蔣薰評陶淵

---

❶　蘇軾《東坡題跋》（臺北：廣文書局，民國 80 年 7 月版）卷 2，頁 4。

❷　見晁補之《無咎題跋》（臺北：廣文書局，民國 60 年 12 月版）卷 1，頁 2
　　引。

❸　胡仔《苕溪漁隱叢話後集》（臺北：臺灣商務印書館，景印文淵閣《四庫全
　　書》，集部第 419 冊，民國 75 年 3 月版）卷 1，頁 10：「苕溪漁隱曰：
　　『《遯齋閑覽》載涪翁云：「顏謝之詩，可謂不遺鑪錘之功矣，然淵明之牆
　　數仞而不得窺也。」余嘗疑其語不完，今於《歷代確論》得其全語云：「謝
　　康樂、庾義城（《詩話總龜後集》作『庾蘭成』）之於詩，鑪錘之功，不遺
　　力也；然陶彭澤之牆數仞，謝、庾未能窺者何哉？蓋二子有意於俗人贊其工
　　拙，至如淵明之於詩，直寄焉耳。」』」

❹　晁補之《雞肋集·題陶淵明詩後》（臺北：臺灣商務印書館，景印文淵閣
　　《四庫全書》，集部第 57 冊，民國 75 年 3 月版）卷 33，頁 2。

明〈飲酒二十首其五〉云：「此心高曠，興會自真，詩到佳處，只是語盡意不盡。」❿王士禛評此詩曰：「通章意在『心遠』二字，真意在此，忘言亦在此。從古高人只是心無凝滯，空洞無涯，故所見高遠，非一切名象之可障隔，……有時而當靜境，靜也，即動境亦靜。境有異而心無異者，遠故也。……山花人鳥，偶然相對，一片化機，天真自具，既無名象，不落言詮。」❿綜茲論評，可知陶公「采菊」，「悠然」一聯，實寄託高遠深微之趣，而有「心曠神怡，不期然而然」之妙❿，若其造語，則樸實清雋，胸有元氣，自然流出，了無雕鏤痕跡，而「奇趣」自此生焉。❿此一結論，持較東坡「才高意遠」、「無斧鑿痕」之評語，實無鑿枘。

　　復觀前修之俊賞「曖曖遠人村……雞鳴桑樹顛」等詩句，或曰：「雞鳴狗吠，瑣屑詳數，語俗而意雅，恰見去忙而就閒，極平常之景，各生趣味。」❿或曰：「景色生動。」❿或曰：「（此）

❿　見蔣熏評《陶淵明詩集》卷三，轉引自《陶淵明詩文彙評》（臺北：臺灣中華書局，民國 63 年 7 月版）頁 170。

❿　見王士禛《古學千金譜》。轉引自《陶淵明詩文彙評》（臺北：臺灣中華書局，民國 63 年 7 月版）頁 170。

❿　李辰冬《陶淵明評論》（臺北：東大圖書公司，民國 64 年 8 月版）頁 130。

❿　沈德潛《古詩源》（臺北：臺灣中華書局《四部備要》，民國 54 年 11 月版）卷 9，頁 3。

❿　見黃文煥《陶詩析義》卷二。轉引自《陶淵明詩文彙評》（臺北：臺灣中華書局，民國 63 年 7 月版）頁 48。

❿　見陳祚明評選《采菽堂古詩選》卷 13。轉引自《陶淵明詩文彙評》（臺北：臺灣中華書局，民國 63 年 7 月版）頁 52。

四語極村樸，是田家野老景色。」❸或曰：「『依依墟里煙。』斯入於化（境），以此求三百篇風旨不遠矣。」❸或曰：「筆勢騫舉，情景即目，得一幅畫意，而音節鏗鏘，措辭秀韻，均非塵世喫煙火食人語。」❸或曰：「狗吠二句學古樂府，（然）興象全別。」❸綜上所述，可知陶公「曖曖」、「依依」、「狗吠」、「雞鳴」等四句，其語言則村樸厚實，秀韻鏗鏘；其所呈意象則為田家野老之清景；其趣味則瀟灑出塵，無人間煙火氣；其境界則臻於化境，近乎三百篇之風旨。余以為若以「澄夐淡遠」四字蔽之，其殆庶幾乎！而「奇趣」亦由是生焉。此一結論，持較東坡「才高意遠」、「造語精到」、「如大匠運斤，無斧鑿痕」等評語，實無鑿枘。

「山中老宿依然在，案上楞嚴已不看。」蓋蘇子瞻〈贈惠山僧惠表〉一詩❸之頷聯，魏慶之云：「細味之，無齟齬態，對甚的而

---

❸　見楊雍建評說《詩鏡》10，〈晉第三〉。轉引自《陶淵明詩文彙評》（臺北：臺灣中華書局，民國 63 年 7 月版）頁 52。

❸　潘德輿《養一齋詩話》。見郭紹虞《清詩話續編》（臺北：木鐸出版社）頁 2061。

❸　方東樹《昭昧詹言》（臺北：漢京文化事業有限公司，民國 74 年 9 月版）卷 4，頁 106。

❸　吳汝綸評選《古詩鈔》引姚鼐語。轉引自《陶淵明詩文彙評》（臺北：臺灣中華書局，民國 63 年 7 月版）頁 53。

❸　王文誥《蘇文忠公詩編註集成・贈惠山僧惠表》（臺北：臺灣學生書局，民國 68 年 8 月版）卷 18，頁 15－16：「行遍天涯意未闌，將心到處遣人安。山中老宿依然在，案上楞嚴已不看。軟枕落花餘幾片，閉門新竹自千竿。客來茶罷空無有，盧橘楊梅尚帶酸。」

字不露，得淵明遺意（有奇趣）耳。」⑩案：東坡此詩，「禪語多於
禪趣」，杜師松柏已著論辨析矣。⑪且魏慶之所拈「山中」、「案
上」一聯，旨在稱美釋惠表「境臻大休歇，無俟從人問法，誦經了
義」，雖有禪味，而其去「才高意遠」之境，殆猶有一間之隔，魏
慶之「得淵明遺意」之評，猶可商榷。誠以淵明之詩，直寄其意，
悠然忘情；而東坡此聯，猶不免世俗頌美之思也。

　　欲明子瞻「奇趣」之涵義，須體子厚〈漁翁〉之詩趣。蘇子瞻
謂柳子厚此詩有「奇趣」，且以「（詩）以奇趣為宗，反常合道為
趣」釋之。夫研治詩話之道，固宜據詩話之論以稽原詩，考詩人之
作以證詩話；理論、作品，相與印核。世之論析柳宗元〈漁翁〉一
詩者，蓋亦夥矣，茲擇要臚陳其說，藉窺「奇趣」之涵義：

　　　柳子厚詩云：「漁翁夜傍西巖宿……巖上無心雲相逐。」此

---

⑩　蔡正孫《詩林廣記後集》（臺北：臺灣商務印書館，景印文淵閣《四庫全
　　書》，集部第421冊，民國75年3月版）卷3，頁14，引錄東坡〈贈惠山僧
　　惠表〉一詩，並綴《歐公詩話》一則，其內容（淵明詩初看若散緩，熟讀有
　　奇趣……真得淵明遺意也）悉同《詩人玉屑》卷10，頁4所錄者。此《歐公
　　詩話》若非筆誤，則必另有其書。此其一。蔡正孫亦謂東坡〈贈惠山僧惠
　　表〉一詩有奇趣，此其二也。

⑪　杜師松柏《禪學與唐宋詩學》（臺北：黎明文化事業公司，民國67年12月
　　版）頁358謂東坡〈贈惠山僧惠表〉詩之首聯「用達摩安心之禪典，美其遍
　　參諸方，以求開悟」。頷聯讚其已大休歇，不待從人問法，看經了義。「軟
　　枕落花餘幾片」，喻已刊落聲聞。「閉門新竹自千竿」謂能回機起用。而其
　　結聯「言其能如趙州從諗以飲茶接人而顯示超對待之禪機」，其末句「謂其
　　道無論酸甜，均可接人也」。杜師松柏曰：「東坡之詩，禪語多於禪趣。」
　　並舉此詩為例證。

賦中之興也。又唐詩云：「百尺絲綸直下垂，一波纔動萬波隨。夜靜水寒魚不餌，滿船空載月明歸。」此全是興也。言外之意超然。（吳沆說）⑭

柳柳州〈漁翁〉詩……氣清而飄逸，殆商調歟！（王文祿說）⑭

詩貴意，意貴遠不貴近，貴淡不貴濃；濃而近者易識，淡而遠者難知。如……李太白「桃花流水杳然去，別有天地非人間。」王摩詰「返景入深林，復照莓（青）苔上。」皆淡而愈遠。……柳子厚：「回看天際下中流，巖上無心雲相逐。」坡翁欲削此二句。論詩者類不免矮人看場之病。余謂若止用前四句，則與晚唐何異？（王昌會錄）⑭

柳宗元的那首〈漁翁〉詩，其中極受宋人讚賞的二句：「煙銷日出不見人，欸乃一聲山水綠」，它的技巧是從畫面上消失了漁舟，卻從畫面外響起漁人相應的呼聲。這呼聲與山水的綠色，一并投向讀者的聽覺與視覺裏來。「山水綠」三字

---

⑭　吳沆《環溪詩話》（廣文書局，民國 60 年 9 月版）卷下，頁 15。
⑭　王文祿《詩的》。轉引自《柳宗元詩文彙評》（明倫出版社，民國 60 年 10 月版）頁 251。
⑭　王昌會《詩話類編》（廣文書局，民國 62 年 9 月版）卷二十二，頁 41。此書卷首有吳之甲序，稱此書乃「漁獵今古，裒採詩話，彙萃成編」之作，故其所錄，未必為王昌會之言。

與上文是用突接的方式，給人的感覺是：一片綠光突然閃亮，所以更有奇趣。（黃永武說）**⑭⑤**

蘇東坡批此詩說：「詩以奇趣為宗，反常合道為趣，熟味此詩有奇趣。」所謂「有奇趣」，可說全在一個「綠」字。這個「綠」字，與王安石「春風又綠江南岸」之「綠」字同妙，皆是著一字而境界全出，意象俱活。（張高評說）**⑭⑥**

……本來漁歌自唱，山水自綠，兩者毫無關係；經詩人巧妙的剪輯，兩者結合在一起，就產生了一種瞬間并發的效果，好像是一唱漁歌使山水綠遍。「綠」在這裡不再是靜態的描述，而成了富於動感和突發性的呈現。試閉目一想，真覺得「勝景在目，奇趣蕩胸」（喻守真）。由於詩人新奇的構思，寫照，漁翁本來平淡無奇的飄泊生涯變得富有傳奇色彩，富有浪漫的詩意。（蔣寅說）**⑭⑦**

上列王（王文祿）、黃、張、蔣諸說，或非愜理饜心之論，以其或已論及「奇趣」，而未就「反常合道」之旨闡論；或僅就「綠」字索其「奇趣」，而未觀大體；或以「商調」讚〈漁翁〉詩──不知

---

⑭⑤　黃永武《中國詩學・設計篇》（巨流圖書公司，民國 81 年 5 月版）頁 15。
⑭⑥　黃永武、張高評合著《唐詩三百首鑑賞》（尚友出版社，民國 73 年 9 月版）頁 321。
⑭⑦　見《中國古代山水詩鑒賞辭典》（江蘇古籍出版社，1989 年 7 月版）頁442。

「商調」者，其情悽愴怨慕者也，子厚〈漁翁〉一詩，寧有悽愴怨慕之情耶？中的之評，其惟吳沆之說，與王昌會所錄之詩話。吳沆所徵「百尺絲綸」一詩，見《五燈會元》卷五，作者為船子德誠，「百尺」當作「千尺」，「魚不餌」當作「魚不食」。吳沆以子厚〈漁翁〉詩與船子德誠詩相提並論，且謂此二詩「言外之意超然」；王昌會所錄詩話以「淡而愈遠」評〈漁翁〉詩，其說誠是，蓋東坡即以「才意高遠」釋「奇趣」也。顧其所謂「言外超然之意」、「淡而愈遠」之意，究何所指，則吳、王二賢未之道也。請稽杜師松柏《禪學與唐宋詩學》一書，試述此「超然淡遠之意，反常合道之趣」。

《五燈會元·船子德誠禪師》載：「秀州華亭船子德誠禪師，節操高邈，度量不群。自印心於藥山，與道吾、雲巖為同道交。……至秀州華亭，泛一小舟，隨緣度日，以接四方往來之者。時人莫知其高蹈，因號船子和尚。……師有偈曰：『……千尺絲綸直下垂，一波纔動萬波隨。夜靜水寒人不食，滿船空載月明歸。』……『有一魚兮偉莫裁，混融包納信奇哉。能變化，吐風雷，下線何曾釣得來。』」又載：夾山善會散服束裝，直造華亭，船子德誠以「垂絲千尺，頭在深潭，離鉤三寸，子何不道？」詰之，「山擬開口，被師一橈打落水中；山纔上船，師又道：『道！道！』山擬開口，師又打，山豁然大悟，乃點頭三下。」[148]

船子德誠所謂「垂絲三尺，頭在深潭，離鉤三寸，離鉤三寸」

---

[148]　釋普濟《五燈會元》（北京：中華書局，1984 年 10 月版）頁 275－276。

云云，乃「以魚喻自性，離鉤三寸，喻將得未得，將悟未悟之時」也。●至於「有一魚兮偉莫裁，混融包納信奇哉。能變化，吐風雷，下線何曾釣得來」，蓋謂偉魚非絲綸可釣，猶自性非言語可詮；魚不可釣，反常也，自性不可說，合道也。若以東坡之眼觀之，此詩可謂有奇趣者。若夫船子德誠「千尺絲綸直下垂」一詩，亦與此同趣。絲綸下垂而魚不食餌，反常也，然以喻自性之不可以言說，則合道矣；寒水空船，載月而歸；斯默證玄旨，不落言詮，亦合至道。此蓋其「超然言外之意」也。苟會斯義，復省柳宗元〈漁翁〉一詩，則可思過半矣。杜師松柏嘗云：

> 此詩得臨濟「奪人不奪境」●之義，漁翁夜宿西岩，汲江燃竹，日出煙銷而人不見，山青水綠之中而櫓槳欸乃，回看天際而舟已下中流，惟見岩上宿處，白雲無心相逐，試取柳州〈禪堂〉詩：「山花落幽戶，中有忘機客。涉有本非取，照空不待析。萬籟俱緣生，窅然喧中寂。心鏡本洞如，鳥飛無遺跡。」「心境本洞如，鳥飛無遺跡」，非「回看天際下中流，岩上無心雲相逐」，去住無礙之意境乎。「日出煙銷不見人，欸乃一聲山水綠」，乃反用「窅然喧中寂」之意而表出「寂中喧」之意，然則此不羈之漁翁，豈非山中之忘機客

● 杜師松柏《禪學與唐宋詩學》（臺北：黎明文化事業公司，民國 67 年 12 月版）頁 228。

● 「奪人不奪境」為臨濟四奪之一，杜師松柏嘗釋之：「奪人不奪境，謂示以現象界之妙有，而不示以本體真空之玄微。」見《禪學與唐宋詩學》（臺北：黎明文化事業公司，民國 67 年 12 月版）頁 250。

乎。全詩固在表現超然塵外，清靜不染，去住不礙不繫之意
境，奇趣其在是矣，蘇氏謂末二句可不必，恐不足以知柳柳
州此詩也。⑮

誠以「本心洞如，去住無礙」之玄微旨趣，正藉「天際漁舟、岩上
孤雲」此「現象界之妙有」而顯，故曰：此詩得臨濟「奪人不奪
境」之義。夫詩人之篇詠，如或言及動靜喧寂，往往以喧襯寂，如
王維〈皇甫岳雲谿雜題五首其一、鳥鳴澗〉：「人閒桂花落，夜靜
春山空。月出驚山鳥，時鳴春澗中。」⑮《詩話總龜》所錄劉宋王
籍詩：「蟬噪林逾靜，鳥鳴山更幽。」⑮《冷齋夜話》載唐人詩：
「驚蟬移別柳，鬥雀墮閑庭。」⑮此皆以喧襯寂，而為詩評家所樂
道者。顧柳子厚「欸乃一聲山水綠」乃一反詩人以喧襯寂之常，而
以寂襯喧，示「寂中喧」之意，由是而體現「動靜喧寂一如之
道」。此柳宗元〈漁翁〉詩所以「反常合道」而蘊「奇趣」者也。
　　彙聚蘇軾、魏慶之之說，試詮詩有奇趣之義。詩之奇趣，必由
才意高遠、造語精到，且其語渾然，全無斧鑿雕潤之痕跡等條件融
鑄呈顯。而「意高遠」者，詩意高遠、簡遠、澹遠、閑遠，超然塵

⑮　杜師松柏《禪學與唐宋詩學》（臺北：黎明文化事業公司，民國 67 年 12 月
　　版）頁 346－347。
⑮　趙殿成《王右丞集箋注》（臺北：河洛圖書出版社，民國 64 年 3 月版）卷
　　13，頁 240。
⑮　阮閱《詩話總龜》（臺北：臺灣商務印書館，景印文淵閣《四庫全書》，集
　　部第 417 冊，民國 75 年 3 月版）卷 5，頁 16。
⑮　釋惠洪《冷齋夜話》（臺北：弘道文化事業公司《詩話叢刊》，民國 60 年 3
　　月版）卷 5。

外，反常合道之謂也。凡此蘊含奇趣之詩，必合大道，而寓至理。若詩人以理語入詩，而能蘊茲「奇趣」，以明至理，必可鑄就上乘之說理詩。雖然，東坡所論「南遷二友（陶淵明、柳宗元）」詩之有奇趣者，或屬田園之作，或屬山水之詩，初為雒誦，不覺其說理；俟其反覆厭飫，一再咀嚼，而反常合道之奇趣，遂覺無窮焉。以其「或寓理於景（物色），或以物色擬理，……將理消融在物色裏，而於山水物色之外，更有令人低味迴環之處……能供人細細玩味」⑮也。若就廣義言之，凡寓至理，有奇趣之什篇，詎非亦可名之以「說理」耶！

四、得天趣之詩

釋惠洪《冷齋夜話》載其弟超然論摩詰、半山詩「得於天趣」之言曰：

> 吾弟超然喜詩，其為人純至有風味，嘗曰：「……王維摩詰〈山中〉詩曰：『溪清白石出，天寒紅葉稀。山路元無雨，空翠濕人衣。』舒王百家衣體曰：『相看不忍發，慘澹暮潮平。欲別更攜手，月明洲渚生。』此皆得於天趣。」予問之曰：「句法固佳，然何以識其天趣？」超然曰：「能知蕭何所以識韓信，則天趣可言。」竟不能詰。⑯

---

⑮ 饒宗頤《文轍》（臺北：臺灣學生書局，民國80年11月版）頁913。
⑯ 釋惠洪《冷齋夜話》（臺北：弘道文化事業公司《詩話叢刊》，民國60年3月版）卷4。

上所引王維〈山中〉詩，見趙殿成《王右丞集箋注》卷十五，〈外編〉所錄。舒王「相看不忍發」一詩，見李壁《王荊公詩箋注》卷四十，題為「離昇州作」。夫超然「天趣」之說，語太渾淪，解之不易。亦猶韓子蒼令人參「打起黃鶯兒」一詩，呂居仁令人參「汴水日馳三百里」一詩，以悟詩法⓴也。雖然，「天趣」之說，亦非全不可解。《詩人玉屑》載晁迥《法藏碎金錄》之言曰：

> 李白〈盧山東林寺夜懷〉詩：「我尋青蓮宇，獨往謝城闕。霜清東林鍾，水白虎溪月。天香生虛空，天樂鳴不歇。宴坐寂不動，大千入毫髮。湛然冥真心，曠劫斷出沒。」予因思靜勝境中，當有自然清氣，名曰天香；自流清音，名曰天樂。予故以聞靈響，自為天簧，亦取天籟之義。此蓋唯變所適，不可致詰也。⓵

夫靜閑之勝境中，既有自然清香，自流清音，名之曰「天香」、「天樂」，則此勝境所呈韻趣，寧非「天趣」耶？晁迥曰：「此蓋唯變所適，不可致詰。」亦猶超然所謂「能知蕭何所以識韓信，則天趣可知」也。蓋此「天趣」可以意會，不能言詮也。然而杜師松

⓴ 見魏慶之《詩人玉屑》（臺北：臺灣商務印書館，景印文淵閣《四庫全書》，集部第 420 冊，民國 75 年 3 月版）卷 6，頁 12，引《小園解后錄》。

⓵ 魏慶之《詩人玉屑》（臺北：臺灣商務印書館，《國學基本叢書》，民國 57 年 6 月版）卷 14，頁 240。

柏則徵引沈彭齡釋曾國藩「神機」之論[159]而闡發詳盡，暢抉「天趣」之奧旨：

> 夫神到機到，無心遇之，偶然觸之，孰有逾於禪人之觸機開
> 悟者乎，如洞山良价之涉水覩影、香嚴智閑之擊竹聞聲，靈
> 雲之覩桃花悟道，如此之類，不勝枚舉。禪人以之悟道，詩
> 人以之得詩，其揆一也。又禪祖師之垂法開示，尤多神到機
> 到，偶然觸發之辭。如趙州三答學人問祖師西來意，一答為
> 庭前柏樹子，再答為敲床腳三下，三答為下禪床立，無非觸
> 機而發，無心用之，禪宗之公案偈詩，多係如此，此錢默存
> 《談藝錄》所謂「唯禪宗公案偈語，句不停意，用不停機，
> 口角靈活」。神到機到，則其詩渾成而無雕鑿之痕，「人巧
> 極而天工錯，徑路絕而風雲通」，天趣出焉。前所引貫休之
> 「風觸好花文錦落，砌橫流水玉琴斜」，與李翱之「我來問
> 道無餘話，雲在青霄雨在瓶」，前詩乃「人巧極而天工錯」
> 之最佳例證，後詩係「徑路絕而風雲通」之無上詮說。蓋神
> 機者乃詩人之偶得觸發，天趣者乃讀詩者之感受領會，夫天

---

[159] 沈彭齡《怡園詩話》（《東北叢刊》第二期）：「《曾文正公日記》云……
擬再鈔古近體詩……而別增一神機之屬，機者無心遇之，偶然觸之，姚惜抱
謂文王、周公易繫辭、爻辭，其取象亦偶然觸於其機，假令易一日而為之，
其機之所觸少變，則其辭之取象亦少異矣。余嘗嘆為知言。神者人功與天機
相湊泊，如卜筮之有繇辭，如《左傳》諸史之有童謠，如佛書之有偈語，其
義在可解不可解之間，古人有所託諷……亦往往多神到機到之語，即宋世名
家之詩，亦皆人巧極而天工錯，徑路絕而風雲通，蓋必可與言機，可與言
神，而後極詩之能事。」轉引自杜師松柏《禪學與唐宋詩學》頁333。

趣之詩而入禪則為禪趣矣，又如龍濟紹修禪師贈曹山本寂
云：「風動心搖樹，雲生性起塵」，天趣之中而有禪意，王
維詩：「行到水窮處，坐看雲起時。」豈非徑路絕而風雲通
乎，而禪機寓焉。」⑯

會通「天趣」與「禪趣」，妙發前人所未發，洵道眼所照，洞識幽
微者也。細觀摩詰〈山中〉詩之首二句「溪清白石出，天寒紅葉
稀」，蓋謂「象窮道現，體由用顯」，三、四句「山路元無雨，空
翠濕人衣」則謂至道希夷，雖無聲色臭味，然若天君虛靈，則此至
道，亦非不可通感。此蓋以道眼觀之，則「唯變所適」，而天趣悉
呈焉。

　　夫「天趣」者，既為神到機到，無心遇之，偶然觸之，人巧極
而天工錯，徑路絕而風雲通之謂。若觸類而長之，則亦可以觀羅大
經之論杜詩：

　　杜少陵絕句云：「遲日江山麗，春風花草香。泥融飛燕子，
　　沙暖睡鴛鴦。」或謂此與兒童之屬對何以異。余曰：不然。
　　上二句見兩間莫非生意，下二句見萬物莫不適性。於此而涵
　　詠之，體認之，豈不足以感發吾心之真樂乎？大抵古人好詩
　　在人如何看，在人把做甚麼用，如……「野色更無山隔斷，
　　天光直與水相通。」「樂意相關禽對語，生香不斷樹交
　　花。」等句，只把做景物看亦可，把做道理看，其中亦儘有

---

⑯　杜師松柏《禪學與唐宋詩學》頁 334。

可玩索處，太抵看詩，要胸次玲瓏活絡。❶

杜少陵詩云：「雨晴山不改，晴罷峽如新。」言或雨或晴，
山之體本無改變，然既雨初晴，則山之精神煥然乃如新焉。
朱文公〈寄籍溪胡原仲詩〉云：「甕牖前頭翠作屏，晚來相
對靜儀刑。浮雲一任閑舒卷，萬古青山只麼青。」胡五峰見
之，以為有體而無用，乃賡之曰：「幽人偏愛青山好，為是
青山青不老。山中雲出雨乾坤，洗出一番山更好。」文公用
杜上句意，五峰用杜下句意；然杜只是寫物，二公則以喻
道。❷

馮友蘭撰《新知言》謂：「一詩，若能以可感覺者表顯不可感覺、
只可思議者，以及不可感覺、亦不可思議者，則其詩是進於『道』
底詩。」❸前所論王摩詰〈山中〉詩，與杜少陵「遲日江山麗」

---

❶　羅大經《鶴林玉露》（臺北：臺灣開明書店，民國 57 年 11 月版）卷 8，頁
11。

❷　同注❶，卷 12，頁 3。案：魏慶之《詩人玉屑》卷 10，頁 10，亦載此事，而
文字略有出入：「先生送胡籍（《鶴林玉露》作「籍」，當從「竹」作
「籍」，胡憲，字原仲，世稱籍溪先生。）溪有詩云：『甕牖前頭列翠屏，
晚來相對靜儀刑。浮雲一任閑舒卷，萬古青山只麼青。』胡五峰見之，因謂
其學者張敬夫曰：『吾未識此人，然觀其詩，知其庶幾能有進矣；特其言有
體而無用，故吾為是詩以箴警之，庶其聞而有發也。』五峰詩云：『幽人偏
愛青山好，為是青山青不老。山中出雲雨太虛，一洗塵埃山更好。』」

❸　見馮友蘭《新知言》第 10 章，〈論詩〉。

詩、「雨天晴不改」詩首二句❹，若如朱文公〈寄籍溪胡原仲〉詩與胡五峰「幽人偏愛青山好」一詩，「把（〈雨晴〉首聯『雨天晴不改，晴罷峽如新』）作道理看」，則以「進於道」之詩目之，其誰曰不宜！而其神到機到，無心遇之之天趣，自足「感發吾心之真樂」也。至若「樂意」、「生香」一聯，「野色」、「天光」二句，則其「『對與交』之所在，『無隔與連』之所在，即天心所在也。……當下於自然之形色，即見宇宙生機之洋溢，生意之流行」❺，而「人巧極而天工錯，徑路絕而風雲通」之天趣，即於是寓焉。

　　要而言之，「得天趣」之詩，當即如黃裳〈章安詩集序〉所謂「有道者之詩」：「……章句之作，有自優游平易中來，天理自感，若無意於為詩者，此體最高，誰輒可許，如相貴人，久而益愛之，清奇怪秀，無所不有。又如大塊噫氣，以發眾竅，俄會於太虛，然後有天籟，未常容力焉，是豈一律之所能制，有心者之所能為者耶？有道者之詩也。」❻誠以「天理自感，若無意於為詩者」、「大塊噫氣，而有天籟，未嘗容力」，蓋亦「神到機到，無心遇之」者也，是之謂得天趣之詩。

---

❹　杜甫〈雨晴〉詩：「雨晴山不改，晴罷峽如新。天路看殊俗，秋江思殺人。有猿揮淚盡，無犬附書頻。故國愁眉外，長歌欲損神。」見仇兆鰲《杜詩詳注》卷 15，頁 1330。

❺　唐君毅《中國文化之精神價值》（臺北：正中書局，民國 62 年 3 月版）頁24。

❻　黃裳《演山集》（臺北：臺灣商務印書館，景印文淵閣《四庫全書》，集部第 59 冊，民國 75 年 3 月版）卷 21，頁 11。

第八章　結　論

　　宋代詩話為數甚夥，且不乏卷秩浩繁之作，既為詩學理論之寶藏，復饒文學批評之津梁，其衣被後學，非一代也。本書撰述之際，初未敢成心在先，架構先擬，然後蒐採宋代詩話之論議，證成既經設定之結論。各章各節之論述也，莫不先行逐條詳閱詩話，依詩話文獻所顯示之意義，鑽堅求通，類聚群分，擬就章節之名目，然後逐一論述，以期窺知宋代詩話論詩之內涵。暨乎群章初就，反復循讀，若有所見，述之於後。

　　壹、宋代詩話群編論及詩之抒情也，綜其結論，可得六項：

　　一、「情性」、「性情」二語，數見於宋代詩話，析較其涵義，大抵相同。

　　二、詩源乎心而繫乎情，故吟詠情性，貴乎真誠。若形諸譬喻，則「如印印泥」之喻，足以明之。

　　三、人之情懷、詩之情感，俱根於性；而其情之正偏善惡，亦繫乎性。詩人之篇詠，若欲止乎禮義，而得情性之正，則須涵養以濟之。涵養之道，在於養氣積學，止乎禮義，豐其支援意識，而收「思之思之，鬼神通之」之效。

　　四、詩中之情感，以溫厚寬和為尚。樂而不淫，哀而不傷，憂

而不困，怨而不怒，婉而不迫，寫情而不為情所牽❶，則其詩篇，庶臻「詞溫而正」之境。

五、以道化情，憂樂兩忘，超世遺物，進而轉化提昇，以臻於絕對之境界，此陶淵明之得情性之正者也。忠義惓惓，不形怨望❷，無褊忮之辭，無窮屈之態，此杜少陵之得情性之正者也。陶、杜高情，古今詩人，殆罕望其項背。宋代詩話編、撰者亦莫不讚譽，幾無異議。

六、李義山譏諷唐玄宗之詩，頗乖溫厚之教；鮑明遠之撰〈松柏篇〉，秦少游之撰自挽詞，慟傷於物化，忉怛而慘惻，此皆牽溺乎情而弗得其正者，洵不足以語於得情性之正者也。

貳、宋代詩話群編論及詩之寫景也，綜其結論，可得十一項：

一、寫景之詩，當求中的。中的者，摹寫景物，如鏡取形，如燈取影，貼切真實，精確不移者也。

二、寫景之詩而類乎圖經者，必為「狀甲方之景，絕不可移狀乙地」；觀眼前之景物，悉如詩中之語言。若躬歷實景實境，必可印證其詩摹寫景物之工巧精確。劉克莊、林亦之嘗再三措意於斯。

---

❶ 范晞文《對床夜語》（臺北：藝文印書館《續歷代詩話》，民國 63 年 4 月版）卷 2，頁 6：「七言律詩……寫情而不為情所牽。」

❷ 黃徹《䂬溪詩話》（臺北：藝文印書館《續歷代詩話》）卷 4，頁 1：「老杜云：『扁舟空老去，無補聖明朝。』又云：『報主身已老。』以稷契筆人，而使老棄閒曠，非惟不形怨望，且惓惓如此。」胡仔《苕溪漁隱叢話》（臺北：臺灣商務印書館景印文淵閣《四庫全書》，集部第 419 冊，民國 75 年 3 月版）卷 15，頁 7：「《潘子真詩話》云：『山谷嘗謂余言：老杜雖在流落顛沛，未嘗一日不在本朝。故善陳時事，句律精深，超古作者。忠義之氣，感發而然。』」

　　三、賦詩寫景，必親覽景物，親歷其境，然後搦管摛辭，庶幾得寫景中的之作。苟弗對景當境，惟事向壁虛構，有若張文昌之〈成都曲〉，其不流於徐師川所謂「脫空詩」者幾希矣。

　　四、精密之心、靈視之力、敏妙之筆，與夫控御文字之深厚功力，皆賦詩寫景中的之必要條件也。

　　五、梅聖俞論詩之寫景也，其義凡二：曰「寫景之善者」，曰「寫景之至者」。「語新意工，得前人所未道」，前者之要求也：「狀難寫之景，如在目前；含不盡之意，見於言外」，後者之境界也。葛立方之論詩，踵武梅聖俞，以梅氏之詩聯，印證梅氏「寫景之至者」此一詩論。可謂具實證之精神，作聖俞之功臣者矣。

　　六、司馬光、張耒、吳子良三人，活用梅聖俞之寫景詩論以評詩，而吳子良尤將「比較評鑑法」與梅聖俞之寫景詩論兩相結合，以為衡鑑詩作之資。此於文學批評之學理，實具深刻意義。

　　七、張戒《歲寒堂詩話》賡創新說，援引梅聖俞之寫景詩論，詮評曹子建、陶淵明之詩作，獨具隻眼，妙發新義。復假劉彥和《文心雕龍‧隱秀》之旨，而與梅聖俞「寫景之至者」之詩論等量齊觀，雖考之未精，不能無瑕，然啟迪後昆，亦非無功。

　　八、宋代詩話群編論詩之寫景，言及至極之境，動有「詩如化工」、「凌轢造物」、「傳造化之妙」等評論。繹其內涵，蓋謂寫景之詩，其筆力雄贍，而能發天地鬼神之祕，寫風雷寒暑之變，狀蟲魚鳥獸之情，呈草木泉石之韻；而能有渾涵無跡、神妙無方之象，千形萬狀、體貌多姿之觀者也。

　　九、王安石「凌轢造物」之義，可與李長吉「筆補造化天無功」之說相通。夫天地之大美，山水之精神，須藉詩歌之陶融傳

寫，方得呈顯。是以詩人鑿幽索祕，冥蒐萬象，陶冶物情，流連光景，而於景物山水之性理與氣韻，深有所會，從而形諸篇詠，是之謂「凌轢造物」，是能「傳造化之妙」。范溫評杜甫詩「窮盡性理，移奪造化」，當亦著眼於此。

十、宋代詩話論及詩之寫景也，猶有一義，曰「情景兼融」。此說始見於范晞文《對床夜語》：「『樹搖幽鳥夢，螢入定僧衣』；『勁風吹雪聚，渴鳥啄冰開』；『古廳眠易魘，老吏語多虛』；『坡暖冬生筍，松涼夏健人』；『林花掃更落，逕草踏還生』……『古壁燈熏畫，秋琴雨漫絃』；『草礙人行緩，花繁鳥度遲』，右數聯亦晚唐警句，前此少有表而出之者。蓋不獨『雞聲』、『人跡』，『風暖』、『日高』等作而已。情景兼融，句意兩極，琢磨瑕垢，發揚光綵。殆玉人之攻玉，錦工之織錦也。然求其聲諧〈韶〉〈濩〉，氣泐金石，則無有焉。識者口未誦而心先厭之矣。……」❸細繹范晞文之意，蓋謂「樹搖幽鳥夢，螢入定僧衣」等「晚唐警句」，雖有「情景兼融，句意兩極，琢磨瑕垢，發揚光綵」之象，然不免斧鑿之痕，非如溫庭筠「雞聲茅店月，人跡板橋霜」；杜荀鶴「風暖鳥聲碎，日高花影重」（〈春宮怨〉）等詩句之臻於「寫景之至者」（「狀難寫之景，如在目前；含不盡之意，見於言外」）之境界也。世之論「情景交融」者，輒持范晞文所述「情景兼融」之「晚唐警句」，以與「狀難寫之景，如在目前；含不盡之意，見於言外」相提並論，以為胥臻寫景詩之至境。實則范晞文所謂「情景兼融」之詩例，皆屬「情景兼融，句意兩極，琢磨瑕垢，

---

❸　同注❶，卷2，頁2。

發揚光綵」之詩句,格隸晚唐,並非第一流之寫景詩。故知「情景兼融」與「情景交融」不宜混為一談也。

　　十一、范晞文復曰:「老杜詩:『天高雲去盡,江迴月來遲。衰謝多扶病,招邀屢有期。』上聯景,下聯情。『身無卻少壯,跡有但羈棲。江水流城郭,春風入鼓鼙。』上聯情,下聯景。『水流心不競,雲在意俱遲。』景中之情也。『卷簾惟白水,隱几亦青山。』情中之景也。『感時花濺淚,恨別鳥驚心。』情景相觸而莫分也。『白首多年疾,秋天昨夜涼』;『高風下木葉,永夜攬貂裘』,一句情,一句景也。故固知景無情不發,情無景不生。或者便謂首首當如此,則失之甚矣。」❹范晞文以杜甫寫景詩為例,將詩中「情語」、「景語」相配合之情形,分類析述,而得「景無情不發,情無景不生」（即情景相生）❺之結論。其「情景兼融」、「情景相觸」,乃「情景相融」（非「情景交融」）、「情景合一」之意❻,宋代詩話中,以「情」、「景」二詞相題並論,而探討二者之關係者,其惟范晞文之《對床夜語》而已乎。其餘詩話,或曰:「意與境會。」❼或曰:「景與意會。」❽皆未有以「情」、

---

❹　同注❸。

❺　周振甫《詩詞例話》（臺北:長安出版社,民國 72 年 10 月版）頁,論「情景相生」,即引用范晞文此則詩話。

❻　杜師松柏〈王船山詩論中的情景說探微〉,見《第二屆清代學術研討會論文集》頁 363。

❼　葉夢得《石林詩話》（臺北:藝文印書館《歷代詩話》,民國 63 年 4 月版）卷中,頁 7:「意與境會,言中其節,凡字皆可用也。」

「景」對舉，而論其於詩中相融相生之現象者。范晞文之論，實為後世以「情」、「景」對舉而論詩之濫觴。

參、宋代詩話群編論及詩之詠物也，綜其結論，可得四項：

一、「寫物逼真，揣摩形似」之詩，其摹狀物象，能熨貼精透，如印印泥，此宋代詩話論詩之詠物之第一層境界也。

二、蘇子瞻謂《詩經·衛風·氓》「桑之未落，其葉沃若」之寫桑樹；林和靖「疏影橫斜水清淺，暗香浮動月黃昏」之寫梅花；皮襲美「無情有恨何人見，月曉風清欲墜時」之寫白蓮，皆有「寫物之功」。若持上述諸詩，衡諸宋代詩話論詩之詠物，固當視之為「詠物而呈神韻」之作。此宋代詩話論詩之詠物之第二層境界也。

三、蘇軾之詠酴醾花也，「不粧豔已絕，無風香自遠……餘妍入此花，千載尚清婉」云云，寄託君子美人之思；黃庭堅之詠水仙花也，「含香體素欲傾城，山礬是弟梅是兄」云云，亦寓君子美人之思。至於胡仔之詠黃白菊，呂公著之詠癭木壺，亦皆宋代詩話所論「賦詩詠物而託物寓意」之名篇。而詠物所寓之意，尤貴有風屬、規戒之思。此宋代詩話論詩之詠物之第三層境界也。

四、宋代詩話論詩之詠物，尤有一義，即「詠物而窮本探妙，

---

❽　張戒《歲寒堂詩話》（臺北：臺灣商務印書館景印文淵閣《四庫全書》，集部第 418 冊，民國 75 年 3 月版）卷下，頁 6：「『啼烏爭引子，鳴鶴不歸林。下食遭泥去，高飛恨九陰。』子美之志可見矣。『下食遭泥去』，則固窮之節；『高飛恨九陰』，則避亂之急也。子美之志，其所蓄積如此，而目前之景，適與意會。」張鎡《詩學規範》第 14 則：「文忠公於常建詩，愛其『竹徑通幽處，禪房花木深』，謂此景與意會，常欲道之而不得也。」見郭紹虞《宋詩話輯佚》（北京：中華書局，1987 年 5 月版）頁 613。

曲當其理」。則韋應物之〈聽嘉陵江水聲寄深上人〉、王安石之〈吳長文新得顏公壞碑〉、蘇軾之〈龍尾硯歌并引〉、黃庭堅之〈和答錢穆父詠猩猩毛筆〉等詩，可為典型。上述詠物之作，皆能體察所詠事物所含之理，以及物外之意，甚者且有窮盡性理，移奪造化之功。此宋代詩話論詩之詠物之第四層境界也。

　　肆、宋代詩話群編論及詩之詠史也，綜其結論，可得三項：

　　一、宋代詩話所論評之詠史詩，每多「史論型之詠史詩」。此蓋由於唐以後「史論型之詠史詩」針對古人古事，抒發議論，且往往刻意翻案，喜持異議；而宋人復尚理重理，雅好議論，蔚然成風也。宋代詩話編、撰者之評論詠史詩也，常側重於其立意、議論、義理之探討，洵非出於偶然。細繹宋代詩話編、撰者之持論，可知詩之立意，不宜蹈襲前人，或與前人之作相犯；縱使偶或蹈襲，亦當自出機杼，庶生新意。而詠史之詩，詠論古人古事，尤應自出心裁，發前人之所未發，乃為可貴。若詠史詩詠歌同一題材，其立意與前人之作無甚差別，則此詩亦可以不作矣。

　　二、詠史詩所詠之對象，既為古人古事，則感懷之外，議論自不可免。胡曾之詠史詩，固以議論為主，然其詩篇「興寄頗淺，格調亦卑」❾，如其〈不周山〉云：「共工爭地力窮秋，因此捐生觸不周。遂使世間多感客，至今哀怨水東流。」〈圯橋〉：「廟算張良獨有餘，少年逃難下邳初。逡巡不進泥中履，爭得先生一卷

---

❾　紀昀《四庫全書總目》（臺北：藝文印書館，民國 63 年 10 月版）卷 151，頁 27。

書。」❿徒然流於敘述史事之韻語，老生之常譚。葛立方、劉克莊於其詩話中論及詩之詠史也，或主張「議論不可虛發」，或強調「議論不可成為書生之空言」。故知詠史詩之議論，應力求精實確當。

三、理想之詠史詩，尤貴以詩之形式妙發議論，由事明理，由史觀道；並於屬辭行文之際，潤之以情韻，而成義理精熟、耐人尋味之作。曾季貍《艇齋詩話》謂王荊公詠史詩「義理精深」，吳子良《荊溪林下偶談》持「君子進退存亡，要不失正」之義，較論詩人詠秦穆公之三良之詩，而獨推重蘇軾晚年〈和陶詠三良〉詩「閱義理熟」。文藝、義理，皆到老乃成，此一例也。若循曾季貍、吳子良詩話所示之線索，詳為稽考印證，可知曾、吳二公之論證精闢，亦可知「詠史詩當以義理精熟為貴」之詩論，實非妄發。

伍、宋代詩話群編論及詩之敘事也，綜其結論，可得六項：

一、白居易詩之喜書歲月，紀俸祿者，往往不遺瑣細，恐或失之。類此「質直敘事」之作，持較杜甫敘事婉曲之詩，如〈秋日荊南述懷三十韻〉、〈風疾舟中伏枕書懷三十六韻奉呈湖南親友〉等詩，誠難以望其項背。

二、詩之敘事，輒在明理。直敘其事，是非自見，此詩之善敘事以明理也。

三、詩之敘事，往往狀景、寄情。直敘其事，而情景宛然，如在目前，此則詩之善敘事以狀景也。藏情事中，潤事以情，則餘味

---

❿　此二詩分見胡曾《詠史詩》（臺北：臺灣商務印書館景印文淵閣《四庫全書》，集部第 22 冊，民國 75 年 3 月版）卷上，頁 1；卷下，頁 7。

曲包，感人甚深，此則詩之善敘事以寄情也。

四、詩之篇幅，較為有限。敘事詳贍，巨細靡遺，究屬不宜。是以詩之敘事貴言簡而意盡。周紫芝《竹坡詩話》所拈「敘事簡當，而不害其為工」；劉克莊《後村詩話》所拈之「簡而切」，皆足以闡其旨趣。

五、鋪敘之詩，一篇之中，敘事、寫景之句，宜求其相稱，此《文心雕龍・鎔裁》所謂「規範本體」之事也。若能借景明事以起情，則尤屬難能。

六、魏泰《臨漢隱居詩話》之評石曼卿〈籌筆驛〉等詩，胡仔之評唐子西〈上張天覺內前行〉詩，劉克莊之評梅聖俞詩，蔡寬夫之評杜子美詩，皆稱其「善敘事」，此蓋就其表達之手法而為論評也。**⓫**

陸、宋代詩話群編論及詩之說理也，綜其結論，可得九項：

一、宋代詩話論列宋人主理、重理之說，初不限於以理論詩。其於自然萬物、宇宙人生之理，亦往往諦觀推論，而形之於詩話。宋人好為知性之省思，由此亦可概見。

二、宋代詩話之編、撰者，喜持「不畔於理」、「須當於理」、「以理為主」、「精於理」、「窮盡性理」等說，以論詩之

⓫　胡仔《苕溪漁隱叢話前集》（臺北：臺灣商務印書館景印文淵閣《四庫全書》，集部第 419 冊，民國 75 年 3 月版）卷 18，頁 6，引《蔡寬夫詩話》云：「子美詩善敘事，故號詩史。其律詩多至百韻，本末貫穿如一辭，前此蓋未有。」龔鵬程〈史詩與詩史〉（臺北：《中外文學》12 卷，2 期）以為《蔡寬夫詩話》謂「子美詩善敘事，故號詩史」，「講得是（《春秋》其文則史）這個層面，就其表達手法而論。」

創作，以事詩之批評。而其所評詩作，復廣及於詩之抒情、寫景、詠物、詠史等範圍，初非囿於詩之說理者也。

三、詩人之作，每乞靈於夸飾之修辭法。苟能「夸而有節，飾而不誣」❷，合於修辭學理；或雖反常而合道，亦不宜以「無理」非之。

四、詩人之什篇，其有義理雖通，而其詩語則淺俗可笑者，宋代詩話每以「詩病」譏之。

五、夫以理語入詩，是謂說理詩。歷觀宋代詩話所載詩論，則凡「以議論為詩」，或「含蘊理趣、奇趣、天趣」之作，亦皆可以說理詩視之。

六、宋代詩話凡以「好議論」、「第一等議論」、「覩道」、「具眼」等評語稱美詩篇者，則此類詩篇，必皆深明義理，而其文辭，輒有簡當之風。此誠說理詩之佳構也。

七、蘇軾之論陶淵明、柳宗元之詩也，首揭「詩以奇趣為宗，反常合道為趣」一義。自《詩人玉屑》之編撰者魏慶之以還，詮其義以釋柳宗元〈漁翁〉（「漁翁夜傍西巖宿」）一詩者，代有其人。而其足以作蘇、柳之鄭箋者，或當推杜師松柏《禪學與唐宋詩學》書中所論者歟。杜師援柳宗元〈禪堂〉詩「萬籟俱緣生，窅然喧中寂。心境本洞如，鳥飛無遺跡」等句，釋柳宗元〈漁翁〉詩，非惟以柳詩證柳詩，抑且依禪學立說，深抉〈漁翁〉奧旨，遂使蘇軾「奇趣」詩論，彰明較著。筆者則自蘇軾評賞陶詩「才高意遠」，「造語精到」，「如大匠運斤，無斧鑿痕」等言辭，析述「奇趣」

---

❷　劉勰《文心雕龍·夸飾》。

詩論之內涵。以蘇詮蘇，庶幾有所裨益。

八、釋惠洪之弟超然論詩，獨發奇語，持「天趣」之說。其說渾淪，難以參悟。及觀晁迥之《法藏碎金錄》、羅大經之《鶴林玉露》、唐君毅之《中國文化之精神價值》、杜師松柏之《禪學與唐宋詩學》等著作，參稽前修之說，飫蒙杜師開示，乃於「天趣」之義，略有所會。「天趣」者，感於天心天理，發自宇宙生機，「人巧極而天工錯，徑路絕而風雲通」，「神到機到，無心遇之」之意趣也。含天趣之詩，莫非理趣盎然之作。

九、凡詩之蘊含奇趣、天趣者，輒屬理趣詩。此類詩歌往往彰顯天意天心、宇宙至理。若謂其非詩之說理者，無乃不可乎。

綜上所述，本書各章所獲結論凡三十有九項。彙觀上述結論，復可更進一言。試陳所見，一論述之。

宋代詩話群編論及詩之抒情也，其最高境界為「得情性之正」。若就儒家思想言之，則忠義惓惓，不形怨望，溫厚寬和，不為情牽之詩屬之。若就釋、道思想言之，則以道化情，憂樂兩忘，超世遺物，臻於絕對之境之詩屬之。然則詩之吟詠情性，必與道相契，乃屬上乘之作也。

宋代詩話群編論及詩之寫景也，其臻於至極之境界者，則「宛如化工」、「凌轢造物」、「窮盡性理，移奪造化」之作屬之。此類詩篇能發天地鬼神之奧祕，寫風雷寒暑之變化，而於景物山水之質性與氣韻，深有闡發。若非與道相契，而有所感悟，何以臻此乎！然則詩之寫景，必與道相契，乃屬上乘之作也。

宋代詩話群編論及詩之詠物也，其臻於至極之境界者，當屬「詠物而窮本探妙，曲當其理」之作。此類詩篇所詠之物，或為目

之所見，或為實存於六合之物體。「窮本探妙，曲當其理」者，於
其所詠之物之質性、存在之理、蘊含之義，闡幽發微，而體至道
也。然則詩之詠物，必與道相契，乃屬上乘之作也。

　　宋代詩話群編論及詩之詠史也，以言其立意也，則應自出機
杼，發前人之所未發。以言其議論也，則不可虛發，而流於書生之
空言。以言其義理也，則貴尚精深。夫義理之精深，須由淹貫經
典，涵養參悟，深契理、道而得。然則詩之詠史，欲臻至極之境，
必求義理精深，與道相契，乃屬上乘之作也。

　　宋代詩話群編論及詩之創作與批評，輒陳「不畔於理」、「須
當於理」、「以理為主」、「精於理」、「窮盡性理」等義，而其
所論詩歌，則廣及抒情、寫景、詠史、說理等範圍。宋人以理說
詩、蔚成風氣，從可知矣。夫詩之發議論者，必觀道、具眼，深蘊
義理，而理趣渾然，乃屬上乘之作。至於詩之有奇趣者，雖反常而
合道；詩之饒天趣者，則感天心與天理。此皆說理雋上之篇，其與
道相契，而屬上乘之作，亦其宜也。

　　是以宋代詩話群編論及詩之創作、批評也，論及詩之抒情、寫
景、詠物、詠史、說理也，每懸「與道相契」為最高準則。田錫
云：「援毫之際，屬思之時，以情合於性，以性合於道，如天地生
於道也，萬物生於天也，隨其運用而得性，任其方圓而寓理，……
則文章之有生氣也，不亦宜哉！」❸田錫所謂之「文章」，當屬廣
義，包含諸多文類，古、近體詩，亦必屬之。田錫生於後晉高祖天

---

❸　　田錫《咸平集·貽宋小著書》（臺北：臺灣商務印書館景印文淵閣《四庫全
　　書》，集部第24冊，民國75年3月版）卷2，頁10－11。

福五年（940），卒於宋真宗咸平六年（1003），年六十四。字表
聖，京兆人。宋太宗太平興國三年（978）進士，歷官諫議大夫、史
館修撰。田錫生值北宋初年，已揭櫫「文章合道」之見解，而宋代
詩話群編論所論，或承其說，或與其說暗合。由亦此可見宋代詩學
「技進於道」❹之觀念與風尚矣。

---

❹ 龔鵬程〈技進於道的宋代詩學〉云：「宋人……提出『學詩如學道』、『學
詩如學仙』、『學詩如參禪』的呼籲。並把文學創作與欣賞提昇到一個非技
術性的層面，開顯了我國特有的藝術精神。」見黃永武、張高評編《宋詩論
文選集（一）》（高雄：復文出版社，民國 77 年 5 月版）頁 206。

參考書目

一、古今典籍（依書名首字筆畫排列）

《九家集注杜詩》　臺北：成文出版社《杜詩引得》第 2 冊，民國 55 年版

《十三經注疏》　臺北：藝文印書館，民國 78 年 1 月版

《山谷詩集注》　任　淵、史　容、史季溫注　臺北：藝文印書館，民國 58 年 10 月版

《山谷題跋》　黃庭堅撰　臺北：廣文書局，民國 60 年 12 月版

《五燈會元》　釋普濟編　北京：中華書局，1984 年 10 月版

《元白詩箋證稿》　陳寅恪撰　臺北：世界書局，民國 64 年 3 月版

《六一詩話》　歐陽脩撰　臺北：藝文印書館《歷代詩話》，民國 63 年 4 月版

《六一詩話》　歐陽脩撰　臺北：臺灣商務印書館景印文淵閣《四庫全書》，集部第 417 冊，民國 75 年 3 月版

《六一題跋》　歐陽脩撰　臺北：廣文書局，民國 60 年 12 月版

《中國山水詩研究》　王國瓔撰　臺北：聯經出版事業公司，民國 75 年 10 月版

《中國文學批評史》　郭紹虞撰　臺北：文光出版社，民國 62 年 9 月版

《中國文學批評論集》　張　健撰　臺北：天華出版事業股份有限公司，民國 68 年 6 月版

《中國文學論叢》　錢　穆撰　臺北：東大圖書公司，民國 72 年 10 月版

《中國詩話史》　蔡鎮楚撰　長沙：湖南文藝出版社，1988 年 5 月版

《中國詩學》（設計篇、鑑賞篇、考據篇、思想篇） 黃永武撰 臺北：巨流圖書公司，民國 60 年 6 月版

《中國歷代文論選》 郭紹虞編撰 臺北：木鐸出版社，民國 69 年 3 月版

《中國學術通義》 錢 穆撰 臺北：臺灣學生書局，民國 82 年 2 月版

《中國藝術精神》 徐復觀撰 臺北：臺灣學生書局，民國 63 年 5 月版

《文山集》 文天祥撰 臺北：臺灣商務印書館景印文淵閣《四庫全書》，集部第 123 冊，民國 75 年 3 月版

《文心雕龍札記》 黃 侃撰 臺北：文史哲出版社，民國 62 年 6 月版

《文心雕龍注釋》 周振甫等注 臺北：里仁書局，民國 73 年 5 月版

《文心雕龍註》 范文瀾註 臺北：明倫出版社，民國 60 年 10 月版

《文史通義》 章學誠撰 臺北：華世出版社，民國 69 年 9 月版

《文學批評論集》 張 健撰 臺北：臺灣學生書局，民國 74 年 10 月版

《文轍》 饒宗頤撰 臺北：臺灣學生書局，民國 80 年 11 月版

《王右丞集箋注》 趙殿丞注 臺北：河洛圖書出版社，民國 64 年 3 月版

《王荊公詩箋注》 李 壁箋注 臺北：鼎文書局，民國 68 年 9 月版

《世說新語箋疏》 劉孝標編撰 余嘉錫箋疏 臺北：仁愛書局，民國 73 年 10 月版

《北宋文學批評資料彙編》 黃師啟方編 臺北：成文出版社，民國 67 年 9 月版

《史記》 司馬遷撰 臺北：藝文印書館《二十五史》

《古今詩話》 李 頎撰 收錄於郭紹虞撰《宋詩話輯佚》 北京：中華書局，1980 年，9 月版

《古典文藝美學論稿》 張少康撰 臺北：淑馨出版社，民國 78 年 11 月版

《古詩源》 沈德潛編選 臺北：臺灣中華書局，民國 54 年 11 月版

《四庫全書總目》 紀 昀等撰 臺北：藝文印書館，民國 63 年 10 月版

《四溟詩話》 謝 榛撰 臺北：藝文印書館《續歷代詩話》，民國 63 年 4

月版

《弁陽詩話》　周　密撰　臺北：弘道文化事業公司《詩話叢刊》，民國 60
年 3 月版

《玉壺詩話》　釋文瑩撰　長沙：商務印書館《叢書集成初編》第 396 冊，
民國 28 年 12 月版

《玉谿生詩詳註》　馮　浩註　臺北：華正書局，民國 66 年 8 月版

《玉谿生年譜會箋》　張爾田撰　臺北：臺灣中華書局，民國 68 年 5 月版

《白石道人詩說》　姜　夔撰　臺北：藝文印書館《歷代詩話》，民國 63 年
4 月版

《白居易詩評述彙編》　臺北：文馨出版社，民國 65 年 4 月版

《白居易集校箋》　朱金城校箋　上海：上海古籍出版社，1988 年 12 月版

《白香山長慶集》　汪立名編　臺北：世界書局，民國 68 年 6 月版

《白話詩經》　吳宏一撰　臺北：聯經出版事業公司，民國 82 年 5 月版

《石林詩話》　葉夢得撰　臺北：臺灣商務印書館景印文淵閣《四庫全
書》，集部第 417 冊，民國 75 年 3 月版

《石屏詩集》　戴復古撰　臺北：臺灣商務印書館《四部叢刊廣編》第 39
冊，民國 70 年 2 月版

《石洲詩話》　翁方綱撰　臺北：廣文書局，民國 60 年 9 月版

《石湖詩集》　范成大撰　臺北：臺灣商務印書館景印文淵閣《四庫全
書》，集部第 98 冊，民國 75 年 3 月版

《伊川擊壤集》　程　頤撰　臺北：臺灣商務印書館《四部叢刊正編》第 43
冊，民國 68 年 11 月版

《全宋詩》　傅璇琮、孫欽善等編　北京：北京大學出版社，1991 年 7 月版

《全唐詩》　曹　寅編　臺北：宏業書局，民國 71 年 9 月版

《全唐詩話》　尤　袤撰　臺北：藝文印書館《歷代詩話》，民國 63 年 4 月版

《先秦漢魏晉南北朝詩》　逯欽立輯　臺北：木鐸出版社，民國 72 年 9 月版

《朱文公文集》　朱　熹撰　臺北：臺灣商務印書館《四部叢刊正編》第 52
　　冊，民國 68 年 11 月版

《朱文公全集》　朱　熹撰　臺北：臺灣商務印書館《四部叢刊正編》第 53
　　冊，民國 68 年 11 月版

《竹坡詩話》　周紫芝撰　臺北：藝文印書館《歷代詩話》，民國 63 年 4 月版

《竹莊詩話》　何　汶撰　臺北：臺灣商務印書館景印文淵閣《四庫全
　　書》，集部第 420 冊，民國 75 年 3 月版

《老學庵詩話》　陸　游撰　臺北：弘道文化事業公司，民國 60 年 3 月版

《伊川擊壤集》　邵　雍撰　臺北：臺灣商務印書館《四部叢刊正編》第 43 冊

《冷齋夜話》　釋惠洪撰　臺北：弘道文化事業公司，民國 60 年 3 月版

《吳氏詩話》　吳子良撰　長沙：商務印書館《叢書集成初編》第 397 冊，
　　民國 26 年 12 月版

《吳郡圖經續記》　朱長文撰　臺北：臺灣商務印書館景印文淵閣《四庫全
　　書》，史部，民國 75 年 3 月版

《吳禮部詩話》　吳師道撰　臺北：藝文印書館《續歷代詩話》，民國 63 年
　　4 月版

《呂本中研究》　歐陽師文如撰　臺北：文史哲出版社，民國 81 年 6 月版

《宋史》　脫脫等編撰　臺北：鼎文書局，民國 80 年 2 月版

《宋詩話考》　郭紹虞撰　北京：中華書局，1985 年，4 月版

《攻媿集》　樓　鑰撰　臺北：臺灣商務印書館景印文淵閣《四庫全書》，
　　集部第 91－92 冊，民國 75 年 3 月版

《杜甫年譜》　臺北：學海出版社，民國 67 年 9 月版

《李商隱詩研究論文集》　臺北：天工書局，民國 73 年 9 月版

《李商隱詩歌集解》　劉學鍇、余恕誠撰　北京：中華書局，1992 年 5 月版

《李義山詩集》　朱鶴齡箋注　臺北：臺灣學生書局，民國 62 年 10 月版

《杜詩集評》　劉　濬撰　臺北：臺灣大通書局《杜詩叢刊》第 4 集，民國
　　63 年 10 月版

《杜詩評鈔》　沈德潛纂　臺北：廣文書局，民國 65 年 3 月版

《杜詩詳注》　仇兆鰲注　臺北：里仁書局，民國 69 年 7 月版

《杜詩詳解》　津阪孝編　臺北：臺灣大通書局《杜詩叢刊》第 4 集，民國 63 年 10 月版

《杜詩論文》　吳見思撰　臺北：臺灣大通書局《杜詩叢刊》第 4 集，民國 63 年 10 月版

《杜詩闡》　盧元昌　臺北：臺灣大通書局《杜詩叢刊》第 3 集，民國 63 年 10 月版

《庚溪詩話》　陳巖肖撰　臺北：藝文印書館《續歷代詩話》，民國 63 年 4 月版

《姑溪居士前集》　李之儀撰　臺北：臺灣商務印書館景印文淵閣《四庫全書》，集部第 59 冊，民國 75 年 3 月版

《宛陵集》　梅堯臣撰　臺北：臺灣商務印書館景印文淵閣《四庫全書》，集部第 38 冊，民國 75 年 3 月版

《明道文集》　程　顥撰　臺北：臺灣商務印書館景印文淵閣《四庫全書》，集部第 284 冊，民國 75 年 3 月版

《東坡詩話》　蘇　軾撰　臺北：弘道文化事業公司《詩話叢刊》，民國 60 年 3 月版

《東坡題跋》　蘇　軾撰　臺北：廣文書局，民國 80 年 7 月版

《東觀集》　魏　野撰　臺北：臺灣商務印書館景印文淵閣《四庫全書》，集部第 26 冊，民國 75 年 3 月版

《南宋文學批評資料彙編》　張　健編　臺北：成文出版社，民國 67 年 9 月版

《南陽集》　韓　維撰　臺北：臺灣商務印書館景印文淵閣《四庫全書》，集部第 40 冊，民國 75 年 3 月版

《後山詩話》　陳師道撰　臺北：藝文印書館《歷代詩話》，民國 63 年 4 月版

《後村詩話》　劉克莊撰　臺北：臺灣商務印書館景印文淵閣《四庫全書》，集部第 420 冊，民國 75 年 3 月版

《咸平集》　田　錫撰　臺北：臺灣商務印書館景印文淵閣《四庫全書》，

集部第 24 冊，民國 75 年 3 月版

《昭昧詹言》　方東樹撰　臺北：漢京文化事業有限公司，民國 74 年 9 月版

《柳宗元集》　柳宗元撰　臺北：漢京文化事業有限公司，民國 71 年 5 月版

《柳河東集》　柳宗元撰　臺北：河洛圖書出版社，民國 63 年 12 月版

《柯山集》　張　耒撰　臺北：臺灣商務印書館景印文淵閣《四庫全書》，集部第 54 冊，民國 75 年 3 月版

《珊瑚鉤詩話》　張表臣撰　臺北：藝文印書館《歷代詩話》，民國 63 年 4 月版

《眉山集》　唐　庚撰　臺北：臺灣商務印書館景印文淵閣《四庫全書》，集部第 63 冊，民國 75 年 3 月版

《苕溪漁隱叢話》　胡　仔撰　臺北：臺灣商務印書館景印文淵閣《四庫全書》，集部第 419 冊，民國 75 年 3 月版

《韋蘇州集》　韋應物撰　臺北：臺灣中華書局《四部備要》，民國 67 年 7 月版

《風月堂詩話》　朱　弁撰　臺北：臺灣商務印書館景印文淵閣《四庫全書》，集部第 419 冊，民國 75 年 3 月版

《唐宋詩醇》　清高宗編撰　臺北：臺灣中華書局，民國 60 年 1 月版

《唐詩三百首鑑賞》　黃永武、張高評撰　臺北：尚友出版社，民國 72 年 9 月版

《唐詩集解》　許文雨編撰　臺北：正中書局，民國 59 年 4 月版

《唐詩百話》　施蟄存撰　上海：上海古籍出版社，1987 年 9 月版

《唐詩紀事》　計有功撰　臺北：臺灣商務印書館景印文淵閣《四庫全書》，集部第 418 冊，民國 75 年 3 月版

《唐詩別裁集》　沈德潛編撰　臺北：廣文書局，民國 59 年 1 月版

《唐詩集解》　許文雨編撰　臺北：正中書局，民國 59 年

《唐詩別裁集》　沈德潛編撰　臺北：廣文書局，民國 59 年 4 月版

《娛書堂詩話》　趙與虤撰　臺北：臺灣商務印書館景印文淵閣《四庫全

書》，集部第 420 冊，民國 75 年 3 月版

《峴傭說詩》　施補華撰　臺北：藝文印書館《清詩話》，民國 66 年 5 月版

《容齋詩話》　洪　邁撰　臺北：廣文書局，民國 60 年 9 月版

《海陵集》　周麟之撰　臺北：臺灣商務印書館景印文淵閣《四庫全書》，集部第 81 冊，民國 75 年 3 月版

《荊溪林下偶談》　吳子良撰　臺北：臺灣商務印書館景印文淵閣《四庫全書》，集部第 420 冊，民國 75 年 3 月版

《草堂詩話》　蔡夢弼撰　臺北：藝文印書館《續歷代詩話》，民國 63 年 4 月版

《張右史文集》　張　耒撰　臺北：臺灣商務印書館《四部叢刊正編》第 49 冊，民國 68 年 11 月版

《帶經堂詩話》　王士禎撰　臺北：廣文書局，民國 60 年 11 月版

《深雪偶談》　方　嶽撰　上海：商務印書館《叢書集成初編》第 397 冊，民國 25 年 12 月版

《清詩話續編》　郭紹虞輯　臺北：木鐸出版社版

《淮海集》　秦　觀撰　臺北：臺灣商務印書館景印文淵閣《四庫全書》，集部第 54 冊，民國 75 年 3 月版

《碧溪詩話》　黃　徹撰　臺北：藝文印書館《歷代詩話》，民國 63 年 4 月版

《莊子解》　王夫之撰　臺北：里仁書局，民國 72 年 1 月版

《莊子集釋》　郭慶藩集釋　臺北：河洛圖書出版社，民國 63 年 3 月版

《許彥周詩話》　許　顗撰　臺北：藝文印書館《歷代詩話》，民國 63 年 4 月版

《陶淵明評論》　李辰冬撰　臺北：東大圖書公司，民國 64 年 8 月版

《陶淵明詩文彙評》　臺北：臺灣中華書局，民國 63 年 7 月版

《陶淵明詩箋證稿》　王叔岷撰　臺北：藝文印書館，民國 64 年 1 月版

《曾文正公文集》　曾國藩撰　臺北：世界書局，民國 41 年 7 月版

《紫微詩話》　呂本中撰　臺北：藝文印書館《歷代詩話》，民國63年4月版

《楚望樓駢體文內篇》　成師惕軒撰　臺北：臺灣中華書局，民國62年9月版

《歲寒堂詩話》　張　戒撰　臺北：臺灣商務印書館景印文淵閣《四庫全
書》，集部第 417 冊，民國 75 年 3 月版

《歲寒堂讀杜》　范輦雲撰　臺北：臺灣大通書局《杜詩叢刊》第 4 集，民
國 63 年 10 月版

《溫公續詩話》　司馬光撰　臺北：藝文印書館《歷代詩話》，民國 63 年 4
月版

《滄浪詩話》　嚴　羽撰　臺北：藝文印書館《歷代詩話》，民國63年4月版

《無咎題跋》　晁補之撰　臺北：廣文書局，民國 60 年 12 月版

《照隅室雜著》　郭紹虞撰　上海：上海古籍出版社，1986 年 9 月版

《艇齋詩話》　曾季貍撰　臺北：藝文印書館《續歷代詩話》，民國 63 年 4
月版

《詩人玉屑》　魏慶之編撰　臺北：臺灣商務印書館《國學基本叢書四百
種》

《詩人玉屑》　魏慶之編撰　臺北：臺灣商務印書館景印文淵閣《四庫全
書》，集部第 420 冊，民國 75 年 3 月版

《詩人玉屑》　魏慶之編撰　臺北：臺灣商務印書館《人人文庫》特 216
號，民國 61 年 9 月版

《詩文鑑賞方法二十講》　周振甫等撰　臺北：國文天地雜誌社，民國 78 年
11 月版

《詩林廣記》　蔡正孫撰　詩話總龜》　阮　閱編撰　臺北：臺灣商務印書
館景印文淵閣《四庫全書》，集部第 421 冊，民國 75 年 3 月版

《詩品集解・續詩品注》　郭紹虞編　臺北：河洛圖書出版社，民國 63 年 9
月版

《詩詞例話》　周振甫撰　臺北：長安出版社，民國 72 年 10 月版

《詩話和詞話》　張葆全撰　臺北：國文天地雜誌社，1991 年 2 月版

《詩經欣賞與研究》　糜文開、裴普賢撰　臺北：三民書局，民國80年2月版

《詩話概說》　劉德重、張寅彭撰　北京：中華書局，1990 年 8 月版

《詩話總龜》　阮　閱編撰　臺北：臺灣商務印書館景印文淵閣《四庫全書》，集部第 417 冊，民國 75 年 3 月版

《詩話類編》　王昌會撰　臺北：廣文書局，民國 62 年 9 月版

《詩學規範》　張　鎡撰　收錄於郭紹虞撰《宋詩話輯佚》　北京：中華書局，1980 年，9 月版

《載酒園詩話》　賀　裳撰　臺北：木鐸出版社《清詩話續編》

《黃庭堅選集》　黃寶華選注　上海：上海古籍出版社，1991 年 2 月版

《黃庭堅和江西詩派卷》　臺北：里仁書局，民國 68 年 3 月版

《劍南詩稿》　陸　游撰　臺北：河洛圖書出版社，民國 64 年 5 月版

《對床夜語》　范晞文撰　臺北：藝文印書館《續歷代詩話》，民國 63 年 4 月版

《對床夜語》　范晞文撰　臺北：臺灣商務印書館景印文淵閣《四庫全書》，集部第 420 冊，民國 75 年 3 月版

《演山集》　黃　裳撰　臺北：臺灣商務印書館景印文淵閣《四庫全書》，集部第 59 冊，民國 75 年 3 月版

《漢皋詩話》　張某撰　收錄於郭紹虞撰《宋詩話輯佚》　北京：中華書局，1980 年，9 月版

《漢魏六朝百三名家集》　張　溥編撰　臺北：文津出版社，民國68年8月版

《漫堂集》　劉　宰撰　臺北：臺灣商務印書館景印文淵閣《四庫全書》，集部第 109 冊，民國 75 年 3 月版

《滹南詩話》　王若虛撰　臺北：藝文印書館《續歷代詩話》，民國 63 年 4 月版

《網山集》　林亦之撰　臺北：臺灣商務印書館景印文淵閣《四庫全書》，集部第 88 冊，民國 75 年 3 月版

《誠齋詩話》　楊萬里撰　臺北：藝文印書館《續歷代詩話》，民國 63 年 4

月版

《誠齋詩話》　楊萬里撰　臺北：弘道文化事業公司《詩話叢刊》，民國 60
　　年 3 月版

《養一齋詩話》　潘德輿撰　臺北：木鐸出版社《清詩話續編》

《廣川書跋》　長沙：商務印書館《叢書集成初編》第 243 冊，民國 28 年 12
　　月版

《樊川文集》　杜牧撰　臺北：九思出版有限公司，民國 68 年 6 月版

《甌北詩話》　趙　翼撰　臺北：木鐸出版社《清詩話續編》

《談藝錄》　錢鍾書撰　臺北：藍燈文化事業公司，民國 76 年 11 月版

《歷史哲學》　牟宗三撰　臺北：臺灣學生書局，民國 71 年 2 月版

《歷代詩話詞話選》　武漢：武漢大學出版社，1984 年版

《豫章黃先生文集》　黃庭堅撰　臺北：臺灣商務印書館《四部叢刊正編》
　　第 49 冊，民國 68 年 10 月版

《禪學與唐宋詩學》　杜師松柏撰　臺北：黎明文化事業公司，民國 67 年 12
　　月版

《遼詩話》　周　春撰　臺北：藝文印書館《清詩話》，民國 66 年 5 月版

《鮑參軍詩注》　黃　節注　臺北：藝文印書館，民國 60 年 1 月版

《鮑參軍集注》　錢振倫注　臺北：木鐸出版社，民國 71 年 2 月版

《龍珊詩話》　李　猷撰　臺北：臺灣商務印書館，民國 79 年 12 月版

《環溪詩話》　吳　沆撰　臺北：廣文書局，民國 60 年 9 月版

《臨漢隱居詩話》　魏　泰撰　臺北：弘道文化事業公司《詩話叢刊》，民
　　國 60 年 3 月版

《臨漢隱居詩話》　魏　泰撰　臺北：藝文印書館《歷代詩話》，民國 63 年
　　4 月版

《臨漢隱居詩話》　魏　泰撰　臺北：臺灣商務印書館景印文淵閣《四庫全
　　書》，集部第 417 冊，民國 75 年 3 月版

《韓昌黎文集校註》　馬其昶校註　臺北：河洛圖書出版社，民國64年3月版

《韓昌黎詩繫年集釋》　錢仲聯編撰　臺北：學海出版社，民國74年1月版

《韓愈研究》　羅聯添撰　臺北：臺灣學生書局，民國71年11月版

《歸田詩話》　瞿　佑撰　臺北：藝文印書館《續歷代詩話》，民國63年4月版

《雞肋集》　晁補之撰　臺北：臺灣商務印書館景印文淵閣《四庫全書》，集部第57冊，民國75年3月版

《瀛奎律髓》　方　回撰　臺北：新文豐出版公司《叢書集成續編》第114冊，民國78年6月版

《韻語陽秋》　葛立方撰　臺北：藝文印書館《歷代詩話》，民國63年4月版

《韻語陽秋》　葛立方撰　臺北：臺灣商務印書館景印文淵閣《四庫全書》，集部第418冊，民國75年3月版

《嚴羽及其詩論之研究》　黃景進撰　臺北：文史哲出版社，民國75年2月版

《續資治通鑑長編》　李　燾撰　臺北：臺灣商務印書館景印文淵閣《四庫全書》，民國75年3月版

《顧羨季先生詩詞講記》　顧之京整理，葉嘉瑩筆記　臺北：桂冠圖書公司，民國81年月版

《鶴林玉露》　羅大經撰　臺北：臺灣開明書店，民國57年11月版

《讀風偶識》　崔　述撰　臺北：學海出版社，民國68年3月版

《讀杜心解》　浦起龍撰　臺北：九思出版有限公司，民國68年3月版

《讀杜詩愚得》　單　復撰　臺北：臺灣大通書局《杜詩叢刊》第2集，民國63年10月版

《讀杜新箋——律髓批杜詮評》　張師夢機撰　臺北：漢光文化事業公司，民國76年3月版

二、學位論文（依書名首字筆畫排列）

《宋代詩話的詩法研究》　郭玉雯撰　臺北：國立臺灣大學中國文學研究所

　　　碩士論文，民國 77 年 6 月

《宋詩話敘錄》　陳幼睿撰　臺北：國立臺灣師範大學國文學研究所碩士論
　　　文　師大國文研究所集刊第 5 號

《姜白石的詩與詩論》　張月雲撰　臺北：國立臺灣大學中國文學研究所碩
　　　士論文，民國 67 年 7 月

《唐宋詩話對韓日影響比較研究》　趙鍾業撰　臺北：國立臺灣師範大學國
　　　文學研究所博士論文，民國 73 年 1 月

《唐詠物詩研究》　盧志先撰　臺北：東吳大學中國文學研究所碩士論文，
　　　民國 75 年 4 月

《滄浪詩話研究》　張　健撰　臺北：國立臺灣大學中國文學研究所碩士論
　　　文，民國 54 年 6 月

《葛立方韻語陽秋詩論研究》　孫秀玲撰　臺北：東吳大學中國文學研究所
　　　碩士論文，民國 79 年 6 月

三、單篇論文（依篇名首字筆畫排列）

〈比較評鑑法舉隅——以宋人論寫景詩為例〉　崔成宗撰　臺北：東吳大學
　　　中國文學研究所《東吳中文研究集刊》創刊號，民國 83 年 5 月版

〈由禪學闡論嚴滄浪之詩學〉　杜師松柏撰　臺北：《文學論集》，民國 67
　　　年 7 月

〈吳可藏海詩話讀後〉　龔顯宗撰　臺北：《青年戰士報》，民國 62 年 9 月
　　　22 日

〈宋人理趣與山谷詩中的倫理精神〉　汪　中撰　高雄：《宋詩論文選輯
　　　（三）》，民國 82 年 2 月

〈宋陳巖肖庚溪詩話卷下武陵桃源段辨〉　吳繼文撰　臺北：《東吳中文系
　　　刊》2 期

〈李商隱的詠史詩〉　方　瑜撰　《李商隱詩研究論文集》，臺北：天工書
　　　局

〈技進於道的宋代詩學〉　龔鵬程撰　高雄：《宋詩論文選輯（一）》，民
　　　國 77 年 5 月

〈娛書堂詩話〉 昌彼得撰 臺北：《中央圖書館館刊》1 卷，2 期

〈張戒詩論研究〉 張 健撰 臺北：臺灣學生書局，張健《文學批評論集》，民國 74 年 10 月版

〈楊萬里的文學理論研究〉 張 健撰 臺北：臺灣學生書局，張健《文學批評論集》，民國 74 年 10 月版

〈滄浪詩話的主要理論及其淵源〉 臺北：《大陸雜誌》，32 卷，9－10 期

〈滄浪詩話與潛溪詩眼〉 荒井建撰 臺北：《書和人》，295 期

〈滄浪詩話試論〉 香港：〈崇基學報〉，10 卷，1－2 期

〈試論聯句批評與六一詩話的關係〉 張雙英撰 臺北：《中外文學》，11 卷，9 期

〈歲寒堂詩話述評〉 張 健撰 臺北：《人生》，27 卷，2 期

〈歲寒堂詩話析述〉 龔顯宗撰 高雄：復文圖書出版社《歷朝詩話析探》，民國 79 年 7 月版

〈義山七絕的抒情、用意與詠史〉 張師夢機撰 臺北：天工書局《李商隱詩研究論文集》

〈誠齋詩話與南宋文壇軼事〉 張 健撰 臺北：《暢流》54 卷，11 期

〈歐陽脩六一詩話與宋詩〉 林 綠撰 臺北：《中華日報》，民國 64 年 4 月 2－6 日

〈鄭師因百詩詞專題研究講記〉 崔成宗輯錄 臺北：《書目季刊》26 卷，2 期

〈嚴羽以禪論詩試解〉 王師夢鷗撰 臺北：《中華文化復興月刊》14 卷，8 期

〈嚴羽詩論淺析〉 周維介撰 臺北：《中國語文學報》，民國 61 年 3 月版

〈讀白石道人詩說有感〉 曹健民撰 臺北：《江西文獻》10 期

跋　語

　　民國八十年夏，杜師^{松柏}以蔡鎮楚《中國詩話史》授^{成宗}，且以詩話之學相啟迪。^{成宗}退而博蒐歷代之詩話，盼能潛研其奧義，而有所論述。據宋隆發〈中國歷代詩話總目彙編〉統計，歷代之詩話凡六百三十有九部（案：若依蔣寅《清詩話考·自序》所述〈清詩話現存書目〉，則清代之詩話已有一千四百六十有九種。❶若合宋、蔣二氏之統計，而去其重複，則歷代詩話之總數，約二千種左右）。鋪觀歷代之詩話，內容豐饒，論述自由，或莊語詩學，若魁儒講學之讜論；或清談文藝，有衣不鈕扣（unbuttoned）之丰姿。每則詩話，長短不一，或三言兩語，戛然而止；或數十、百言，亹亹忘倦。論詩及事者有之，論詩及辭者有之；論詩之異文者有之，論詩之輯佚者有之；或論詩餘，或談四六；或筆錄傳奇異聞，或研討書畫樂舞，林林總總，不一而足。初讀歐陽脩、司馬光、阮閱、胡仔、魏慶之、葛立方之詩話，已駭其浩博，仰其卓犖矣。苟欲較析群說，歸納眾議，敷理舉統❷，以得新猷，譬之猶蚊子上鐵牛，無下嘴處也。

　　於是擬讀趙宋一代之詩話，而以郭紹虞《宋詩話考》所列「今

---

❶　蔣寅《清詩話考》（北京：中華書局，2005年1月版）頁1－230。
❷　劉勰《文心雕龍·序志》：「選文以定篇，敷理以舉統。」

尚流傳」、「後人纂輯」之八十有八部宋代詩話為探研之對象，復遵嚴耕望之治學經驗，而為全面之研讀。嚴耕望《治史經驗談》云：

> 作全盤的廣面的研究，容易發現材料彼此衝突，就可以及時糾正錯誤；材料彼此勾聯，就可以相互補充。……最忌上下古今，東一點，西一點，分散開來，作孤立的研究。……集中心力時間……在一個大範圍內同時注意相關聯的問題群，則看書時到處發現材料，興趣自然濃厚。❸

此一指引，雖係針對史學之研究而發，然其於詩話、文論之詮說，收效亦甚宏遠。^{成宗}有感於此，遂以每一則詩話為單元，鈔製卡片，分類庋藏，朝斯夕斯，兩更寒燠，遂豐其積累，而知有所論述。爰於民國八十三年六月，完成本書初稿。

民國八十四年二月，^{成宗}載筆中臺，洗硯西屯，追隨逢甲大學中文系諸君子，刷理羽毛，磨礪道義。八十六年八月，北歸淡埵，專任於淡江大學中文系。挹觀音之煙雲，迎淡海之夕照。論學於五虎岡頭，服膺於三化政策❹，迄今復九易春秋矣。於此十一年間，教學內容之準備，研究領域之開拓，學術論文之撰寫，行政業務之叢脞，重點系所之經營等，後先相繼，皆須全力以赴，不敢少有懈

---

❸ 嚴耕望《治史經驗談》（臺北：臺灣商務印書館，民國 70 年 4 月版）頁 17－19。

❹ 淡江大學以國際化為目標，資訊化為手段，未來化為前瞻，是謂三化政策。

怠。而教學、研究之餘，復奉往昔師長之命，參與高中、國中國文教材之編撰，於是本書之修訂與出版，遂不得不延緩。

今年春，蒙臺灣學生書局　鮑總經理[邦瑞]先生之首肯，將以本書，付之剞劂。古道照人，實深感激。於是董理舊稿，黽勉勘校，庶幾實錄當日學問思辨之過程。

本書之撰寫也，費時三載，實承　杜師[松柏]之指導。若無「思之思之，鬼神通之」之婆心開悟；若無「禪學詩學，明暗交參」之現身說法，以[成宗]之拙陋魯鈍，又何以綴此數章，而於趙宋詩話之闡論，尚有一得之愚乎！　師恩深厚，銘感於心。爰於付梓之際，謹綴數語，用識其撰述之原委與感懷云。

福山　崔成宗　跋於宗雅樓
中華民國九十五年六月卅日

國家圖書館出版品預行編目資料

宋代詩話論詩研究

崔成宗著. – 初版. – 臺北市：臺灣學生，
2007[民 96]
面；公分
參考書目：面

ISBN 978-957-15-1361-4(精裝)
ISBN 978-957-15-1362-1(平裝)

1. 中國詩 – 宋（960-1279） – 評論

821.85   96009275

宋 代 詩 話 論 詩 研 究 (全一冊)

著　作　者：崔　　　　成　　　　宗
出　版　者：臺 灣 學 生 書 局 有 限 公 司
發　行　人：盧　　　　保　　　　宏
發　行　所：臺 灣 學 生 書 局 有 限 公 司
　　　　　　臺 北 市 和 平 東 路 一 段 一 九 八 號
　　　　　　郵 政 劃 撥 帳 號：00024668
　　　　　　電　話　：（02）23634156
　　　　　　傳　眞　：（02）23636334
　　　　　　E-mail：student.book@msa.hinet.net
　　　　　　http：//www.studentbooks.com.tw
本書局登
記證字號　：行政院新聞局局版北市業字第玖捌壹號
印　刷　所：長 欣 印 刷 企 業 社
　　　　　　中 和 市 永 和 路 三 六 三 巷 四 二 號
　　　　　　電　話　：（02）22268853

定價：精裝新臺幣四五○元
　　　平裝新臺幣三七○元

西 元 二 ○ ○ 七 年 六 月 初 版

82120
ISBN 978-957-15-1361-4(精裝)
ISBN 978-957-15-1362-1(平裝)

臺灣學生書局 出版
中國文學研究叢刊